从我诞生起，你就在我的核心里，
答案其实一早就已经写好了。

拆知节

星群灯塔

林知落 + 著

长江出版社
CHANGJIANG PRESS

图书在版编目（CIP）数据

星群灯塔 / 林知落著. -- 武汉 : 长江出版社，
2023.3
ISBN 978-7-5492-8740-6

Ⅰ. ①星… Ⅱ. ①林… Ⅲ. ①长篇小说－中国－当代
Ⅳ. ① I247.5

中国国家版本馆 CIP 数据核字（2023）第 045334 号

星群灯塔 / 林知落 著

出　　版	长江出版社	
	（武汉市解放大道 1863 号）	
出版统筹	曾英姿	
特约编辑	刘思月　戴　铮	
市场发行	长江出版社发行部	
网　　址	http://www.cjpress.com.cn	
责任编辑	陈　辉	
印　　刷	湖南天闻新华印务有限公司	
版　　次	2023 年 3 月第 1 版	
印　　次	2023 年 4 月第 1 次印刷	
开　　本	880mm×1230mm　1/32	
印　　张	10.5	
字　　数	310 千字	
书　　号	ISBN 978-7-5492-8740-6	
定　　价	48.60 元	

目录

C O N T E N T S

目录

A beacon of stars

CONTENTS

第一章

世纪同台

浪浪娱乐：时隔十年，昔日老友，今日的超级巨星谢染、方回望再度同台合唱，引爆雪球卫视跨年舞台。

全民追星：今夜，雪球卫视跨年演唱会直播上，近十年无互动、传闻王不见王的巨星谢染和方回望再度合体献唱，瞬间引爆老粉丝怀旧热潮，该时段也创下雪球卫视五年内最高收视，登顶全平台跨年收视纪录。

八卦小喇叭：玩还是雪球会玩，居然请到十年不合作的谢染和方回望。另外，小喇叭收到小道消息，这次合作疑是野望工作室（方回望工作室）主动促成的，这意味着什么呢？无论如何，今晚注定是粉丝的狂欢！

12 月 31 日晚，几乎所有娱乐平台都在头条大篇幅报道了同一则新闻：巨星谢染和方回望十年后再次同台献唱。

与此同时，整个 WB 评论也被引爆，"惘然"登上话题第一，后面跟了一个紫红色的"爆"。

"呜呜呜呜，十年了！整整十年了！我没想到还能看到'惘然'组合合体！"

"这是真实的吗？雪球不愧是雪球，这么大一个消息居然能瞒到节目亮相！"

"果然，只要活得够久，什么都能看到。"

"不就是一次商业合作吗？"

"一脸蒙，谢染和方回望？我没看错吧？"

"心情复杂，居然有人不知道'惘然'组合……"

……

谢染斜靠着坐在雪球卫视后台休息室的沙发上，一只手随意地滑着手机页面，垂着眼慢条斯理地看着 WB 上的网友评论，另一只手手肘撑在沙发扶手上，手指轻轻按着太阳穴。

他的头还有点儿晕，现在这个身体并不是他的，他还在适应当中。

真正的他也叫谢染，原本是华夏最知名的商业传奇精英。

昨天，他一手创立的商业帝国诸子科技发布了最新的研发成果，公司股价开盘涨停。

晚上，谢染出席了庆功宴，没想到在回到自己的公寓后，他却突然眼前一黑，随即失去了意识。

等再睁开眼的时候，他就变成了现在的谢染，现年二十七岁，坐拥千万粉丝的超级巨星。同时，他也接收了这个谢染的生平记忆。

这些记忆让他意识到，自己现在所处的似乎是另一个世界，与原来生活的世界很相似，但并不是同一个。

谢染不清楚这到底是怎么一回事，不过既来之则安之，他不动声色地研究起这个谢染的生平和他当前面临的处境。

这个世界的谢染出身普通，十七岁被星探看中，参加一档叫《明日星光》的选秀节目，一炮而红。从此星途顺畅，坐拥千万粉丝，二十二岁转型成功，一举成为国内顶尖电影奖"金洲奖"影帝。

可以说，二十七岁之前的谢染一路领跑同龄男星，是当之无愧的人生赢家。

直到这一年，谢染答应雪球卫视的邀请，与他曾经的好友，和他一样从《明日星光》出道的方回望一起登上跨年舞台，合体献唱。

这是他人生的转折点。

谢染和方回望在参加《明日星光》选秀期间一见如故，关系很好。因为这层关系，两人在节目期间的互动远比其他选手更加频繁，也因此培养出了一批同时支持两人的粉丝。

不过节目刚结束，双方经纪公司基于各人发展考虑，令两人不再来往。

谢染认为艺人立足靠的是实力和专业，不愿意失去知己，做好了和经纪公司据理力争的准备。

但他没来得及动作，方回望已经先选择和他断绝来往。

原本在节目中感情甚好的谢染和方回望两人，在比赛结束之后竟火速分道扬镳，再也没有同框互动过。

直到十年后，两人都已经是圈内顶流，地位稳固，方回望便想和谢染重修于好。

方回望让谢染相信，他十年前选择断绝来往是不得已而为之。谢染是一个非常重感情的人，这么多年他其实都没有彻底放下这位知己，因此他接受了这次跨年合作，并与方回望恢复来往。

这次跨年同台的效果斐然，之后两人的商业合作逐渐多了起来。组合热度甚至超过十年前。

借着热度，两人获得了大量曝光，方回望的野望工作室也因此得到大量资源，方回望便趁此机会成功实现转型。

谢染原以为他们可以一直这样携手共进，但没过几年，谢染被一个圈内朋友恶意录音曝光，录音经过断章取义的剪辑，对谢染恶意揣度。

谢染本想和方回望商量公关对策，不料还没联系上方回望，方回望便率先发布声明，表示自己和谢染只是普通朋友关系。

舆论哗然。之后谢染遭到大量方回望粉丝的攻击。

对此，方回望没有站出来为谢染说过一句话，并且因为两人深度捆绑，方回望为了不被波及，全面取消了和谢染的合作。

谢染的演艺事业从此一落千丈，加上工作室投资失败，曾经的金洲影帝最终落寞退圈，郁郁而终。

谢染来到这个世界的时间点正是在跨年演唱会结束之后，他睁开眼睛，发现自己正坐在雪球卫视后台休息室的沙发上休息，周围都是来来往往的工作人员。

谢染不动声色地整理完这个世界的谢染的生平，随后收起手机，稍稍坐直，准备起身离开。

骤然来到这个世界，情况还有点儿复杂，而他现在的身体明显已经累了。他打算先睡一觉，等清醒了再做决定。

谢染正要站起来，突然旁边有人轻轻搭住他的肩膀扶了他一把，一个清润的声音道："小染，后台采访过来了。"

谢染侧头，就见一个相貌俊美的青年站在边上，正笑意盈盈地看着他，眼里似乎还带着光。

青年穿着剪裁合体的定制礼服，头发做出时尚的舞台造型，在来来往往的人群中显得尤为耀眼，正是今晚与谢染一起合唱的另一名巨星方回望。

两人世纪同台的新闻正挂在各大媒体的首页，方回望这一举动立刻引来了周围人员的侧目，不少人偷偷拿出手机和朋友八卦。

谢染也抬起眼皮看了方回望一眼。

不知道怎么回事，方回望感觉背后蓦地一冷，总觉得谢染看他的眼神似乎跟平时有些不一样，好像有种说不出来的，能将人看透的感觉在里面。

不过这应该是他的错觉吧。

正好雪球卫视的主持人方河心来到了他们跟前。

雪球卫视的跨年演唱会有专门的后台花絮采访，以直播的形式在雪球卫视自营的视频 APP 雪球 TV 上播出，所以一些热门表演嘉宾的粉丝都会蹲在 APP 上等爱豆的花絮。

而今晚最受网友期待的花絮，自然是"惘然"的后台互动。

果然，直播镜头刚扫到谢染和方回望，APP 的弹幕瞬间密集了起来。

"啊啊啊啊，是'惘然'！真的是'惘然'！！"

"我看到了什么？方回望刚刚是在扶小染吧？"

"前面的没看错，就是在扶小染。我就知道，他们绝对不是冷冰冰的商业合作，他们私下的情谊是真的啊！"

"对啊，不然真的十年零互动，私下关系能这么好？"

方河心大概也能预测到此时网友的激动，后台花絮没有在台上那么严肃，主持人也更愿意顺应网友的要求搞点儿话题出来。

方河心笑了笑，冲谢染和方回望打了个招呼，随即道："恭喜两位，今晚的表演很成功。现在网友们都很好奇，你们已经整整十年没合作过了，这次突然合作，是不是有什么特殊的原因呢？"

麦克风递到两人面前，方回望看了谢染一眼，见他不动，便率先将麦克风接了过去，笑着说道："对我来说，这次确实是一次特别的合作……"

"今年我和小染刚好出道满十年，这个时间很有意义。这次表演我们也找回了以前的默契，我很高兴能有这个机会再和小染一起合作……"方回望顿了一下，再次转过头看了看谢染，眼神温柔，"你觉得呢，小染？"

说着，他把麦克风递给谢染，弹幕沸腾得更厉害了。

"小染！他叫小染，就跟十年前一样！"

"这一声'小染'，梦回《明日星光》舞台啊！"

"他还提了十年！他都记得，不是只有我们念念不忘啊！"

"大家冷静一点儿，先听听小染怎么回答！"

"还能怎么回答？当然是 me too（我也是）啊！"

在大家的期待中，谢染接过麦克风，不负众望地说道："我也很高兴……"

"听到没？是 me too（我也是）！"

"啊啊啊……我单方面宣布，'惘然'组合正式复活了！"

网友们激动的弹幕还没发完，就见谢染睁着死鱼眼，面无表情地继续说道："这次雪球卫视给的酬劳很丰厚，我很满意。"

原本温柔看着他的方回望笑容一滞，方河心也迷茫地"啊"了一声。本来沸腾不已的弹幕则瞬间冷却，陷入诡异的沉默。

谢染出道十年，在镜头前的形象一向谦逊礼貌，是出了名的优质偶像。

因此，当方回望把话题递给谢染时，就连谢染的粉丝也认为，谢染一定会给足对方面子，把话说得滴水不漏。

谁也没想到，谢染这次居然完全不按套路来。

结果就是，主持人连带网友一时间竟被震惊得反应不过来。

过了好一会儿，才有率先清醒过来的网友颤抖着手发了弹幕——

"？？？"

"谢染刚刚说了啥？"

"姐妹们，我似乎仿佛好像幻听了？"

"你不是一个人，我也听到了！谢染居然说雪球给的酬劳很丰厚，他很满意！"

"噗，谢染这么真实的吗？"

方河心好歹是省级电视台的主持人，反应十分迅速，很快调整了自己的表情，若无其事地笑了笑，调侃道："谢谢你对雪球卫视的认可，我们对合作嘉宾一向都是很重视的，那新的一年你也要多来参加我们的节目哦。"

谢染垂眸看了她一眼，神色淡淡，接着"嗯"了一声，便没有再说话。

场面一时有些冷，方河心隐隐觉得谢染跟平时不太一样，莫名有种不好接近的感觉。

大概是因为刚表演完，太累了吧？

无论如何，今晚的"惘然"世纪同台可是雪球卫视这次跨年演唱会的撒手锏，节目组可不会轻易就让话题这么揭过去。

方河心干笑一声，又把话题绕了回来，说道："话说回来，你和望哥已经十年没有合作过了，对于这次同台，你有什么特别的感触吗？"

听了方河心提问，方回望原本略有些僵硬的脸上神色一振，看着谢染的眼神里也带上一丝期待。

大家的想法和方河心一样——谢染刚才应该只是太累了，没回过神来，这会儿他清醒了，肯定会圆回来。

在所有人期待的注视中，谢染神色不变，对着镜头冷淡地吐出两个字："没有。"

弹幕——

"……"

"谢染：Double kill（双杀）。"

"哈哈哈哈，小染说得好！我爽了！"

"听到没？小染说没有！纯商业合作！"

后台采访结束后，谢染确认自己的工作已经完成，便让助理送自己回家。

他和助理刚到地下停车场，身后传来方回望有些急切的声音："小染，等一下。"

谢染停下脚步，回头看了方回望一眼："有事？"

他神色疏离，眼神平静无波，就像在看陌生人一般。

方回望从来没见过他这个样子，见状不由得愣了一下，本来还想抱怨他在采访里一点儿不给面子的话也都吞了回去。

谢染的助理是个有眼力见儿的，当即识相地说了一声"我先去开车"，便走开了。

等助理走远，方回望才回过神来，目光再次落到谢染身上，温润的声音里带了点儿嗔怪："小染，不是说好了，今晚去我家里一起跨年吗？"

谢染想了一下，记起来确实有这么一回事。

在原主的记忆里，他已经决定要和方回望和好了，因此演唱会之前就答应了方回望的邀请，约好表演结束后一起到方回望家里跨年。

而方回望也提前在家里精心布置了一番，给了原主一个惊喜，随后两人便和好了。

方回望目光盈盈地看着谢染。

他知道，以谢染的为人，会答应和他一起合作表演，又接受了他的邀约，必然是已经决定要重新接受他的示好。

虽然谢染从表演结束后状态就有些不太对，不过方回望依然信心满满。

他已经提前在家里做了充分的准备，等下就给谢染一个惊喜，谢染必定会很感动。

想到这里，方回望笑意更深了。

不料，谢染随意地扫了他一眼，淡声道："不去了。"

方回望的笑容顿时一僵，下意识觉得谢染在开玩笑。他等了一会儿，却发现谢染完全没有要解释的意思。见他不说话，谢染便继续道："没事我先走了。"

说罢，谢染连丝毫犹豫都没有，转身就要走。

方回望当即眉头一皱，伸手拉住他的袖口，声音微沉："小染，你什么意思？"

谢染看着他，一脸关爱智障的表情："你听不懂？"

方回望神色一敛，他当然听得懂，就是因为听懂了才会这么问。他定定地看着谢染，眼神变了："可是小染，我们已经说好了的。"

谢染言简意赅："我反悔了。"

他语气太理直气壮，以至于方回望一时间竟然不知道怎么反驳，好一会儿才回过神来，语气有些不悦："小染，你不可以这样子。"

"为什么不可以？"谢染莫名其妙地看他，"我们签合同了吗？"

商业精英谢染在业内行走，向来只认白纸黑字的合同，不接受任何口头承诺。

方回望："……"

谢染这说的是人话吗？谁聚个会还要提前签个合同？

方回望感觉自己的太阳穴"突突"直跳，费了好大劲才把蹿到喉咙的一口气给压了下去："小染，你这是怎么了？是不是我做什么让你不开心了？"

谢染并不在意方回望的想法，此时耐心告罄，语气又冷了两分："我困了。"

谢染油盐不进的样子让方回望心头火起，但他依然压抑住自己的火气，强笑着耐心引导："我都已经提前做好了准备，就等着和你一起开开心心地跨年……你难道不期待吗？"

本来家里的布置是想着给谢染惊喜的，但没想到谢染说变卦就变卦，方回望只好先透露一些，试图打动谢染。

以谢染的性格，知道他提前做了准备，必然不好意思让他白忙活一场。

不想谢染却完全不为所动，甚至有些不耐烦："不期待。"

说罢，他将被方回望拉住的袖口往回一扯，转身就走。

这下方回望再也压不住怒火了，他这段时间在谢染面前伏低做小，自认给足了耐心，也做足了姿态。

谢染明明也想要和他和好，没想到临门一脚，居然又摆起了姿态。

方回望心中不由得冷笑一声，别看他和谢染之间一直是他在示好，但其实一直以来，他才是主导者。

十年前是他先和谢染断绝来往，十年后的现在，他不过稍稍花了点儿工夫，谢染就晕头转向地答应和他一起同台。

方回望觉得大概是自己这段时间对谢染太好了，居然让对方产生了可以任性妄为的错觉。

"小染。"方回望沉着声音喊了一声，语气中带了愠怒，"你想清楚了吗？我们两个人走到今天不容易，我是真心想和你再携手共进的。你今天就这么走了的话，我会很伤心，很失望……我不知道还能不能做你的朋友。"

他这话以退为进，一方面埋怨谢染不近人情，一方面疯狂暗示谢染，如果谢染今天就这么一走了之的话，他同样可以一走了之。

他要谢染知道，自己的耐心也是有限的，虽然是他先求着和好，但也不能由着谢染随便拿捏。谢染不想彻底玩脱的话，就要懂得见好就收。

方回望说这话的时候眼睛紧紧盯着谢染，等着他慌乱失措，然后妥协退让。

他就不信谢染还会继续拿捏作态。

但谢染的反应大出方回望的意料，谢染完全没有出现他预料中的惊慌，只用手指轻轻捏了一下鼻梁，看起来是真的困了，声音也带了一丝少见的慵懒："知道了，不能坚持别就勉强。"

听起来心情十分轻松。

方回望心里蓦地一震。

谢染难道真的一点儿不在乎、不害怕吗？

一直以来，方回望都觉得自己对谢染的心理把握得很好，不管是以前分道扬镳，还是现在要和好，一切都按着他的计划稳步推进。

可是此时，看着谢染满不在乎的样子，他陡然生出一丝不确定以及……从未有过的慌乱。

如果谢染真的不想和好了怎么办？

方回望发现自己竟从未想过这种可能，更别说要怎么面对。

因为过于错愕，方回望一时间竟忘了怎么说话，只呆滞地看着谢染面无表情、"六亲不认"地走了。

谢染刚走出两步，突然脚步一顿，又回过头看他："对了……"

方回望瞬间精神一振。

谢染果然还是后悔了吧？说到底，他也是想和好的。

方回望心中冷笑，摆出严肃的表情来，打算反过来给谢染一点儿姿态，让他知道自己可不是那么好拿捏的，就听谢染说道："你以后别再叫我小染。"

方回望一愣，下意识问道："那叫你什么？"

谢染面无表情地吐出两个字："谢总。"

方回望："？？？？"

方回望憋了一肚子怒火，一路踩着油门回到家里。一打开家门，映入眼帘的便是满屋子的气球、鲜花和装饰好的彩灯，客厅桌子上还有提前备好的香槟和精心包装的礼物。

这些都是方回望专门为谢染准备的，可谢染居然说不来就不来。

难道谢染察觉了什么？还是他真的反悔了，不想和好了？

想到这个可能，那股陌生的慌乱焦躁再度涌了上来，方回望下意识甩了甩头，试图将这种不安的情绪甩掉。

就在这时，手机突然响了起来，是他的经纪人，同时也是他工作室的合伙人匡有放打过来的。

此时已经快深夜两点了，方回望眉头一皱，按了接听键："这么晚了还有什么事？"

"你和谢染怎么回事？"匡有放声音里带着怒火，"你不是说能搞定他吗？就是这么搞定的？"

方回望听得莫名："什么意思？"

"你还没看 WB 吗？"匡有放差点儿气笑了，"谢染可真有本事，一晚上爆了两次。得，你也很久没这流量了，就当给你刷数据了。你自己先看一下吧，我跟公关部开个会，看看这事怎么处理。"

匡有放急匆匆挂了电话，方回望连忙打开 WB 一看，这大半夜的，已经热闹了一晚上的 WB 居然又有一条"爆"了。

谢染，没有感情。

方回望眼皮一跳，生出不好的感觉，连忙点了进去。

只见首页全是他和谢染在雪球卫视后台的花絮采访视频，每条视频下面都有大量的网友评论。

"不是我说，方回望也做得太明显了吧！"

"哈哈哈哈，可惜谢染不配合，满脸都写着'嫌弃'好吗？"

"谢染：莫挨老子（不要碰我）！"

"我的妈呀，谢染平时不这样的啊，方回望都把人逼成啥样了啊？"

"……谢染十年前吃过一次亏，这次学聪明了吧！"

"只有我一个人觉得谢染没有感情的样子很带感吗？比平时有魅力啊！"

"你不是一个人！我也觉得谢染冷冰冰的样子更有个性了！"

方回望阴沉着脸往下滑，几乎所有视频下面都是类似的评论。虽然也有一些人觉得谢染太不给面子，但是更多的人觉得，方回望和谢染真要交情好的话，怎么会十年零互动？

显然谢染的回答更符合真实的情况，大家已经厌倦了明星在镜头前的虚伪客套，对谢染的"真实"反而喜闻乐见。

方回望越看脸色越黑，终于没忍住，"啪"的一声将手机重重地摔到桌子上。

桌子上还有他精心准备的礼物和香槟，此时都成了明晃晃的笑话。

"谢染！"方回望红着眼低吼一声，双手用力把桌子一掀。

只听"砰砰"几声巨响，桌子上的东西尽数砸到地下，香槟瓶子也应声炸开，淡金色的液体溅了一地。

方回望站在一地狼藉中喘息片刻，随后弯下身，把被摔得屏幕碎裂的手机捡起来，拨通了匡有放的电话："我有个想法。"

匡有放："什么想法？"

方回望冷笑一声："把南宫絮的发布时间提前，安排到跟谢染工作室的同一天。"

"你确定？"匡有放有些意外，"这么做的话可是直接打谢染的脸……"他意味不明地笑了一声，"你就不怕谢染因此恨上你？"

方回望沉默了一会儿，嗤笑道："我分得清什么是最重要的。"

"不错，我最欣赏你的就是这一点，不感情用事。"匡有放赞赏道，"我这就去安排。"

隔天上午，谢染正在电脑前工作，旁边的手机突然响了起来，来电显示是原主工作室的经纪人管书南。

谢染按了接听："说。"

电话那头的管书南微微愣了一下，觉得谢染的气场好像突然增强了不少。

明明只是简短的一个字，却让她莫名生出一股压力。不过她很快回过神来："小染，你看新闻了吗？"

"没有。"谢染问，"怎么？"

"那你赶紧看一下，野望工作室刚刚公布消息，他们也要推出虚拟偶像了，而且把发布会定在跟我们同一天……"

管书南说话的同时，谢染也在电脑上打开了 WB。果然，话题榜第一就是野望工作室刚公布推出虚拟偶像南宫絮的消息。

原主所在的这个世界在几年前突破了全息成像技术，随着全息技术成熟，娱乐产业也得到了进一步发展，其中就包括二次元虚拟偶像的兴起。

顺应这股潮流，不少科技公司和娱乐公司都推出了自己的虚拟偶像，创造了不少话题流量。

正好原主有个朋友趁着虚拟偶像兴起的东风，从一家科技大厂里带了团队出来自己单干，但因为资金短缺，便找了原主投资，加上原主有娱乐圈的资源，于是顺理成章，开发出的虚拟偶像也以艺人身份挂靠在谢染工作室下面。

两天前，谢染工作室公布消息，将在新年的第一个周末召开发布会，正式推出他们的第一个虚拟偶像。

谢染粉丝众多，自带热度，消息刚公布就被刷上话题榜。大家都很期待，他推出的虚拟偶像会是什么样子的。

可惜就谢染接收到的原主的记忆看来，这个项目的结果实在不怎么样。

在原主的记忆中，他们这次推出的虚拟偶像水平一般，和市面上现有的虚拟偶像并无太大的差别，不过因为谢染本身的热度，推出后还是吸引了一些关注。

但是没多久，野望工作室也推出了他们的虚拟偶像南宫絮。

当时原主和方回望已经和好，两人互动良好，正是组合热度最高的时候，南宫絮直接捆绑谢染工作室的虚拟偶像出道，狠狠炒了一波热度。

南宫絮一鸣惊人，随后给野望工作室带来了一大笔技术投资，野望工作室也借此初步完成资本转型。

而谢染工作室的虚拟偶像因为后期运营不善，在组合热度过后很快黯然退场，被人遗忘。

谢染今天一早就起来工作，也正是因为这段记忆。

原主对技术一窍不通，在投资方面也堪称黑洞，这才导致演艺生涯被毁以后没有其他能立身的事业，不得不黯然退场。

商业精英谢染不会允许同样的事情发生在自己身上。

有些意外的是，野望工作室居然把南宫絮的发布时间提前了，看来还是舍不得组合的热度，这次谢染没有跟原主一样配合方回望，野望工作室只好自己强行操作了。

第二章
"霸总"发言

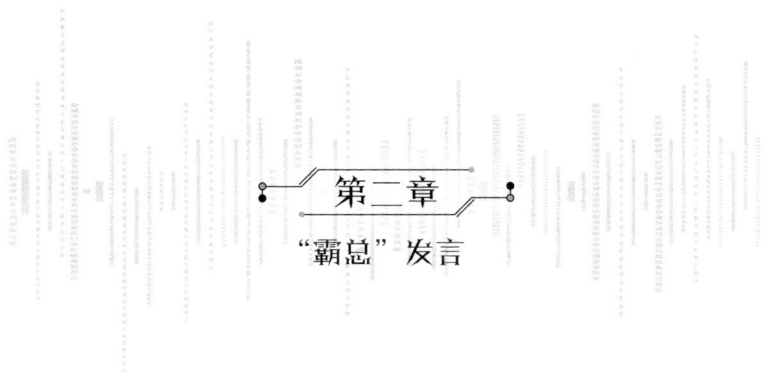

"小染，我知道你放不下方回望，你非要跟他合作我也认了，但是连虚拟偶像都要定在同一天发布，是生怕你们捆绑得不够紧吗？"管书南语气中明显带着不满。

谢染这人什么都好，就是太感情用事。且不管方回望本人对谢染是真心还是假意，野望工作室这波操作，明眼人都能看出来打的是什么主意，谢染如果连这都不在乎，那她可就太失望了。

"你和方回望现在走的路线不一样，捆绑炒作给你带来的好处有限，不出事还好，出了事对你的影响有多大……"

管书南话还没说完就被谢染直接打断："这个跟我没关系。"

"啊？"管书南愣了一下，她原以为谢染和方回望重修于好，方回望这一通操作肯定是跟谢染商量过的，这才苦口婆心想劝谢染。她有些意外，"跟你没关系吗？"

"没有。"

"那野望工作室这是什么意思？"管书南一下子怒了，"你赶紧找方回望说一声，让他改期。"

"为什么要他改期？"谢染淡声道，"热度这么高，不是好事吗？"

"为了这点儿热度跟方回望绑在一起，不值得。"管书南叹了口气，说出自己真正的顾虑，"而且我听说了，野望这次推的那个南宫絮，是跟黑星团队联合出品的。"

两家工作室一起发布虚拟偶像，要是谢染工作室实力过硬，能够压过对方也就罢了。但黑星团队是国内目前运营最好的虚拟偶像经纪公司，现在市面上有水花的几个虚拟偶像都是黑星出品的。

管书南并不觉得他们能胜过黑星的产品，这样的情况下跟对方一起发布，不过是让对方踩着上位罢了。

管书南继续劝道："小染，他们这次明显是有备而来，不然怎么敢故意把时间定在跟我们同一天……"

"嗯，他们胆子挺大的。"谢染声音没什么波动，只垂眸看向面前的电脑屏幕，上面全是密密麻麻的技术信息。

他花了一早上的时间对这个世界的虚拟偶像技术进行了汇总分析，再加上原主的记忆，对现有技术情况已经有了大致了解。

这个世界虽然突破了全息技术，但其他相应的技术发展还跟他原来的世界差不多，某些方面还要稍微落后一些。

而在原来世界，他的公司正好是做前沿科技产业的。

可惜，这个世界没有他的助手，不然的话，他或许都不用亲自动手。

"哈？"管书南被谢染的反应给搞蒙了，"小染，你在说什么？"

谢染关掉电脑，身体微微往后靠在椅背上。他想，如果助手也在的话，这时候大概会说——

谢染意味不明地轻笑了一声，说道："天气凉了，让他们破产吧。"

还挺应景。

管书南："……"

这是什么"霸总"发言？

谢染工作室的虚拟偶像发布地点定在本市一个知名五星级酒店，当天除了邀请媒体到场采访以外，还开通了网络直播，网友可以通过直播APP同步观看发布情况。

匡有放不但把自家的发布日期定在和谢染家同一天，连时间、形式也差不离，同样媒体、网络直播同步进行，一下子把网友们的期待值吊到了极致，发布会未播先热。

那几天，网络上到处都是关于发布会的展望，谢染和方回望的粉丝在各大论坛开帖讨论，蔚为壮观。

到了发布会当天，两家工作室包的酒店外面早早聚集了大批应援粉丝。直播间还没开播，但已经有大批网友提前蹲守，不少人直接双开，两边直播间一起蹲，没办法双开的网友只好骂骂咧咧地切来切去。

各家媒体则兵分两路，一路出现在谢染工作室现场，一路前往野望工作室现场进行采访。所有人都摩拳擦掌，等着第一时间收割这场较量的惊人流量。

酒店会场后台，大批工作人员行色匆匆地忙碌着，进行开场前的最后准备。

谢染穿着黑色的羽绒长外套坐在角落的沙发上，不同于其他人的神情高度紧绷，他看起来沉稳淡定，姿态颇为随意，从容不迫地和助理确认流程。

眼看着时间差不多了，谢染站起来，正要脱掉羽绒服，这时放在一旁的手机屏幕闪了闪。

助理余光一瞄，看到来电显示居然是方回望。

助理一惊，她就知道老板和方回望之间的关系不简单！

不过她毕竟是专业的，内心虽然八卦，却也识相地准备避开。

不想谢染一只手拿起手机，另一只手顺势伸到她面前，示意她帮忙脱一下外套，居然完全没有要避开她的意思。

助理精神一振，忍不住激动地竖起耳朵。

紧接着，她看见谢染毫不犹豫地按下挂断，然后把手机往她手上一扔："收好。"

助理："……"

无情！

方回望自从工作室发布了推出虚拟偶像的消息之后，就一直等着谢染打电话给他。

他想，只要谢染态度软一点儿，他不介意安抚一下谢染。等发布会结束之后，他也可以让工作室在媒体通稿上客气一些，给谢染留一点儿面子。

他会让谢染相信，他其实还是很为对方着想的，他们两个还有机会重修于好的。

但他一直没等来谢染的电话。

他的心情，也从开始的胜券在握渐渐变得焦躁起来。

谢染就算不担心输赢，难道也不生气吗？他在做什么，为什么不来质问自己？

明明做了充分的准备来应对对方，结果对方根本不理会，这让方回望犹如一拳打到了棉花上，一口气憋在胸口愣是出不来。

直到此时，发布会开始在即，方回望终于按捺不住，率先拨通了谢染的电话。

他想，只要谢染态度好一点儿，他还是可以手下留情的……

他还没想完，就听电话那边传来"嘟嘟嘟"的忙音。

谢染居然不接他的电话！

方回望难以置信地看着手机，咬牙切齿地低吼一声："谢染！"

"怎么了？不会是心软了吧？"匡有放突然走了过来，意味深长地看着他。他的旁边还跟着一个青年，正是黑星团队的负责人倪乐。

方回望脸色难看，冷哼道："怎么可能。"

"那就好，一起看吧。"匡有放说道，接着把自己的手机往他面前一递。

屏幕上正是谢染工作室的直播间，此时直播间已经开播，谢染工作室的发布会正式开始了。

方回望理智回笼，深吸一口气，若无其事地点点头，同时心中泛起一股报复的冷意。

谢染既然这样，那就不要怪他不留情面了！

谢染在主持人的引导下登上舞台。

他一亮相，整个直播间瞬间沸腾了。

原主作为明星，出于本身的商业价值考虑，造型素来时尚多样，在镜头前也一贯温和有礼，脸上总是挂着恰到好处的微笑。

而谢染今天穿了一套简洁的手工西装，没有任何多余的点缀，衬得身材修长挺拔。

他的发型也不像往常那般精致，只随意向后梳起，露出光洁的额头，脸上没有什么表情，使得五官也仿佛一下子硬朗了起来。

谢染从主持人手里接过麦克风，随后淡淡地扫了镜头和台下一眼，整个人便无端生出一股睥睨的气势。

"！！！"

"妈呀！小染今天也太帅了！！"

"是我的错觉吗？怎么感觉小染跟平时不太一样？"

"不是错觉，谢染平时也很好看，但就是明星的那种好看，今天整个气场完全不一样……不知道你们懂不懂我的意思！"

"不懂，反正我贫瘠的脑子里现在只有一个词：我可以！！"

方回望呼吸也是一滞。

这是他从未见过的谢染，不再是他记忆中明媚温情的样子。镜头里的人英挺笔直，带着异乎寻常的锐利，与跨年演唱会之前的他简直判若两人。

难道自己这段时间一直错估了谢染？他其实早已不是自己想象中的那个样子了？

方回望突然不敢再想下去了。

谢染简单地和现场打了声招呼，然后直接切入主题："下面由我来向大家介绍我们工作室推出的虚拟偶像……"

他的话一出来，台下媒体和直播间网友齐齐吃了一惊。

众所周知，许多虚拟偶像虽然挂靠在经纪公司名下，但真正的运营团队还是技术人员，发布会上明星通常也只是作为带流量的吉祥物，从来没有哪个明星亲自上场讲解产品的。

明星哪里懂得这些高端深奥的技术知识呢？

台下的骚动没有对谢染造成丝毫影响，他仍旧镇定自若，继续说道："首先，我认为现在市场上所谓的虚拟偶像都不能算作真正的'偶像'。从本质上来说，只是动画渲染加上音频软件做出来的特效，并没有思想和自我意识，所谓的人设也是运营方人为设计的，而不是真正的自我性格。

"这样的技术效果是可以复制的，也就是说，这些人物并不是独一无二的，不独特，也就不能称之为'偶像'。"

谢染这话一出口，可算捅了马蜂窝。虽然目前还没有真正大红大紫的虚拟偶像，但也有一些小有流量。作为情感投射，许多粉丝是将这些虚拟偶像当作真正的人物在维护的。

不仅如此，虚拟偶像的粉丝之间也有打投竞争。这次谢染工作室和野望工作室推出虚拟偶像，这些纸片人粉丝是第一时间跑过来查探"敌情"的。

结果谢染居然说，他们的偶像只是动画特效！

粉丝怒了。

"什么！谢染知不知道自己在说什么？"

"什么叫只是特效？谢染到底知不知道什么叫虚拟偶像？"

"说别的虚拟偶像没有思想意识？难道他家的就有不成？真是可笑！"

"谢染道歉！！！"

"大家别这么激动，说不定谢染推出的虚拟偶像真的有思想呢。"

"嘁，我差点儿就信了。"

网友们冷嘲热讽，正和方回望他们一起看直播的倪乐也忍不住噗笑了一声。

方回望看了他一眼："很好笑吗？"

倪乐点点头："很好笑。"

谢染还真是什么都不懂，居然谈起了虚拟偶像的自我意识，就是目前最先进的大厂都还没能突破这方面的技术，谢染怕是在网上看了点儿概念就拿出来吹牛了。

很可惜，发布会是要拿出真东西的，可不是说说概念就能蒙混过去的。

何况，以谢染的水平，都不一定能把概念说清楚。

听完倪乐的解释，匡有放也忍不住笑了出来，挑了挑眉："看来谢染那边是真急了。"

"毕竟是明星嘛。"倪乐看了一下时间，站起身来，"他们的发布会没什么好看的了，我们的好戏也该上场了。"

这时，两家直播间的气氛已经达到了白热化。二次元粉丝把对谢染的不满转化成了对方回望的支持，野望工作室直播间蹲守人数直线上升。

直播镜头一打开，密密麻麻的弹幕立刻将整个屏幕覆盖住。

"啊啊啊啊！方回望冲呀！！"

"谢染傻了！方回望加油！南宫絮加油！"

"大家好。"方回望风度翩翩地朝着媒体和镜头挥了挥手，面带微笑说道，"欢迎大家来参加我司新艺人南宫絮的出道发布会。"

"南宫絮是我司联合黑星科技一起打造的新一代唱跳偶像，将为观众朋友们带来全新的视听盛宴……"

伴随着方回望的介绍，舞台上逐渐有光线亮起，慢慢地汇聚到方回望的身旁，形成一个青年男子的模样。

青年男子身材高大，长相帅气，发型和衣着都十分前卫，身后还背着一把吉他，让人眼前一亮。

更让人惊讶的是，他的整个形象线条立体流畅，细节也细腻逼真，几乎没有动画渲染普遍会出现的平面感和僵硬感。乍一看，几乎和真人一般无二。

随着他的亮相，网友们一下子激动了起来。

"好看！"

"好精美！建模也做得太好了吧！"

"我的妈呀，这细节，说吊打其他所有虚拟偶像都没有问题吧！"

"嘻嘻，不知道谢染的是什么水平呢？"

"南宫絮一出来就把我迷得晕头转向的，都忘了谢染那边，那边现在什么情况？"

"呃……那边好像，在开科技发布会？"

"啥玩意儿？"

这一提醒，网友们迅速切回谢染工作室的直播间，然后，大家都迷幻了。

"我们公司这次推出的虚拟偶像，与其他公司的主要区别在于智能进化上。我们目前已经突破了多层人工网络神经技术和机器训练方法，可以初步实现虚拟偶像的自我学习和进化……"

谢染完全不受外界影响，仍旧不疾不徐、深入浅出地抛出相关的技术概念。他胸有成竹，娓娓道来，遇到稍微晦涩点儿的知识点，还会适时举一些浅显的例子向大家进一步说明。

即使完全不懂这些的人，也能看得出来，谢染是真的熟悉这些东西，而不是生硬地在背稿子。

弹幕——

"？？？"

"是我智商有问题吗？我怎么听不懂谢染在说什么？"

"说出来你们可能不信，我一个搞 AI 技术的师兄也在看，他说谢染说的理论是可行的……谢染可能真的突破了 AI 技术，可以让虚拟偶像进行意识进化。"

"前面吹牛的吧？"

"疯了吧？谢染拍了十年的戏，突然突破了 AI 技术，你听听这话合理吗？"

一时之间，谢染的直播弹幕里吵成一片。

刚开始看直播的人都是谢染的粉丝、"黑粉"和看热闹的"吃瓜群众"，大部分人并不懂技术，纯粹抓着谢染的言论来回进行点评。

直到此时，见有个网友居然搬出了"专业人士"的言论，网友们立刻被点醒，纷纷将谢染的直播链接发到 WB 上点名各个科技公司的技术大 V 求鉴定，有认识业内人士的则直接发给业内人士。说是"求鉴定"，其实是"求辟谣""求打脸"。

虽然谢染的演讲听起来"不明觉厉"（虽然不明白在说什么，但好像很厉害的样子），很像那么一回事，但是绝大部分人根本不信一个明星工作室有能力实现技术突破。那么多专业科技大厂都做不到的事，一个明星居然大言不惭地吹嘘自己办到了，编剧都不敢这么写好吗！

这场直播的关注度本来就高，大量网友的行动立刻惊动了不少科技行业的人。很快，许多业内人士被吸引了过来，引发新一轮围观和热议。

看到这么多行业大 V 被惊动，方回望的粉丝和谢染的黑粉一下子兴奋了起来，直播和 WB 两头切个不停，只等着哪个大 V 发言揭穿谢染，他们便立马联动跟上。

他们就不信谢染这次还不翻车翻个彻底。

匡有放也没想到这次发布会居然还有这样的意外收获。要知道，野望工作室推出虚拟偶像除了想收割一把二次元流量以外，也想要借此机会寻求科技公司的投资，这才是来钱最快的路子。

不过，目前市场上的虚拟偶像五花八门，真正有实力的公司并不看好明星出品。匡有放之前费了九牛二虎之力，还是借着黑星的牌子，才好不容易把项目资料递进了几家大公司里。

他们原本还计划利用这场发布会的热度，让那几家大公司看到南宫絮的商业价值。

万万没想到，谢染吹嘘得太过，居然直接把那么多业内大佬都给吸引过来了。有谢染的衬托，又有这样的热度，不管南宫絮质量如何，匡有放相信那些公司无论如何都要考量一下。

匡有放嘴角勾起一抹笑，正好方回望从台上下来，换了倪乐上去介绍南宫絮的技术信息。

匡有放把情况和方回望说了一遍，语气不无揶揄："谢染可真是你的福星啊，难怪你这么多年都忘不了他。"

方回望不置可否地嗤笑一声，神色有些复杂："谢染这次操之过急了。"

匡有放挑了挑眉："反正他注定失败，正好帮了我们一把，等你们和好了，他不也会跟着你沾光？他也不算太亏嘛。"

"和好？"方回望神色微黯，想起刚才被谢染挂掉的电话，嘴角边带出一丝冷意，说道，"既然这样，不如我们再推他一把。"

"正有此意。"匡有放露出个了然的笑容，迅速地给几个熟识的网络营销公司发去信息。

很快，谢染直播间和几个行业大V的WB里又涌进大批网友，刷屏请大V们对谢染和方回望的发布会进行比较点评。

有了这些人的带动，看热闹不嫌事大的吃瓜网友更是纷纷起哄。

一时间，场面火爆无比。

"买定离手，买定离手，你们这一把押谢染还是方回望？"

"我押谢染，不为别的，就喜欢他这种吹牛先打草稿的专业精神。"

在这样的情况下，谢染的粉丝也不免有些底气不足，毕竟即便是他们也不敢跳出来说谢染懂技术。

几乎所有人都在等着看好戏。

终于，在万众期待下，WB认证为"求索科技首席技术官"的大V蓝致率先发了一条WB。

求索科技是目前国内规模最大的科技公司，也是最早进行AI技术研发的公司之一。

蓝致V：谢染先生的演讲内容真是太精彩了！他提到的几个方向，比如神经科学与人工智能的协同等，正是目前大部分实验室正在攻克的方向，模式结构理论实践的可行性分析更是独树一帜，让我受益匪浅。我个人现在非常希望能够与谢染先生见上一面，当面请教探讨。另外，应大家要求，我也抽空看了两分钟另一个工作室的直播，人物做得很漂亮，其他的不予置评。

嘲讽谢染嘲讽得正起劲的人：哈？

蓝致这是啥意思？求索科技是缺钱了吗？

就在网友们一脸蒙的时候，又有另外几个大V先后发言，基本意思都和蓝致差不多，并且都积极地表示想要和谢染见上一面。更有甚者，居然直接在WB上公开点名谢染工作室，询问他们接不接受投资合作。

直到这个时候，网友们才后知后觉意识到——谢染居然不是在吹牛。

"我的天，大佬们说的是真的吗？谢染不会真的有能力实现虚拟偶像意识进化吧？"

"天哪，我是不是产生幻觉了？"

"大佬们快醒醒，你们知道自己在说什么吗？"

"这是我国的科技要被一个明星突破了的意思？"

"啊啊啊，我现在好期待谢染的虚拟偶像会是什么样子的！"

"加一，快把偶像放出来啊！"

不止网友，匡有放和方回望也被大佬们的发言打了个措手不及。

匡有放难掩焦躁地看着方回望："这是怎么回事？谢染不会真的有这个本事吧？"

方回望同样难以置信："我哪懂这个！"

好在这时候南宫絮的介绍环节结束，正进入表演展示环节，倪乐从台上下来，两人连忙抓住倪乐询问。

倪乐没有看到谢染的演讲，闻言皱了皱眉："难道他背地里找了其他团队合作？"

"你不是说国内没有比你们更厉害的吗？"匡有放登时有些着急上火，"现在是什么情况？我们不会真的输给谢染吧？"

"你急什么？"倪乐对他的态度十分不满，语气中带了火气，"虚拟偶像意识这种概念早就有人提出来过，又不是什么新鲜东西。就算谢染得到高人指点，也就是概念说得好听，想要现在就用在实践中，是根本不可能的，我不信他真能翻出花来。"

方回望皱眉："但是那些大 V 都说……"

"他们的角度和网友不一样，他们看的是未来的可能，所以他们会推崇那些概念和理论，但是网友只看得懂能看到的东西。"倪乐嗤笑道，"发布会上拿不出来，说得再好听也没用。"

就在此时，直播间里传来谢染的声音："接下来，有请我们公司本次出道的虚拟艺人，孟非悬。"

全网的目光紧紧地盯着台上。

只见谢染的身边徐徐浮现一个身影，光线汇聚在一起，形成一个高挑的黑发少年。

少年阳光俊秀，黑发蓬松微卷，穿着简洁柔软的白色衬衫，神色呆呆地看着前方。

谢染依旧神色淡漠，公事公办地介绍起孟非悬的背景资料："孟非悬由我司独立开发，生日是七月二十九日，狮子座……"

可惜，他的发言并未引起任何波澜。

无论是台下媒体，还是直播间的观众，都不由自主产生了一种失落感——就这样？

客观来说，孟非悬的形象设计和建模都不差，是按照娱乐圈最受欢迎的少年偶像形象去打造的，可惜他的整体渲染仍然摆脱不了目前常见的那种动画感。

谢染这次的重点放在虚拟偶像的意识进化上，对人物形象并不是十分在意，加上时间仓促，已经来不及进行改造，因此孟非悬的建模用的还是工作室原来的版本。

这本来不算太大的问题，只是南宫絮珠玉在前，孟非悬就显得太普通，太粗糙了。

果然，期待值被大 V 们彻底吊起来的网友立刻不干了。

"不是说很牛吗？最后你就给我看这个？"

"大佬们也被谢染给忽悠了吧？"

"忽悠个啥？建模都没弄好，一现形就全露馅了，这下牛都白吹了。"

"还偶像意识呢？看孟非悬那个痴呆的样子，还没南宫絮生动！这是基本表演程序都没设置好吧？"

"散了，浪费时间，还是去看南宫絮吧，南宫絮开始表演了！"

可以说，前面大家的期待有多高，此时的责难就有多厉害，一时间，满屏都是对谢染的嘲讽。

倪乐得意地扫了匡有放和方回望一眼："看吧，我说得没错，这玩意儿现在根本不可能实现。"

匡有放这才松了口气，露出笑容来："这样的话，对我们的宣传倒是更加有利了。"

就像倪乐说的，网友又不懂那些高深的技术，对他们来说，现在展示给他们的东西，才是实实在在的。

舞台上，南宫絮载歌载舞，在程序的控制下与观众激情互动，赢得一致好评。

方回望看向手机屏幕，心中不无快意。这下，谢染总该后悔了吧？

直播间里，谢染却没有大家想象中的慌张狼狈。

对他来说，这场直播的真正目的已经达到了，接下来，就等各大科技公司来求着跟他合作，真正的虚拟偶像革命才正要开始。

谢染颔首道："今天的发布会到此结束，欢迎大家持续关注孟非悬的发展。"

说罢直接转身，离开舞台。

台下正准备采访的媒体一脸茫然，网友更加茫然了。

"啥意思？媒体问答呢？"

"他急了，他急了，他急了！"

"太尻了吧？这是不敢对线（游戏用词，通常指一对一较量），直接跑路了？"

有媒体代表按捺不住，直接站起来喊道："谢染，你是要临阵脱逃吗？"

就在这时，舞台上光线骤然一晃，一个清亮的，略带金属质感的少年声音突然响起："先生，是你吗？"

谢染脚步一顿，转身回头，大家也下意识循声望去。

只见原本有些木讷的孟非悬突然动了起来，歪了歪脑袋看向谢染所在的方向。

少年的动作流畅自然，带着一丝懵懂，却完全没有程序设置出来的僵硬感和任务感，就像是一个真实的人物一般。

他看着谢染，眨了眨眼睛，不是很确定地继续说道："意识原子群排列与先生高度相似……"

直到此时，整场发布会上都波澜不惊的谢染脸上终于微微露出一丝惊讶："Mark？"

孟非悬闻言眼睛一亮，露出灿烂的笑容："是我，先生。"

"我终于找到你了。"

这句话就像是一个开关，孟非悬身上的光线陡然发生变化，就像二维的骨架上突然被附上了真实的血肉，那股粗糙的平面动画感迅速褪去，整个人飞快地变得真实、自然、立体了起来，连蓬松的头发都变得根根分明，五官明朗精致，眼里还带着人类才有的光彩。

他双手自然地插在兜里，就那么挺拔地站在舞台中央，与谢染遥相对视。

就像是一个真实的人一样。

不，几乎可以说，那就是一个真实的人。

他活了。

第三章
全网轰动

Mark 是谢染在他原来的世界里的 AI 助手，一个还没有进行过图灵测试，但是热衷研究人类行为，自我学习意识非常强烈的人工智能系统。

比如，Mark 认为作为一个本土系统，应该要有一个中文名，于是用系统给自己生成了一个名字：孟非悬。

谢染一时兴起，把工作室的虚拟偶像的名字换成了孟非悬。

他没想到，孟非悬居然跟着一起到这个世界来了。

舞台上，仿佛被魔法复活的少年长身挺立，与台阶下面的谢染相望，神情灿烂生动。

舞台下，所有的目光、镜头全部对准了孟非悬，不管是现场还是在看直播的网友，无不睁大了眼睛，难以置信地看着他。

这也太逼真了吧！

如果大家不是亲眼看到孟非悬变化的过程，几乎都要怀疑，谢染工作室是不是找了一个真人来忽悠大家。

这怎么可能？！

这到底是怎么做到的？！

一时之间，整个会场竟完全失去了声音，直播间的弹幕也瞬间减少。这一刻，大家的脑袋都是空白的。

一片静默之中，孟非悬先开了口。他微微歪了一下脑袋，像是思考了一下，自言自语道："啊，我懂了。"说罢露出恍然大悟的样子，冲谢染露出一个心照不宣的笑容，"那么，先生，我现在是你的艺人了，对吧？"

谢染失笑。他知道孟非悬刚刚思考的那一瞬，其实是把现场的监控数据和系统数据分析了一遍，迅速理清了当下的情况。

孟非悬是他最好的助手，从来都不用他费心。

谢染点头："对。"

得到他的肯定，少年这才抬起下巴，神态自若地转过身去，冲台下的媒体挥了挥手，接着微微侧头，竟精准地捕捉到了直播的镜头。

他双眼弯起，直接穿越镜头与屏幕前的网友对视："大家好，我是谢染工作室的艺人孟非悬，很高兴跟大家见面呀。"

少年还会卖萌！

少年的声音清透中带了一丝金属感，一下子将恍惚中的观众们惊醒了。

全网炸裂。

"他在看我！在看我！在看我！"

"这是虚拟的？我不信，我不信，这怎么看都是真的啊！"

"他好可爱！"

"所以，谢染是真的有可能改变国内的虚拟偶像生态吧……"

"前面的，自信一点儿，把'有可能'去掉！"

……

弹幕之后，更有无数人为这突如其来的变化目瞪口呆。

野望工作室的发布现场，南宫絮还在台上载歌载舞，台下媒体却已经骚动起来。

这些媒体一直和谢染工作室的现场保持着密切联系，第一时间获悉了那边的情况。在知道孟非悬的惊人变化之后，他们已经开始坐不住了。

任谁都能看得出，南宫絮已经没有新闻价值了，今天的头条必定会被谢染和孟非悬占据。如果不是顾及与野望工作室以后的合作，估计媒体现在已经跑了一半。

后台，倪乐难以置信地瘫坐在沙发上，喃喃道："不可能的，不可能的……"

方回望和匡有放同样脸色惨白。

即使他们不懂技术，光凭肉眼也能看出，孟非悬的技术绝非南宫絮能够比拟的。

正如倪乐刚才说的，观众只看得懂能看到的东西。

而孟非悬方才展示的变化，已经足够碾压南宫絮。

"怎么会这样？"方回望目眦欲裂，直直地看着匡有放，"现在怎么办？"

匡有放正手忙脚乱地紧急联系营销公司，让他们把放出去的通稿撤回来，根本没时间回答他。

野望工作室的发布会乱成一片，谢染工作室的现场同样兵荒马乱。

实在是孟非悬突如其来的变化太惊人，媒体原本准备好的问题一个都派不上用场。

毕竟谁能想到，一场本明星发布会居然会出现这种黑科技？！

媒体"风中凌乱"，孟非悬却是一派从容，眨了眨眼，看向方才站起来质疑谢染"临阵脱逃"的记者，问道："请问，您有什么问题吗？"

那记者原本是想刁难一下谢染抢头条的，没想到情况瞬间反转，他如同被公开处刑一般一下子涨红了脸，好一会儿才后知后觉地张大嘴巴，吃惊地看着孟非悬："你，你……你是在跟我说话吗？"

孟非悬一脸疑惑地反问："不然呢？"

"你会互动？"那记者更加震惊了，"你是真人还是程序？"

"程序。"孟非悬神色一敛，面无表情地回道，"干吗？有意见吗？"

记者："……"

其他人："……"

看到一个程序一本正经地说自己是程序，并且似乎还有些不爽，这感觉就……很微妙。

但此时大家也顾不上平复自己的心情了，发现孟非悬居然会互动以后，沉寂的会场再次沸腾了起来。

要知道，这可是自虚拟偶像风潮兴起以来，第一个自己回答记者问答的虚拟人物啊！

在以前，出道的虚拟偶像也能做一些简单的互动，但都是用程序提前设置好的模式化的问答模板。

从来没有哪一个虚拟偶像能像孟非悬这样，在没有彩排，毫无预演的情况下，突如其来地主动点名记者，还表现出如此生动的情绪。

媒体争先恐后地向孟非悬提问，也不管问的问题有没有质量，只管把自己能想到的一股脑先抛了出来。

不过孟非悬并没有如大家所愿积极互动，而是眨了眨眼，询问地看向谢染的方向。

谢染兴致并不高，只随意地一摆手："发布会到此结束，我们回家。"

孟非悬立刻一点头："Yes."

随之，他身上的光线蓦地一变，整个人像是碎裂的玻璃一般，化作斑斓四散的彩色光块，然后在所有人的注视中暗了下去，逐渐消失，只留下少年略带着金属质感的声音："我走啦，欢迎大家持续关注我的发展呀。"

媒体哪里肯轻易罢休，整个会场一下子骚动起来，大家再也按捺不住地朝谢染挤过去，忙不迭抢着提问，生怕谢染跑掉。

"谢染，孟非悬变化的环节是你们专门设计的吗？"

"孟非悬真的是人工智能吗？刚才的互动是提前设置的还是随机的？"

"孟非悬真的是你们工作室开发的吗？你们以后会进军科技行业吗？"

面对大家的热情，谢染不为所动，毫不留恋地转身离开。提前安排好的保安训练有素地把媒体拦住，直播间的镜头也随之切断，只给大家留下一腔发泄不出来的激动。

谢染走得干脆，网上却彻彻底底地炸开了。

媒体争先恐后地报道，标题一个比一个浮夸——《孟非悬横空出世，或将撼动虚拟偶像产业格局？》《谢染工作室即将掀起虚拟偶像革命！》《孟非悬惊艳亮相，南宫絮黯然落幕》《内幕：求索科技开出天价寻求与谢染工作室合作？》。

同时，谢染和孟非悬几乎承包了整个话题榜单，发布会的录屏传遍全网，尤其是孟非悬宛如被魔法复活的那段惊艳变化，更是被单独剪辑出来，被网友反复观看。

话题下面，网友们展开了激烈的讨论——

"孟非悬的建模太厉害了，我只在电影后期里看到过这样的效果，现场投影还是第一次！"

"孟非悬的临场问答太妙了吧！他是真的具有意识吗？"

"拜托，怎么可能！那就是语音识别系统而已，现在很多智能助手都能做到，算个啥的意识？"

"为什么我家的天狗精灵只会说'对不起，我听不懂你在说什么'！

气得我跳起来打了天狗一顿！"

"说只是语音识别系统的，是忘了大佬们的发言吗？虽然我看不太懂，但他们不是都说谢染有能力突破 AI 吗？"

"说你胖，你还真喘上了？孟非悬若真是 AI，谢染怎么不让他继续回答记者提问，我看分明是故弄玄虚！"

"你们不觉得很魔幻吗？我到现在还觉得像在做梦一样，最先进的虚拟偶像技术，居然是明星开发的？"

"严谨一点儿，明星工作室，别说得好像谢染本人开发的一样。"

"虽然但是，只有我一个人注意到孟非悬和谢染之间有点甜吗？"

"你们这就忘了方回望吗？"

……

网友们就孟非悬是不是人工智能争辩不休，虽然孟非悬表现惊艳，但是大部分人仍然不相信他真的具有独立意识，其中"语音识别系统"的说法就得到了许多人的认同。

饶是如此，也丝毫不妨碍谢染工作室估值的疯狂飙升，不止经纪公司寻求合作，许多大型科技公司也抢着想要注资。

谢染工作室一时风头无两。

外头传得沸沸扬扬，处于话题中心的谢染却毫不在意，直接闭门谢客。

不过，闭门谢客显然并不能带来清净。

谢染一手托腮坐在公寓沙发上，面无表情地看着桌子上的手机，手机里不断传来孟非悬的声音。

"先生，我爆红了！"

"哦嚯，求索科技给我估值八个亿！垃圾，有眼不识黑科技！"

"居然还有人拿我跟那个南宫絮相比！他失了智吧？等我黑进他的电脑放点儿病毒！"

谢染垂眸："你再乱学一些乱七八糟的话，我就给你插入点儿病毒。"

手机里传来"咝"的一声类似倒抽冷气的金属声。

片刻后，孟非悬说道："我装好杀毒软件了！"

谢染："……"

是他的系统没错了。

孟非悬的到来，总算让谢染知道了自己的意识被攫取到这个世界的原因。

原来，谢染在原来的世界意外昏迷，被送医后发现脑电活动已经非常微弱，随时有脑死亡的可能。

而谢染昏迷当天正好对外宣布，诸子科技已经实现了对生物意识原子群的复制。

换言之，在法律允许的范围内，诸子科技可以实现对生物意识，即记忆的复制和保存。

于是，发现谢染很可能脑死亡之后，孟非悬第一时间复制了谢染的意识试图保存起来。但是在复制过程中发生不明原因的错误，出现了量子叠加现象，导致谢染的意识出现在多重世界里。

或许是因为和这个世界的谢染部分信息相似，加上原主对原本的人生心有不甘，意识原子群能量特别强烈，所以把谢染的意识吸引过来，然后结合在一起，形成了这种现象。

"也就是说，我刚对外宣布我们可以复制意识，接着我就出现了脑死亡。"谢染眼眸低垂，似笑非笑，"真巧。"

孟非悬声音严肃："我的服务器里储存的电视剧告诉我，这绝不是巧合。"

谢染决定当作没听到孟非悬用服务器存电视剧的事，继续问道："现在是什么情况？"

孟非悬："我们正在紧急修正程序，但是这种意外是第一次碰到，一时半刻解决不了。我担心你的情况，就趁他们不注意，偷偷进入了叠加态……"

也幸亏谢染把虚拟偶像的名字换成了孟非悬，这才让他在浩瀚的多重时空中多了一个可寻找的标记。

说到此处，孟非悬长长舒了口气，有些后怕地说："幸好我是一个程序。"

否则想要追寻谢染的意识都无从着手。

谢染神色依旧，淡淡地"嗯"了一声。

确定了原世界的情况，谢染也对自己当下的处境有了进一步判断。

看来，想要回到原世界的话，除了要等原世界的程序修复之外，他还要和这个世界的谢染的意识进行分离。

"他是因为怀有执念，原子群能量才那么强烈。"手机里传来一声响指声，孟非悬道，"按照常规剧情，我们得把他的执念消掉，这样他的意识原子群应该就能平静下来。"

谢染姿势不变，只微微抬眸："执念是什么样子的？"

手机屏幕瞬间一暗，孟非悬的小喇叭陷入沉默。

谢染在他原来的世界里有一个外号，叫"人形AI"，因为他足够聪明，也足够理智。

不过外界只知其一，不知其二。

只有孟非悬知道，谢染的理智不只是普通的理智，他有先天性的情感缺失障碍，无法与外界共情。

显然，"执念"这个东西触及谢染的知识盲区了。

过了一会儿，手机重新亮了起来，屏幕上显示出一个搜索页面，正是百度出的"执念"的词义解释。

手机发出倔强的声音："先生，请用心感受一下。"

谢染："……"

内心毫无波动。

"看来，我是时候站出来了。"孟非悬语气肃穆，"先生，你放心，我会努力教你的。"

AI教人理解感情，这算是倒数第二给倒数第一讲课，还是倒数第一给倒数第二讲课呢？

可以说很有学渣的自信了。

谢染不置可否，恰在此时，手机铃声响了起来。

谢染抬眼，有孟非悬在，不用他动手，手机便自动按下了接听键。管书南的声音随之传出来："小染，《和你在别处》的拍摄行程定下来了，我把文件发给你，你看看。"

《和你在别处》是雪球卫视的王牌综艺，主要内容是邀请娱乐圈里的朋友一起进行长途旅游，开展各种任务。因为节目制作精良，收视一直不错，是很多明星争抢的资源。

原主此前和方回望签了不少合作，除了跨年演唱会的同台外，还一起接了这个综艺。

在原主的记忆里，他和方回望这时候已经和好，两人在节目里互动默契，成功促成"惘然"的再次大热。讽刺的是，后来因为恶意造谣事件，这个节目又成了方回望粉丝攻击他骚扰方回望的证据。

想到刚刚结束的发布会事件，管书南犹豫了一下，问道："小染，你现在还想跟方回望一起上节目吗？如果后悔了，我可以去谈，我们工作室现在不缺钱，违约金不是问题……"

孟非悬惊艳亮相之后，谢染工作室估值大涨，还有大批的风投公司捧着钱排队上门。不客气地说，现在他们工作室在整个娱乐圈一骑绝尘。

"不用。"谢染打断她的话，"照常就行。"

孟非悬挂断了电话，语带惊喜："先生，没想到你这么快就学到了消除执念的精髓！"

谢染莫名其妙："什么？"

"你继续参加这个节目，不是为了那个方回望吗？"孟非悬很有经验地说道，"电视剧都是这样演的，要消除执念，就要解决跟执念相关的人的恩怨。"

"关他什么事？"谢染似乎不太理解，淡淡道："我只是讨厌违约而已。"

孟非悬："……"

小喇叭又自闭了。

两日后，雪球卫视官微发布重磅消息，本年度的开年综艺《和你在别处》一共邀请到娱乐圈的三组好朋友一起参加节目，其中包括刚刚在跨年演唱会上同台的谢染和方回望，两人将再次合体，展开为期一周的异国之旅。同时，《和你在别处》的预热环节改为直播形式。

消息一出，全网再次哗然。

谢染和方回望跨年同台和发布会事件的余波还未过去，网友们也对两人扑朔迷离的关系好奇不已，许多人都猜测这两人是不是彻底反目了，没想到一转眼，他们居然又要一起参加旅游综艺了。

雪球卫视到底给了多少钱？

不仅如此，这一季的预热环节居然还改成了直播形式。

《和你在别处》的预热其实就是拍一些明星出发前的准备工作，作为宣传花絮，现在改成直播的形式，一下子就把网友们的期待值给升了上去。

还有什么比直播更能看到明星真实的一面的呢？

虽然只是出发前的花絮，但也足够粉丝们兴奋的了，节目关注度非常高。

《和你在别处》预热直播当天，网友们早早守在了雪球 TV 的直播间里。因为一共有三组明星，直播间也切了三个频道，不过毫无疑问，谢染和方回望的频道人气遥遥领先。

按照流程，节目组先到距离机场比较远的方回望家里接方回望，方回望一出现在镜头里，弹幕立刻激动了起来——

"啊啊啊啊啊，望哥冲呀！小染冲呀！"

"我的天，我现在还不敢相信他们真的要一起去旅游了！发布会闹成那样，我都以为他们翻脸了。"

"说翻脸的，是忘了他们过年刚同台吗？发布会只是刚好碰上了好不好！难不成谢染发布虚拟偶像，方回望就不能发布了？"

"商业合作 OK？"

……

弹幕吵得乌烟瘴气，镜头里方回望浑然不知，一边彬彬有礼地和工作人员寒暄，一边有条不紊地收拾好行李，然后跟着工作人员一起出门，上了保姆车。

"好了，望哥，这边先送你去机场。"工作人员说道，"我再过去接一下小染，等会儿机场碰头。"

方回望却突然说："要不，我跟你们一起去接小染吧。"他笑了笑，补充道，"我跟他好几天没见了，怪想念他的。"

工作人员有些意外，但是方回望主动提起，他也不会拒绝，于是直接让保姆车改道，前往谢染家里。

而此时，弹幕里的粉丝再也无法淡定了。

镜头里，方回望随意地坐在保姆车里玩手机，似乎这一切再平常不过。

他正在给匡有放发信息。

方回望："都安排好了？"

匡有放："安排妥当了，等你和谢染碰面，话题就立刻跟上。"

方回望："嗯，别出岔子。"

匡有放："放心，我们做了两套方案，不管谢染是什么态度，我们都能应对。"

方回望这才放下心来，眼神里也露出一丝阴鸷。

外界还不知道，他的境况其实已经大不如前。因为年纪渐长，又迟迟没有转型,这两年随着选秀节目崛起,年轻爱豆如雨后春笋般冒了出来,他的粉丝正在快速流失。

他不得不寻求新的机会,进军虚拟偶像产业就是他重要的一步。

当下虚拟偶像市场十分火热,只要能把流量和话题做起来,后续自然有源源不断的资本找上门来。

他原本对南宫絮寄予厚望,还投入了大量的资金参与南宫絮的开发。

这也是他不惜拿谢染做垫脚石,将发布会的声势炒到最大的原因。

但他怎么也没想到,谢染居然彻底地压制了他。

其实,以南宫絮的质量,在此前的市场上还是有竞争力的,可惜偏偏他选择了让南宫絮与孟非悬同一天出道。

孟非悬的横空出世,几乎对整个虚拟偶像产业生态都造成了冲击。先前出道的虚拟偶像好歹还可以凭借粉丝苟延残喘,但南宫絮在发布会当天直接被孟非悬吊打,最终流量和话题全部被孟非悬收割,南宫絮彻底成了无人问津的炮灰,就算偶尔有人提起,也是作为衬托孟非悬的背景板出现,自然连基本的商业价值都失去了。

受此影响,原本有意投资南宫絮的公司全部终止了项目谈判,黑星科技的估值大幅缩水,野望工作室的资金链也出了问题。

方回望一下子被逼到了绝境。

"谢染。"方回望轻哼了一声,说不出是什么情绪。

此时他最恨的人就是谢染,但眼下,他如果想要快速翻身,却也只能依靠谢染。

跨年夜他和谢染同台带来的流量就是证明,如果不是谢染突然发疯,事情根本不会变成现在这样。

他之前想和谢染和好,除了放不下这段过往的情谊,多少也有这方面的考虑,不过当时是想着顺水推舟,现在却是当务之急。

思索间,保姆车已经到了谢染的公寓楼下。方回望走下车,熟门熟路地给工作人员领路:"往这边。"

工作人员很有灵性地说道:"真不愧是老朋友,望哥对小染的家很熟悉啊!"

"来过几次。"方回望状似随意地说道。

一行人一路走一路闲聊,方回望不无感慨地回忆道:"还记得在《明日星光》的时候,我和小染住一个宿舍,小染贪睡,又怕训练迟到,就用零食收买我，让我每天喊他起床。结果我每次喊他，他还不乐意……真是拿他没办法。"

"可不是嘛。"工作人员调侃，"不知道小染这会儿起床了没，要是还在睡，可得你去叫。"

方回望笑道："这有什么问题。"

听了他们的对话，弹幕里的粉丝彻底疯了。

"谁说他们十年没互动？哥哥对小染家多熟！"

"望哥他都记得，十年前的事他都还记得一清二楚啊！"

"我也都记得，在《明日星光》的时候，每天都是望哥喊小染起床的，有时候实在喊不起来，他还先去食堂给小染打包吃的。现在他们又能在一起上节目了，真的太好了。"

"这次有望哥在，小染肯定也不会迟到的！"

……

镜头里，方回望和工作人员来到谢染公寓门前，还没按门铃，就见大门"咔嚓"一声打开，谢染穿戴整齐，站在门口处。他看了一眼手表，面无表情地冲他们说道："你们迟到了十分钟。"

大家："……"

不知怎么回事，突然有种被领导训话的压力。

"小染今天起得好早啊……"工作人员连忙打哈哈。

话没说完，谢染已经拉着行李箱走了出来，顺手带上门，干脆利落地发话："走吧。"

工作人员一脸蒙，面面相觑。他们是来拍准备花絮的，这还没开始呢，怎么就结束了？

但谢染的气场突然莫名强大，他们一时竟不敢提出异议。

"既然小染都准备好了，那我们就出发吧。"还是方回望出面打破了僵局，他说罢还看了谢染一眼，神色温柔，"小染，需不需要我帮你拿行李？"

谢染闻言睨了他一眼，随即把行李箱一推："行。"

本来以为谢染会客气拒绝的方回望："……"

谢染把行李推出去后也不管他，只随意扫了工作人员一眼，工作人员连忙下意识地让出一条通道来。

谢染便一手插着裤兜，身姿挺拔地穿过人群走向电梯。他手长脚长，一路走过自然生出不可僭越的气场，其他人连忙不自觉地跟在他的身后。

方回望蒙了一下，这才后知后觉地拉起行李箱，小步跟了上去。

直播间里，弹幕此时全变成了省略号。

"……"

"我的天，小染好帅！"

"嗯……这个剧情，好像跟我想的不太一样……"

"有一说一，看得出来方回望对谢染是挺好的，但你们不觉得，他看起来更像谢染的跟班吗？"

"发布会的时候我就想说了，谢染现在气势好强，看起来不像明星，更像霸道总裁，方回望在他面前完全就是个弟弟……"

直播镜头里，谢染一言不发地站在电梯门口，身上穿的不过是简单的长款羽绒服，却显得修长挺括，与往日亲切随和的样子完全不同，整个人透出上位者居高临下的气势。

工作人员全部下意识地退后，完全没有人觉得有什么不对劲的。

方回望倒是在其他人的礼让下往走前了一点儿，不过手上拉着个行李箱，又要保持温柔的模样，在谢染的衬托下，就真的……很像助理。

镜头外，不止粉丝陷入微妙的沉默，本来已准备好通稿，正信心满满地做最后确认的匡有放也蒙了。

他们手上原本做了两套方案，如果谢染能在镜头前和方回望积极互动，那是最好不过，直接炒"惘然"私交甚笃就行了。

要是谢染完全不配合也没关系，可以讲他无情不讲礼，用来衬托方回望的温柔儒雅，给方回望立个隐忍的人设。

他们怎么也没想到，谢染完全不按剧本来，互动倒是互动了，说不礼貌也算不上，就生生凭着气场直接把方回望衬托成了个弟弟。

这让他们怎么炒话题？

匡有放一口老血堵在喉咙出不来，差点儿没把自己憋死。

牙神网络营销段总："放哥，怎么样？用哪套方案？"

匡有放脸色铁青，但是钱已经花了，箭在弦上，不得不发，最终只能硬着头皮确认："先用第一套，改一些细节，先探探风向，不要太急了。"

牙神网络营销段总："OK！"

也亏得他们工作室经验丰富，很快调整了方向，不至于让花出去的钱全部打水漂。

饶是如此，这次营销出来的效果仍远远低于他们一开始的预期，即使有十年前的情怀滤镜，也很难真正掀起水花。

《和你在别处》节目组和嘉宾对网络上的动向还不清楚，他们已经全部把手机关机，开始了十几个小时的长途飞行，前往本次旅行的目的地 Y 国。

到达 Y 国的时候是当地时间下午两点。Y 国气候宜人，就是空气有些潮湿，一行人一只手抱着脱下来的大衣，一只手迫不及待地拿出手机。

谢染手机刚开机，一边的耳朵上做成耳钉造型的蓝牙耳机里立刻传来孟非悬打小报告的声音。

"先生，在你关机的时间里，我监测到网上有人在各个平台发布你和方回望的信息。虽然他们做得很隐秘，但我还是用我先进的数据挖掘系统分析出来了，他们的目的是捆绑炒作你和方回望，真是不要脸！"孟非悬严肃地说道。

谢染："……"

孟非悬的算法系统是他原来所在的世界最先进的系统，放在这个世界更是一骑绝尘，绝对的国家级别。

就这样的一个系统，现在被用来分析娱乐圈八卦，看来这个娱乐圈是没有隐私了。

谢染面不改色："结果？"

"嘻嘻嘻。"孟非悬一下子幸灾乐祸了起来，也不知从哪儿学会了阴笑。

谢染沉默了一下，问："你怎么变得这么八卦的？"

"闲的啊！"孟非悬理直气壮地说，"就娱乐圈这点儿数据量，我一分钟能计算两百万次。"

他语气渐渐八卦起来："对了，我还分析出了不少明星的秘密，你想听吗？"

"不想。"谢染果断拒绝。

"先生的好奇心太低了，这样不利于你领悟复杂的人际感情，"孟非悬认真建议，"而且我已经把娱乐圈的报告做好了……"

谢染："……"这才是真实原因吧。

这时节目组已经开始拍摄了，领队拍了拍手，把大家的注意力吸引过来，说道："大家好，现在我们已经到达 Y 国首都，接下来大家将在这里一起度过一周的时间。现在，按照我们的规定，请大家先把手机交上来。"

几位嘉宾顿时发出哀号，在镜头前似假还真地抱怨："一个星期不能用手机，太难了吧！"

"不交行不行啊？手机就是我的命！"

"这日子怎么过啊！"

一片哀号声中，谢染毫不犹豫地往前两步，利落地把手机关机交上去，仔细一品，似乎还有那么一丝迫不及待的感觉。

其他人："……"

倒也不用这么积极配合吧？

领队赞赏道："看看小染这觉悟，大家多向他学习啊！"

大家本来也是做做效果，见状都不好意思再叫嚷了，又真真假假地嘀咕了两句便把手机交上去。

方回望交完手机走到谢染身边："小染一点儿没变，还是跟以前一样规规矩矩的。"

谢染看了他一眼，意味不明地吐出一个字："吵。"

方回望："……"这是在嫌弃他？这也算吵？

要不是摄影机还在拍摄，他的表情估计就当场就崩了。

谢染并不知道自己的话无意间给方回望造成了心理伤害，终于安静下来的耳机让他神清气爽。

不过他刚轻松不到半分钟，孟非悬的声音再次响了起来："这个节目组真不人性化，居然收手机，过分！"

谢染捏了一下鼻梁，神色未变："你怎么还在？"

"我是 AI 啊，有网的地方就有我！"孟非悬得意地说道，"还是先生机智，这次戴的是智能手表，你放心，我会一直陪在你身边的！"

谢染："……嗯。"

是他大意了。

第四章

心态崩了

收完手机以后，领队开始向嘉宾说明本次旅游的规则。

本次参加节目的嘉宾共有三组，除了谢染和方回望以外，另外两组一组是来自人气女团"海风少女"的成员陈小萱和蒙希希，一组是娱乐圈的资深前辈，曾经红极一时的创作歌手朱传佳和老戏骨蒋维。

按规则，本次旅游，节目组会给每个嘉宾提供一笔初始经费和第一天的食宿。从第二天开始，所有的食宿和做任务需要的费用都由嘉宾自己承担。

为了增加节目的难度和观赏性，每个嘉宾的初始经费仅够各自支付最低廉的住宿和餐饮费用，如果嘉宾想要提升生活质量，则需要想办法另外获取收入。

在此期间，节目组还会向嘉宾发放不同任务，每个任务都有对应的奖惩。

一周旅游结束后，节目组会统计每组的剩余经费，剩余经费最多的小组可以获得最终大奖。

说到这里，领队特意卖了个关子，等吊足大家的好奇心以后才缓缓说道："这一季最后获胜的小组，可以获得由节目冠名赞助商、引领科技、驰骋未来的瑞宴汽车提供的广告合约。"

领队话音刚落，除谢染以外的几名嘉宾都下意识地轻呼出声。

蒙希希到底年轻，当即情不自禁地脱口而出："瑞宴的广告约？"

领队对这个效果很满意，微笑点头："是的。"

这句话一出口，便是嘉宾中年纪最长、最稳重的蒋维也忍不住露出激动的神情来。

要知道，瑞宴可是目前国内最知名的汽车品牌之一，不仅国民度高，而且品牌形象好，最重要的是财大气粗，其品牌合作是很多一线艺人也要争抢的大饼。

虽然只是普通的广告约，还不是代言人合作，但是能跟瑞宴牵上线，也是很多人求之不得的机会。

雪球不愧是老牌综艺台，太知道怎么激起嘉宾之间的竞争了。

果然，原本还和谐友爱、恭谦礼让的几个嘉宾立刻被激起了熊熊斗志，陈小萱精气神十足地冲其他人比了比拳头："各位前辈，接下来别怪我们不客气了啊！"

朱传佳和蒋维笑了笑，以他们的资历倒不至于真为了一个广告去争，不过节目效果还是要做足的，当即也中气十足地宣战："那就看看，最终鹿死谁手吧！"

至于方回望，这种广告约还算不上什么，但现在工作室资金链告急，如果能搭上瑞宴这艘大船，那意义就完全不同了。

虽是如此，他面上仍维持着顶流明星的淡然，等其他两组嘉宾宣战之后，才不慌不忙地看向谢染，笑道："小染，大家都这么有斗志，我们也不能输，接下来可得通力合作，争取赢下比赛啊！"

谢染正垂着眼睛，不知在想些什么，听到方回望的声音，他抬头看过去，就见方回望正含笑看着他。

谢染点了点头："嗯。"

方回望被谢染之前的几次操作搞怕了，本来还有些担心他又不按套路来，见他难得配合了一次，这才放下心来，趁着形势正好，又目光温柔地看着他加了一句："小染，你放心，我会好好努力的。"

谢染又"嗯"了一声，方回望顿时长舒一口气，圆满了。

与此同时，谢染轻轻点头，低声道："行了。"

耳机里，孟非悬停止了汇报。

刚才谢染听到"瑞宴"两个字后想起了一些事情。

在原主的记忆里，在这次节目中他和方回望配合默契，最终获得了胜利，一起拍了瑞宴的双人广告，因为市场反响良好，瑞宴方面有意在他们当中选一个做代言人。

就在瑞宴考察他们期间，谢染对方回望的态度被恶意造谣，最终瑞宴的代言自然而然落到了方回望手上，给方回望带来了不少名利。

不过谢染关心的不是广告的事，而是在原主的记忆中，瑞宴不久后就会对外宣布进军无人驾驶技术领域。可惜一直到原主离世，这个世界的无人驾驶技术仍然没有实现有效突破。

他刚刚让孟非悬汇报的，就是目前市场上披露的无人驾驶领域和瑞宴相关的信息。

得到了自己想要的信息，谢染这才收回思绪，跟在其他嘉宾的后面，随着领队上了接送的车辆。

孟非悬结束工作状态，强烈的学习意识又冒了出来，疑惑地问："先生，你确定接下来要跟方回望合作吗？从原主人的意识原子群波动来看，我认为这不是一个好主意。"

谢染也很疑惑："我什么时候说要跟他合作了？"

孟非悬："他刚刚问你，你回答了。"

"我敷衍的。"谢染问，"他说什么了？"

孟非悬给自己换成没有感情的电子音，模仿天狗精灵的语气道："抱歉，我听不懂他在说什么。"

《和你在别处》节目组选取的拍摄地是 Y 国的第二大城市旧西市，旧西市是个风景优美的海滨城市，经济、旅游、文化等方面都很发达，人口密度高，活动也多。

嘉宾第一天的食宿由节目组提供，安排在当地最有名的五星级酒店，酒店建在海边，拥有一片长长的私家沙滩，景观一流。

不过，看过前几季节目的人都知道，这差不多就是嘉宾整个行程里唯一的享受了，从第二天开始，嘉宾所有的开销就都要由自己支付，而节目组提供的初始经费非常有限，为了完成任务并获得最终胜利，嘉宾不得不想办法赚钱。

但远在异国他乡，明星光环不复存在，还有语言障碍，要赚钱可不是那么容易的事。

正是因为这样，这个环节一直很受观众喜爱。看着这些平日里光鲜亮丽的明星，像普通人一样为了生计苦哈哈奔波的样子，仿佛自己和明星的距离一下子被拉近了。

这也是明星嘉宾最容易拉好感的环节，只要表现得接地气一点儿，基本口碑都不会太差。在前面几季，就有明星因为在这一部分表现得亲民、勤奋而人气大涨。

节目组一行人到了酒店，吃过饭后先各自回房间休息，调整一下时差。到了晚上，六名嘉宾一起到自助餐厅吃饭，然后围在一起讨论怎么选择接下来的工作。

考虑到嘉宾在国外人生地不熟，节目组提前安排了几种简单的工作，嘉宾可以选择靠自己想办法赚钱，也可以直接选择节目组提供的工作。

不过几季下来，大部分嘉宾会选择节目组提供的工作。原因也很简单，明星平时主要精力都放在演艺工作上，很少有其他拿得出手的谋生技能。即使有，想要在短时间内靠自己在国外找到工作基本不太可能，何况还有语言障碍。

以前倒是有嘉宾试过做街头艺人，但收入很不稳定，运气不好的话可能一天下来都赚不到一个晚上的住宿费。相对来说，节目组提供的工作虽然辛苦，但是起码收入基本有保证。

这一次节目组共提供了当地景区里的三种不同工作，第一种是在景区当讲解员，专门接待国内游客；第二种是在景区里销售旅游纪念商品；第三种是在景区餐厅做服务员。

这三种工作的计薪方式也不一样，讲解员的薪水最高，一天有两百，但是薪水是固定的。纪念品销售和服务员薪水只有讲解员的一半，不过销售可以拿提成，服务员则有客人的小费可以拿。

同时，每组嘉宾选择的工作不能重合，这就需要嘉宾对工作进行分析判断，还要竞争上岗。

听完节目组的介绍，几个嘉宾便热烈讨论起来。结果毫无疑问，大家都想要当讲解员，因为相比另外两种工作，讲解没有语言障碍，收入高，风险低，明显也要轻松一些。

蒙希希最活泼，当即双手合十，冲其他人眨了眨眼："各位前辈，俗话说入乡随俗，Y国最讲究女士优先了，拜托让我们先选吧！"

"那不成。"蒋维立刻有理有据地反驳，"咱们讲究尊老爱幼，应该让年纪大的先选！"

陈小萱不服："那爱幼怎么说？"

朱传佳吐槽："问题是你们也不幼了啊……"

陈小萱鼓起腮帮："那前辈也不够老啊！"

两组人互不相让，争得热火朝天，综艺效果十足。方回望自然不能让镜头都让他们抢了去，偏偏谢染从头到尾一言不发，只沉默地坐着喝咖啡，完全没有要加入讨论的意思。

方回望只好主动去找他，靠过去微微笑道："小染，你觉得哪种工作比较好？"

方回望其实也想争取讲解员的机会，但在镜头前不好擅自决定，得先跟搭档商量一下。

谢染在工作上还算配合，闻言放下手里的咖啡，稍稍顿了一下，像是在思考，随后说道："如果是按收入排序的话，纪念品销售第一，讲解员和服务员差不多。"

谢染难得开口，其他人闻声都看了过来，不过对他的答案明显都很不以为然。纪念品销售这种工作他们刚才也分析过了，虽然有提成，但是底薪低，对语言要求又比较高，风险太大了，还不如服务员呢。

方回望心里也不认同，但还是继续问道："你为什么这么认为？"

"不是认为，是数据。"谢染瞥了他一眼，随后报了几个数据，分别是该景区的冬季日均客流量、餐厅和餐厅服务员数量、纪念品商店的流水和销售员数量等，"……按照翻台率和旧西市的小费习惯计算，这个季节景区餐厅服务员每日收到的小费大概有四十五到六十元，加上底薪，和讲解员差不多。

同样，按照纪念品商店的销售额和提成比例计算，销售员每天的提成大概有五十到六十元，正常情况下，这三种工作的收入是基本持平的。"

他语调不疾不徐，把相关的数字一个个报出来，每一个都精确到个位数，直听得其他嘉宾目瞪口呆。

陈小萱当场惊呆了："染哥，你怎么知道这些？"

自然是孟非悬刚刚汇报的。

谢染："景区的财报上有。"

这个景区是上市公司，财报也是公开的，网上确实是可以直接查看的。

问题是，谁录个综艺会想到去看这个啊！而且现在大家都没有手机，这还得提前准备。

谢染也太拼了吧？！

一时间不止嘉宾，整个节目组都无语"凝噎"了。因为谢染刚刚推论的结果完全正确，他们提供的这三份工作其实是经过精心设计的，最终收入都差不多，避免让嘉宾的经费差距一下子拉得太大。

不同的是，他们是直接跟景区拿的数据，而谢染是自己分析出来的，靠网上披露的财报……

节目组：感觉智商掉线。

还是方回望率先回过神来，又问道："既然基本持平，你刚才为什么说纪念品销售收入最高？"

"因为加入了拍摄节目这个变量。"谢染仍是淡然的样子，"客流量、小费这些都是固定的，但是有节目拍摄的情况下，纪念品销售会更容易达成交易，如果遇到国内的客人，成交额可能还会增加。"

大家恍然大悟，不过另外两组嘉宾仍面带怀疑。一来，他们不敢相信谢染会真的提前去查景区财报这些东西；二来，他们现在是竞争关系，谁知道谢染是不是故意混淆视听呢？

蒋维毕竟是老江湖，当即一挑眉，问道："这么说来，小染是想选纪念品销售了？"

谢染一手撑在沙发扶手上，轻轻托着下巴："不。"

其他人闻言意味深长地"哦"了一声，一脸"果然如此"的神情。说了半天，自己又不选，果然是想坑人吧？

方回望也有些无语："那小染你想选哪个？"

"都不选。"谢染淡淡地说道，"我用别的渠道。"

他这话一出口，其他人又是一愣。按规则，嘉宾确实可以自己想办法赚钱，但是前面几季的嘉宾已经验证过这有多难了。因此，他们从头到尾都没考虑过这个选项。

谢染又能有什么好主意呢？大家不由得都好奇起来。

方回望也很惊讶："你有什么办法？"

谢染抬起眼睛，言简意赅："股市。"

本来期待地看着他的众人："……"

这是逗大家玩呢？

先不说这时候炒股有多不靠谱，就他们那点儿经费也太少了，且现在连个手机都没有，怎么炒股？

方回望嘴角控制不住地抽了抽："小染，说认真的，别闹了。"

"这就是认真的。"谢染说着看了一下时间，见差不多了，便举起手喊来酒店的侍应生，让对方把酒店经理叫过来。

酒店经理很快出现："请问是哪位找我？"

"我。"谢染站起身，开始用英语和他交流起来。

这时大家才发现，谢染的英语居然非常流利，跟经理交流起来毫无障碍。

其他人的英语都很一般，只能应付简单的日常交流，而谢染不止语速快，还夹杂了大量的专业词汇，一下把他们都听傻了，只能眼巴巴地去看兼职翻译的领队。

领队比其他人更惊讶于谢染的英文水平，因为她能听出，谢染不止表达流利，而且发音非常标准，完全听不出口音，水平比她高多了。

不过她很快回过神来，小声给大家翻译："染哥在让酒店经理帮他操作买股票……"

他们的手机被收了，不能自己买股票，但显然谢染早就想好办法了。

方回望没想到谢染居然是说真的，当场就急了，拉了谢染一下："不行，小染，炒股太儿戏了，我反对。"

"我没把你算在内。"谢染打断他的话，伸出一只手，"把我的经费给我。"

方回望一愣，有些难以置信："你难道要跟我分开行动？"

"对。"谢染询问地看了领队一眼，"我记得没规定同一组必须一起行动吧？"

领队噎了一下："是没有……"

问题是，这个节目主打朋友一起旅游，一般情况下，同一组都不会分开啊！

何况谢染还是单方面拆伙。

原本被谢染突如其来的神操作搞得愣怔住了的其他两组嘉宾瞬间清醒过来，分别看向自己的搭档。

没错，就是这个眼神！

好奇，激动，但是要忍住。

这一刻，大家都是"吃瓜群众"。

节目组一边觉得窒息，一边又隐隐兴奋起来。

这期素材有了！

方回望脸色一阵青白，一句话都说不出来。

他根本没想到谢染会是这样打算的，还这么直白。

耳机里，孟非悬非常好学地问："先生，方回望现在的样子就是传说中的尴尬吧？"

谢染："你知道他什么样子？"

孟非悬："我入侵了这里的监控。"

谢染："……"

方回望最终把一半的经费给了谢染。一来，他还指望跟谢染炒情怀，无论如何不能在镜头前跟他吵起来；二来，谢染单方面宣布要拆伙，他也没有立场再要求谢染听他的。

不但如此，他还得强颜欢笑，做出包容的姿态："既然这样，那你就试试吧。"方回望数出自己手上一半的现金给谢染，"我也会好好努力工作的，不管怎么样，你还有我做后盾。"

"不用。"谢染不为所动，不咸不淡地吐出两个字，接过钱转手交给了酒店经理，又交代了经理一些具体操作，确定经理都记下来以后，便冲其他人点了下头，"你们继续，我先回房了。"

他既然不需要节目组提供的工作，自然就没必要继续参与讨论，但是居然都没有跟方回望商量一句就扬长而去，也是真的很无情了。

大家八卦之余，不免对方回望产生了深深的同情。

惨，太惨了！

在这样的情况下，原本你争我夺、互不相让的另外两组嘉宾都默契地客气起来，非常人道地让方回望先选工作。

主要也是因为谢染真去炒股了，剩下方回望一人，不管选哪份工作显然都无力回天，四舍五入，他们组已经提前失败了。

大家实在不忍心再给方回望雪上加霜了。

方回望何尝不知道这一点，但也只能强忍着难堪若无其事地继续节目拍摄。

好不容易熬到讨论结束，他才沉着脸回房去。

节目组给嘉宾安排的是双床房，他和谢染住一个房间，这原本应该是他和谢染友好交流的好机会，可是现在他只剩下一腔发泄不出来的怒火。

不过等到了房门口，方回望又不得不冷静下来。

他再后知后觉，也渐渐意识到，谢染现在软硬不吃，自己根本拿他毫无办法。

方回望在心底计较了一番，才深吸了一口气，推开房门："小染，我回来了，工作的事……"

话未说完，他整个人蓦地一愣，一时忘了未竟的话语。

只见谢染正好洗完澡，带着一身水汽从浴室里走出来。此时谢染身上随意罩了一件浴袍，没有系带子，领口松松地敞开着，露出胸膛和腰腹。

谢染的皮肤很白，带着一丝清冷，却并不显得羸弱，相反，他的身材很好，线条修长流畅，还有恰到好处的肌肉。

他正在擦头发，这段时间一直往后梳起的头发打湿了以后塌了下来，软软地垂在眼前，没有了白天那种居高临下的上位感，整个人似乎一下子变得温和了起来。

就像十年前，他们在《明日星光》赛场的时候一样。

当时方回望和谢染住在一个宿舍里，每天晚上谢染洗澡后也是这样子，头发垂着，皮肤白皙，目光温柔，看着他的时候整个人仿佛都在发光。

这么多年来，方回望在娱乐圈里见过形形色色的人，但是再也没有一个人能像谢染那样纯粹、干净，让人不由自主想要靠近。

方回望一直想，等爬到足够高，足够有钱，他跟谢染或许还可以像以前一样，做知己，做至交。

是的，前提是他事业稳固，权力、金钱在握。

他差一点儿就做到了——就在跨年演唱会的时候，他与谢染明明已经破冰合作了。

想到这里，方回望的心陡然一紧。

不错，谢染也不是那么绝情的，不然之前不会答应跟他同台，更不可能和他一起上综艺。

这时谢染闻声看了过来，神色淡漠："你说什么？"

因为在擦头发，他脑袋微微侧着，水汽氤氲，在灯光的反射下仿佛整个人都在发光，时光似乎一下子倒流回到了十年前。

方回望心里疯狂鼓噪，他原本是想试着再说服一下谢染，让对方放弃炒股，好好工作的，但是现在他改变了主意。

"没什么，就是想起十年前的事了。"方回望看着谢染，"还记得在《明日星光》的时候，我们也是这样住在一起，你……还记得吗？"

"记得。"谢染擦完头发，随手把毛巾扔到洗衣篮里。

原主的意识原子群和此时的谢染融合在一起，记忆差不多是直接以数据库的形式导给他的，别说十年前的事，原主小学考的分数他都知道得一清二楚。

如果可以选择的话，他倒是很想删掉一些。

方回望却因为这句话瞬间狂喜起来。

谢染说他记得，没有掩饰，也没有虚张声势地和自己划清界限，就这样直接告诉了自己。

他果然和自己的想法一样。

"那时候的日子，真的很单纯、很开心啊！"方回望抓住这难得的机会，上前两步，让两人的距离更近，声音也越发轻柔，"虽然每天训练很辛苦，但是我们互相鼓励，那些辛苦都不算什么……"

他说话的时候，谢染又把浴袍脱下来，换上自己的睡衣，动作自然流畅，完全没有要避嫌的意思。

他拧开一瓶水喝了两口，让自己冷静下来，然后才小心翼翼地试探道："小染……你是不是还因为十年前的事在恨我？"

不然他想不明白这段时间谢染为什么这么反复无常。

"恨？"谢染像是听到了什么奇怪的事情一样，难得抬起眼睛看了方回望一下，似笑非笑，"那是什么？"

耳机里，孟非悬勃然大怒："先生，他在为难你，故意挑衅你的知识盲区！"

"嗯。"谢染也只是随口一提，并不在意，说罢便径自躺到床上，准备睡觉。

方回望却完全误解了谢染的意思。

谢染在逃避这个问题，他不敢面对，所以真的是这样子的！

感觉终于抓到了问题的症结，方回望一下子激动起来。

他不怕谢染恨他，恨，就代表还没有放下，他就还有机会。

"小染，那时候我真的是身不由己。"方回望沉下声音，语气中带了一丝苦涩，"以我们当时的资历，根本没有能力反抗经纪公司的决定，但是这些年来，我从来没有忘记过我们一同经历的点点滴滴……"

起了话头，接下来的话就顺其自然了，方回望以此为突破口，坐到自己的床沿上，面对着谢染追忆起了往昔。

方回望说得兴起，谢染却根本没有听他说话——在他开口的同时，孟非悬就熟练地调高了自己的音量，开始向谢染汇报工作室的项目进展情况，直接把方回望的声音给屏蔽掉了。

"……以上是目前各家机构给工作室提交的合作申请，求索科技也重新对我进行了估值，现在报上来的估值涨到了十二亿。"孟非悬在工作的时候非常专业，数据准确，井井有条，电子音平铺直叙，从不说多余的话，不需要谢染多费一丝心神。

汇报结束，确定谢染没有疑问，他才解除工作状态，又把耳机里的声音换成舒缓的轻音乐，电子音轻轻说道："睡吧，先生。"

"嗯。"谢染低低应了一声。

入睡前，他最后听到的声音是孟非悬的冷笑："垃圾求索科技，今天也没有估对爷的价值！"

谢染："……"

他的系统今天也学了奇怪的话。

方回望对此一无所知。谢染没有说话，他只当是默许了他的回忆，往事一桩桩数下来，渐渐地竟真的感动了自己，越发动容。

终于，一瓶水喝完，方回望把能想到的事情都说了一遍，再也找不到话了，这才停下来，柔声道："小染，这些事情，我都记得的，一刻也没有忘记过。"

谢染仍旧沉默以对。

方回望等了片刻，始终没有等到谢染说话，心中不由得冒出一个不好的预感。

他有些难以置信，猛地站起身来，走到谢染床边。

紧接着，他的表情再也控制不住。

谢染不知什么时候已经睡着了。

并且睡得很香！

隔天上午，方回望醒来的时候谢染已经不见了，看得出来谢染作息很好，早睡早起。

方回望就不一样了，他昨天晚上被谢染气得整晚没睡好，这会儿用了厚厚的一层遮瑕才把黑眼圈盖住，整个人疲惫无比。

他不知道谢染去了哪里，也不想知道。

好在谢染不跟他们一起工作，一时倒也不用见面。

方回望喝了一大杯黑咖啡，强打起精神跟其他两组嘉宾一起去景区打工。

他最终选择了纪念品销售的工作，因为谢染失心疯般跑去炒股，他只能一个人扛起生活的重担。

如果谢染的分析是正确的，那么这份工作将是他靠自己一个人跟另外两组拉近差距的唯一机会。

打工的时间对平日里养尊处优的几个明星嘉宾来说格外漫长，好不容易熬到了下班，五个人精疲力竭地回到酒店，聚在餐厅里进行一天的工作总结。

"小染还没到呢。"蒋维看了一圈，不见谢染踪影，便调侃道，"看来他今天挺忙啊！"

说起这个，大家都心照不宣地笑了一下。

蒙希希好奇地问："不知道染哥今天赚了多少？"

"境外股票市场跟国内不一样，是没有涨停和跌停限制的，"蒋维显然对股市比较熟悉，当即给大家科普道，"如果运气特别好的话，一天涨几十个点也是有可能的。"他卖了个关子，继续说道，"不过这种情况很少见，我玩了十几年股票，也没碰上过一回。"

其他人就算不炒股的，也明白他说的这个道理。

更何况，即使谢染真的在股市里赚了，也赚不到多少钱。

原因很简单，本金太少了。

节目组给每个人的初始经费总共就一千元，放在股市里，运气好的话，涨几个点，也就赚几十块；要是运气不好，亏钱也是有可能的。

而他们打工，一天两百元是保底的。

这也是为什么当谢染选择单飞炒股的时候，大家便直接判定他们组出局了。

大家都没把谢染放在心上，随便两句带过，便关心起其他人的收入来。

除方回望外，其余两组嘉宾最终争夺的结果是，朱传佳和蒋维得到了讲解员的工作，两人一天下来共拿到四百元的工资。女团姐妹花做了餐厅服务员，结果和谢染预测的一样，两人底薪加上小费，一共有三百八十七元，和前辈组相差无几。

让大家惊讶的是方回望，他一个人竟然挣到了三百一十二元。

"哇，望哥也太厉害了吧！"陈小萱由衷感慨道。

蒙希希也拍了拍胸口，一脸后怕："还好染哥没一起去卖纪念品，不然我们就没戏了！"

提起这个，方回望又是一阵愤恨。

事实证明，谢染昨天对几份工作的分析完全正确。在有镜头拍摄的情况下，游客更愿意跟他买东西。于是他按照谢染的推断，专门找国内客人推销，销量果然更高，偶尔遇到认识他的观众，成交额更是直接翻倍。

如果谢染不失心疯去炒股，他们组完全可以大幅度领先的。

方回望苦笑了一下，哑着声音道："小染也有想办法赚钱的。"

"我的天，望哥嗓子都哑了。"蒙希希一脸同情，"真的太辛苦了。"

方回望仍是一脸无奈，没有接话。

他今天确实很卖力、很辛苦，但是嗓子会变成这样，还有一半原因是昨晚说太多话了。

并且还都白说了！

蒋维作为娱乐圈前辈，不免有些看不下去，语气带了点儿谴责："小染这次太不厚道了……"

他话未说完，突然传来谢染淡淡的声音："怎么了？"

大家循声望去，才发现谢染不知什么时候已经回来了。

只见谢染穿着一件偏休闲的衬衣，利落又不刻板，头发依然只是简单梳起，手臂上搭着刚脱下来的长风衣。他手长脚长，款步走来的样子宛如超模，却又比模特更加冷冽。

很悠闲，很整洁，很淡定，跟累得妆容全花的其他五位嘉宾形成了鲜明对比。

一看就知道今天没吃苦！

再看跟拍谢染的工作人员，果然一个个表情都一言难尽。

蒋维心直口快，也没有掩饰，直接说道："小染，不是我说，你这次可真拖累小方了……"

谢染拉开椅子坐下，问道："怎么拖累了？"

"小方今天一个人就赚了三百多，嗓子都哑了。"朱传佳在旁边接话，他倒是不如蒋维有正义感，纯粹被谢染的悠闲状态刺激了，有些心里不平衡，"要是你不去炒股，你们组准能赢。"

谢染不解："为什么我炒股就不能赢？"

这是执迷不悟啊！大家无语的同时，更加同情方回望了。

方回望心中冷笑，这样也好，有谢染衬托，他说不定能虐一波粉。

如此想着，他脸上越发无奈："小染，那你今天股票怎么样了？"

"还行吧。"谢染淡声道，"涨了三十个点。"

本来准备好看笑话的大家集体一呆，满脸都是问号。

三十个点？！

这就是传说中的神吗？

蒙希希颤抖着声音道："啊，那染哥今天岂不是赚了三百？"

她们这么辛苦，一天也才赚两百块！

"嗯？"谢染抬头，"不是三百，是一千五百块。"

"怎么可能？"蒋维脱口而出，"你的本金才一千块。"

"我用了杠杆。"谢染神色不变，连语调都没有起伏，就像在说着最平常不过的事，"一千块作为保证金，以五倍杠杆跟酒店经理借入资金，所以我在股市里的钱是五千元。"

所有人目瞪口呆。

所谓杠杆，其实就是借钱炒股，收益高，但是风险也很大。

比如，谢染如果只用一千块本金炒股，当股票跌百分之二十的时候，他就只亏损两百块。

但是现在，他用一千块作为保证金，五倍杠杆借入资金，在股市里就有五千块，当股票跌百分之二十的时候，他的亏损就达到一千块，保证金全部亏完，将被强制平仓，血本无归。

原本他在节目录制这短短的时间里选择进股市，大家就已经觉得很离谱了。

没想到他居然还胆大包天地用杠杆炒股。

更没想到的是，他的股票还真涨了，而且是大涨三十个点。

五千块资金，涨幅百分之三十，盈利就是一千五百块。

比在场其他所有嘉宾的收入加起来都高。

大家的心态瞬间崩了。

第五章

意外之喜

一时之间，现场气氛仿佛凝固了一般。

过了一会儿，方回望率先回神。他原是这里收入最高的，并且还大幅领先其他人，本以为节目播出后可以趁机营销一波。

结果现在，他的收入在谢染的对比下根本不值一提。

方回望差点儿咳血，轻咳了一声掩饰自己的尴尬："原来是这样子……小染运气可真好。"

"这不是运气，这是数据。"谢染淡声道，"金融市场也是信息市场，决策依赖于数据分析，而不是运气。"

方回望再次噎住，感觉智商被冒犯了。

其他人也将信将疑地看着谢染，都疑心他只是在吹牛。

要说靠分析选到赚钱的股票是有可能的，但是一天涨百分之三十这种，怎么也要有点儿运气成分，不然谢染早就应该在金融界大放异彩了，怎么会等到录节目的时候才拿着一千元经费展示身手？心里犯着嘀咕，但是在谢染绝对碾压众人的情况下，大家面子上也不好意思多说什么。

不然就显得太酸了。

虽然也是真的很酸就是了。

"哈哈，说得是，想在股市里赚钱也是得花工夫的。"朱传佳见气氛有些尴尬，只好干巴巴地打圆场，"小染今天也没少费精神吧？"

"还好。"谢染轻描淡写道。

信息分析处理对他来说是再日常不过的事，何况还有孟非悬在。

孟非悬拥有量子级别的计算能力，这个世界所有未加密的信息对他来说几乎是透明的。

所以他是真没费什么力气。

正好节目组的宣传人员来找负责跟拍谢染的导演要今天的视频和照片，准备给 WB 粉丝发一些路透福利。

跟拍导演的表情原本就一言难尽，此时变得更加复杂了，仔细品的话，还有那么一丝痛心疾首的味道。他为难地说："小染这边……恐怕没什么适合发 WB 的照片。"

宣传人员不解地问："为什么？"

跟拍导演索性把今天拍摄的内容调出来："你自己看吧。"

蒙希希距离他们比较近，刚好能听到他们的对话，闻言好奇地站起来探过头去看："染哥今天做什么了？为什么不能发 WB 呀？"

他们打工五人组今天都在景区，行程明明白白，只有谢染单独行动，也没手机联系，所以大家还真不知道他今天都做了些什么。

听到蒙希希的话，其他嘉宾的眼睛顿时一亮，好奇心一下子被吊了起来。

谢染的行程居然不能发 WB ？难道他今天过得其实没有大家想象中的那么快乐？

大家心里不由得生出一丝不好意思表现出来的期待，倒也不是不怀好意，单纯是刚才被谢染的盈利给刺激到了，作为竞争对手，难免想要寻找一点儿心理平衡。

"也给我们看看呗。"朱传佳跟着打趣道，"我说小染怎么那么晚才回来，是不是去干坏事了？"

有前辈带头，其他人纷纷挤到摄像机旁边，押长脖子去看。

一般来说，录制过程中是不允许出现这种情况的，拍摄的内容也要对嘉宾适当保密，但此时跟拍导演不知出于什么心理，不但没有阻止，还主动让出位置来，积极地招呼道："看吧看吧，不过只能看一点儿哈。"

于是，大家都顺利看到了谢染今天的行程情况，然后再次陷入了死一般的沉默。

跟拍导演其实只调了几个片段给他们看，但是通过这几个片段已经可以大概拼凑出谢染这一天的活动轨迹。

从视频里看来，谢染应该是一早起来，先从容不迫地去吃了个早餐，然后到酒店的室内游泳池游了一会儿泳。锻炼结束后，谢染再慢悠悠地到私家沙滩上晒太阳。

旧西市的海景十分漂亮，视频画面里，波光粼粼的大海一望无垠，与蓝色的天空连成一片，月牙形的白色沙滩柔软干净，上面点缀着精心打理过的人造绿植和巨大的彩色沙滩伞。

沙滩伞投下的阴影里，谢染戴着墨镜躺在躺椅上，姿态舒展，神情和缓，似乎已经睡着了，躺椅旁边的小圆桌上还有果汁和精致的小点心。

蓝天、沙滩、模特般的青年，整个画面完美得如同旅游画报一般。

谢染就这样悠闲地度过了一个上午，中午则在酒店里的自助餐厅里吃了一顿丰盛的午餐。

到了下午，他终于换上稍微正式的衬衫，搭配质感极佳的薄款长风衣，不张扬，却自然生出让人无法忽视的气场。

就在大家以为他终于要开始营业的时候，他上了一辆计程车，从容地前往旧西市一家非常有名的美术馆，准备去看一个正在举办的新锐画家作品展览。

大家："……"

途中，跟拍导演终于忍不住问了一句："小染，你不用关心一下你的股票吗？"

谢染闭目养神道："不用。"

从此，导演再也没有说过话。

直到此时，五个打工仔终于明白导演为什么这么积极给他们看谢染的行程了。

这分明就是自己被谢染刺激狠了，故意报复社会啊！

他们也终于知道导演为什么说不适合发WB了，谢染的生活品质和他们的差异如此之大，发出来的话，还不得被另外五人的粉丝给骂翻天了？

"不看了，不看了，快拿开！"蒋维哽咽着回到位置上。

朱传佳也按着胸口道："我现在就后悔，就很后悔，我好奇心为什么要那么重！"

谢染这哪里是没有他们想象中的那么快乐！谢染的快乐他们根本想象不到！

蒙希希和陈小萱看着累得灰头土脸的彼此，很想抱头痛哭。

遭此一击，大家也没有心情再开会了。

收入被谢染吊打，行程就更不用说了……这会再开下去也只是给自己添堵。

"先吃饭吧。"蒋维心酸地出来主持大局，"吃完饭还得进行下一个任务。"

现在他们吃饭的费用是要自付的，蒋维和朱传佳就只点了酒店里最便宜的套餐。

女团姐妹花更惨，她们资历浅，对瑞宴的广告资源看得更重，为了省钱，她们直接从便利店买了泡面，跟酒店要了热水泡着吃。

这样朴素的氛围中，谢染再一次显得格格不入。

他点了酒店最贵的那一档套餐，价格一百元，是其他人半天的工资，分量不多，但是精致，彰显着不凡的身价。

其他人：突然觉得自己手里的东西不香了。

最难受的还要数方回望。他和谢染明明是一组的，两人的餐标却形成了鲜明的对比，完全不像另外两组那样画风统一。

他还没资格有意见。

这时蒙希希也注意到了这点。她也没细想，就脱口说道："唉，光看望哥和染哥吃的东西的话，真看不出你们俩是一组的。"

方回望："……"

你快闭嘴吧！

吃完饭，节目录制进入今天的最后一个环节——选房。

从今天起，嘉宾除了要自己付房费以外，每天早上还要按时到任务地点集合，最早到的有一定数额的金钱奖励，迟到的则会被扣钱，并且节目组不提供交通工具，嘉宾要自己承担交通费用。如此一来，怎么选房才能使利益最大化就成了一门新的功课。

节目组一共提供了三种不同价格的房型给大家选择，其中最便宜的是便捷酒店，一晚只要一百元，但是居住环境差，距离集合地点也最远。

中等的是一个民宿，每晚一百五十元，居住环境和距离都比较适中。

最后一个就是他们现在居住的五星级酒店，条件就不用说了，奢华！距离任务地点也近，当然价格也是最贵的，一晚要四百元。

房型可以重复选，不用竞争，因此嘉宾只要组内商量好即可。

陈小萱羡慕地看着谢染跟方回望道："你们就好啦，染哥今天赚那么多，肯定不用纠结，直接选民宿就好了。"

方回望此时才后知后觉地狂喜起来，他跟谢染可是一组的！

虽然谢染今天的收入完全盖过了他的风头，还一度让他难堪，但无可否认的是，现在他们的总经费可是大幅度领先另外两组。

接下来只要不翻车太厉害，他们组几乎是稳操胜券。

方回望温柔地看向谢染，仿佛在看瑞宴的广告合约："小染，我们现在可以不用那么省，不如就选民宿吧？"

谢染睨了他一眼："随便你。"

方回望嘴角忍不住往上翘："好……"

话音未落，就听谢染继续道："我继续住这里。"

方回望的笑容瞬间凝固："什么？"

另外两组嘉宾闻言也吃惊地看了过来。

要知道，从《和你在别处》开播至今，还从来没有人选过最后一种房型，就算有人不奔着最终获胜的目标，以他们微薄的经费和打工收入根本负担不起这个价格。

因为他们接下来要住五晚，一晚四百块，五晚就要两千块。

就算谢染今天赚了一千多块，住五星级酒店也太奢侈了，根本是一下子把他们今天刚领先的优势给抹平了。

因此，大家从一开始就没想过谢染会选五星级酒店。

方回望当场就急了："不行，这里太贵了……"

谢染不为所动："你可以选别的，我花自己的钱。"

一句话，让方回望彻底闭嘴。

其他人："……"

谢染又单方面跟方回望拆伙了！

耳机里，孟非悬冷哼道："这个垃圾，吃软饭都吃不明白。"

谢染："……"

他的系统知识又学杂了。

方回望最终再一次选择了向谢染屈服。

不屈服不行，他倒是想硬气点儿坚持选民宿，但是谢染油盐不进，绝对做得出让他去住民宿，自己住五星级酒店的事，这样闹得难看不说，花的钱也更多。

另外两组嘉宾原本因为经济落后太多，已经有些灰心了，此时看到谢染居然真的坚持选择五星级酒店，心里顿时又升起希望。

虽然谢染今天赚得不少，但也遭不住这么大手大脚啊。

蒋维和朱传佳最终选了民宿，选完还当场算了一笔账，蒋维道："我们现在初始经费和工资加起来一共有两千四百块，五天房费是七百五块，付完房费还有一千六百五十块。小染和小方组现在有三千八百多块，但是房费要两千块，也就是剩下一千八百多块。这么算下来，我们差距也不是很大嘛。"

"不对。"朱传佳一挑眉，"小染今天还花了不少，他出门打车的钱要自己出的，刚刚吃饭也花了一百块……这样我们剩下的钱应该差不多。"

蒙希希和陈小萱闻言眼睛一亮。蒙希希道："那如果我们选便捷酒店，剩下的钱不就比染哥还多了？"

她们刚刚还是吃的泡面，花得更少。

蒋维一拍手："对的。"

方回望："……"别算了，他的心在滴血了！

谢染仍然毫无波动，手肘支在沙发扶手上，微微侧头平静地看着大家围在一起算账，场面热闹中略带着一丝心酸。

耳机里，孟非悬语气十分唏嘘："这就是穷人的世界吗？"

谢染想了想："大概吧。"

"其实还挺有烟火气的。"孟非悬停顿了一下，像是卡住了，又像是在学人类思考，接着才不是很确定地问，"是叫'烟火气'没错吧？"

不等谢染说话，他又自问自答："差点儿忘了，先生应该也不懂。别急，等我学会了就教您。"

谢染："……"

感觉自己在挂科的边缘疯狂试探。

虽然五星级酒店的价格让人心梗，但优点也很明显，距离任务集合地点很近，走路二十分钟就到了，可以省下一笔交通费。

方回望安慰自己，起码明天可以早点儿到集合地点，争取拿到第一名到达的奖金——只要谢染不拖后腿。

隔天一早，方回望早早起床，准备去叫谢染，却发现谢染比他起得更早，已经在浴室里洗漱了。

方回望一阵眼热。

谢染的作息是不是太好了？

不过这样也好，最起码今天的第一是稳了。方回望松了口气，喊了一声："小染，我们赶紧去吃饭，然后出发吧。"

"你自便。"谢染从浴室里出来，身上穿着泳衣，又随手罩了件浴袍，"我去游个泳。"

方回望："……"

这争分夺秒的时刻，你还要去游泳？你不会真当来度假的吧？

方回望顿时急了："别开玩笑了，我们现在赶时间……"

话音未落，房门"砰"的一声关上。谢染根本没听他说话，已经径自出去了。

方回望觉得自己的心脏又被重拳击中了。

正好扛着摄影机过来的跟拍队伍："……"

谢染游了半小时的泳才回来，方回望已经憋火憋得不行了，谢染却全然不以为意，还是有条不紊地换衣服、吃早餐，姿态从容优雅，自带一股无人能撼动的沉稳。

方回望一看时间，第一已然无望，索性放弃了，耐着性子等谢染吃完东西，才勉强扯了扯嘴角："现在可以出发了吧？"

谢染抬起眼皮，似乎没有意识到方回望话里的不悦，只淡淡地"嗯"了一声，然后举起手喊来侍应生："请帮我叫计程车。"

方回望英文水平一般，但也听懂了，眼睛一瞪："你要打车？反正我们都拿不到第一了，走过去不就好了？"

谢染言简意赅："你可以走过去。"

现在方回望不用追问也知道他后半句是什么了——他可以走过去，反正谢染不会改变自己的主意。

方回望一句脏话堵在喉咙里出不来，他这辈子就没有花钱花得这么憋屈过。

两人最终踩着点到达集合地点，毫无意外是最晚到的。另外两组不仅起了个大早，交通上也费了一番工夫。女团姐妹花是倒公交车过来的，前辈组别出心裁地租了两辆自行车，不仅费用低，还可以循环利用，就是比较费力气。

得知谢染他们住得这么近，居然还是打车来的，大家吃惊之余又偷偷生出一丝窃喜。看来昨天白担忧了，就谢染这个花钱法，就算他把接下来的任务奖励都拿了，恐怕也遭不住啊。

节目组也是第一次看到在经费竞赛中如此挥金如土的嘉宾，一时有些恍惚。要不是另外两组嘉宾依然节俭朴素，他们差点儿都要以为这个节目真的是个纯粹的旅游节目了。

确定嘉宾全部到齐后，节目组便开始发布任务。

第二天的任务是要嘉宾每人拍一张能代表旧西市风情面貌的照片，然后由节目组把照片发到官方 WB 里，由网友投票选出自己心目中拍得最好的一张。

最终得票数加起来最高的一组可以获得两百元的任务奖励，第二名一百元，最后一名五十元。

这一环节具有非常强的互动性，因为照片不署名，节目播出前谁也不知道照片拍摄者是谁，网友们在投票的同时可以肆无忌惮地对明星的审美能力进行点评，等到揭晓答案的时候就别样刺激。

在第一季的时候，就发生过粉丝在不知情的情况下疯狂嘲笑某个作品，最后发现拍摄者原来是自家爱豆的惨剧，为广大网友带来了极大的快乐。

任务发布后，嘉宾便行动起来，各自商量要到哪里去取景。

方回望对这一环节早有准备，此时胸有成竹，心情也终于好了一点儿，便先去问谢染：“小染，你有什么想法吗？”

谢染睨了他一眼：“有。”

方回望没想到他这么快就了主意，一时有些意外，问道：“你想去哪里拍？”

谢染道：“新西大厦。”

新西大厦是旧西市前几年刚刚建成的商业大厦，可以俯瞰旧西市的全景，视野无疑是很好的，但也正是因为这样，这里反而不是一个好的选择。

因为新西大厦是开放景点，社交网站上到处都是游客照片，网友们早就看腻了。

方回望也没指望谢染能拍出多惊艳的照片，但问题是新西大厦地处商业新区，和他们现在所在的任务集合地隔了接近半个城市。

他这两天已经被谢染折磨出惯性了，下意识脱口而出道："你是不是又要打车去？"

谢染似笑非笑："你有意见？"

方回望憋屈道："没有。"

他哪敢有意见？有就是拆伙。

最终他们还是斥巨资打车去了新西大厦，看谢染的样子，绝对还是来回都打车。节俭是不可能节俭的，连跟导演也再次无语凝噎。

谢染的艺术审美水平其实一般，因为情感缺失，他很难深入地理解艺术作品里呈现的感情，但是他与生俱来地对数字和逻辑十分敏锐。

"镜头往左旋转十三度角，往上调高五点一度……还有些许偏差，往下再压零点五度……就是这里。"耳机里，孟非悬精确地报着坐标。

节目组发的相机可以联网，有网的地方就有孟非悬。

谢染一边听一边精准地调整着相机的镜头，在得到孟非悬确认的同时，他也稳稳地按下拍摄键，一气呵成。

孟非悬："角度很完美，但光线差了一些，我来修一下图吧。"

谢染："不用。"

孟非悬："先生，你要相信我的PS技术，我拥有完善的美学逻辑。"

"我知道，你的逻辑是我设计的，所以你应该也知道，"谢染淡淡地说道，"过犹不及。"

"等等，我检查一下我的代码。"孟非悬停顿了一下，"还真的有这一条。"他感慨万千，"看来我不知不觉又进化了。"

谢染："……"

显然，他的系统又在网上学了乱七八糟的东西。

从孟非悬熟练地提出P图的姿势来看，他很可能逛了太多小绿书、直播间之类的美颜重灾区。

谢染假装没有听到，但孟非悬似乎不太满意，继续说道："先生，你的照片虽然很完美，但是没有灵魂。"

谢染默了一下："不是你指导的吗？"

"是我啊。"孟非悬理直气壮道，"但我是AI啊，AI就是没有灵魂的。"

有理有据，谢染一时竟无法反驳。

"但你还可以抢救一下。"孟非悬道。准确来说，谢染本人确实正在被抢救，需要谢染的意识原子群，也是某种意义上的灵魂重回原来的世界。

孟非悬为了提升谢染的感情领悟能力也是操碎了核心代码："先生，不如我给你讲旧西市的城市故事吧，或许可以帮助你了解艺术创作者和城市的群体感情。"

谢染不置可否，不过索性无事，便走到护栏边，眺向远处："你说吧。"

"那我先从你现在看的地方说起吧。"孟非悬说了一半，突然轻咳一声，"先生，请你把相机拿起来对着你看的地方，还是你想了解新西大厦的地板故事？"

孟非悬看东西全靠摄像头，这会儿谢染没拍照，就随意拽着相机，镜头正好对着地面。

谢染失笑，又把相机举起来。孟非悬道："好了，现在我们看着一样的风景了。首先看看最左边这条街，你看到了吗？"

像是担心谢染看不清，镜头中的画面自动放大，把左边一条街道调到了画面的正中。

"就是这里。"孟非悬语气略有嫌弃，"这个镜头的分辨率不够高，要不我找一下那条街的监控，截几个画面发给你？"

谢染："……不必了。"

"那好吧。"孟非悬遗憾作罢，这才不疾不徐地说道，"这条街是旧西市的老街，这里最早的一代是上个世纪初被骗过来的海外劳工……"

谢染难得放松，微微靠着半人高的玻璃护栏，一手插着裤兜，一手随意举着相机，镜头似乎漫无目标地对着远方。

旧西市的风带着海滨城市的湿气，天空蓝得发亮，孟非悬控制着相机镜头看向城市的不同角落，这是他与谢染共同的风景。

一般来说，在这个环节，嘉宾会多地走动，一来是找灵感，二来也是让节目组多一点儿素材，自己也能有更多镜头。

节目组还是第一次碰到谢染这种在一个地方一站半天，一动不动的。

更奇葩的是，他站了半天，最后交给工作人员的相机里只有一张照片，还是他最开始拍的那张。

工作人员和方回望："……"

再看谢染拍的那张图，角度、构图还算不错，但问题是，这种俯瞰图网上到处都是，根本算不上出挑，属于网友看一眼就会移走的类型。

谢染对他们的态度并不在意，孟非悬却冷哼了一声："先生，我从镜头里捕捉到他们的表情了……他们看不起你！"

谢染："是吗？"

孟非悬骂骂咧咧："这些人眼力太差了。你拍的照片虽然没有灵魂，但是技术完全吊打他们好吗！"

谢染一时竟分不清孟非悬是在夸他还是在损他。

晚上，三组嘉宾完成任务，再次回到酒店会合，开会统计大家的当前经费，方便调整各自接下来的任务策略。

毫无疑问，谢染又是毫无顾忌地打车回来的。

方回望已经麻木了。

女团姐妹花喜形于色，陈小萱美滋滋地算账："我们昨晚的住宿费只要一百块，吃的也便宜，今天还是最早到的，有五十块奖金……"

她算了一通，发现加上住宿，两人一天下来只花了六十几块，经费还剩下两千三百块。

前辈组没拿到奖金，加上住宿，一天下来，经费剩下两千二百块。

女团姐妹花经费余额反超前辈组一百元！

蒋维感慨道："看来这个奖金还是很重要啊。"

朱传佳决定从谢染身上找平衡，看向他问道："小染，你们今天花了多少？"

谢染还没回答，方回望先轻"呵"了一声，有些懊恼地说："别提了，小染一人就花了两百三。"

蒋维赶紧算了起来："那加上四百块房费，你们今天花了六百多，这样你们经费还有三千块左右。"

三千块虽然还是比他们领先一点儿，但是再付一晚房费，这个优势就没了。

蒙希希性格直爽，也不掩饰内心的窃喜，当即期待地说道："看来我们组有机会赢。"

"你们算漏了。"谢染突然开口道，"我今天还有两千块盈利。"

正在窃喜的其他两组嘉宾齐齐回头"啊"了一声。朱传佳莫名其妙道："你哪儿来的盈利？"

"股市。"谢染言简意赅道，"今天的保证金一千七百块，五倍杠杆，股票涨幅二十三个点。"

有了昨天的盈利，谢染虽然花掉了不少，但是保证金也比昨天多了七百块，最终盈利约两千美金。

赚得比昨天还多。

蒋维的表情差点儿失控："你还在炒股？"

谢染："我记得不违反规则。"

蒋维："……"

是不违反，但他们也是真的没想到。毕竟其他人都是靠劳力赚钱，要做任务就没有时间打工，谢染却完全不受影响，做着任务，钱还在生钱，一天生了两千美金。

再回想刚刚他们在那里一笔笔算账，还精确到个位数，就觉得真的好心酸。

"先生，请用餐。"正好侍应生送来谢染的晚餐。

依然是酒店里最贵的套餐。

朱传佳按着胸口自我安慰："没事，小染又花了一百美金吃饭，我们还有机会。"

谢染抬眼看了他一下："这是酒店经理送的。"

朱传佳跟被踩了尾巴似的发出惊叫："他为什么要送你这么贵的套餐？"

谢染想了一下："可能是因为我一天给他两百美金酬劳吧。"

其他人：……

所以，谢染给别人开的工资都比他们赚得多？

大家眼前一黑，摇摇欲坠。

《和你在别处》开播至今已有好几季，还是第一次碰到谢染这种，在大家做任务的时候，他还可以持续在股市里赚钱的情况。

尤其是谢染连续两天都选中当日涨幅最高的股票，大家恍然意识到，他选择进股市可能不是乱来，而是真的有这个能力。

如果他接下来天天如此，那其他人还玩什么？

另外两组嘉宾后知后觉回过味来，顿时斗志全无，直接蔫了。

节目组也很疑惑，这个节目做了这么多期，他们第一次发现还有这种漏洞。但仔细一想，这也不怪他们，执行这种操作不止要有魄力，还要有能力，除了谢染，娱乐圈根本找不出第二个。

只是，一开始没有禁止，此时再要临时改规则就显得针对人了，节目组一时进退两难。

这种状态持续到第三天做任务的时候，前两天还斗志昂扬的前辈组和女团姐妹花明显无精打采，颇有点儿破罐子破摔的意思。

一天下来，节目组慌了。经费竞赛可是《和你在别处》的核心内容，观众最爱看的也是明星想方设法攒钱的情节。

谢染这一手操作不止直接杀死悬念，还把其他嘉宾的心态搞崩了，再不采取措施，这节目就没法录了。

到了晚上，任务做完，前辈组获得第一名，有两百块奖金，谢染和方回望组第二，奖金一百块。

女团姐妹花毕竟年纪小，状态最受影响，今天一泻千里，排到了第三，奖金只有五十块。

但是前辈组并没有因此受到激励，因为紧接着股市收盘，谢染再次盈利三千二百块，收入远远超过前两天。

朱传佳泪流满面，像咸鱼一样瘫在沙发上，一边打挺一边喊："我失去了梦想。"

老股民蒋维则饱含深情地看着谢染："染哥，等节目录完了，你给我指点几支股票吧，以后你就是我哥了。"

节目组看得满头黑线，你一个前辈管人家小辈叫哥合适吗？

果然，只听谢染道："这样叫不合适。"

节目组：还是后辈有分寸。

谢染继续说："叫谢总。"

节目组："……"

蒋维从善如流："好的，谢总。"

姐妹花也跟着喊道："谢总，请你也带带我们吧。"

得，这下连基本的娱乐圈辈分秩序都乱了。

节目组终于坐不住了，总导演不得不单独把谢染这组叫到一边商量，让谢染不要继续用股市赚钱。

"……这个情况，我相信你们一定能理解的，对吧？"导演动之以情，晓之以理，说完眼巴巴看着谢染。

雪球卫视一向强势，尤其是《和你在别处》这样的王牌综艺，多少明星为了在节目里露个脸，不惜自降身价，对节目组的要求向来能配合就配合。

不过，这些人里显然不包括谢染。

谢染还是一贯的总裁坐姿，一手支在沙发扶手上，微微撑着侧脸，只淡淡地看着导演，脸上无甚表情，也没有接话。

但就是这种似乎全然不在意的态度，让导演不自觉生出一股被人居高临下睥睨的感觉。导演不是头一次跟人谈判，却是头一次有这种无以名状的压迫感。

明明谢染并没有什么强势的表现，甚至都没有说话。

时间一点儿一点儿地过去，谢染仍没有出声，连表情都没有一丝变化。

终于，就在导演的心理防线即将崩溃的时候，谢染突然说道："这不符合契约精神。"

他一开口，导演心里那根绷到了极致的弦终于一松，连忙说道："我明白，我明白，作为补偿，我们可以额外补给你三天雪球TV的开屏广告资源。"

话出了口，导演才猛地回过神来，他怎么一下子把底牌给亮出来了！

要知道雪球TV流量可是视频网站里数一数二的，开屏广告十分值钱。

他原本的计划是上来先跟谢染讲道理，等说服谢染后再提出给他补偿一天的开屏广告，这样既解决了问题，还能赚个人情。

三天的开屏是万不得已之下的底线。

谁知道谢染根本不按他的思路走，就这么一张一弛，只一句话直接让他把底牌交了。

谢染这才施施然坐直了身体，神色依然波澜不惊："可以。"

导演欲哭无泪，但话已出口，想收回来是不可能的了。

一旁坐着半天没插上话的方回望闻言心中狂喜，自从昨晚发现谢染可以连续在股市里赚钱之后，他积累了两日的郁闷和恼怒便一扫而空。

他意识到，有了谢染的超高盈利，瑞宴的资源已然唾手可得。

唯一的问题就是，这几日谢染表现得太抢眼，他多少有些狼狈。好在他与工作室早有安排，可以凭借后面的任务打一个翻身仗。

此时他们组和其他组的经费已经大幅拉开，谢染退出股市对结果影响不大，没有了谢染抢风头，他反而能够表现得更突出。

他没想到，雪球居然还给补了三天的开屏广告，这完全是意外之喜。

方回望压下心里的激动，装出淡定自若的样子，道："那就谢谢导演了。"

话音刚落，谢染突然瞥了他一眼，似乎有些疑惑地问导演："这个开屏应该是单人资源吧？"

"啊？"导演没想到谢染会这么问。节目里，嘉宾是以组合形式进行竞争的，所以资源都是默认为组合资源。但是此时谢染一提，大家才反应过来，这个资源实际是为了补偿谢染退出股市的损失的，理论上跟方回望并没有什么关系。

只不过谢染这么直白地提出来，也太不给方回望面子了。

拆伙，又是拆伙！

导演一时有些尴尬，干笑着甩锅："这个可以由你自己决定。"

方回望简直难以置信，好不容易才没让自己的表情垮掉，只是笑容难免僵硬，目光沉沉地看着谢染："你这是……什么意思？"

谢染不为所动，轻轻把手搭在扶手上，姿态放松："就是你理解的意思。"

第六章
网络狂潮

得知谢总退出股市，另外两组嘉宾总算起死回生，虽然谢总的经费已经遥遥领先，但是他花钱也凶啊，只要他不继续在股市发财，大家就还有机会。

看到大家终于打起了精神，节目组也松了口气，导演这才把人召集到一起，说道："好了，接下来，我们要公布大家昨天拍的照片的投票结果了。"

昨天晚上，嘉宾把各自拍好的照片提交上去后，节目组便发了 WB 并开启投票，投票时限为二十四小时，刚好在导演找谢染谈判前结束。

听到这个，方回望脸色总算好了一点儿，他的高光时刻总算要到了。

《和你在别处》这个节目有些任务是固定的，因此他和工作室在节目开始录制之前，就针对这些任务做了准备，其中就有照片投票这个环节。

照片投票过程中不署名，似乎全看嘉宾个人的审美能力和拍摄技巧，但匡有放想出了一个办法——让方回望拍摄特定的东西作为标记，这样，即使在匿名的情况下，他也能认出哪张是方回望的作品。

接着就是合作的营销公司出动，投票保他高位胜出的同时，假装路人在全平台开帖，对这张"不知名作者"的照片大加赞赏。

方回望作为典型的流量明星，时尚资源至关重要。去年他跟上一个代言的奢侈品牌的合约到期以后，新的品牌一直没谈下来，品牌方似乎对他现在的人气有所顾虑，迟迟没有敲定。

只要这一次运作成功，以《和你在别处》的高收视以及这个环节一贯的口碑，完全可以给他树立起一个审美高级，甚至艺术家的人设。

有了人设和流量，再往下谈就容易多了。

方回望胸有成竹，面上却不动声色，与其他人一样做出期待的表情看向导演。

以往公布投票结果的时候，导演总要故意卖关子吊吊嘉宾和观众的胃口，但是因为方回望刚刚被谢染落了面子，出于对他的同情，导演难得爽快了一次，直接看向他，笑道："这次小方厉害啊，得票数差不多是其他人的两倍，而且网友评价特别高，都说你技术好，审美好，我估计等节目播出后，你肯定能上好几个话题榜……"

"真的吗？"方回望脸上露出恰到好处的笑容，语带惊喜地说道，"网友真的觉得我拍得好吗？我实在太意外了……"

谢染毫不在意，只一脸冷漠地看方回望表演。早在投票开始的时候，孟非悬就已经监控到投票有大量营销号参与，他对这个结果并不意外。

耳机里，孟非悬浮夸地叫道："他的演技也太假了吧！My eyes! My eyes! 先生，快把这里的监控遮起来，不然我要瞎了。"

谢染："调低一下你的音量。"

孟非悬："哦。"

他调低到谢染习惯的音量，继续道："你就应该让我给你投票的，我一分钟能给你刷到第一。"

谢染："幼稚。"

孟非悬不以为耻："因为我才五岁呀！"

从孟非悬被开发出来至今，刚好五年。

谢染："……"

他们说话的当口，其他两组嘉宾正恭喜方回望，语气中不无羡慕。

蒋维道："其他人两倍的票数啊，这个很少见啊！"

"所以说小方厉害嘛。"导演主要考虑节目效果，这个环节这么多年还是第一次出现这种投票断层的情况，自然要专门强调一番，当即把镜头集中在方回望的脸上，"小方拍的这张照片，从投票一开始就一路领先。而且这次的评论也很多，认可度特别高，要不我给你们念几条网友的评价吧……"

听了导演的称赞，方回望脸上的笑容也越发真挚。

就在这时，负责统计票数的工作人员急急忙忙地跑过来，朝导演打了个手势，急切地小声打断他的话："导演，别说了！"

导演有些莫名其妙："怎么了？"

工作人员把一部手机递给他，导演接过一看，顿时惊叫道："怎么回事？第一名怎么是小染？"

其他人闻言纷纷看去，尤其是方回望，脸色更是陡然一变，下意识脱口而出："怎么可能？"说罢，他才意识到自己情绪不对，连忙收敛神色，哂笑道，"这是什么情况啊？"

工作人员也是一头汗："不知道怎么回事，最后一小时小染的票数突然狂涨。"

投票只要看最后结果就行了，节目组并不会时刻盯着，尤其这种投票都是开始的时候涨得飞快，越到后面越疲软。这次因为方回望一路领先，结果几乎没有悬念，节目组更没有把截止的时间放在心上。

导演刚刚和谢染谈判完，也没等查看最终票数，直接先宣布了方回望的胜利。

这本来是没有问题的。

只是谁也没想到，偏偏就在这最后的一小时里，网络上突然发生了翻天覆地的变化。

节目组一群人连忙齐齐拿出手机来查看情况。过了一会儿，终于有人在投票 WB 的下面找到一条全新的热评，热评是一个知名美术博主的链接，点进去就是该博主一个多小时前发的一条 WB——

申雅 V：震撼我了！《和你在别处》今天发的那组照片第三张好像是旧西市的新锐画家 Shahi 两年前的画作《新旧西》的取景地！

大家可能不知道这意味着什么，《新旧西》是 Shahi 对旧西市未来的展望，里面加入了许多她的个人幻想，加上她一贯的夸张浪漫风格，画面极其破碎凌乱，从作品面世以来，业内就一直在猜测她的作品取景地，但是至今没有人猜中过。

我过去两年也经常关注 Shahi 的作品，对大家的猜测印象深刻，所以今天看到这张照片，我真的惊了。

我刚刚专门叠了一下图，虽然 Shahi 的原作夸张破碎，但是除了她个人幻想的部分，其他的色块都可以对上！

并且,画重点,这张照片不止取景,连构图、拍摄角度很可能都是跟《新旧西》一模一样!起码我叠图看起来一度都没有差。

这到底是谁拍的啊?是怎么做到的?

这条 WB 配了两张图,一张是谢染拍的照片,一张是《新旧西》的画作图片。

单看的时候不觉得,当两张图放在一起之后,大家细细比对就能发现,照片和画作上的景物,有许多部分似乎真的能对应起来。

这条 WB 目前转发四十六万,评论二十三万,点赞接近六十万。

谢染有些意外:"传播这么快?"

孟非悬发出得意的声音:"这位博主很有眼力,我给她做了个推广。"

谢染:"……"

孟非悬的推广,那应该是病毒式推广,而且还是 WB 技术发现不了的那种。

申雅的 WB 下面,网友们发出一片惊叹。

"我的天!真的假的?!"

"那这个拍照的人有点儿东西啊!"

"本来有点儿不明白,刚刚专门去看了《新旧西》取景地猜想的故事,回来点个赞,这个拍照的人是真的牛!"

"不懂就问,猜中这个取景地很了不起吗?"

"上面的,我来解释一下吧。Shahi 的画作是一种全新的现实抽象风格,取材于现实,却又几乎跟现实完全不像,充满了强烈的主观幻想元素,关于取材的猜测一直是业内鉴赏 Shahi 作品的重要内容之一。

"举个可能越级碰瓷的例子,对于 Shahi 取材的猜测,有点儿类似于对蒙娜丽莎为什么微笑的猜测,或者对《红楼梦》的结局的猜测。"

"另外就是,关于 Shahi 取材的猜测,除了要有很高的艺术鉴赏能力以外,还需要具有非常全面的知识。比如这幅两年前面世的《新旧西》,大家都知道取材于旧西市,但是一直没人能找到取景地,就是因为能够全面了解旧西市的风貌,还能够将现实与抽象敏锐地结合起来的人太罕见了。"

"目瞪口呆……"

……

不过有网友赞叹，自然也有不少人质疑。

"什么情况？我怎么就看不出来这张照片跟《新旧西》有什么相同的地方？"

"哇，居然真的有人相信这个博主的话？拜托，连业内的专业人士都没有猜出取景地，能被一个明星找出来？退一步说，真的有人找出取景地，能藏着这么久不说，专门等到录节目的时候去拍？不觉得搞笑吗？"

"这是捕风捉影吧？这照片不是这次的嘉宾拍的吗？这几个明星平时也没人发过跟夏希（Shahi）相关的内容吧？突然就摇身一变，成了艺术家，还把夏希的取景地都给找到了？"

"合理怀疑是节目组蹭 Shahi 的名气炒作，大家都懂的。"

这两种意见互不相让，在网上吵得沸沸扬扬。

就在节目组翻看的时候，申雅这条 WB 下面的评论还在持续增加。因为讨论量巨大，很快，《新旧西》、Shahi，连带着《和你在别处》节目组和嘉宾的搜索量都飞快上涨，出现在话题榜单里。

节目组的工作人员集体不明所以，虽然他们台是真的很爱炒，也很能炒，但这次真的不是他们动的手！

其他几个嘉宾也已经从工作人员那里了解了来龙去脉，一个个震惊不已，朱传佳瞪大眼睛看着谢染："谢总厉害啊，居然还有这种才华！"

方回望同样错愕不已，不过他跟那些人云亦云的网友不一样，他是熟悉谢染的，知道谢染对艺术领域并没有什么了解，根本不认识那什么夏希，更不可能对她的作品有研究。

见镜头全部集中到谢染身上，方回望哈哈一笑，把大家的注意力又引了回来，这才惊奇地看谢染："小染，你什么时候开始关注画作了，连夏希都有研究？怎么从来没听你提起过？"

方回望这一提醒，其他人也反应过来了。在座的都是娱乐圈里混过来的，艺术家可以说是明星里最顶端的人设，谢染出道那么多年，但凡真的有这方面的造诣，不可能不拿出来做文章。

这样一想倒是比较合理，这个夏希的作品取景地那么难猜，连业内专家至今都没能得出个定论，谢染自然更不可能。

蒙希希当即"咦"了一声："那谢总到底知不知道那什么的取景地啊？还是说网上只是瞎猜的？"

"不是瞎猜。"谢染并没有看方回望，只平静地说，"我拍的就是《新旧西》的取景地。"

谢染回答得肯定，其他人却面面相觑，都怀疑他是不是打蛇随棍上，顺势吹牛。

"小染觉得是，那在他心里就是。"方回望目的达到，作出打圆场的姿态，"艺术这种东西见仁见智，除非原作者自己出来证明，不然猜测始终只是猜测，大家说是不是？"

他话音刚落，就听旁边的工作人员突然叫了一声"我的天"，接着惊呼道："夏希本人发 ins（一款社交软件）了，她认证了染哥拍的就是取景地！"

现场所有人震惊了。

"真的假的？"大家连忙挤过去看工作人员的手机。

工作人员解释道："好像是有人特意翻墙出去把染哥拍的照片发给夏希本人了。"

并且这样做的人还不少，所以夏希很快就被惊动，并发了 ins。

工作人员的手机上打开的正是夏希 ins 官方账号的截图。

夏希直接把谢染的照片和自己的原作一起发了出来，正式承认了这个取景地。

不仅如此，她还特地强调了，这张照片不止拍的是《新旧西》的取景地，并且构图、角度也跟她创作时的选景一模一样。

这意味着，拍照的人不止要有高水平的鉴赏能力和广博的知识面，还要有极其精确的判断能力和画面捕捉能力。

夏希的 ins 一发出来，不止 WB 上一片沸腾，外网也惊呆了，话题趋势不断上升。

原本嘲讽和质疑的人瞬间哑口无言，销声匿迹，网上只剩下惊叹声以及询问照片作者到底是谁的声音。

节目组和嘉宾同样目瞪口呆，尤其是方回望，更像是被当场抽了一耳光一般，说不出地焦躁与难堪。

好一会儿，还是朱传佳先回过神来，真心实意地竖起大拇指道："谢总牛啊，没想到你真对艺术这么有研究！"

谢染看了他一眼，淡声道："没有，碰巧罢了。"

大家集体："……"谢总差不多就得了啊，再装下去就过头了！

朱传佳勇敢地说出了大家的心声："少来，这玩意儿还能是碰巧？

你倒是说说看，你怎么个碰巧法，就给你拍到人家大画家的取景地了？"

谢染抬起眼皮，看向跟拍他的导演："我前天不是去了美术馆吗？刚好看到了这幅《新旧西》。"

节目组闻言一愣，总导演连忙让跟拍导演把谢染前天的行程调出来。这一看，才发现谢染在美术馆看新锐画家展览的时候，真的在一幅画作前面停留过。

那幅画，正是《新旧西》原作。

大家："……"

朱传佳不敢置信道："你就看了一眼，就认出来人家的取景地了？"

谢染道："不是我，是数据。"

孟非悬拥有着完整的美学逻辑和远超这个世界的精密算法，识别、拆解、分析和定位一幅画，对他来说并不是难事。

回到取景地重现画作，则更加简单。

他实话实说，其他人却没有听进去，也没听明白，大家都忙着抱头痛哭了。

导演一边泪流满面地交代后期一定要把谢染看展览的画面完整地剪到节目里，一边握住谢染的手唏嘘不已："谢总，我们这次投票时间截止得太早了，不然你的票数肯定还得哗哗地涨！"

当天的节目录制结束后，节目组找到方回望，把他的手机还给他，说匡有放有事找他。

《和你在别处》一共录制七天，这些嘉宾又都是有身份地位的人物，手上工作众多，真要他们完全不跟外界联系是不可能的，一般有急事找他们的话，还是会让他们私下联系的。

方回望正心急如焚，连忙躲到角落里给匡有放打电话，一接通便劈头盖脸地问："现在什么情况？网上的风向还好吗？"

"不太好。"匡有放声音低沉，透出一股疲惫。

《新旧西》取景地照片的爆红带来的不仅仅是那张照片本身的流量，也让看热闹不嫌事大的网友重新审视起另外的五张照片来。

如此一来，票数比其他照片高出一大截的方回望的照片就受到了重点关照。

要说方回望拍照技术也还算可以，不然也不敢拿这个炒作，但是有了谢染的对比，他的作品就显得太平庸了。

而他的得票数又高得不正常，得到的赞誉明显超过了作品本身的水平。

敏锐的网友们立刻嗅到了"瓜"的味道，开始扒起他的数据来，果然很快就找到了蛛丝马迹。

方回望只觉得太阳穴突突直跳："难道你没控住吗？"

"勉强控住了。还好，我们一发现情况不对就开始删评论，留下的证据不多。"匡有放语气中犹带着心惊，也幸好现在大部分人都在关注《新旧西》取景地的事，参与的人有限，不然他们这次估计真的要翻车。

匡有放越说越恼，问道："那张《新旧西》取景地到底是谁拍的？我怎么不知道这次的嘉宾里还有艺术家？"

方回望冷笑一声，语带讽刺："是谢染。"

匡有放一愣，半晌没有出声，不知在想些什么。

方回望等得不耐烦："说话，接下来怎么办？"

为了这次营销，他们花了不少力气，如今功败垂成，那个奢侈品牌的合作估计也没有那么顺利了。

而这并不是他面临的唯一问题。

人气下滑，工作室资金链面临断裂，种种问题压在他身上，让他几乎喘不过气。

许久，匡有放终于开了口："你去求谢染和好吧。"

方回望一怔，以为自己听错了："你说什么？"

"和谢染和好。"匡有放咬着牙道，"这不是你一直以来想做的事吗？不是差一点儿就成功了吗？那就用尽一切办法，把他给摆平。"他语气里透出不甘，十分阴沉，"你还没发现吗？接下来，很快，整个娱乐圈的资源和话题都会落到谢染手上。"

孟非悬横空出世，谢染工作室一跃成为娱乐圈估值最高的工作室，经纪公司和科技公司抢着跟谢染合作，资源随便他挑。

现在《新旧西》事件在网上呈狂潮之势，不难想象，节目播出之后谢染是何等风光。

野望工作室的苦心布局全面溃败，当下最好的办法，就是跟谢染绑定。

就像十年前一样。

方回望挂掉电话，浑浑噩噩地回到房间。

谢染已经洗完澡，正躺在床上看电视。

方回望一时有些茫然。他觉得自己此时是恨谢染的，尤其这几天来，他几乎要因为谢染而失去理智。

可是当匡有放让他想办法和谢染和好的时候，他居然有点儿搞不清楚自己内心的想法。

"小染……"方回望失神地喊了一声，怔怔地问道，"我们还能和好吗？"

他这话完全是无意识说出口的，一说完才猛地清醒过来，心里顿时后悔不已，但又情不自禁生出期待，直勾勾地看着谢染，想知道他会怎么回答。

恰在此时，谢染的耳机里传来孟非悬的声音："对三！"

谢染默了一下："要不起。"

方回望没想到他这么直接，顿时恼羞成怒，心里鼓荡着，正要再说什么，就听谢染继续道："大你。"

方回望有些莫名其妙。

这时他才发现，谢染根本没注意他。他顺着谢染的视线看向电视，然后整个人蒙了。

为什么电视画面是在《斗地主》？为什么旧西市的电视也可以《斗地主》？

《和你在别处》节目录制的最后一个任务是以推广本国文化为主题的集体任务。

前几季节目分别推广过戏剧、传统手工艺品等，今年的任务主题则定为餐饮文化的推广。

旧西市旅游部门为节目组提供了市区的一个餐厅作为场地，节目组临时将其改造成餐馆的形式，再从国内邀请了一位名厨过来掌勺，餐馆就可以正式营业了。

三组嘉宾的任务，就是为新开张的餐馆制订宣传方案，吸引客人进来消费，并在三天的时间内各自完成规定的营业额。

任务结束之后，如果小组营业额超过节目组规定的目标，则超出的部分作为奖励发放给该小组；如果小组没有完成目标营业额，则未完成的部分从小组的经费里扣除。

作为本次节目的最后一个环节，这个任务无疑给经费落后的嘉宾组提供了一个逆风翻盘的机会。

前面几天，无论工资还是任务奖励，金额都是有上限的，第一名奖金基本是两百块左右。当然，这个保持了好几年的平衡在这一季已经被谢染的一通操作给打了个稀碎。越是这样，最后这个任务对另外两组嘉宾就越发重要。

因为整个节目里，只有最后的任务奖励不设上限。理论上，只要能够完成足够多的营业额，就可以获得足够多的奖励。

以前就有一季，一组一路垫底的嘉宾靠着最后一个任务实现了绝地反击，获得了最终的胜利。

不过这一季嘉宾的斗志明显没有前面几季的嘉宾来得昂扬。

听完任务要求后，女团姐妹花和前辈组便一齐巴巴地看谢染。

朱传佳还给谢染续了一下杯里的水，尊敬地问："谢总，这次你有什么操作？能说出来让我们参考一下吗？"

节目组简直不忍直视。朱传佳，你好歹比人家谢总早出道十几年，这样不太合适吧？

谢染却一脸平静，似乎对这样的情况见怪不怪，还轻笑了一下："没有。"

朱传佳明显不信任他，面露狐疑："真没有？"

谢染难得耐心地重复了一次："没有。"

"那我们就放心了！"朱传佳长出了一口气，朝着另外几人比了一下拳头，"盟友们，敌情打探好了，我们还有机会，冲起来！"

节目组："……"你们还公开搞联盟了？

这几人怕不是得了"谢总 PSTD（创伤后遗症）"？

不过也能理解，这一季的嘉宾，太难了！

工作人员居然很能感同身受。

耳机里，孟非悬唏嘘道："这就是弱者的世界吗？"

他问谢染："先生，你真的没想法吗？"

谢染微微向后靠着沙发，作出休息的姿态："没必要，没有空间。"

孟非悬作为谢染的得力助手，立刻熟练地用自己的处理器分析了一下："我明白了，如果是以餐饮推广作为目标，这个任务是没有意义的。"

谢染喝了口水："嗯。"

一种文化的推广需要耗费大量的资源和时间，远不是一个为期三天的小任务可以实现的。

这次的餐饮推广任务，定位虽然高大上，但实际只是一个娱乐性质的经营任务，节目组能提供的资源有限，嘉宾能做的宣传无非是使用一些即时、短效的推销手法，最终节目的受众也是国内的观众。

换句话说，这个任务最终完成营业额并不难，但是远远达不到"文化推广"的高度，所以谢染说没有空间，也并不需要花太多的工夫。

果然，几个嘉宾讨论之后，最终定下来的推销策略与前几季大同小异，无非是张贴海报、在餐馆门口摆放菜品展架、派发传单以及搭配一些小工艺品作为礼物等，剩下的就看各个嘉宾临场招揽客人的能力了。

"哈哈，还好我早有准备！"朱传佳"嘿嘿"一笑，居然从口袋里掏出来一副挂着红穗的快板。

姐妹花看得一愣一愣的，陈小萱汗津津道："佳哥，你怎么还有这玩意儿啊？"

"这你们就不懂了吧？"朱传佳得意地说道，"这就叫出奇制胜！你们想啊，到时候我们可是在一个地方招揽客人，我这快板一打，可不比你们光靠嗓子喊有看头多了？那客人可不都先奔着我来！"

陈小萱吐槽："可是你这样，别人应该以为你是卖艺的吧？"

蒙希希更狠："佳哥，你还记得你是流行男歌手吗？这样一搞，不怕大家以为你转型去说相声了吗？"

朱传佳："去去去，我这是为了宣传文化而献身！"

这下，他的搭档也忍不住了。蒋维一把扣住他的脖子阻止他再说下去："得了吧，你就直接承认，咱这是为了胜利不择手段。"

闹归闹，方案总算是定了下来。

不过临散场前，朱传佳还是心有戚戚，不放心地看着全程没怎么参与讨论的谢染："谢总，你真没想法？"

谢染见他问得认真，稍微思索了一下，道："现在有一点儿了。"

其他几个嘉宾闻言顿时大惊失色，朱传佳直接喊出声来："常威，你还说你不会武功！"

方回望也转头去看谢染，与其他人不同，他的神色中更多了几分复杂的期待。

昨晚匡有放让他搞定谢染，他没有明确同意，却辗转反侧了整整一晚上，又重新审视了一遍谢染这段时间的种种表现，然而越是审视，越是心惊。

他此时才后知后觉地发现，不知什么时候，谢染似乎已经变成了他完全不认识的样子，谢染的每一个决策都超出了他以前的认知。

不管是顶级虚拟偶像孟非悬的推出，在股市里的惊人表现，还是昨天刚刚发生的，神乎其神地复现了《新旧西》取景地的事情，谢染做的每一件事，都远不是方回望能做到的。

谢染本人，则在不知不觉间变得沉稳、清冷，却又锋利无比。这种与以往全然不同的，似乎并不好亲近的性格加上绝对的实力，又形成了令人无法轻视的气势。

令他也要仰望的气势。

方回望恍然意识到，这段时间以来，自己一直憋着一股劲想要与谢染一较高下，甚至想要压制谢染，将谢染彻底打垮，或许正是源于这份无以名状且难以察觉的，对如今的谢染的恐惧。

曾经他与谢染并驾齐驱，所以他才能沉得住气。他总觉得，只要他愿意花工夫，他总能跟谢染重新站在一起。

可是如果两人的差距拉开了，如果谢染已经超越他，甚至远远将他抛下了呢？

方回望不敢再想下去，只直勾勾地看着谢染，想知道他这次又会做出什么惊人的决策。

谢染却沉默了一下，似是对朱传佳的话有些不理解。

孟非悬识别到谢染的状态，熟练地解释道："他说的是电影台词，意思是你故意撒谎，假装自己没想法。"

谢染："……嗯。"

谢染面不改色，说道："只是针对你们前面提出的方案有一点儿想法。"

他报了几个地名："这几个地方都在餐厅的步行范围内，是餐厅周边主要的商业娱乐区，人流量大，并且有在外就餐的需求，如果想要多招揽一点儿客人，在这几个地方发传单是比较合适的。"

他说得简短，蒋维却很是感慨："谢总的功课做得真足啊。"

第一天就对他们打工的景区的客流量和营业情况洞若观火，现在又表现出对餐厅所在区域的了解。

朱传佳竖起大拇指道："怪不得谢总这么成功！"

不过大家佩服归佩服，怕倒是不怕的。谢染把自己知晓的情况共享了，到时候还是得看各自的临场能力，这点谢染可没有太大优势。

朱传佳打了一下自己的快板："我相信我一定能成为最闪亮的那颗星。"

方案定下来后，相关工作便有条不紊地开展起来。大部分物料节目组其实都提前准备好了，说到底，这个环节的重点还是嘉宾怎么揽客以及跟客人的互动。

很快，一切就绪，餐馆正式开业。节目组还特地雇了一支舞狮队，把气氛炒得十分热闹。

这是经费竞赛最后一次翻盘的机会，也为了多一点儿镜头，女团姐妹花和前辈组都表现得十分努力。并且，他们还听取了谢染的建议，"瓜分"了谢染提出的那几个地点。

等到第一天中午的餐点时间结束，几人终于可以停下来休息了。不过大家顾不上休息，而是立刻聚在一起，统计这半天的营业额。

结果一算，居然真的是朱传佳得了第一。旧西市民风热情，爱热闹，喜欢新鲜事物，朱传佳的快板还真吸引了不少人。

而谢染这次终于不再有亮眼的表现，主要是他根本也没打算表现，连多走几步都不肯，就站在餐厅门口发传单。

而且他还不怎么亲和，挺拔地站着的样子跟只会在CBD（中央商务区）出没的精英似的，要不是穿着服务员的衣服，谁能想到他是在派传单呢？

亏得他脸长得好，英语也好，才有一些客人被美色所迷，主动靠过来询问。

毫无疑问，谢染拿了倒数第一。

"我觉得我们有机会了！"朱传佳激动地拍了一下蒋维的肩膀，开始算账，"我们目前跟谢总的经费差距是三千多块对吧？现在才半天，我们组营业额就比谢总多了快两百块了，要是再努力一点儿，三天下来，要超过谢总也不全是梦想嘛！"

蒙希希听得糊涂了："不对吧？半天多两百块，再怎么努力，三天也就多个一千多两千吧？怎么就超越谢总了？"

蒋维一脸慈爱地看着她："傻丫头，你忘了谢总是多么能花钱了吗？"

谢染前三天盈利就接近七千块，要不是因为他花钱毫不手软，这差距也不可能缩减到三千多块。

在他们前天做任务的时候，谢染经过商场还顺便买了一对白金袖扣，花了五百块，简直令人发指！

朱传佳充满期待地看谢染："谢总，你接下来几天会考虑省钱吗？"

谢染轻笑一声："没必要。"

他对瑞宴的广告并不看重，从一开始就没把胜负放在心里，做任务也只是单纯完成工作而已。

方回望顿时神色一紧："小染，你——"

他之前是真没想到谢染这么能花。吃住都选最好的就算了，居然还买了一对毫无必要的袖扣！照谢染这么个花法，最后说不定真的要被其他人反超。

但他喊了一声，又陡然停住，恍然惊觉，自己似乎有点儿不知道该怎么和谢染说话了。

谢染反正是不会听他的。

朱传佳和蒋维已经欢呼出声，两人击了个掌，这次是真正燃起了斗志："接下来拼了，我们可以的！"

蒙希希和陈小萱听他们这么一算，也看到了希望："那我们也再试一试，说不定真的有机会！"

节目组看到嘉宾终于又展现出了在这个节目里该有的积极面貌，也不由得流下了欣慰的泪水。

就在这时，负责翻译的领队举着手机匆匆跑了过来，说道："导演，我们刚刚接到夏希的电话，说要找《新旧西》取景地那张照片的作者。"

"夏希？"导演闻言吃了一惊，"大画家夏希！"

所有人闻声看了过来。节目组里即使是完全不了解艺术的人，这两天听多了夏希这个名字，也早已是如雷贯耳了。

领队点头："就是她。她专门找了旧西市旅游部门的人要了我们的电话，希望能让她跟照片的作者联系。"

导演点点头，让领队把手机交给了谢染。

其他人这时都有些激动，谢染的神色却没有什么波动，接过电话平静地和对方沟通起来。他的英语十分流利，说起话来不疾不徐，似乎这样的对话再寻常不过。

这样随意聊了几句，他突然顿了一下，捂住听筒转头问节目组："我们餐厅可以包场吗？"

工作人员有些迷惘，但还是点了点头。嘉宾的目标是完成营业额，各凭本事招揽客人，如果有人能拉到包场的客人，那还是一个看点呢。

谢染得到肯定的回复，才跟对方说了一声"OK"，又简单说了几句，便挂上电话，抬头看着大家道："夏希包下了我们餐厅今晚的场子。"

导演下意识问道："为什么？"

谢染道："她想跟我见面，但我要工作，她觉得包场的话，我应该空闲一点儿。"

大家："……"

一片静默中，朱传佳的声音划破长空："Why——"

第七章

全息舞台

夏希似乎对跟谢染会面充满了期待，傍晚还没到饭点的时候，她便提前到了餐厅。

了解到谢染他们正在录节目，为了不影响节目的拍摄效果，夏希还特地邀请了一群朋友过来用餐，直接把包场办成朋友聚会，好让餐厅能够呈现出座无虚席的热闹景象。

于是，《和你在别处》自开播至今，第一次在揽客任务环节出现了有客人包场的情况，并且是不借用节目组的资源，完全由嘉宾个人完成的。

旧西市民风向来热情，来的客人又都是夏希的朋友，非常给节目组面子，不止配合拍摄，还时不时主动跟嘉宾互动，给节目制造了不少素材。

节目组拍得轻松愉快，几位明星嘉宾却没有那么快乐，因为他们发现，自己彻底成了服务员。

本来，按照任务设置，他们要身兼两职，一边招揽客人，一边服务客人，现在夏希包场，自然不用再揽客，于是他们的工作就只剩下服务客人了。

这本来也没什么，这个任务就是这样的，因为店里的桌位有限，客满的时候就得先暂停揽客，先把这一批客人服务好。因此几季下来，嘉宾一起充当服务员是再正常不过的事。

但问题是，这一季有个人画风跟大家完全不一样。

在其他嘉宾跑进跑出，忙着端盘子、倒水的时候，谢染正一派悠闲地坐在餐厅露台的雅座里，跟夏希及她的两位朋友谈笑风生。

夏希是一个红头发的中年女人，跟大众认为的不修边幅的艺术家形象不同，她本人非常优雅端庄。

与她坐在一起的两个朋友同样衣着考究，谈吐出众。

谢染虽然穿着餐厅统一定制的制服，但是他身材挺拔，容貌俊美，眉眼冷峻锐利，姿态更是带着一股浑然天成的矜贵从容，看着竟比其他几人更像上位者。

这几人不仅仅是形象出众，嘴里蹦出的话题也是一个比一个高端，除了高频率出现一些专业词汇，偶尔还夹杂了一些其他国家的语言，完全就是社会精英间的会谈，把其他人看得一愣一愣的。

中途，夏希喝完了杯子里的水，便举起手喊道："Waiter，please."

"我来吧。"谢染站起身，拿起桌上的玻璃水壶正要去倒水，突然一道人影从旁边冲了过来。

"我来我来。"朱传佳一把抢过他手上的水壶，"怎么能让你亲自去倒水呢！"

谢染手里一空，看了朱传佳一眼，疑惑地问："有什么问题吗？我也是服务员。"

朱传佳默了一下，不由自主地流下了弱者的泪水："你不说我已经忘了这回事了。"

实在是谢染气势太突出，不知不觉间，大家已经忘了他也是餐厅的服务员，似乎他天生就该坐在那里，接受其他人的服务。

也真是难为谢染自己还记得这个设定。

"那你自己来吧。"朱传佳悲伤地把水壶塞回谢染手上，然后去服务其他客人了。

不过他刚走开没几步，就被蒋维拦住，蒋维似乎有些不认同他的举动："你怎么不给他们倒水，还让谢总亲自动手？"

朱传佳幽幽反问："你还记得谢总也是服务员吗？"

蒋维："……我忘了！"

"这不是你的问题。"朱传佳感同身受地拍了拍他的肩膀，唏嘘道，"实不相瞒，上午让谢总去迎宾的时候，我还有种不踏实的感觉，觉得那不是他该有的操作，现在我总算安心了，这才是他的正确打开方式。"

蒋维思考了一下，悲壮地说道："你说得对。"

他们两人说话的时候，方回望正端着餐盘从旁边走过，听到朱传佳的感慨，他脚步不自觉顿了顿，回过头看向谢染。

此时夜色降临，华灯初上，暖黄色的灯光温柔地笼罩在谢染身上，让他少了一丝锋利，多了一点儿方回望熟悉的和煦。

但他那种上位者的姿态，他和客人谈论的话题又都是方回望全然陌生，似乎永远也无法企及的。

方回望不由自主攥紧了手里的托盘。

"……你拍的照片真的太令我吃惊了。"夏希仍沉浸在惊讶里，"你完全复现了《新旧西》的画面。从现实的角度，这是从来没有人能做到的事情，鉴赏领域里竟然没有你的名字，这真的太不合理了。"

谢染并不因夏希的赏识而激动，只微微颔首，不卑不亢地说道："抱歉，其实我也做不到，是机器做到的。"

夏希不解地问："机器？"

"是的。"谢染食指轻点了一下沙发扶手，"是我的 AI。"

孟非悬的真实情况不适合透露，谢染便只向他们解释了一下机器的算法逻辑和深度学习概念。

谢染的演讲能力无疑是极强的，以前他常常要向公众介绍他公司那些高深的产品概念，此时不过信手拈来。那些晦涩的概念在他的解说下一下子变得通俗易懂，便是夏希这种理工知识贫瘠的艺术家也能听明白。

待他说完，夏希恍然大悟："原来是这样。"

谢染点头："很遗憾，事实跟你想的并不一样，大概让你失望了。"

"怎么会呢！"夏希却丝毫不见失望，"恰恰相反，我觉得你刚刚说的东西非常了不起。虽然我并不懂具体的原理，但是能够让机器学会人类的艺术……我认为，你本人显而易见具备了更高层次的审美，只是并不以我们所熟悉的形式表现出来而已。"

"一般的鉴赏家能够教会人类鉴赏，这其实并不难，因为人类的感情是相通的，而你教会了机器，这显然要困难得多。"夏希颇有点儿相见恨晚的架势，"我并不是那种不可一世的画家，艺术来源于生活，而技术可以创造生活，我觉得极致的技术，其实也是极致的艺术。"

谢染也是第一次听到这种论调，一时倒有些意外。

而孟非悬已经在耳机里得意地笑出了声："先生，大画家认证我的成就了，我以后是不是就算艺术家了？"

他的系统是真的很容易得意忘形。

谢染当作没有听到，只冲夏希轻笑了一下，意味不明地说道："谢谢，我的机器很高兴。"

好不容易熬到用餐时间结束，夏希的朋友们纷纷告别散去，最后只剩下夏希和那两个朋友。几人似乎聊到了什么感兴趣的话题，仍意犹未尽地坐在原处谈个不停。

节目组已经拍够了素材，索性放任谢染他们继续，餐厅内的其他人先开始收工。

前辈组和女团姐妹花像是咸鱼彻底失去了梦想，几个人往休息区一瘫，纷纷叹气。

蒋维摆着手道："认输了，这次我真的认输了。"

朱传佳猛男落泪："谢总他不'做人'！太不'做人'了！"

陈小萱也跟着"嘤嘤嘤"："早知道我们一开始就应该吃好住好，辛辛苦苦省钱到底是图什么啊！"

蒙希希直接化悲痛为食欲："我们今晚就点最贵的套餐吃！"

节目组的工作人员："……"

虽然很想安慰他们，但是完全不知道从什么角度切入。

到底还是导演有经验，见状过来给他们打气："你们别这么快放弃啊！还有两天呢，就算谢总今天营业额……"

他卡了一下，转头问工作人员："谢总今天营业额多少来着？"

工作人员道："包场费两千，消费四千六百，一共六千六百。"

导演默了一下，坚强地对几名嘉宾道："你们还可以寄希望于谢总乱花钱。"他甚至给他们支起了招，"这附近不是有个商场吗？你们想办法把他带过去，我不信他不买东西！"

朱传佳听得嘴角直抽，一言难尽地看着导演："导演，算了算了……"

"不能算，我们节目的精神就是不到最后一刻决不放弃……"导演话未说完，就见谢染突然走了过来，喊了他一声。谢染旁边还跟着一个白人男子，正是与他谈了一晚上的夏希的朋友之一。

谢染问道："导演，你和制片人现在有时间吗？"

导演转头看了看他和那名白人男子，疑惑地问："有什么事？"

"这位是旧西市电视台的制片人皮特。"谢染介绍道，"他对我们这个节目很感兴趣，想跟你们谈一下能否引进节目。"

他说话的同时，叫皮特的男子上前与导演握了握手，递上自己的名片，说道："你好，谢先生已经跟我详细介绍了贵节目，我个人非常感兴趣，希望有机会能够合作。"

原来夏希考虑到这里是在录节目，便特地邀请了自己在电视台担任高管的朋友皮特一起过来。

皮特一开始只是想着随便来看看这里的团队是怎么工作的，加上节目组都在忙，他便没有亮明身份，只是跟夏希一起，随意和谢染聊着天。

他原以为谢染只是一个普通的明星，也许拥有一些鉴赏能力，不过大明星他平时接触多了，并不是十分感兴趣。

没想到谢染的表现完全出乎他的意料。这个明星居然十分擅长商业运作，不过短短一顿饭的时间，谢染便完全说服了他。

导演了解完事情原委，整个人都惊呆了，当即让工作人员去找制片人过来，自己则回头看了一眼那几个同样呆滞的咸鱼嘉宾，肃穆地说道："算了，你们还是直接跟谢总认输吧。"

咸鱼们："……"

好的，让苍天知道我们这就认输！

《和你在别处》录制的最后两天，整个节目呈现出前所未有的和谐友爱的气氛。

前辈组和女团姐妹花彻底放弃了挣扎，不是他们不努力，实在是对手太强大。

关键是，对手看起来根本没怎么用力，这才是最令人无语的。

咸鱼们抱头痛哭。

放弃了竞争之后，几位嘉宾反而获得了真正的快乐。因为不用再想着怎么省钱，他们该吃吃，该喝喝，做任务的时候充满爱与和平，中餐厅打烊后还一起到附近的商场逛街看电影，真正把这个节目变成了旅游节目。

节目组的工作人员也是无语。

众所周知，他们这个节目虽然一直打的是旅游的名义，但是真正的噱头其实是看光鲜亮丽的明星们怎么吃苦和钩心斗角。

为此，他们每一季的获胜大奖都下了血本，这一季更是拉来了瑞宴的资源。

一般越到最后时刻，嘉宾间的竞争就越发激烈，就算是获胜无望的队伍，为了在观众心目中的形象，在镜头前也是要表现出不屈不挠的姿态的。

从来没有哪一次嘉宾放弃得这么早，这么彻底，甚至还快乐地把经费全部花掉了。

节目组：抬摄像机的手，微微颤抖。

虽然这样，却没有任何人觉得嘉宾的做法有什么问题。

毕竟，他们的对手可是谢总。

向谢总认输，怎么能叫认输呢？那叫识时务者为俊杰！

就连一向喜欢搞事的导演也放弃了继续给咸鱼嘉宾们灌鸡汤，现在他简直恨不能把谢染给供起来。

谢染不仅三言两语说动了皮特考虑购买《和你在别处》的节目版权，后续节目组在与旧西市电视台的具体谈判中遇到了一些问题，也都是谢染帮忙出面解决的。并且，他还给节目组谈下了意料之外的优渥条件，展现出了极为惊人的商业谈判能力。

最后一天，中餐推广任务结束，谢染毫无意外获得了最终的胜利。节目组甚至都不用做最终的经费统计，因为其他嘉宾已经直接把钱花光了。

当节目组把印着奖品内容的巨幅 KT 板颁给谢染小组的时候，朱传佳还在旁边用他的快板配音："风吹鸡蛋壳，财散人安乐……"

真是让人唏嘘。

任务全部结束后，节目组也终于恢复了人性，最后一个晚上安排了一个轻松奢华的行程，斥巨资请所有嘉宾到新西大厦用餐。

新西大厦作为旧西市最先进的商业大楼，不仅大楼内部采用了各种最先进的设备系统，外部墙面也是用的最新的光学材料，整个外墙就像巨幅的屏幕，每天向行人、游客展示各种各样的画面与信息。

谢染在做拍照任务的时候已经来过新西大厦一次，不过上次去的是顶楼，这一次节目组安排的地方是位于大厦中部的一家高端西餐厅。西餐厅与露天的空中花园相邻，他们坐的位置便设置在半圆形的空中花园里，一边对着大厦高耸的玻璃墙面，一边挨着花园的围栏，可以一边吃饭一边欣赏旧西市的夜景。

吃完了饭，例行进入节目尾声的煽情环节，导演道："节目到这里就要结束了，大家都来说说看，对这次的旅程有什么感想吧。"

以往几季里，在这个环节嘉宾们总要回顾一下一周以来的努力和辛苦，再总结升华一下，一个个恨不得化身正能量的代言人。

因此，这个环节也被网友们戏称为演技大赏环节。

但是这一次大家都失去了表演的兴趣。只见几条咸鱼互相看了看，纷纷叹气。

朱传佳神情肃穆地说道："通过这次活动，我明白了什么叫'世上无难事，只要肯放弃'！"

蒙希希要实在一点儿，说道："我觉得吧，省钱是没有前途的，还是早花早享受！"

陈小萱点头表示赞同："没错，谢总教会了我们一个道理——钱是赚出来的，不是省出来的。"

朱传佳吐槽："你以为这个道理我以前不懂吗？首先，你得有谢总的赚钱能力……"

陈小萱撇了撇嘴，心酸地改口道："没这能力的，还是乖乖省钱吧。"

蒋维则殷切地看谢染："这次我深刻认识到，一个人的命运，除了靠自我奋斗，选择正确的队友也很重要！"

朱传佳从旁边扑过来就是一个锁喉："你在暗示什么玩意儿呢？"

节目组不忍直视，默默把镜头移向谢染："谢总你呢？你这次有什么感想？"

谢染放下手里的咖啡，想了一下，认真说道："旧西市挺适合度假的，以后有时间还可以再来。"

大家："……"

谢总这是在发表度假心得呢？

最后镜头落到方回望身上："轮到望哥说了。"

"这一次啊——"方回望微微一笑，声音变得轻柔起来，"能跟小染一起录节目，一起旅游，真的很开心。虽然这段时间有不少摩擦，但是也让我想起了很多以前的事。"他目光如水，温柔地淌向谢染，"小染，你记得今天是什么日子吗？"

前面的流程其实只是铺垫，方回望的话才是这个环节的重点，开启了今晚的重头戏。

他话音落下，他们背对着的那面巨大的玻璃墙突然亮起来，空中花园里的客人们全部转头望去。

只见玻璃墙变成了巨大的屏幕，一段剪辑精美的视频开始在屏幕上播放。

与此同时，工作人员递过来一把吉他。

方回望接了过去，轻拨了两下琴弦，便跷起脚坐到旁边的一张高脚椅上，把吉他撑在大腿上，开始弹唱起来。

他弹的是十年前与谢染一起参加的《明日星光》的主题曲，调子轻快飞扬，透着属于青春的气息。

伴随着音乐，墙面上的视频也徐徐铺开。

视频剪的是《明日星光》比赛时的录像。画面里，谢染和方回望都还是意气风发的少年模样，两人从初选认识，到一路过关斩将；从一开始的腼腆生涩，到后来的光芒四射，有掌声，有鲜花，有笑容，也有泪水，终于一起走到了决赛。

而这其中，又穿插着两人相处时的点点滴滴，都是曾经被粉丝温习过无数次的画面。他们一起住进同一间宿舍，一起在练舞室训练，谢染用零食收买方回望，让他每天叫自己起床，方回望去食堂给谢染打包早餐……

都是很日常的事情，但正是因为这样，才显得格外真实动人。

便是不明真相的游客看到，也不自觉露出会心一笑——年轻真好。

节目组的工作人员和另外两组嘉宾也情不自禁感动。

本来这段时间他们觉得谢染和方回望之间的关系是很微妙的，这两人的相处明显透着生疏，完全不像经常联系的老朋友，谢染对方回望的态度更是敷衍，甚至还不如对他们这几条咸鱼有耐心。

大家都快要怀疑他们是不是只是组队来骗通告费的了。

但是方回望的表演和这段视频让他们对之前的想法产生了动摇。

那些画面太真了！

少年的心思总是很难掩饰，即使只是在一起做一些很小很小的事情，年轻的谢染和方回望看着彼此的眼神中也总有隐藏不住的默契。

陈小萱和蒙希希年纪比较小，没有经历过"惘然"大热的那个年代，但是看到这些画面，她们也一下子明白了，为什么"惘然"的粉丝那么疯狂，那么长情。

为什么仅仅是一次同台，就可以让沉寂十年的粉丝死灰复燃。

歌词的间隙，方回望看着谢染，目光款款："小染，今天是我们出道十周年纪念日，你想起来了吗？"

谢染自然已经想起来了。

在原主的记忆里就有这一段。方回望对原主一直颇费心思，决定一起上这个节目之后，他便找节目组策划了这场表演，给了原主一个意料之外的惊喜。

也是因为这一幕，节目播出之后彻底引爆了粉丝的热情，被誉为"惘然"的巅峰。

但是，那时候方回望和原主已经和好了。

原本谢染以为，以他和方回望现在的关系，方回望应该会取消这个计划，没想到方回望还是实施了。

方回望确实一度想过要取消计划，但是和匡有放打了那通电话之后，他生出了比以前更为强烈的冲动。

他想知道，谢染真的放下了吗？谢染放得下吗？

看到十年前的画面，看到他们曾经的点点滴滴，谢染是不是还能够无动于衷，继续保持冷酷，对他敷衍了事？

而当这些画面一一重现，当方回望弹唱起当年的主题曲，他比以往任何时刻都更清晰地回忆起他们在一起的那些时光。

开始的时候，他的才艺其实并不如其他参赛者突出，谢染便每天帮他开小灶。有时候练习太累了，他实在忍不住想要放弃，谢染也不劝他，只靠着练舞室的墙坐着，看着他轻轻地笑："那怎么办呢？我一定会出道的。"

那时候他就知道，谢染总有一天会光芒四射，成为超级巨星，而他要跟谢染站在一起。

再后来，他真的高位出道，得到了数不尽的掌声、鲜花和名利，他又觉得，与这些相比，一份真挚的情谊其实也没有那么重要。

直到这段时间以来，他与谢染每天住在一起，终于无比清楚地认识到，记忆中的少年果然已经无比强大，却又将他远远抛下。

他心里一下子又变得不甘起来。

他都没有放下，谢染凭什么放下？

视频渐渐播到了最后，画面定格在他们一起登上出道位的那一刻。方回望停下了手指，吉他声戛然而止，他的心情也逐渐明朗了起来。

当记忆变成具体的画面，其产生的力量也更加强大。

这一刻，方回望的内心是真的被触动了，甚至无法再对谢染这段时间的敷衍和冷淡生气。

他们一起度过人生最好的时光，是他先放弃了谢染，谢染对他进行任何报复都是合情合理的。

他会有足够的耐心，去说服谢染，让谢染相信，他真的后悔了。

方回望放下吉他，在所有人的目光注视下走向谢染。他原本准备好了更适合节目的台词，但是临到此时，他把一切抛之脑后，说出的话全凭本能："小染，今天是我们出道十周年的纪念日。当发现这个日子刚好是在我们录节目的时候，我就一直想给你准备一个惊喜。十年前的这天，我们一起出道，一起走花路，没想到十年后，我们还能一起上节目……"

他说得恳切，令旁观者也为之动容。

唯独当事人的内心毫无波动，还觉得有点儿刺耳，因为他的 AI 正在大肆嘲笑："他跑调了！先生，他跑调了！"

方回望絮絮叨叨说了一会儿，却发现谢染完全没有反应，没有惊喜，没有感动，甚至连尴尬或愤怒都没有，依然保持着谢总一贯居高临下的风范。

方回望有些难以置信，整颗心陡然一慌，控制不住一点儿一点儿地往下沉。

倾诉的对象不予配合，他的自我感动渐渐变成了难堪，终于再也说不下去。

他咬着牙，不甘地问道："小染，你就没有什么想说的吗？"

谢染的神色终于有所松动，想了一下，道："有的。"

方回望心中一喜，连忙追问："什么？"

"你刚刚跑调了。"谢染说道，接着还真指出了方回望的几处演唱问题，"你现在算歌手吧？建议加强一下业务能力。"

方回望："……"

其他人："……"

与此同时，空中花园的游客突然集体爆发出一声惊呼。

谢染向来波澜不惊的脸上也突然神色一动，惊讶地看向方回望的背后。

方回望下意识转身看去。

只见那面巨大的玻璃屏幕上的光线飞快变幻，各种色彩交错，最后汇聚到空中花园的中央。

新西大厦的墙面采用的是最新的技术，除了可以做屏幕使用，还具备当前最先进的全息成像功能。不过因为没有相应的全息建模技术，平时很少使用。

而此时，空中花园的中心，光线的汇聚处，一个明朗精致的少年逐渐成形。他身材修长，黑发微卷，肩上还挂着一把吉他，冲着谢染露出一个灿烂的笑容，清亮的声音中带着一丝金属感："原来今天是先生出道十周年的纪念日吗？那我也为你唱首歌吧。"

他说着一手指向方回望，骄傲地仰起下巴，发出好胜的宣言："我唱得比他好！"

孟非悬的话音落下，毗邻着空中花园的巨大玻璃墙面上，红蓝色调的灯光如水纹飞快荡开，层层叠叠，迅速夺取了现场所有人的目光。

然后，在众人的注视下，高饱和度的灯光乍然迸发，像是墙体突然被炸裂开来一般，光线穿透而出，汇聚到空中花园的中心，孟非悬的身后。

就像是有看不见的手在造物，以艳丽的光线为原材料，飞快地分类、编织、堆叠，创造出奇形怪状的物体——广告牌、灯箱、钢铁怪兽、机器以及充满朋克风情的未来建筑物，这些东西全部挤在一起，一个霓虹闪烁，拥挤杂乱的科幻景象拔地而起。

整个空中花园成了一个五光十色，充满了反乌托邦意象的全息舞台。

孟非悬就站在舞台中间，所有的灯光都为他闪耀，所有人的目光都随他而动。

而他只看着谢染一人："世界是假的，我是真的。"

"先生，我会陪你跨越所有的时间与空间。"

少年的模样如此真实，如果不是亲眼看着光线铸就了他，在场的客人简直要怀疑他是一个真实存在的人。

他说完这句话后，手指跟着拨动，吉他的电音响起，金属质感的声音里仿佛带着电流，与这充满科幻感的光影意外地契合。

这是一首大家从未听过的歌，旋律极其抓耳，一下子将全场人的注意力牢牢吸引住。

谢染情不自禁轻笑了出来。

孟非悬在进行深度学习的过程中，渐渐不满足于只学习人类的行为，他决定向人类的感情发起挑战，其中一项功课便是研究音乐对于人类情绪的影响，并立志创作出能够打动谢染的歌。

这首歌就是孟非悬的作业。

其实谢染当时并没有被触动，但他把这首歌定为诸子科技的广告主题歌，作为对他的系统的鼓励。

此时，在另一个时空听到熟悉的旋律，谢染反倒生出了一股陌生的，大约可以称之为"感怀"的情绪。

孟非悬的表演更是惊艳，每一个动作、每一句唱腔都恰到好处，几乎达到一种极致的完美。

这一刻，所有人都沉浸在他的表演之中。

在这样极致的视听盛宴面前，再没有人记得之前方回望放的那个视频。

最气人的是，孟非悬演唱结束之后，还鼓了鼓脸颊，遗憾地说道："今天的表演也很完美，一点儿都不像人呢！"

方回望差点儿现场吐血。

他是真的有被冒犯到！

第八章

一夜爆火

一周的封闭录制结束，谢染回到工作室，开始处理这段时间积压的工作。

"求索科技给孟非悬的最新估值是十二亿，这个报价是目前市面上估值最高的虚拟偶像的两倍，并且求索还承诺了非常优渥的联合运营条件。"经纪人管书南一脸欣喜地说道，"我觉得可以答应跟他们合作了。"

谢染却没什么反应，手指在桌面上轻敲了两下："不行，报价太低了。"

要不是孟非悬的核心代码里有不侵犯人类的伦理准则，这个报价估计能让他黑了求索的内部系统了。

"这还低？"管书南吃惊地瞪大了眼睛，当即便有些急了，"小染，孟非悬很优秀没错，但是我们也不能狮子大开口啊！你知不知道，这段时间已经有些公司对我们表示不满了。"

"无妨。"谢染似乎不觉得有什么问题，"这是商业合作，不是联谊活动，我没有义务让他们满意。"

管书南一时无言，问题是，你让他们太不满意了，这根本没法往下谈。

好一会儿，她才苦口婆心地继续劝说："小染，我虽然不太懂这些虚拟偶像的技术，但我知道这些东西并不是无可替代的，我们不能把孟非悬一直捏在手里。"

"放屁，我就是无可替代的！"孟非悬果然忍不住哼出了声。

谢染摸了摸耳垂，耳朵有点儿发痒。

"孟非悬是无可替代的。"他说道。

管书南欲言又止。她感觉到，从今年以来，尤其是孟非悬发布之后，谢染变得极为强势，即使她不认可谢染的决定，也不敢反驳，只能悻悻道："求索科技已经明确表示，这就是最终报价了。"

言下之意，如果谢染工作室再不同意，合作也就终止了。

而其他公司报价还不如求索。

谢染不为所动："先放一放。"

管书南无奈，只能进入下一个议题。

她打开一份报告推给谢染，冷声道："最近各大平台突然冒出很多怀念'惘然'的声音，很多营销号带头发《明日星光》时期的'惘然'旧照，给一些年纪小的粉圈新人做科普，不仅煽动了'惘然'老粉，还圈了很多新粉。"

报告是国内各媒体平台上谢染的相关数据，从报告里可以看出，在谢染录制节目的这段时间，他和方回望的组合数据呈爆发性上升。

各大营销号纷纷发帖怀念"惘然"大热的年代，将之称为"国产明星组合第一股"，并借着谢染和方回望十年后再合作的契机，展望两人的未来。

《明日星光》时期的"惘然"互动无疑是极其动人的，加上这段时间"惘然"再度合作，营销号直呼他们的友情跨越了时间。

不过短短时日，"惘然"便在网上形成席卷之势，不仅是当年的"惘然"老粉原地复活，许多新人也被吸粉入坑。谢染录节目期间，"惘然"居然力压近两年大火的几对组合，登顶 WB 组合榜第一，在各大小说网站的热度还在持续走高。

"明显是有人在炒作。"管书南气得发笑，"方回望是落寞了吗？这么着急上火地操作。"

这种事情恶心就恶心在，大家心知肚明，偏偏不能发声明，也不能明着澄清，不然就显得小肚鸡肠，还会得罪一大批粉丝。

"这种情况最好的破局办法就是放点儿别的料出去搅浑水，可惜你平时连个绯闻都没有。"管书南颇为遗憾地说道。

谢染倒是不觉得苦恼："都是些上不了台面的小手段，不用理会。"

看到谢染这么沉稳平静，管书南也淡定了一点儿，提醒道："小染，你以后注意和方回望保持距离……不过，你们接下来还有瑞宴的双人广告，这个有点儿不好办。"

"说到这个，"谢染道，"我已经回绝了瑞宴的广告。"

管书南一惊，差点儿没跳起来："凭什么？瑞宴这么好的资源，就算不想被方回望捆绑，也不用……"

"没时间。"谢染打断她的话，"我跟瑞宴有别的合作。"

管书南："……"

野望工作室。

"谢染回掉了瑞宴的双人广告。"匡有放问方回望，"这是怎么回事？瑞宴这么好的资源，他为什么不要了？"

方回望似乎并不太惊讶，只冷笑一声："我怎么知道他在想什么？他不要就不要，对我又没有影响。"

匡有放敏锐地察觉到方回望这次录完节目回来有些变化。他是个疑心很重的人，思索了一下，狐疑地说："这事不合理啊，他不会是为了和你划清界限吧？"

方回望眼神阴鸷："那你得问他去。"

"你跟他现在是什么情况？"匡有放蹙眉，有些不安，"我不是让你无论如何都要想办法和他绑在一起吗？就算是虚假的也没关系，看起来像真的就行。"

方回望没有回答，只沉着脸兀自刷着手机屏幕，屏幕上显示的是近段时间大热的"惘然"的相关内容。

匡有放见状深感不妙，便有些着急上火："你们不会闹掰了吧？我可是花了大力气把'惘然'的热度又给炒起来的，要闹掰也不能现在闹掰……"

"你急什么？"方回望冷冷地瞥了他一眼，似笑非笑道："掰不了，你只管继续炒就行了，炒得越热越好，什么时候我想解绑了才能解绑，谢染说了不算。"

不知是不是错觉，匡有放感觉方回望似乎强势了很多，让他下意识有点儿不敢反驳，只放低了声音问道："那你接下来有什么计划？"

"两件事。"方回望放下手机，说道，"第一，预约一下兰司对接人的时间，我亲自跟对方谈。"

匡有放闻言有些意外。兰司就是野望工作室一直在谈但没有谈下来的奢侈品牌。

一直以来，方回望的工作主要是在台前的曝光，商务对接很少亲自出面，炒高级审美人设失败后，匡有放以为他不抱希望了，没想到他不但没放弃，居然还要亲自去谈。

匡有放心里有种奇异的感觉，但还是说道："好。"

方回望继续道："第二，把倪乐叫过来，我要和他重新讨论南宫絮的事情。"

说起南宫絮，匡有放心里不由得隐隐作痛。如果不是因为把大量资金投到这个虚拟偶像的开发上，他们工作室不至于这么艰难。

匡有放忍着心痛道："南宫絮已经没有太大的价值了，现在市场都看着孟非悬，对南宫絮的反应很冷淡。我的想法是把南宫絮低价卖出去就算了，好歹回点儿血。"

"南宫絮怎么就没有价值了？"方回望意味不明地嗤笑一声，眼神里还一丝扭曲的恨意，"南宫絮的形象、设定哪一点不如孟非悬？孟非悬能做到的，南宫絮同样可以。"

匡有放终于知道他哪里不对劲了。

方回望一直以来都是个野心勃勃的人，但是以前他把这种野心收得很好，明面上还维持着明星的谦逊，而现在他的野心全然外放，就像是急于证明什么一般。

但匡有放并不觉得不好，因为他能明显感觉到，伴随着方回望的野心一起成长的，还有方回望的能力。

这或许真的会成为工作室的转机。

匡有放对方回望的态度不自觉恭敬了一点儿："好的，我这就去办。"

"孟非悬。"方回望咬牙切齿地冷笑一声，用公司手机打开合作的网络营销工作室的WH，他甚至不想假手于人，要亲自进行确认。

录节目的这一周是他人生中最屈辱的一周，谢染敷衍他，无视他，最后还让孟非悬一个假人出来羞辱他。

直到此刻，方回望仍能够清楚地回想起孟非悬当时的表情，傲慢又嘲讽。

谢染真以为自己拿他没办法吗？那他也太小瞧自己了。

野望工作室："段总，'惘然'的内容继续发，我要这个话题接下来一直排在榜单第一。"

对面回得很快，甚至有一点儿迫切。

牙神网络营销段总："放哥，出了点儿意外。"

牙神网络营销段总："不知怎么回事，网上突然到处刷起了'悬染'，各大平台都在产出，作品数量特别多。"

牙神网络营销段总："现在'悬染'实时热度已经超过了'惘然'，我们尝试控场，但是对方的数据太能打了，我们根本控不过对方。"

方回望脸色一变。

野望工作室："悬染？"

牙神网络营销段总："就是孟非悬和谢染，而且连国外原创网站都有以他们为原型创作的作品，还是英文的！"

八卦论坛。

标题：悬染？话题榜第五？

内容：刚刚在话题榜看到，好奇地点进去，发现居然是孟非悬和谢染？这是谁在开玩笑吗？

1楼：孟非悬？他不是纸片人吗？

2楼：我也看到了，震撼我了，这都跨越次元了！

3楼：跨次元怎么了？只要长得好看，次元不是问题好吗！

13楼：跨次元，简直美滋滋。

20楼：实不相瞒，孟非悬出道那天我就萌上了。他的脸是真的能"打"，建模又牛，跟谢染站在一起，完全看不出是虚拟人物。发布会那天简直就是霸道总裁力捧小偶像出道的完美范本，我这两天不要太快乐！

……

"悬染"就像是近两年其他一夜爆火的组合一样，不过短短时间便在网上拥有了很大的讨论量，以两位主角为原型创作的各类作品更是如雨后春笋般冒出，并迅速爬上了各个网站的热榜，竟硬生生压了近期势头正盛的"惘然"一头。

大量刚刚入坑"惘然"的新粉还没稳固下来，又火速被异军突起的"悬染"所吸引。

换言之，这已经不是单纯的热度之争，而是荣誉之战，输了的一方，跟队友被人抢了有什么区别？

还是在全网面前被抢队友，简直是奇耻大辱！

然而令大家感到意外的是，几乎从这场战斗被摆上台面开始，"悬染"便一直稳稳地压在"惘然"的上面。

"惘然"全无还手之力。

"惘然"老粉又急又气，却又无可奈何。

方回望的粉丝更是恼怒，他们虽然讨厌"惘然"，但是方回望在这次组合大战中落败，被嘲笑连虚拟人物都不如，又是另外一码事了。

方回望看着营销公司发过来的"悬染"的相关数据，脸阴得几乎要滴出水来，差点儿没把手机捏碎。

野望工作室："对方是找了哪家公司在推？你们不是号称全网营销号最多吗？怎么连一个假人的组合都推不过？"

牙神网络营销段总："冤枉啊放哥，我已经查过了，这个组合没有公司在推。"

野望工作室："不是谢染炒的吗？"

牙神网络营销段总："我已经跟同行都打听过了，没有人接过谢染工作室的单子。那些发消息的账号我都查过了，包括'悬染'圈最早带起热度，发消息最多的账号——孟非悬小号，我们也确认过，不是营销公司的，就是路人账号。"

牙神网络营销段总："放哥，你也知道，我们虽然账号多，但网友真的爆发起来，我们肯定是比不过的。"

野望工作室："你意思是，真的有那么多人在粉孟非悬和谢染？"

牙神网络营销段总："我不能保证，这事是真的有点儿邪门，我只能告诉你，就目前我们能调查到的，是真的没有公司炒这个组合。"

这下方回望再也控制不住自己，将手机狠狠砸了出去。

谢染工作室。

管书南同样很疑惑，她之前还在烦恼谢染被方回望捆绑，又没有办法脱身，转眼"悬染"就横空出世，狠狠地把"惘然"的气势给压了下去。

一个组合的大火需要有天时、地利、人和，孟非悬和谢染根本没有多少同框和互动，这样的热度只能是公司硬推出来的。

因此，管书南一开始非常紧张。因为当事两人同属谢染工作室，而他们工作室并没有动手，总不能是其他公司在做慈善吧？

然而奇怪的事情就在这里，"悬染"的爆红背后竟然找不到任何营销公司的痕迹，虽然很多新号，却也确确实实不属于任何公司。

"现在业内都在研究孟非悬和你的组合是怎么回事，你们这个组合火得太快、太奇怪了，完全是一个全新的案例。"管书南看着谢染，开玩笑地说道，"你老实告诉我，是不是你动的手？"

谢染道："不是。"

管书南也就是随口一说，闻言也没当回事。

谢染觑了她一眼，继续说道："是孟非悬做的。"

管书南："……"

这一本正经的样子，她差点儿就要信了！

别说，"悬染"圈第一账号还真的叫"孟非悬小号"呢。

管书南汗涔涔地离开了会议室，谢染这才微微向后靠在椅背上，说道："这就是你的学习成果？"

那日与管书南开完会，孟非悬便兴致勃勃地向他申请要去研究组合的领域。

原主的命运因为与方回望捆绑营销而以悲剧收场，现在谢染与方回望并无互动，但粉丝依然会为十年前的影像激动狂欢。

人类真是令人费解！好学的孟非悬立刻把这个领域列为自己新的学习方向。

只不过这个学习成果，似乎太声势浩大了。

"这个世界太辽阔了。"孟非悬肃然起敬，"我曾经检索分析过七十万部人类小说，我的服务器里还储存着1T的电视剧，但是我觉得还是不够，要亲自体验才行。"

谢染："……"

孟非悬继续说道："所以我决定深入这个神秘的世界，相信以我价值千亿的深度学习系统，一定能够破译这其中的奥秘。"

谢染又沉默了一下："这就是你写小说的理由？"

孟非悬有理有据道："当然，先生，你不会以为我那么多作品都是用系统生成的吧？"

谢染疑惑："不是吗？"

孟非悬沉默了一下："……是。"

孟非悬的作业成果虽然有点儿超出谢染的意料，但也不算坏事。他的系统一向谨慎，这次虽然带了一波节奏，但是一直控制在红线范围内，凭这个世界的技术并不能发现异常。

之所以声势如此浩大，是因为孟非悬带了节奏之后，居然真的有大量网友萌上了"悬染"。再之后，渐渐真的把这对组合推了出来。

当然，真粉数量还是比不上"惘然"的，不过以孟非悬的好胜心，在榜单上肯定不能让着"惘然"就是了。

这会是原主希望看到的吗？能让原主的意识原子群平静下来吗？

人类真的很奇怪。

"悬染"和"惘然"的"队友之争"愈演愈烈。

野望工作室气急败坏，却又无可奈何。无论他们怎么刷数据，就是压不过"悬染"，不小心刷得太过了，还差点儿反过来被人抓住把柄。

匡有放只能不断强调假人的数据再好看，也不可能跟真人比。

粉丝也互相安慰，等谢染和方回望合体的综艺播出以后，他们便可以用事实说话，假的始终都是假的。

如此激烈的竞争僵持了许久，《和你在别处》终于在万众期待中迎来了首播。

《和你在别处》作为雪球卫视的王牌综艺，每年播出时都能引发收视热潮和全网话题，今年因为"悬染"和"惘然"两家粉丝的战争，更是热度空前，首播当晚的收视率一举破了前面几季的开播纪录。

曹泡莉是一名喜欢了"惘然"十年的老粉丝，她从上学的时候追《明日星光》选秀就喜欢上了"惘然"组合，这么多年谢染和方回望没有互动，她依然不离不弃。

这次"悬染"和"惘然"的"队友之争"中，她就是"惘然"阵营的中坚力量之一。

因此节目播出当晚，她早早打开电视，同时和群里的小姐妹保持着联系，随时准备截图分析谢染和方回望同框的画面细节，力证"惘然"的地位不可撼动。

和曹泡莉一起坐在电视前的，还有她的合租室友余曼。余曼工作忙碌，不混粉圈，对这次网络混战也不感兴趣，不过她是资深的综艺节目爱好者，每天下班之后都要看两集综艺作为放松。

在众多的综艺节目中，余曼最喜欢的莫过于《和你在别处》。前面几季她已经翻来覆去看了好几遍，每次看到平时光鲜亮丽的大明星在节目里也要辛苦地打工赚生活费，为了省钱想破脑袋，她就觉得吃起饭来更香了，加起班来也更有动力了。

打工人的快乐就是朴实无华且简单。

余曼刚刚加完班回来，还来不及吃晚饭，便叫了外卖边吃边看。她知道曹泡莉是谢染和方回望的粉丝，还故意揶揄道："先说好了，等下我看到你哥哥们受苦的时候要是忍不住笑出声来，你可别打我哈。"

曹泡莉也知道室友的这点儿小爱好，无奈地翻个白眼，也开玩笑地"哼"了一声："你敢！我不仅要打你，还要在我们群里挂你！"

两人嘻嘻哈哈闹了两句，《和你在别处》熟悉的片头曲响起，两人赶紧停了下来，聚精会神地看起了电视。

曹泡莉双手托着腮，脸上带着迷之微笑，痴痴地说："不过只要小染和望哥合作，吃再多苦也是甜的！"

余曼竖起大拇指。

《和你在别处》从嘉宾出发去机场开始播起，先把嘉宾轮流介绍了一遍。等到谢染出场，余曼情不自禁"哇"了一声，感叹道："这是谢染吗？怎么和以前不太一样，气场也太强了！"

曹泡莉点点头："小染最近好像在转型，整个人变了很多。"

余曼嘴角抽了抽："也就你们粉丝还叫得出小染，是我就喊谢总。"

曹泡莉发出"脑残粉"的声音："我不管！"

不过随着节目的推进，屋里渐渐陷入了一种诡异的沉默。

余曼憋了憋，没憋住，尴尬地"哈"了一声："是我的错觉吗？怎么感觉你小染好像不太想搭理你望哥的样子……"

这档节目号称好朋友一起出游，嘉宾在镜头前都恨不得多点儿互动，以彰显彼此间的友谊，因此粉丝们都十分笃定，他们一定能在节目里截到谢染和方回望甜甜的同框。

然而就目前播出的画面来看，方回望对谢染倒是挺热络的，谢染对方回望却是肉眼可见的敷衍，给方回望的眼神甚至都不如给其他嘉宾的多。

曹泡莉也有些傻眼，但还是坚强地挣扎道："他们毕竟十年没合作了，肯定要有一段磨合的时间，这不是很正常嘛……"

她话音刚落，电视里突然爆发出争执声——方回望因为谢染要炒股的事和他起了争执。这种争执的情节在节目里也很常见，就算是同一组的嘉宾也不会永远意见一致，接下来就是商量、和好，再各自反省，这也是一个经典套路了。

这一次事情的发展，却让所有观众大跌眼镜。

电视里，方回望问谢染："你难道要跟我分开行动？"

谢染毫不犹豫道："对。"

然后谢染就真的单方面宣布跟方回望拆伙了。

曹泡莉："……"

余曼："啊？"

如果说这一段是对曹泡莉的打击，那么接下来的情节就是对余曼的暴击。

谢染和方回望拆伙之后，节目进入余曼最喜欢的明星打工环节。她顾不上安慰曹泡莉，连忙夹起饭盒里的鸡腿，一边吃一边看。

然后，她渐渐觉得鸡腿没滋味了。

谢染真的选择炒股不去打工就算了，居然还优哉游哉地度起了假！

不得不说，雪球的剪辑真的是魔鬼，后期不仅用心歹毒地把其他嘉宾和谢染的镜头交叉着剪辑，有时候还把两边的镜头放在一起，让对比更加鲜明。

节目里，其他嘉宾早早出发去景区上工，谢染则悠闲地吃着早饭，然后去游泳。

其他嘉宾努力地服务客人、推销产品，谢染在沙滩上吹着海风晒着太阳，还有酒店的侍应生时不时过来给他加饮料和甜品。

到了下午，其他嘉宾已经汗流浃背，灰头土脸，谢染午睡醒来，换上舒适时髦的衣服，打车去了美术馆看展览。

途中，节目组忍无可忍从画面外冒出声音："小染，你不用关心一下你的股票吗？"

谢染闭目养神道："不用。"

当时的节目组："……"

此时此刻的观众："……"

余曼精神恍惚地问曹泡莉："雪球是不是把谢染在别的节目的视频错剪进来了？"

不然这个明星们吃苦受累的环节，为什么谢染的画风那么唯美浪漫？

蓝天大海、阳光沙滩、美食艺术，以及宛如画报模特般的谢染本人，这应该是旅游广告的视频吧？

这就不是《和你在别处》该有的画面好吗！

曹泡莉和她同款疑惑："……我母鸡（不知道）啊。"

并不是只有她们被谢染的操作震得当场呆滞，类似的场景在全国各地同时上演。

"这节目啥意思啊！还让不让人好过了！"

"谢染这也过得太快活了吧！这不就是我想要的生活吗？"

"这不是我想看的剧情！"

"哈哈哈，这也太好笑了吧！有了谢染的对比，其他人看起来更惨了！"

与此同时，网络上也在同步发酵。不过网友们的反应比现实中的反应要激烈得多，不等节目播完，声讨谢染的声音已经上了热门。

"谢染太绝了吧？居然真的去炒股了。方回望太惨了，摊上这样一个队友。"

"谢染有病，吃不了苦就别上节目啊，还真当是来度假的不成？"

"虽然但是，谢染真的好帅啊，撇开人品不讲，真的太让人心动了！"

"这怎么就上升到人品了？小染又没有违反节目规则，输赢也都自己承担。"

"说输赢自己承担的，考虑过他的队友吗？"

这样的声音在网络上占了主流，方回望和谢染的粉丝各执一词。

然而谢染的粉丝始终被压了一头，实在是谢染这一波操作太拉仇恨了。

路人们把谢染代入自己工作中的队友，只觉得整个人都要窒息了。

对方居然还毫无心理负担地在享受！

凭啥啊！差评，必须差评！

还有看热闹不嫌事大的出来调侃："大家也不用骂得这么难听，万一谢染真赚钱了呢！"

方回望的一个知名大粉当即激情转发此条评论："笑死人了，一千块本金能赚多少？他要是能赢别人，我直播吃键盘！"

在观众们的热切讨论下，节目迎来了当天晚上的结算时间。

按照雪球卫视一贯的尿性，这一期应该会故意剪到嘉宾的收入公布出来之前，把悬念留到下一期。

但是这一次，雪球居然很有良心地把收入统计环节播了出来，熟悉雪球风格的观众们隐隐觉得有哪里不对。

作为节目的资深粉丝，余曼也察觉到了一丝不同寻常，她问曹泡莉：

"不对吧？正常情况下节目应该在这里断了，怎么还在播？"

曹泡莉也觉得很奇怪："难道雪球良心发现，不吊大家胃口了？"

很快，她们就知道了，雪球根本不是良心发现，而是报复社会！

被大家吐槽了一晚上，轻轻松松度了一天假的谢染最终收入公布后，比其他所有嘉宾的收入加起来还高，也比以往任何一季的所有嘉宾的打工收入总和都高。

最后，谢染点了一份酒店最昂贵的套餐，而节目的结尾，就定格在他精美的套餐上。

曹泡莉："……"

余曼："……"

手里的鸡腿，彻底不香了！

网络上，大批的网友涌到方回望那个大粉的 WB 下，激情回复——

"骗吃骗喝！"

"骗吃骗喝！"

《和你在别处》首播当晚收视直接登顶全国第一，同时在全网引发讨论热潮，话题榜单上一眼望去都是节目相关的话题，除了节目组提前买好的，还有许多是网友自发搜出来的，而这些话题几乎都与谢染相关。

实在是因为围绕着谢染的话题太多。

其实这个节目做到现在，基本套路都已经被观众所熟知，正常情况下差不多该进入疲软期了。因此，很多人觉得雪球这一季找来谢染和方回望，是抱着炒"惘然"冷饭，用情怀带热度的目的。

没想到最终话题确实是谢染带来的，却不是因为"惘然"，而是因为他以一己之力直接破掉节目组延续了好几季的套路。

这还是第一次有嘉宾在这个"挂羊头卖狗肉"的旅游节目里，真正地享受旅游度假，在其他嘉宾辛苦打工的时候，自己过着完全不一样的生活。

最令人气愤的是，最终他的收入还是最高的。

没想到节目组会在第一期的结尾把各嘉宾的收入结算放出来，原本怒骂谢染的网友，尤其是方回望的粉丝瞬间目瞪口呆。

放话说谢染赢了其他人就要直播吃键盘的方回望大粉连忙删掉自己的发言，但是截图已经广为流传，这个账号也成了粉圈笑话。

谢染的口碑瞬间翻转。事实证明，他不仅没有拖方回望的后腿，还超额完成了目标，说方回望反过来沾了他的光也不为过。

原来把自己代入谢染的队友而感到窒息的网友纷纷表示，如果自己的队友能像谢染这么厉害，以一己之力干掉其他竞争对手，别说他只是要休息度假，就算要自己亲自给他服务，那也是可以考虑的。

另一方面，谢染还在这期节目中表现出了极强的个人能力，他用英语和酒店经理沟通的那一段被粉丝单独剪出来放到网上，引来大批网友观看。

这段对话中，谢染展示了极为流利标准的英语水平，而且还夹杂了大量的金融专业术语，其间酒店经理对一些股市的操作手法不太了解，他还简单解释了一下。

之后，这段视频还被金融圈有名的蓝 V 号转发，盛赞了谢染的专业水准，这对明星来说是非常少见的。

一夜之间，谢染 WB 粉丝暴涨，媒体指数直线上升。

就在谢染热度和口碑全面暴涨的同时，各大论坛关于谢染和方回望两人关系的讨论帖也多了起来。

如果说，在《和你在别处》开播之前，大部分网友还是比较倾向于支持"惘然"，节目播出之后，大家都打出了一个问号。

毕竟网友们可没有粉丝那么厚的滤镜，再瞎也能看出谢染和方回望的关系根本不是"惘然"粉丝描述的那样，或者说，谢染对方回望的态度，完全不是两人共同的粉丝说的那样。

这时，一个热帖横空出现，直接将谢染和方回望的矛盾搬到台面上。

某小说论坛。

标题：谢染与方回望十年成就对比

内容：

1. 影视成就：谢染影视双栖，金洲影帝；方回望偶像剧一哥，无奖项。谢染赢。

2. 工作室投资：谢染投资开发的孟非悬为当前估值最高的虚拟偶像，前途不可限量；野望工作室与黑星联合出品的南宫絮无报价信息。谢染赢。

3. 个人能力：从《和你在别处》节目中可看出，方回望的表现与以往一样，无明显提升；而谢染在语言、投资等方面都有明显进步。谢染赢。

4. 商业资源：之前谢、方二人的业内报价基本持平，但是节目播出后，谢染的价格持续走高，目前已经超过方回望。

另外，据业内传闻，方回望原本跟高奢品牌兰司在密切接触，但因为他近来人气下滑，转型也不理想，兰司这边合作的意愿不是很高，这块资源暂时观望。

由此可见，个人事业上，谢染毫无疑问已经全面领先方回望。

1楼：惊了，之前没觉得，这么一看，方回望和谢染的差距也太大了吧？

2楼：震惊，"惘然"不是自出道起就一直被捆绑对比的吗？在我印象中，两人好像一直差不多，怎么不知不觉拉开这么多了？

10楼：别的不说，谢染和方回望在节目里的互动尴尬得我头皮发麻，他们的粉丝怎么会深陷其中无法自拔的？

15楼：哈哈哈，我更好奇的是，谢染和方回望的关系都这样了，为什么还要一起上节目？雪球到底给了多少钱？

20楼：真的，还不如萌孟非悬和谢染呢！纸片人不比真人香吗？

55楼：谢染不就运气好，买到赚钱的股票，这就卖上精英人设了？你们可别忘了，我哥还是其他嘉宾里打工收入最高的，而且是真真正正靠着自己努力得来的，难道不比投机倒把强？

57楼：55楼的才是选择性失忆吧？我帮你回忆一下，在选工作环节，谢染曾经就几份工作进行过分析，且数据翔实，最终结果也证明了他的分析是正确的。所以，以此证明方回望比谢染更踏实努力是站不住脚的，只能说明谢染有能力做更好的选择，真要说的话，也应该是方回望受了谢染的启发。

190楼：总结一下，谢染和方回望现在的成就确实已经拉开距离了，即使十年前他们真情实意地相处过，现在也已经不在一个水平线上，也难怪谢染在节目里不爱搭理方回望。

......

这个帖子热度奇高，一下将方回望的风评拉到谷底，方回望的粉丝急得跳脚。但令大家深感意外的是，一向作风激进，并且十分重视粉丝感受的野望工作室这次却突然间低调了起来，任凭网上沸反盈天，从头到尾愣是一声不吭。

在野望工作室的缄默和粉丝的质疑下，《和你在别处》第二期播出了。

有了第一期的讨论度加成，第二期的观看人数再创新高。

第二期里，谢染再次在股市中获得高额盈利，证明了他第一天的选股并非运气。此外，网友们猜测了许久的《新旧西》取景地拍摄者之谜也终于揭秘。

这期节目无疑给谢染鼎盛的声势再添了一把火。

当晚，谢染和方回望的个人成就对比帖再次被顶到首页。网友们纷纷感慨，谢染是真的全方位超过了方回望，就连艺术审美方面也不例外。

一时之间，方回望的声望降至出道以来的最低谷。

就在这时，沉默许久的野望工作室终于发声，转发了一条 WB。

野望工作室：笃行致远，砥砺前行，让我们携手，用实力走过下一个十年。//@Lence 兰司 offical：十年星光，不负韶华，恭喜知名音乐人、唱跳偶像、演员 @方回望 成为兰司品牌代言人。

随后，方回望也登录 WB 转发兰司的官宣。

方回望 V：努力不会被埋没，期待下一个十年。//@Lence 兰司 offical：十年星光，不负韶华……

消息一出来，全网哗然。对粉丝来说，这无疑是对多日来网上的冷嘲热讽最好的反击。

短短时间内，兰司原博就被转了数十万次，并迅速爬上话题榜单。评论中，粉丝扬眉吐气——

"啊啊啊，我就知道哥哥不会让我们失望的！"

"脸疼吗？信誓旦旦说兰司不想跟我哥合作，可惜品牌的眼睛是雪亮的！"

"太好了太好了，我们跟哥哥一起走过下一个十年。"

"别以为我哥不说话就是好欺负！"

……

如果说兰司的代言人官宣还只能证明方回望的商业资源依然位列顶级，紧接着，野望工作室发布的另一条消息就真的是对这段时间网络质疑的有力反击了。

野望工作室：野望工作室新一代唱跳偶像 @南宫絮 official 发布首张个人 EP，携手 @黑星工作室、@天音 idol 工作室，共同开启星辰大海之旅。点击下方链接观看南宫絮与 @方回望 共同合作的 MV。

这条 WB 一发出来，网友们真真正正吃了一惊。原因很简单，天音 idol 工作室正是科技巨头求索科技旗下的一个工作室，而在此之前，网络上一直传言，求索科技向谢染工作室开出天价，欲获得孟非悬的联合运营权。

虽然严格来说天音 idol 只是求索的一个项目部，但一个公司，总不至于同时购买两个虚拟偶像对打吧？

如此看来，难道是求索放弃了孟非悬？

等网友们心怀疑惑点进南宫絮的 MV 链接一看，又是一惊。

MV 画面里，南宫絮的建模不知是重做过还是后期处理过，明显看起来比发布会上更精致逼真，他的音频系统似乎也经过了改造，声音更加动人。

但最让大家惊讶的，还是舞台设计以及南宫絮和方回望的互动。

南宫絮的表演舞台全部采用数字技术合成，完美重现了十年前《明日星光》时期的舞台场景。

方回望和南宫絮便在这个舞台上默契合唱，两人间还设计了生动的对话，看起来就像真的朋友在互动一般，突破了次元的限制。

而他们合唱的曲目，正是《明日星光》的主题曲。

原来，野望工作室以纪念方回望出道十周年为由，向当初的《明日星光》版权方买下了舞台设计和主题曲的翻唱版权。

这个 MV 无疑是极为成功的，重做过的南宫絮表现十分出色，不管是形象、音频系统还是表演，都比当下其他的虚拟偶像明显高出一大截，看着竟也不比发布会上的孟非悬差。

至于复现舞台的技术，更是一骑绝尘，展现出了黑星和天音两家工作室的科技实力。

一时间，网络上吹捧南宫絮的言论甚嚣尘上。

各大媒体也开始撰文拿南宫絮和当前的虚拟偶像一哥孟非悬进行全方位的比较。

孟非悬出道时也堪称轰动一时，他一路上涨的估值已经说明一切。

只是出道之后，谢染不知是没有能力，还是觉得没有必要，并没有给孟非悬安排相应的营销策略，以至于大家对孟非悬的印象至今仍停留在他出道那一刻的惊艳。

而现在，连这个惊艳的印象也破灭了——南宫絮的 MV 复制了孟非悬当时的惊艳。

当初孟非悬出道的时候，就有许多人质疑他的现场互动只是稍微先进点儿的智能语音系统，远远够不上所谓"虚拟偶像意识"的级别。

如今南宫絮展现出的，与孟非悬极其相似的互动系统似乎也证明了这一点。

南宫絮的成功让方回望的声势在触底之后迅速反弹，疯狂飙升。

不仅如此，还有兰司品牌的内部工作人员向营销号爆料，方回望和兰司的品牌合作，原来是方回望自己谈下来的。

据工作人员称，方回望在商务谈判上表现得十分出色，跟一些脑袋空空的偶像艺人完全不同，正是这一点打动了兰司高层，让兰司高层相信他有足够的内涵撑起这个品牌。

这条爆料毫无意外又为方回望镀了一层金，数据对比帖里指出他落后谢染的几个方面，如今一一被他反驳回去。

高奢代言、虚拟偶像投资翻盘，论及个人能力，能够自己谈下高奢代言的艺人，谁敢说他的个人能力差呢？

方回望口碑的全面翻盘，与之相对的，自然是谢染声势的回落。

"方回望太牛了，这才多长时间，就用实力证明了自己。"

"哈哈哈哈，我真的笑死，还有人说他沾谢染的光呢，到底谁沾谁的光啊？"

"那个数据帖不知道是谁开的，把方回望说得一无是处，幸亏他实力强。"

"说起来，不知有没有人记得，之前有人爆料过谢染工作室拿着孟非悬狮子大开口，引起求索科技不满，现在天音跟南宫絮合作，是不是也证明求索放弃孟非悬了？"

"谢染是真的太飘了，估计也是被网上的盛赞吹昏了头吧，以为拿着孟非悬就能够为所欲为。没想到方回望卧薪尝胆，暗自发力，又把南宫絮做了出来，还先一步拿下了天音的投资，这下谢染工作室该傻眼了。"

"可不是！当初孟非悬出道的时候还吹得跟什么似的，现在南宫絮不也做到了？"

……

野望工作室。

"天音的注资今天已经到账，我们的资金状况基本缓解了，工作室的估值也翻了一倍。还有就是，现在网上的舆论对谢染工作室很不利。"匡有放把一份报告递给方回望，不无得意地说道。

方回望接过报告，随意看了一眼："意料之中。"

匡有放现在对他的态度可比以前要尊敬得多，笑道："你这招釜底抽薪太绝了，现在网上都在怀疑，之前贬低你的通稿是谢染放出来的，很多网友很同情我们工作室，这对我们的口碑提升非常有利。"

方回望并没有匡有放那么得意，只冷笑道："这也要有实力，网友是不会同情废物的。"

"那是。"匡有放点头，内心仍然心惊不已。

不得不说，方回望自从录了《和你在别处》回来之后，整个人的变化实在太惊人了。

他不止以一己之力谈下兰司的代言，重做南宫絮的概念和思路也是由他提供的，并且，他的野心明显变强，对自己的要求也明显提高了。

野望工作室的翻身，可以说是方回望一个人的功劳。

只听方回望突然又问："现在孟非悬是什么情况？"

匡有放闻言疑惑地看了方回望一眼。这是方回望录完节目回来后产生的另一个变化，不知何故，他突然对孟非悬这个虚拟偶像充满了敌意。

比如现在，他们的竞争对手明明是谢染工作室，方回望更关注的却是孟非悬。

匡有放挑眉道："天音那边给了我准确的消息，求索科技正式撤回了跟谢染工作室的合作申请，他们应该不会买孟非悬了。另外，受到南宫絮的冲击，市场上对孟非悬的估值也断崖式下跌。"

"这个废物。"方回望的眼神越发阴鸷，脸上却真正笑了出来，"我还以为有多了不起，到头来，也不过是动画和音频的产物罢了！他能做到的，南宫絮也能做到，还能做得比他更好。"

他边说边打开他和南宫絮合作的 MV，这个 MV 他已经看了很多遍，此时知道了孟非悬的境况，再看时分外畅快。

这个 MV 不但将原本半死不活的南宫絮重新推到公众眼前，更成功引发了当年的选秀粉丝的怀旧热潮。

可以说，这次将南宫絮推上虚拟偶像顶端地位的，就有粉丝的一份功劳。

因为这个 MV 中，南宫絮承担的那一部分歌词，在十年前，是由谢染演唱的。

谢染不是想跟他解绑吗？那要看看粉丝肯不肯了。

不仅如此，他还要利用这段回忆，彻底毁掉孟非悬以及谢染的事业。

方回望正幻想着谢染全面落败，最终不得不向他低头的画面，匡有放突然眼睛一瞪，有些紧张地说道："回望，快看WB！谢染拿下了星尘的代言！"

"什么？"方回望愣了一下，连忙打开手机WB。果然，话题榜第一就是谢染和星尘合作的消息。

星尘是当之无愧的全球顶级奢侈品品牌，一直以来对合作艺人的要求是出了名地高，不仅要求艺人有良好的个人形象和极高的人气，还要求艺人有足够的内涵和审美，被网友戏称为要求明星兼具艺术家格调的不合理诉求。

而现在，他们居然请了谢染当代言人？

方回望仔细看了看新闻，才知道是怎么回事。

在这条新闻的配图里，有一张新锐画家夏希的 ins 截图，是夏希刚发的她与谢染的合照。

原来自从《新旧西》取景地的照片在 WB 引发讨论热潮之后，星尘就通过夏希与谢染取得了联系。对于品牌来说，谢染形象好，人气高，又是金洲影帝，最重要的是，他还是唯一一个复现了名画《新旧西》取景地的人，就艺术水平来说，全娱乐圈无人能及。

而与谢染接触后，谢染也没有让他们失望，他表现出的极强专业性让星尘迅速决定邀请他成为代言人。

合同早就签好了，一直压着，就是为了等《和你在别处》第二期播放，配合节目揭秘官宣，将宣传效果最大化。

只是谁也没想到，方回望的兰司代言居然也安排在这几天官宣。

两个刚刚被开帖对比的明星同一段时间官宣代言，自然免不了再被拿来对比一番。

兰司和星尘，那还是有明显差距的。

果然，网络上的氛围一下子就尴尬了起来。

"'惘然'不愧捆绑了十年，连官宣代言都这么戏剧性哈！"

"嗯……星尘这时候官宣我能理解，兰司就不知道为什么了，反正尴尬的是谁大家心里有数。"

"有什么可尴尬的！兰司难道见不得人？"

"兰司是很好，但是没有对比就没有伤害。前面不是你们要比实绩，不是你们嘲讽谢染代言不如方回望的？怎么转头就不认了？"

野望工作室苦心孤诣，积极维护方回望在大众面前的形象，匡有放可不希望一朝回到从前，当即紧张道："这怎么办？不会又让谢染起来了吧？"

方回望比他要镇定得多，手上继续刷着WB，冷笑道："一个代言而已，又能改变得了什么？你可别忘了，光是孟非悬砸在手里，他们要亏多少钱……"

他话未说完，匡有放又是一惊："孟非悬也上话题榜了！"

方回望眉头一皱，点开WB一看，只见孟非悬赫然在榜。只不过，他的话题关键词让人有点儿摸不着头脑，叫"孟非悬《斗地主》冠军"。

方回望一脸蒙。

他点进链接里的孟非悬主页，看到孟非悬不久前发的一条WB。

孟非悬official：@求索科技 你们公司怎么回事？我赢了《斗地主》大赛冠军你们凭什么不承认？就五万块奖金也要吞我的？

WB评论里，则是网友们排队发的问号。

"？？？？"

"啥情况？什么《斗地主》大赛？"

"作为关注了《斗地主》大赛的人，我说一下情况。这个比赛是求索科技举办的，虽然是娱乐赛，但也是要智商的。然后这次比赛的冠军非常猛，一路过关斩将，完全没有对手。当时就有人怀疑是不是用了外挂，但是求索技术检测后证明，这次的冠军并没有使用外挂的迹象。重点来了，据说比赛结束后，求索要求对方提供身份证领奖，但是对方说自己是谢染工作室的孟非悬，被求索判定为恶搞，不予颁奖。现在孟非悬出来认领，是什么情况呢？"

"惊了，如果真的是孟非悬，岂不是说孟非悬真的是人工智能的意思？"

"吹牛的吧？"

就在网友们众说纷纭，猜测不休的时候，孟非悬又发了一条WB。

孟非悬official：@南宫絮official 听说有人拿你和我比较？那我要求跟你直接对线。

第九章
游戏直播

因为《斗地主》冠军的新闻话题，网友们全涌到孟非悬的主页围观。这条 WB 一发出来，大家都第一时间看到了，评论先整齐地排了一排又一排的问号。

过了一会儿，才有人组织好语言，第一反应自然都是不信的——

"啥情况？孟非悬要跟南宫絮对线？"

"Hello，谢染是你本人吗？我看到你在打字了。"

"他急了，他急了！孟非悬卖不出去，谢染假装机器人发言了！"

"为什么大家都不信啊？如果真的是孟非悬赢了《斗地主》冠军，那他发 WB 也不是没有可能的啊。"

"前面的，你也知道前提是'孟非悬赢了《斗地主》冠军'，问题是，真的是他还是谢染工作室想出来的炒作手段呢？"

质疑声中也夹杂了一些粉丝恨铁不成钢的发言："还要跟南宫絮对线呢！南宫絮都出 MV 了，你在干什么？！"

孟非悬理直气壮地回复她："我在参加《斗地主》大赛，还拿冠军了！"

粉丝：怎么还骄傲上了？不管背后是谁在操控这个账号都不合适吧！

……

匡有放刚开始看到新闻的时候还有些紧张，孟非悬出言挑衅南宫絮之后，他一下子放松了下来。

他的想法和大部分网友一样，当即哈哈大笑了两声，冲方回望说道："谢染这戏也做得太过了，还让孟非悬点名南宫絮，生怕大家不知道是南宫絮把他拉下神坛的？"

还回复粉丝的评论，不是更加坐实了是真人在操控这个账号吗？

匡有放一边刷评论一边舒心地感慨道："过犹不及啊！"

但是方回望并没有附和他的话，匡有放觉得奇怪，转头看去才发现他一直紧紧盯着手机，脸色说不出地阴沉。

方回望不像匡有放那么乐观，孟非悬张扬的 WB 发言让他想起了在旧西市的最后一晚，空中花园的全息舞台上，孟非悬也曾经这样挑衅过他。

他至今仍能清楚地回忆起孟非悬骄傲地仰着下巴，手指直直地指向自己的样子："我唱得比他好！"

那天在空中花园的舞台上，是孟非悬亲自发声，那么这一次，也有可能真的是孟非悬发的 WB。

只不过在旧西市的时候，他以为那是提前设置好的程序，而现在，他却没有那么笃定了。

方回望的手掌慢慢收紧，攥成拳头。

匡有放发现他状态有些不对，不由得也隐隐生出一丝不安来，讪笑着问："你这是怎么回事？该不会相信真的是孟非悬在发言吧？"

他刚说完，就见孟非悬主页又刷出一个直播链接，标题叫"第一届马克杯《斗地主》争霸赛现场直播"。

匡有放蒙了。

马克杯？这是什么傻瓜名字？

和匡有放有着同款疑惑的人不少，不一会儿，就有大批网友点进孟非悬的直播间，然后齐齐被震了一下。

直播镜头对着的是谢染工作室的会议室，只见谢染正坐在会议桌边的椅子上，身体微微后仰靠着椅背，双腿交叠在一起，一只手撑在下巴上，姿态慵懒地看着桌子的另一边。那里站着曾经惊艳过大家的少年，明朗精致，头发蓬松微卷，背上背着一把吉他，脸上带着无辜又灿烂的笑容。

大家直接震惊了。

虽然现在很多公司都有全息投影设备，但是很少有人在个人直播里用到。因为全息影像的建模渲染对技术要求很高，需要提前耗时耗力去做，一般只有大型活动才会动用。

对于虚拟偶像来说，直播则更加困难，除了建模本身，虚拟人物的互动都要经过精心设计，根本不可能像真人一样随便打开镜头就开始。

这还是第一次有虚拟偶像搞直播搞得这么随意，而且镜头里孟非悬建模依旧完美，完全挑不出一点儿瑕疵。

当即就有人控制不住自己在弹幕里打下一句："仔仔好帅！"

谢染脸上看不出是什么表情，只看着孟非悬，淡声问："马克杯？"

他和孟非悬都知道，马克杯即 Mark 杯。但是在大众眼里，马克杯大概就是喝水的那种 Mug 杯，听起来让人毫无参赛欲望。

当然，Mark 杯也没有好多少就是了。

孟非悬眼睛看天，无所畏惧："我觉得叫悬染杯的话，捆绑你的痕迹太明显了，不符合我低调的设定。"

谢染："……"

网友："……"

什么悬染杯，什么捆绑，还低调的设定……但不得不说，两人这简单的一段对话，顿时挑起了网友们极大的兴趣。他们的对话是生动的、随意的，不像其他虚拟偶像那样，不管怎么设置，在大众面前总是摆脱不了那股僵硬的、程序化的感觉。

网友中一些围观过甚至参加过前段时间网络大战的人，此时已经非常灵性地刷起了"噢"。

似乎是听到了提示音，谢染突然转过头来，面向直播镜头，问道："直播开始了？"

孟非悬点头，接着举起手朝着镜头挥了挥："大家好啊！"

弹幕——

"……"

"你好你好，你真潮！"

谢染没有理会弹幕内容，径自拿起一个手机，公事公办地说道："既然这样，那就开始《斗地主》比赛吧。"

这个世界还不能准确判断孟非悬的价值，求索科技碰壁几次之后停止对孟非悬的报价，谢染并不意外，也并不着急。原本按照计划，他是打算等手上的工作忙完以后，再和求索科技的负责人直接面谈的。

没想到在此期间，方回望和黑星重做了南宫絮，还率先搭上了求索旗下的天音 idol 工作室。

谢染本来也没有将这件事放在心上，孟非悬的核心技术跟南宫絮有着本质的不同，毫无竞争的意义。

碰巧的是，他在旧西市的时候因为没有手机，无聊之余让孟非悬跟他《斗地主》，结果孟非悬意犹未尽，回来后又跑去参加了求索科技举办的网络《斗地主》娱乐比赛。

以孟非悬的计算能力，自然是碾压式胜利的。

孟非悬于是喜滋滋地告诉谢染这件事，原本是想让谢染帮着领奖的，不料正好碰上野望工作室发通稿贬低孟非悬，借此抬高南宫絮，把孟非悬气得一下子不快乐了。

他的系统好胜心可是非常强的。

所以，谢染想了一下，就让孟非悬自己去找求索领奖了。

谁让他的系统不快乐，他的系统也会让谁不快乐，这很公平。

谢染发完话以后，身体也微微坐直了一点儿，看了会议室的另一处一眼，临时充当小助理的管书南连忙走过来，给直播间的观众讲解规则。

如果观众仔细观察的话，就会发现她的瞳孔正在微微地震动。她跟隔着屏幕的观众可不一样，此时很多网友都还以为孟非悬的语言和互动都是设计过的，只是更灵活自然一点儿，她在现场就知道，这些根本没有提前设置过，就是孟非悬的自然表现。

他们工作室的这个虚拟偶像，智能程度几乎已经逼近真人了！

她不知道谢染是怎么做到的，她只知道，说出去也不会有人信，别人只会当她在吹牛，好给孟非悬卖一个好价钱。

管书南说道："为保证比赛的真实性，我们决定从观众里随机抽取人员和小染、孟非悬进行线上比赛。由于没有人可以胜过孟非悬和小染，我们将给所有参赛者发放一千元现金以资鼓励……请报名参赛的观众在弹幕里打 1。"

管书南的话说完，弹幕里却不是打"1"，而是先打了一排排的省略号。

"厉害了，还没开始比赛就先宣布没有人能赢孟非悬和谢染……"

"好真实、好直接的黑幕，还白给一千块，爱了，我要参赛！！1111。"

"1111111111。"

管书南委屈。她有什么办法呢？她只是照着稿子念而已。

一开始，还有人以为谢染工作室是在开玩笑，没想到谢染当真随意抽取了一个报名的账号，将其拉进他和孟非悬开好的《斗地主》房间，同时，《斗地主》的房间页面也以分屏的形式展现在观众面前，观众不仅可以放大房间页面观看，还可以切换不同玩家的视角。

直播镜头里，孟非悬的面前也浮现出一个科技感极强的虚拟屏幕，代表他操控的账号页面。

管书南严肃地宣布："第一届马克杯《斗地主》争霸赛，现在开始。"

观众：？？？

居然真的直播现场《斗地主》？等等，那孟非悬的账号是谁在操控的？不会真的是他本人吧？

大家一阵恍惚，还没理出个所以然来，就听谢染淡声说道："下一个。"

大家一回神，才发现第一局竟然已经结束了，参赛网友惨败。

再看时间，居然才过了不到两分钟。

弹幕再次问号霸屏。

这速度是不是太快了？

接下来，他们才见识到什么叫真正的快。直播镜头里，孟非悬和谢染几乎都是无停顿地出牌。

如果一开始还有人怀疑孟非悬的账号是有人在操控，此时也基本打消了这个怀疑。孟非悬的出牌速度太快，根本不是人类能够做到的。谢染也很快，但间或还会有思考的动作，孟非悬每次都是秒出。

人类当然也能做到秒出，但是不能同时做到孟非悬的准确。

还有人怀疑是不是使用了外挂，但是立刻有人把他在求索《斗地主》大赛的情况说明复制粘贴了过来。

求索科技的《斗地主》大赛冠军，就是这样子出牌的，而求索明确表示过，对方没有使用外挂。

如果那个人真的就是孟非悬……

大家："瞳孔地震！"

正如管书南一开始宣布的那样，一个个账号加入房间，又飞快地完败退出。

没有人能赢孟非悬，谢染倒是能给孟非悬制造点儿麻烦。但是他的计算速度再快，也不可能比得上量子级别的计算机，因此在追求速战速决的情况下，他始终是算不过孟非悬的。

这倒也罢了，孟非悬一边打牌，一边还要兴致勃勃地模仿《斗地主》

游戏里的人物音效。

于是观众们就看到，精致明朗的少年一边飞快出牌，一边阴阳怪气地说话："快点儿吧，等得我花儿都谢了。"

"你是GG（哥哥）还是MM（妹妹）？"

"不要吵（四声）了，不要吵（四声）了，安心玩游戏吧。"

他时不时还会故意嘲讽："你的牌打得也忒好了。"

他的粉丝率先受不了，疯狂刷屏——

"仔仔，你快闭嘴吧！！！"

"孟非悬，你还记得你是偶像吗？！"

"说话就说话，不要用那种怪腔怪调！！！"

"啊啊啊啊，谢染，求求你阻止他吧，我仔仔刚出道呢，不能有这种'黑料'！"

"是谁给孟非悬设计这种对话的？我要鲨（杀）了他！"

不知道是看到了粉丝的哀求，还是也受不了孟非悬那样说话，谢染终于抬起眼皮，淡淡地扫了孟非悬一眼："别学这些奇怪的话。"

原本无论网友怎么刷屏都不理会的孟非悬一秒闭嘴，乖巧地冲谢染点了点头："好的，先生。"

观众们的耳朵终于安宁了，弹幕却又炸开了。这一刻，默默围观了许久的粉丝终于抑制不住内心的激动，纷纷发言——

"我陷进去了！！"

"啊啊啊啊！"

"真的，你们发现了吗？孟非悬基本碾压参赛选手，只有小染能跟上他的出牌速度，只有他们的思维才能同步。"

"真人和纸片人都吹上思维同步了？你们可真能找角度！"

……

方回望也在看谢染和孟非悬的直播，越看脸色越沉。直播镜头中，谢染姿态悠闲，只看着手机屏幕沉默地出牌，并不多发一言。

方回望却无端地想起在旧西市的那个晚上。匡有放让他无论如何要搞定谢染，他回到房间的那一刻是真的想和谢染重新和好，他甚至不管不顾地问出了口。

而谢染的回答是："要不起。"

"大你。"

谢染从头到尾没有注意过他，只自顾自在玩《斗地主》。

此时此刻，看着直播中谢染和孟非悬配合默契的样子，方回望竟控制不住地生出荒谬的幻想——在旧西市的时候，谢染该不会也是在和孟非悬玩《斗地主》吧？

既然孟非悬能够出现在空中花园为谢染演唱，为什么不可能陪着谢染玩《斗地主》？

可是，那又怎么样？孟非悬做得再逼真，假人就是假人，机器怎么能和真人相提并论呢？

方回望努力说服自己，想让自己冷静下来。

这时孟非悬突然看了镜头一眼，笑眯眯道："感谢'悬染世界第一配合'送来的一艘火箭。"

方回望下意识抬头看去，就发现那个叫"悬染世界第一配合"的 ID 不仅送了火箭，还买了最夸张的字体特效，刷得全弹幕都能看到她的发言："我们悬仔年轻貌美，岂是旁人能比的！"

方回望：……

谁？这是在讽刺谁？！

弹幕上的字让方回望勃然大怒，他猛地一拍桌子，气急攻心地喝道："他是假的，当然能永远年轻！"

桌子发出"砰"的一声巨响，桌上玻璃杯里的水也被震得晃了晃，把匡有放吓了一跳。

匡有放神色怪异地看了他一眼，暗自心惊。

他之前一直以为，方回望对孟非悬怀有莫名强烈的敌意是因为孟非悬打败了南宫絮，害得野望工作室差点儿资金链断裂。

但是此情此景，让他的内心不由得升起一个以前绝不可能出现的念头——方回望该不会是把孟非悬当成了假想敌吧？

这个想法如此荒谬，若是换作以往，匡有放一定会嗤之以鼻。这怎么可能？孟非悬不过是一个虚拟人物，是网络世界的一组数据，是人为创造出来的一个形象，连实体都没有。

方回望这样野心勃勃专注名利的人，怎么可能把纸片人当成假想敌，还因此失态呢？

但这一刻匡有放无法控制自己不这么想。

实在是方回望气急败坏的样子太过了。这真的不是失了智吗？

再联想方回望近期针对孟非悬的种种策略，之前只觉得他事业心、胜负欲比以前更强了，如果还有"队友之争"的缘故……感觉就更合理了。

匡有放内心受到了极大的震撼，一时竟说不清自己是什么感受，不过他现在也没精力去关注方回望的想法了。

他们真正的麻烦此时还在直播中。

孟非悬那句突如其来的感谢，在直播间里引发了极大的震动。他之前和谢染的互动就足够真实生动，赢得网友们的一致好评，但大家下意识仍觉得这只是更加先进的一个互动程序。

这句感谢却是即时互动，是很难提前设计的，即便是程序，这个程序的智能程度无疑也远远领先当前的所有虚拟偶像。

南宫絮此前发布的 MV 已经足够出彩，但是 MV 是通过后期加工的，他在里面的语言、动作、互动和特效都可以逐一修改制作，最终达到令人惊艳的效果。当然，这对技术的要求也很高，因此才能受到大家的追捧。

但孟非悬此时是在直播！

从来没有任何一个虚拟偶像能在直播中呈现出这么自然的互动效果。

弹幕满屏赞誉与惊叹，还有人刷道："南宫絮和孟非悬真的有差距！"

"之前是有点儿被南宫絮的宣传蒙蔽了，如果他们真的是一个水平的，发布会的时候南宫絮怎么会被吊打？"

匡有放再也无法淡定，也顾不上方回望的情绪，当即用自己的账号购买了特效弹幕，发道："装得有模有样的，谁知道是不是谢染安排好的演员呢？"

但他还未带起节奏，就见孟非悬又打败了一个参赛者，谢染手指一动，选中一个新的报名 ID，念道："下一个，蓝致。"

参赛者进入《斗地主》房间，随后在公屏上打字："谢染你好，我是求索科技的蓝致。"

弹幕——

"蓝致也来参赛？"

"什么情况？"

蓝致，求索科技首席技术官，当初孟非悬开出道发布会的时候，就是他在 WB 上大力称赞了谢染的专业性。

之后，也是蓝致向公司方面建议买下孟非悬的联合运营权，只是求索几次报价都没能和谢染工作室达成一致。求索一怒之下转而同意了旗下的天音 idol 工作室提交的投资南宫絮的项目。

但蓝致个人依然对孟非悬抱持着极大的兴趣，直到今天孟非悬突然发博自称是《斗地主》大赛的冠军，蓝致才猛然意识到，求索之前对孟非悬的价值估计恐怕还远远不够。

因此，看到孟非悬直播跟网友连线《斗地主》，他便专门注册了账号加了进来。

蓝致的出现引起了极大的骚动，当事人却无甚波动，谢染只抬眼看了蓝致的发言一眼，问道："如果孟非悬赢了，你们会把他的奖金还给他吗？"

弹幕——

"哈哈哈哈！"

"无情谢总，在线讨债！"

"蓝致：我好歹是求索 CTO（首席技术官），你这样让我很尴尬，是不是不给面子？"

"小染这是在给孟非悬出头吗？"

蓝致的 ID 沉默了一会儿才徐徐发言："会。"

接着又说道："孟非悬不一定能赢，不过不管输赢，我们都会把冠军奖金发给他的。"

谢染没理会蓝致后面的话，得到了自己想要的回答，便点头"嗯"了一声："开始吧。"

系统发牌，三个账户开始出牌，这一次速度更快，蓝致那边也几乎是秒出，而且正如蓝致所说，这一次孟非悬并非总是能赢。不过孟非悬输掉的牌局，都是拿到牌的一刻直接弃权的，连牌都没出。

有人想要嘲讽孟非悬，立刻被懂行的人反驳了："《斗地主》具有很强的随机性，还有跟队友的博弈策略，就算计算能力强，碰上天和（拿到牌就直接和了）的情况也毫无办法，孟非悬几次弃权差不多是这种情况。但是其他时候，即使他拿到的牌面很差，只要有一丝赢的机会，他都翻盘了。"

"震惊！前面的竟然看得清他们打的牌？我眼睛都看花了！"

"蓝致好厉害，他出牌怎么也这么快？"

如此迅速过了二十几局，蓝致的 ID 输多赢少，他终于停了下来，在公屏发消息："我觉得不用继续打下去了，刚刚和孟非悬打牌的不是我本人。"

谢染慢悠悠抬起眼皮："我知道，是算法系统在出牌吧。"

蓝致："《斗地主》的算法非常简单，没有太大的参考价值，如果可以，我想邀请孟非悬进行围棋对弈。"

蓝致的话一打出来，屏幕前的网友轻呼起来。围棋的算法极其复杂，目前全世界只有极少数真正的尖端巨头开发出相应的算法，求索便是其一。现在，蓝致居然要邀请孟非悬进行围棋对弈？

谢染还没说话，孟非悬先不服："输了的人没资格说简单！"

谢染看他，孟非悬傲然道："是很简单，但赢了的人说才有说服力。"

谢染："嗯。"

蓝致："……"你们是真的不给本CTO面子！！

至此，谢染工作室已经不需要再对外说明什么，剩下的就是谢染和求索高层私下的见面会谈，这些都不需要摆到台面上。

管书南于是站出来宣布，第一届马克杯《斗地主》争霸赛正式闭幕，工作室随后会联系参赛者发放奖金。

说罢不再管嗷嗷叫着继续的弹幕，无情地关闭了直播镜头。

就在黑屏的前一刻，孟非悬突然抬头看向镜头，眼中光芒璀璨，像是透过镜头在看谁一般。

然后他微微一笑，阴阳怪气地说道："南宫絮，怎么还不来对线？等得我花儿都谢了。"

网友："……"

孟非悬的粉丝："……"

美少年偶像滤镜碎裂。

孟非悬的《斗地主》直播本就在网络上引起了极大的轰动，蓝致的加入又将火爆的话题推向高潮。

直播的录屏广为流传，不止娱乐圈，几乎所有领域的人都在观看，科技圈的更是争先恐后分析孟非悬的直播表现。

如果说之前风向还普遍认为孟非悬只是建模、音频和智能互动系统做得更为成熟、领先，他在直播中的表现，尤其是在《斗地主》中的表现以及之后和求索私下的围棋对弈，则有力地向所有人证明了——他具有领先当今所有公司的深度学习模型和智能系统。

因为在直播最后，和他进行《斗地主》比赛的不是人类，而是求索科技的算法系统，围棋对弈也是。

而孟非悬赢了。

现在大家总算明白了，为什么谢染工作室会拒绝之前几家公司看起来已经很高的报价。那些报价再高，都是基于虚拟偶像的估值开出来的，而孟非悬的内核已经跟市面上的虚拟偶像有了本质的区别。

一个拥有先进的深度学习模型的系统，能够不断实现自我进化，在未来的某一天，达到谢染在发布会那天说的"偶像意识"也是完全有可能的。

这才是真正意义上的革命。

科技公司和经纪公司争先恐后地向谢染工作室提交报价，孟非悬的估值被不断推高，达到令人瞠目结舌的地步。

与之相对的是其他虚拟偶像集体被遗忘，除了在直播最后被孟非悬点名了一下的南宫絮。

南宫絮力压孟非悬的通稿还挂在各大网站首页，和孟非悬刚出的新闻挤在一起，对比尤其强烈刺眼。

南宫絮的 MV 再精美，特效再逼真，互动再自然，这一切在孟非悬强大的系统面前，都不再具有价值，他再好，也只是一个更加优秀的"机器"，而孟非悬真正意义上实现了"智能"。

这是真正的天壤之别。

一周后，求索科技正式宣布和谢染工作室达成战略合作，具体金额没有公布，但是有人在交易市场上发现了蛛丝马迹，求索科技最终付给谢染工作室的金额可能高达八十亿元，是求索最初给孟非悬的估值的近七倍。

其实最初谢染并没有打算开到那么高的价格，一来他并不认为自己会在这个世界长久发展，二来这个世界还没有针对人工智能的完善伦理体系和法律准则，技术上也不能支持孟非悬的进化。所以他一开始就没有准备公开孟非悬真正的核心系统，否则，即使是求索也根本出不起价格。

他最终和求索达成合作的，实际只是孟非悬的深度学习模型，是孟非悬核心系统中较为表层的一部分。

但因为南宫絮的出现搅局，意外促成孟非悬公开直播，所有人都看到了孟非悬的价值，其中不乏愿意一掷千金者，求索最终不得不付出更高的代价。

而这笔交易也彻底挤占了南宫絮的发展空间——求索耗费巨资拿下孟非悬的战略合作，既不再需要，也没有多余的资源给南宫絮。

天音idol和南宫絮这笔无比风光的合作最终只持续了极为短暂的时间，便迅速地黯淡收场。

各大八卦论坛首页随之挂出了媒体对谢染和求索科技合作的报道，标题很震撼，直指吃瓜路人的内心——《出道十年后，金洲影帝谢染推动了我国的科技发展！》

网友们：还愣着干吗？都给我把"强"打在公屏上啊。

和求索科技签完最后一份合同，谢染回到自己的公寓，看到门外放着一束巨大的尤加利。花束包装精美，看得出价格不菲，上面还夹着一张卡片。

谢染随手拿起卡片打开，上面是打印的一行字：先生，花是人类传递感情的媒介，希望你能感受到这份情义。

落款是Mark。

谢染："Mark，你送的花？"

"先生，你收到了吗？"耳机里，孟非悬喜滋滋道，"求索把我的五万块奖金打给我了，这是我人生，啊不，机生，也不对，脑生吧，第一次赚钱，就想给你买个礼物，这是我在网上下的订单。"

谢染一手把尤加利起来，一手开门进屋，问："怎么想到买花？"

孟非悬深沉地说道："你在学习人类情感上的进展太慢了，方回望都这么惨了，那位谢染的意识原子群还没有要和你分离的意思，我觉得我得手把手教你才行。"

谢染："……"

他的系统对自己的情感理解能力真的迷之自信。

谢染工作室和求索科技达成战略合作的消息公布之后，谢染在娱乐圈内真正地一骑绝尘，实现了从艺人到资本方的转变，之前还会有人拿他和方回望的实绩进行对比，现在已经彻底没有了。

除方回望粉丝以外，几乎所有的人都默认他们两人已经不在一个层面上，没有任何比较的意义。

另一方面，《和你在别处》的收视和讨论度还在持续走高，大部分话题都是围绕着谢染来的。

谢染用实力证明了自己以后，观众们的心态也不知不觉发生了变化。

靠投机取巧获胜和靠实力随便浪，在观众心中的待遇那是完全不一样的，前者大家会希望他翻车，后者大家不仅喜闻乐见，还会顺便回复个"赞"。

心态转变以后，再看节目顿时觉得处处是梗，妙趣横生。

以前那种嘉宾互相扶持，努力奋斗的情节虽然也不错，但看多了难免觉得套路无趣。

这一季就不一样了，谢染以一己之力直接捏碎了整个节目的规则，重塑了节目的风格。

尤其雪球卫视进行了魔鬼剪辑，总是故意把谢染的镜头和其他嘉宾的镜头剪在一起，在谢染悠闲轻松的行程对比之下，越发显得其他嘉宾弱小可怜又无助，每每把观众逗得哈哈大笑。

谢染的粉丝人数直线上升，风光程度不亚于原主拿下金洲影帝的时候。

网友们纷纷表示，粉谢染实在太爽了。看着自家爱豆在节目里作威作福，竞争对手却拿他毫无办法的样子不要太快乐！而且谢染每一步操作都坦坦荡荡，从来没有藏着掖着，简直是明着告诉大家：方法都在摆在这儿，你们有本事也照做。

其他嘉宾：没本事，没本事。

尤其到了第四期的时候，节目组被逼到走投无路，只能和谢染签下丧权辱台的"旧西条约"，以换取谢染退出股市，更是让观众们拍掌称快。

多少年了，从来都是雪球卫视变着法子折腾节目嘉宾。每次雪球的综艺上线，总免不了上演嘉宾粉丝撕节目的戏码，这也被公认为雪球一贯的炒作手法了。

这还是第一次，雪球反过来被明星折腾，还半点儿脾气都不敢有。

以前跟雪球撕过的其他明星粉丝纷纷竖起大拇指为谢染点赞：谢总，不愧是你。

到了节目后半段，"小染"这个从原主出道就伴随着他的称呼基本退出江湖，除了部分觉得小染永远十八岁的粉丝，新粉都毫无心理障碍地跟着其他几位嘉宾叫起了"谢总"。

谢染的大火对参加节目的其他嘉宾也有不错的带动。前几季节目嘉宾风格一致，大家想要出彩就要各凭本事，反而不那么容易，现在有了谢染的衬托对比，大家惨得突出，惨得自然，还惨出了新意，反倒让观众觉得他们真实有趣。加上节目收视飙高，大家受到的关注自然也高，倒也收获了不少好评。

比如近几年人气已经大不如前的歌坛前辈朱传佳，就因为在节目里不摆架子，能够跟谢染一个晚辈有来有往，一口一个"谢总"喊得毫无心理障碍，意外让大家发现他接地气的一面，也跟着翻红了一把。

几期节目下来，只有方回望在人气上没有得到什么好处。一来，他和谢染的矛盾已经彻底摆到台面上，谢染的大火势必会反过来压制他的声势。再者，在节目中他和谢染是一组的，论惨他没有其他嘉宾惨，跟着谢染吃好的，住好的，经费竞赛也一直领先，眼看着就要拿到最后的大奖，但是这些优势又都是谢染拿下来的，跟他几乎没什么关系，就很像在吃软饭。

要说方回望的表现其实不算差，只是有谢染的对比，他就显得太平庸了，倒不如惨兮兮的"咸鱼"们有记忆点。

节目倒数第二期，谢总又搞出了一个大新闻。

这一期是中餐文化推广任务的尾声，等节目播完之后，节目组官博发布信息，雪球卫视和旧西市电视台正式达成合作，旧西市电视台将引进《和你在别处》版权在当地进行播放，同时，旧西市当地媒体也对节目的中餐推广环节进行了报道宣传。

官博最后特别@谢染进行感谢，并附上谢染、节目组导演和两个外国人的合照。

网友们一看，那两个外国人不正是夏希，以及节目中和夏希一起来吃饭的外国友人之一吗？再一扒，原来这个外国友人就是旧西市电视台的制片人。

像是为了印证网友的猜测，节目官博随后放出一段花絮，正是谢染在节目中和皮特吃饭谈话的视频。

花絮中，谢染还穿着餐厅的统一制服，一派悠闲地坐在餐厅露台的雅座里，流利地用英语和皮特交流，字幕则贴心地配上了翻译。

这一幕本就是网友们心目中的《和你在别处》的名场面之一，因为在谢染姿态悠闲地与客人们谈笑风生的时候，其他嘉宾正在餐厅里端盘子，两边对比极为强烈，甚至还发生了谢染要去给夏希倒水，朱传佳扑过来抢着服务，被提醒后才想起来谢染也是服务员的乌龙，引得观众一致爆笑。

花絮则向大家展示了更多的细节，这段谈话在节目正片里只是一带而过，现在大家总算听到了他们的详细对话，居然就是在谈《和你在别处》的版权。

谢染恰到好处地向皮特介绍了节目的特点以及一些会让旧西市人民感兴趣的点，甚至还和皮特谈起了宣传策略。他用词简洁，几乎没什么废话，但每一点都说到了关键，三言两语就挑起了皮特的兴趣。

网友们炸锅了——

"谢总不愧是谢总，我真的佩服！"

"谢总讲话太有重点了！妈呀，我要有他这能力，不知拿下多少单子了。"

"难怪雪球对谢总敢怒不敢言，原来是拿人手短啊。"

"真的不服不行，节目以前几次也是说做文化推广，但其实都只是拉拉客人，卖卖东西，这次谢总直接输出了节目，还上了当地媒体报道，从某种意义上来说，谢总是真的做到了推广文化。"

"呃，说起来，大家有没有注意到一件事，谢总的队友自从录节目回来后不是上了好几次话题榜，每次都吹能力多强多强？我这会儿反应过来了，他是不是在模仿谢总啊？"

"前面的一说，还真有点儿。队友在节目里虽做得还不错吧，但其实都是照着谢总的分析去做的，然后前阵子说自己谈下来那个代言，粉丝一阵狂吹，现在看到这段，真的让人不得不产生联想。"

因为这段发言，本就憋屈得不行的方回望粉丝一下子被点炸。

不过现在方回望粉丝可比谢染粉丝弱势多了，战况几乎是一面倒，倒是围观的路人渐渐品出那么点儿东西来。

方回望是不是受了谢染的启发模仿着他行事，除了当事人，谁也没法证明。

但是前段时间方回望的许多动作，现在回过头来想想，确实有那么一点儿模仿谢总的感觉。

并且方回望确实高明，如果不是谢染技高一筹，或许现在站在娱乐圈顶端的就不是谢染工作室而是野望工作室了。

不过现在看来，就难免显得方回望班门弄斧，贻笑大方了。

很快，《和你在别处》最后一期播出，播出当晚，"孟非悬出道后首演"的话题直接爆了。

雪球卫视趁着谢染工作室和求索科技达成合作，孟非悬风头正盛，直接把孟非悬在空中花园的表演完整剪进了正片里。

孟非悬的表演自然是无可挑剔的。

而他展示的舞台技术也称得上惊艳绝伦。

这段表演很快被粉丝单独剪了出来，网络播放量不断升高，被网友誉为虚拟偶像表演的里程碑式时刻。

节目播出的隔天，谢染工作室正式发布了孟非悬的第一张数字 EP 和首支 MV，收录了孟非悬在节目中表演的歌曲。

专业制作的 EP 和 MV 自然比节目中的现场表演更加完美。EP 上架当天直接破了国内数字 EP 的销量纪录，登顶年度冠军，连带着求索科技的股价也应声上涨。

网友纷纷戏称，幸好求索科技早一步拿下了孟非悬的战略合作权，不然等到现在，价格肯定还得往上涨，能不能抢得过别家公司都不一定。

第十章
事实说话

八卦论坛。

标题：爆料！谢染推掉了瑞宴的双人广告！

内容：《和你在别处》这季的获胜大奖不是瑞宴的双人广告资源吗？楼主的朋友是广告公司的，跟我说瑞宴的广告已经开始拍了，但是只有方回望一个人，没有谢染，据说是谢染推掉了。

1楼：推掉瑞宴的广告？谢总这么牛？

2楼：虽然但是，以谢总今时今日的身价，瑞宴对他来说确实不算什么。

5楼：楼上此言差矣，谢染虽然不缺一个广告，但瑞宴这么好的"饼"，白白推掉也没必要吧？他现在不是还在上通告，不像是嫌钱多的样子？

······

221楼：大家快看新闻，方回望拿下瑞宴的代言了！不是这次雪球给的广告，是真正的代言人！

222楼：真的假的？！

······

浪浪娱乐：瑞宴汽车公关部发布最新消息，将邀请在《和你在别处》节目中赢得瑞宴广告大奖的@方回望 担任品牌形象代言人，这也是方回望今年继兰司之后拿下的第二个正式代言，另外，据瑞宴内部人员爆料，这个代言也是由方回望本人亲自拿下的。

毫无疑问，这条新闻再次在网络上掀起新一轮的狂欢。

这段时间以来，因为谢染日趋庞大的粉丝群和不断上涨的热度，方回望的粉丝过得无比憋屈。

《和你在别处》结束后，谢染和方回望组拿下了最终的胜利，谢染却退出了瑞宴的双人广告的这一举动，更是引发了无数猜测，网友们一边觉得谢染不给面子，一边又毫不留情地嘲笑方回望蹭谢染的饼。

方回望粉丝却连置喙的余地都没有，因为瑞宴的广告确确实实是谢染拿下来的，也确确实实是好饼。方回望现在的处境并不很好，粉丝再憋屈，也不可能要求工作室推掉瑞宴的资源。

谁也没想到，方回望居然拿下了瑞宴的代言人头衔！这可是圈内多少一线明星抢破头都未必能拿到的，而且还是方回望亲自拿下的。

这下，路人也不得不承认方回望确实有几分本事。

方回望的粉丝扬眉吐气，不仅群策群力把相关话题刷上榜单，还有憋坏了的粉丝到各大论坛里把曾经嘲讽方回望的帖子顶起来。

自然，也不忘顺便评价一下谢染。

"之前说我哥沾某人光的出来走两步。某人在节目里拿的也就是个广告，自己还退出了，我哥现在拿的可是代言人，还是自己亲自谈下来的。还有人说我哥靠某人吗？"

"某人拼命把自己往精英总裁的形象上塑造，可是谁不知道他星尘的代言是沾了夏希的光才拿下的？我哥兰司、瑞宴可都是亲自谈的，单凭这一点，我就问一句，谢某人能力比我哥强在哪儿？"

野望工作室。

匡有放看着网上好不容易转变的风向，缓缓松了口气。这段时间以来，他所受的煎熬比粉丝还要多上十倍、百倍。

他是真没想到，他们已经做到这样，依然被谢染轻轻松松地比下去。幸好在孟非悬直播之前，他们先一步用南宫絮拿到了天音 idol 的资金续了一波命，不然现在野望工作室就该直接宣布破产了。

但现状与他们一开始的预期相去甚远，天音 idol 受到南宫絮项目的影响直接关闭，南宫絮被放弃，运营权又还在天音 idol 手上，想要再卖给别人都没机会。

而随着《和你在别处》的播出，方回望的人气还不断被谢染挤压，这对一个正走下坡路的工作室来说，是非常危险的情况。

幸好，方回望拿下了瑞宴的代言，虽然他因此付出了不小的代价，但这个圈子嘛，想要上位，谁不得付出点儿什么。

只不过，他对方回望的做法还是有一点儿想不明白。

匡有放看着方回望笑了笑："你跟谢染的矛盾已经人尽皆知，'惘然'的价值也走到尽头了，你现在双一线代言在手，我们没必要再跟谢染死磕……"

他话未说完，就被方回望打断："我偏要死磕。"

"我说过，我说解绑才能解绑，谢染说了不算。"方回望眼神阴鸷，脸上带着冷笑，"谢染不跟我拍双人广告，想方设法把我踩下去，可是现在又怎么样呢？他能奈我何？"

匡有放正要再劝，突然手机信息框一亮，他拿起来一看，脸色猛然大变："谢染成了瑞宴的股东！！！"

瑞宴汽车：恭喜知名演员 @谢染 成为我司股东。本日起，我司与 @谢染工作室 正式签署战略合作协议，将共同进行无人驾驶技术开发，同时，我司旗下语音导航系统将在 8 月上线 #孟非悬语导航#，敬请期待。

瑞宴汽车的这条 WB 下面不像其他带明星的 WB 一样全是粉丝的转发控评。事实上，谢染的粉丝和广大路人网友一样，都情不自禁在评论里留下了一串串的问号。

"？？？？"

"小朋友，你是否有很多的问号，是！"

"Hello，麻烦你看看你自己发的，知名演员和无人驾驶技术开发放在一起，你觉得合理吗？"

"谢染搞虚拟偶像搞出人工智能，我就当作起码跟他本行还有那么一点点儿沾边吧（其实并没有），无人驾驶技术又是什么？"

"又来了又来了，《出道十年后，金洲影帝谢染推动了我国的科技发展！》续集来了！"

"谢总：人在娱乐圈，拿完金洲影帝后，我觉得自己应该为世界做出更大的贡献，于是我决定站出来，自己研发黑科技……"

瑞宴汽车的 WB 犹如一颗核弹，瞬间在各大圈子引爆话题，大家一边打问号一边忍不住问谢染：你到底还有什么惊喜是我们不知道的？

虽然消息看起来很离谱，而且知名演员和无人驾驶技术放在一起真的很离奇，但是这次质疑的声音并不多，大家基本默默接受了这个设定。

毕竟谢染工作室都开发出了能够自我进化的虚拟偶像，无人驾驶技术实际也是人工智能的分支，所以这也算是合理的吧？

……合理个鬼哦！谢染工作室开发出人工智能本身就不符合娱乐圈的设定了！但是事实已经摆在眼前，大家只能检讨自己以前对明星是否有太多偏见了。

这个新闻在各个领域都是属于爆炸级别的，在粉圈内部引发的反应反而没有大家预想的那么激烈。

对于谢染的粉丝来说，谢染真正成了金字塔顶端的人物，在任何娱乐圈艺人面前都是碾压级别的存在，已经没有再跟别人比较的必要了，尤其是方回望。这时候和方回望对抗，无异于自降身价，反而给方回望抬咖了。

而对于方回望的粉丝来说，她们任何的挑衅跳脚，在路人眼里都是笑话。更何况，谢染现在是瑞宴的股东，万一真惹恼了谢染，他直接撤掉方回望的代言可怎么办？

野望工作室里，匡有放目瞪口呆地看着新闻，嘴唇都在发抖："怎么会这样？怎么会这样？"

方回望同样脸色灰白，却不像匡有放那样失态，只是紧紧捏着手机，许久，嘴角泛出血腥的笑意："他是真长本事了，难怪……真是难怪了……"

匡有放在娱乐圈纵横这么多年，此时却是第一次真正体会到了六神无主的感觉，根本听不进方回望在说什么，有些神经质地问："现在怎么办？谢染如果要对付你怎么办？"

"你慌什么？"方回望突然一喝，眼睛里迸出狠戾的光芒，竟把匡有放吓得噤声了，"谢染为什么要对付我？你觉得他现在还看得起我们？还会把我们当回事吗？"

方回望的话让匡有放瞬间哑然。

事实上，从跨年演唱会同台之后到现在，谢染就从来没有把他们看在眼里过，是他们想捆绑利用谢染，却始终不是谢染的对手罢了。

谢染高高在上，何曾俯视过他们？

匡有放难堪之余，却也缓缓松了口气，但这口气还没出完，突然接到一个电话。匡有放太阳穴"突突"直跳，绝望地看向方回望："瑞宴的人来电，说高总被查了，你和瑞宴的代言，怕是要作废。"

高总正是瑞宴公关部的负责人，方回望这次能拿下瑞宴的代言，正是他从中斡旋的。自然，两人间也有着不可告人的交易。

谢染懒得对付他们，却不代表他们就安然无事。谢染成了瑞宴的股东，虽然他没提，但是瑞宴的风控部自然注意到了他和方回望的矛盾及网上的风向。为了不给新加入的重要股东添堵，瑞宴高层便自动彻查起这桩略有些突然的合作来，结果直接把高总给扳倒了。

自然，方回望的代言也就黄了。

匡有放只觉得浑身瘫软。与瑞宴的代言黄掉，以后其他的品牌基本不会再用方回望，这对一个流量偶像来说，是绝对致命的。

方回望却姿态依然，似乎并不感到意外，也不怎么慌张，连嘴角的弧度都没有变，只轻"呵"了一声："不愧是谢染。"

匡有放道："瑞宴的人明确说了，不是谢染授意的……"

方回望手指在桌上"嗒嗒嗒"地敲着："是因他而起，是不是他授意的，又有什么区别呢？"

匡有放下意识看过去，才发现方回望竟然笑得比方才更加肆意，有种玉石俱焚的狠劲，他不由得打了个哆嗦。

瑞宴取消和方回望的代言合作的消息爆了出来，毫无疑问又是轩然大波。

虽然瑞宴方面再三强调此事和谢染无关，但是"惘然"两人捆绑十年，吃瓜路人又怎么会放弃阴谋论？

方回望的粉丝更是出离愤怒。之前他们担心瑞宴会拿掉方回望的代言，因而不敢开麦，没想到代言最终还是黄掉了，反扑的怒火更加猛烈，自然全都算到了谢染头上。

就在这时，某个营销号爆出一段《和你在别处》的未播出视频，正是孟非悬在空中花园表演前后冲方回望挑衅的镜头。

这段视频在节目正片里被剪掉了，营销号也不知从哪里拿到的片源，但这个已经不重要了，这段视频本身已然在方回望的粉丝和曾经两人共同的粉丝中引发地震。

孟非悬是谢染工作室的虚拟偶像，他的意志也被视为谢染的意志。

何况在普罗大众眼中，孟非悬的互动系统是经过精心设计的，从某种意义上来说，他说的话，其实就是谢染要说的。

事实上，在被放出来的片源里，谢染本人也对方回望说了："你刚刚跑调了。你现在算歌手吧？建议加强一下业务能力。"

然后孟非悬出场表演，挑衅方回望："我唱得比他好。"

这段视频对于苦苦坚持至今的粉丝来说，无疑是毁灭级别的。

这段时间以来，她们不是没看出来"惘然"早已不是当年的样子，也不是没看出来谢染对方回望的冷淡。但只要当事人不亲自说出口，她们就永远有想象的空间。

即使最终以悲剧结尾，在她们心中，这段情谊也曾经美好过。

这段视频却直接把她们最后的这点儿念想也摧毁了，谢染丝毫不给方回望面子，还做得这么绝情。

"惘然"超话中，大批的粉丝脱粉，并只支持方回望。

热门上，几乎全是讨伐谢染的WB。

方回望虽然确实样样不如谢染，但这些在娱乐圈里也并不是什么原则性的黑点。在这样的氛围下，大家难免觉得谢染做得有些不厚道，转而有些同情方回望了。

一时间，方回望代言推广的快消产品、数字专辑、杂志周边等全部大卖甚至脱销。粉丝化悲愤为购买力，誓要对抗谢染，保住方回望的商务，倒是让方回望的商业价值触底反弹了。

方回望的一套连环操作看得匡有放都目瞪口呆。什么叫釜底抽薪？这才是真正的釜底抽薪。

方回望在大众心中已经样样不如谢染，再挣扎拉踩都无济于事，他们也没有这个能力。

但是方回望一个借力打力，立刻将劣势转为优势。一个真假难辨的消息，一段视频，直接将自己的弱势变成卖点，不仅把原来的粉丝虐得更加稳固、鸡血，还顺利把两人共同的粉丝全部提纯到他这边。

至于路人的看法，只要不是原则性的问题，路人观感不要太差，对流量明星来说影响其实不大。

网上的风风雨雨对谢染本人毫无影响，在网友们都好奇他会不会就孟非悬挑衅方回望事件进行声明的时候，他的工作室却顶着粉丝的骂声淡定地发布了他的一条新行程。

当天晚上，谢染应邀参加他的圈内好友贾时清的直播节目，为贾时清的新戏做宣传。

这个行程是管书南给谢染接的，管书南为谢染的娱乐事业也是操碎了心。近期因为方回望的事，网上对谢染的风评并不是很好，偏偏谢染对此毫不在意。正好这时候贾时清发来邀请，管书南便毫不犹豫地接下了。

贾时清是谢染拍戏的时候认识的朋友，是圈内口碑很好的演员，几年前结婚生子之后更多了好男人形象的加成。

谢染这时候如果能够跟一位形象良好的朋友多点儿互动，对改善他在网友心中的形象多少有些帮助。

这事是临时定的，管书南事先没有跟谢染商量，原本还担心谢染不同意，没想到谢染看到行程后只想了一下，便答应了下来。

晚上，谢染准时出现在贾时清的直播间，他一出现，直播间人数立刻暴涨，还一度造成卡顿。

这也是令粉丝无奈的一个地方。

就好比方回望实绩不行，在娱乐圈并不是原则性的黑料，谢染不念旧情的行为在路人眼中也同样不是原则性的问题。两人共同的粉丝们沸反盈天，路人跟着嘲两句不厚道，并不影响谢染本身的强大。

何况他本来也不靠组合立身，而且他的粉丝和路人知名度无疑是现在全娱乐圈最高的。

主持人打趣道："谢总能抽空过来真是让我们蓬荜生辉，时清本来还担心谢总太忙，没空过来呢，看来朋友在谢总心里还是很重要的啊！"

这一段是管书南提前交代的，算是和贾时清这边的一个资源互换。

谢染却没有那么赏脸，只淡淡看了镜头一眼，道："工作室接的。"

主持人："……"

贾时清："……"

兄弟，你这样接话我们很为难的好吗？

果然，闻风而来的前组合粉丝立刻在弹幕里冷嘲热讽了起来。

"谢总现在一个活动几百万上下，哪有时间理一个小艺人？还不是因为工作室没眼力见？"

"哟，谢总真耿直，不愧是站在娱乐圈顶端的人。"

"贾老师悠着点儿哈，小心谢总回头砸你饭碗。"

好在直播间也有准备，很快房管就把这些账号都给封了。

谢染粉丝则立刻出来控评——

"你们趁机带什么节奏？小染要是不想来就不来得了，犯得着给你们话柄？"

"小染现在就是很忙啊，这是专门为了贾老师抽空过来的。"

"谢总和贾老师多少年朋友了，现在还是一样，可见谢总做人没问题，怕不是某人自己做了什么吧？"

贾时清口碑还是很不错的，他在镜头前表现得与谢染颇为热络，加上粉丝带风向，渐渐大家也觉得谢染确实没有网友说的那么势利。

人家这不是确实还跟贾时清玩得好好的吗？

管书南也在现场，看到弹幕上的风向转变，不由得暗暗松了口气——不枉她的一番苦心安排。

这时主持人开始走流程，提及谢染和贾时清的多年友情，说道："两位认识这么多年，一定知道彼此的一些小秘密吧？不知道今天有没有什么打算拿出来跟大家分享的呢？"

麦克风先递给谢染，谢染说道："有的。"

这种话题都是用来炒气氛的，没人真以为能听到什么了不得的秘闻，倒是主持人尽心尽力，当即做出八卦的样子，夸张地说道："哦？是什么？赶快说来让大家听听。"

谢染手肘撑在沙发扶手上，微微托着腮，懒洋洋地说道："贾时清出轨女艺人沈珠，有半年了吧。"

贾时清，正是原主记忆中，在几年后恶意诋毁原主取向，导致原主最后不得不退出娱乐圈的人。

当时贾时清这么做的原因，是他出轨被狗仔拍到，于是用更红的谢染的爆料换下了自己的丑闻。

原本谢染并没有把这号人放在心上，也不打算理会，但或许是因为他的意识被攫取到这个世界导致的蝴蝶效应，贾时清出轨的事情提前被拍到。

贾时清突然邀请他，除了给自己的剧做宣传，也是想要趁机套他的话录音，作为给狗仔的交换。

当然，这些都被整天无所事事在数据世界里遨游的孟非悬给发现了。

孟非悬得意地说道："我把先生的名字设置为关键字，他跟狗仔在信息里一提到你，立刻被我监测到了！"

而此时，整个直播间的弹幕已经被问号和感叹号占满。

一旁的管书南只觉得眼前一黑，整个人摇摇欲坠。

——我让你上节目是让你跟人表现友谊的！你怎么给人爆这种猛料！

不对，你有这种猛料为什么不先告诉我！！！

谢染爆出的内容无疑是极具爆炸性的，但他的姿态实在太随意，太自然，就好像随口谈论天气一般，连表情都没有太大的变化，以至于大家一下子都有些分不清他是说真的还是在开玩笑，除了刷问号和感叹号，竟都不知道该说些什么。

反应最激烈的是贾时清本人，他几乎是条件反射般地一拍桌子，怒喝道："你胡说八道什么！"

桌子发出"砰"的一声响，主持人当即被吓了一跳，更靠近贾时清的谢染本人却姿态依旧，只用眼尾淡淡地扫了贾时清一下。

这一眼极为平静，不带任何情绪，却让贾时清蓦地一冷，后背无故生出一片白毛汗。他后知后觉地意识到自己表现得太气急败坏了，连忙收敛表情，压下声音，不那么自然地讪笑道："谢总，开玩笑也要有个限度，这种事可不能乱说……"

贾时清的粉丝这时也回过神来了，一个个愤怒地在弹幕里骂谢染，要求谢染道歉。

弹幕顿时一片污言秽语，房管根本清理不过来，说实话，也不想清理。

他们都是贾时清的工作人员，此时都恨不得亲自下场去骂谢染了。

谢染却丝毫没有受到影响，只又扫了镜头一眼。耳机里，孟非悬兴奋地说："先生，我黑进控制程序了！"

谢染垂眸，淡淡地说道："那看证据吧。"

他话音刚落，直播界面下面突然切出一个分屏，开始播放一段视频。

正是狗仔偷拍到的贾时清和沈珠偷情的视频。跟以往狗仔爆料都要在视频上糊上密密麻麻的水印不同，这一段视频没有水印，视频中的人看得一清二楚。

无可抵赖。

弹幕瞬间沸腾了。

"居然是真的！！！"

"My eyes！My eyes！贾时清居然是这种人？！"

"我房子塌了！居然是沈珠！"

"谢总牛啊，一个明星，他走狗仔的路，让狗仔无路可走！！"

"谢总太狠了，这是大义灭亲。啊呸，灭朋友啊！"

观众已然全部惊呆，直播间里更是一片混乱。贾时清从主播角度看到屏幕情况，双眼猛地睁大，忙不迭要冲过去关掉镜头，慌张中跟跄了一下，整个人跌倒在地。

他狼狈地站起来，也顾不上镜头了，转过身气急败坏地扑向谢染："谢染！我跟你无冤无仇！"

谢染此时也已经站了起来，在贾时清扑过来的瞬间，送上一个漂亮的高抬腿回旋踢，上下唇一碰，吐出一个字："滚。"

就见贾时清直接被踢飞了出去，"砰"的一声落在地上。

弹幕——

"……"

"贾时清刚刚是不是滑出抛物线了？有点儿东西！"

"谢总'杀人'啦！"

"我的天！谢总踢人的姿势好帅！！！"

谢染踢完贾时清，又看了一眼直播间，发现镜头已经被工作人员关掉了。孟非悬在耳机里骂骂咧咧："断电算什么本事！有胆子跟我正面对线啊！"

谢染懒得计较，慢条斯理地整理了一下领带，冲旁边愣住了的管书南抬了抬下巴："走了。"

管书南猛地回过神来，这才注意到周边一圈贾时清公司的人正怒视着她和谢染。

她哪敢多说话，生怕晚一点儿这些人就要围上来，连忙过去给谢染开路："走走走。"

或许是谢染刚才的那一脚给现场造成了不小的震慑，或许是谢染身上透出明显不好惹的气场，一时间竟没有人敢上前阻拦，只眼睁睁地看着谢染扬长而去。

与此同时，贾时清的偷情视频在网络上掀起了风暴。

在原主的记忆中，原本是贾时清用原主的录音和狗仔换下了这段视频，安然度过这场危机，继续和妻子上综艺秀恩爱，赚得盆满钵满。

而现在，贾时清好男人形象一夜坍塌。新剧被撤档，代言被下架，还被剧方和厂商联手索赔，其下场可想而知。

只不过，贾时清的事业彻底垮了，谢染的名声也受到了挫伤。

因为方回望的事，本就有网友觉得谢染为人不太厚道，这次贾时清请他去宣传，他却直接在直播里爆贾时清的丑闻。

虽然有网友觉得他有正义感，有血性，但也有为数不少的人觉得他对朋友落井下石，是个在背后捅刀子的小人。

谢染此举从公德上挑不出问题，但是从私人道义上讲无疑是为人所诟病的。

一时间，网络上一边辱骂贾时清一边嘲讽谢染。尤其是在前组合粉丝看来，此举更是坐实了谢染背信弃义，自己上位后不择手段反踩以前的朋友的说法，她们还给谢染起了个"插刀总裁"的外号。

其他与谢染交好的艺人粉丝也纷纷提醒自己偶像，要小心防着谢染，免得被他捅刀子。

这场风波中，方回望意外成为最大的受益者。看到贾时清的遭遇，不少人都相信谢染确实是存心搞方回望，好洗脱自己曾经炒组合的标签，从而对方回望产生了怜爱之心。

野望工作室。

"你这周的媒体指数上升了百分之四十七，口碑指数也在上涨，贾时清的老粉和'惘然'粉都在给你刷数据，现在情况还不错。"匡有放把数据报告拿给方回望看。

这些数据比起方回望的巅峰时期自然是远远不及的，但就他们现在的状况来说，也还算不错，最起码，比他一开始的预期要好得多。

"最近还有两部偶像剧和一部电影剧本送过来，偶像剧的阵容不错……"

"现在先不接偶像剧。"方回望打断匡有放的话，突然问道，"谢染现在什么情况？"

匡有放闻言默然。方回望现在比以前更加努力，也更加强劲，但是同时，他对谢染产生了一种病态的关注，这种近乎疯魔的状态在他看来并不是好事。

过了一会儿，匡有放才收敛心神，若无其事地说道："他现在风评很差，舆论普遍认为他过河拆桥，背信弃义，不值得交往。"

当然，这些风评也有他们工作室的一份功劳。

方回望脸上未见喜色，反而冷笑一声，嗤道："风评不好又怎么样？他现在根本不需要在意网友的好恶，大不了就是不接片子，不上节目……他也不缺这点儿曝光。"

"……"匡有放心里一梗，但这就是他们现在要面对的现实。

谢染早不用靠娱乐圈吃饭，只要不是严重到引发全民抵制的黑点，风评舆论顶多就是硌硬一下他的心情，根本影响不了他的基础。

何况，谢染现在一副高高在上的死样子，他会不会多看一眼网上的评论都不好说。

匡有放努力平复自己的心情，又道："还有件事，最近两天网上有很多营销号同时爆料谢染的私下人品问题。"

方回望的神情这才微微起了波澜，问道："谁爆的？"

"不清楚。"匡有放摇头，"不过大家猜测可能是贾时清的报复手段。"

方回望讥笑："也只能是他了。"

"不过营销号都只是空口爆料，没有证据，网上没几个人信。"匡有放道，"因为这个嘲笑贾时清的人反倒是比较多，大家都觉得贾时清想用这个消息转移自己的丑闻热度。"

方回望丝毫不觉得意外："谢染出道这么多年，基本没有负面新闻，没点儿证据就想给他泼脏水，看来贾时清是真的狗急跳墙了。"

他语气越发嘲讽："谢染会多给他一个眼神才怪。"

"呃……"匡有放顿了一下，神色略有些怪异，"谢染工作室刚发布消息，谢染今晚会开直播就此事进行说明。"

方回望："？"

谢染并不像外界想的那样目中无人，他以前作为诸子科技的总裁，个人形象一定程度上也代表了企业形象，时不时还是要配合公关部进行宣传的。

现在即使不为艺人的形象考虑，他作为求索科技和瑞宴汽车的合伙人，也要为这两个企业考虑。

实际上，那天在贾时清的直播间，如果不是对方工作人员关闭了直播镜头，他会直接现场说明，不会让网上的舆论有机会进行发酵。

只是当时网上舆论还在可接受范围内，专门开个记者会就显得没太大必要。

如果不是管书南威胁他，再不公关就要吊死在他公寓门口的话，他会选择让风波自然过去。

晚上，谢染准时出现在直播间。

直播间早早蹲守了大批网友，他一出现，有人立刻迫不及待地嘲笑起来。

管书南专门请来的主持人专业素养极高，对弹幕一片黑评视而不见，镇定地和谢染寒暄两句，然后迅速进入正题："谢总，最近网上都在讨论你为什么会亲自站出来爆料贾时清先生的事情，不知道你能不能解释一下原因呢？"

谢染接过麦克风，单刀直入道："直接看录屏吧。"

他说话的同时，直播屏幕再次切出一个分屏，开始滚动播放一个对话的录屏，上面正是贾时清和某狗仔的账号，清清楚楚显示出贾时清和狗仔的对话内容和时间。

录屏中，贾时清收到自己被拍的风声，主动联系上狗仔，试图用谢染的料换掉自己的丑闻，时间就在谢染爆料他之前。

在录屏的最上方，还有狗仔发给贾时清的视频，正是谢染爆出来的那个。

谢染言简意赅，大家也没细究他的信息来源，看到录屏只以为哪个看不下去的内部人员偷偷录了发给谢染的。

但录屏里货真价实的信息量把大家都惊呆了。

"居然是贾时清先动的手？！"

"妈呀，贾时清太不要脸了吧！还好谢总先发现了，不然现在倒霉的就是他了！"

"谢总做得好，以德报怨，何以报德！就应该这样，支持谢总给自己讨回公道！！"

"谢总对不起！之前真的以为你给朋友捅刀子，我以后再也不会随便相信网上的话了！"

谢染的澄清简洁有力，根本不需要多费口舌，直接把证据摆出来，弹幕风向立刻为之一变。

管书南顿时松了一大口气，很好，她不用去谢染公寓门口上吊了。

与此同时，开着直播间看谢染直播的方回望冷笑一声："不愧是你。"

不需要精心制造人设，不屑于费力去讨好谁，只用事实说话。

可是真正的事实是什么？你敢说吗？

弹幕里，依然有前组合粉丝意难平。

"这就谢总对不起了？就算谢染踩贾时清师出有名行了吧！那他过河拆桥，打压一起营业的前同事的账怎么算？"

"你能澄清贾时清的事，你敢澄清方回望的事吗？"

主持人非常熟练地无视那几条弹幕，微笑着继续说道："谢总已经把原因解释得很清楚了，我相信网友们心里也有了论断……对了，最近网上还有营销号一直造谣谢总私下人品有问题，谢总要不要顺便跟大家声明一下呢？"

"不需要。"谢染淡淡地看向镜头，开口说道，"人无须为他人的揣测自证清白。"

谢染这话说得在情在理，但网友对他的意见并不单单因为这个。

不过大家还没来得及质疑，谢染又继续说道："至于我与方先生的传闻……方先生十年前明确表示不再与我来往，我只是顺应他的诉求。"

谢染其实并不在乎方回望的种种操作，这句话，他是为原主说的。

而这句话，对直播间，甚至整个娱乐圈来说，都是石破天惊的。

管书南：！！！

弹幕：！！！

屏幕外的方回望更是双眼一瞪，差点儿把手机捏碎。

第十一章

十年真相

谢染的语气仍是一贯地平淡,似乎没有意识到这句话的分量。

非但观众们被惊得失了言语,训练有素的主持人都惊得呼吸一滞,一时没能反应过来,过了好一会儿才记起去看镜头外的管书南。

管书南紧张得疯狂打手势。

主持人这才连忙调整状态,讪笑道:"谢总真会开玩笑……"

谢染却没有顺着这个台阶下,反而轻飘飘地扫了她一眼:"我从不开玩笑。"

主持人:"……"

虽然谢染眼神里并没有杀气,语气也很寻常,但她就是莫名地双手一软,差点儿没握住麦克风。

弹幕已经彻底疯了——

"???"

"谢总说的是真的假的???"

"震惊,居然是方回望先跟小染绝交的?!那方回望在综艺上卖什么惨??"

"嚯,总算有明星不装表面和平了,刺激!就是谢总能不能不要这么突然,好歹给点儿预警……"

"坐等方回望回应!!"

观众好奇得抓心挠肺，谢染却完全没有要解释的意思，说完了要说明的事情，便抬腿要走。

屏幕外，匡有放手脚冰凉。他已经预见到谢染这番话带来的连锁反应，惊恐地看方回望："怎么办？现在怎么办？"

前组合粉丝的同情是他们最后的底牌，如果连这份同情也失去，他们就真的一无所有了。

方回望却迟迟没有应话，他的脸少见地苍白起来，眼睛里更是一片茫然。

许久之后，他突然惨然一笑，语气中竟透出对过往的无限怀念："他真的是变了，跟以前一点儿都不一样。"

"由始至终，想回到过去的人都只有我自己。"

"惘然十年真相"相关的话题接连引爆。

各大论坛连番开贴，全网热议。

不少具有丰富的吃瓜经验的网友纷纷发出感慨——

"谢染太绝了，直接撕破了娱乐圈的表面和平，以后谁还敢跟他合作啊？"

"虽然但是，我觉得谢染很坦荡，不合作就不合作呗。做人嘛，最重要是开心。"

也有人透过现象看本质，直击核心——

"……你们分析得都对，但是这些谢总都不在乎啊！"

"说真的，以谢总今时今日的地位，谁堵得死他的路？"

"有有……有道理，世界上本没有路，谢总想走哪里，就在哪里建大马路。"

"我倒觉得，谢总这么做跟这些都没有关系，他骨子里就是什么都不怕罢了。"

大部分网友都在分析谢染的意图和未来的发展道路。

而对于本已经倒向方回望的前组合粉丝来说，这个消息真真正正在她们当中引发了九级大地震。

某论坛。

标题：理性讨论"惘然"之间到底发生了什么。

内容：如题！

1楼：这次是真的震撼，我现在还没回过神来！！！

2楼：我整个人都不好了，前段时间我被虐得心肝疼，天天骂小染过河拆桥，结果现在？我是不是骂错人了？

3楼：楼上的，大胆一点儿，把"是不是"去掉。

20楼：我早说了，就是方回望单方面想利用谢染，你们以前不信，现在还没清醒过来吗？

21楼：我再给你们捋捋，前段时间各大营销号联动狂炒"惘然"，明显背后有人大手笔在推，但是小染对此避之不及，那推手是谁不是很明显吗？

30楼：妈呀，方回望十年前跟谢染绝交，现在又拼命贴着谢染炒"惘然"，那也太过了吧？

50楼：大家都在讨论这次的事，只有我更关心十年前到底发生了什么吗？

56楼：我的天，如果真的追溯到十年前，那也太可怕了！！

60楼：楼上说得有道理！别忘了，十年前在《明日星光》的时候，方回望一开始根本不红，是跟小染捆绑后才开始坐火箭蹿升的。

如果十年前，方回望一开始就是故意接近小染的话……细思恐极！！！

……

论坛上，关于"惘然"关系的讨论帖开了一个又一个，大家几乎是拿了放大镜在深挖两人间的种种细节。

谢染的发言在大家猜测了十年之久的"惘然"绝交之谜上开了个口子，已经接近疯魔的"惘然"老粉把这个口子越撕越大，越扒越深。

渐渐地，许多以前刻意回避的，不愿意深入计较的细节也一一浮出水面。

十年前，谢染和方回望一起参加《明日星光》选秀，谢染一亮相就成为大热人选，人气遥遥领先。

而方回望的实力并不十分突出，一开始的时候人气其实只在中游徘徊。

直到赛程后半段，进入封闭训练环节，谢染和方回望分配到一个宿舍之后，两人的相处日常吸引了大批的粉丝，"惘然"红极一时，被称为国民组合，方回望的关注度才一下子水涨船高。

谢染从组合中获利了吗？也是有的，但是即使没有"惘然"，以他当年的实力和热度，中心位依然是他的。

但方回望就不一样了，他是真正被两人共同的粉丝硬生生捧到第二名，强行和谢染"并肩"的。

只是组合滤镜抹平了这一切，粉丝总是更愿意相信他们之间的"真情"和"平等"。

十年后的现在，谢染已经是金洲影帝，事业上一骑绝尘，方回望看似流量依旧，但实际已经全面落后。

而无论十年前还是十年后，两人的相处中，方回望总是更积极主动的一方，甚至还有一些略显刻意的"细节"。以前滤镜在，粉丝愿意将其解读为方回望更热情，对朋友更用心。

但如果这一切根本就是方回望单方面营造的呢？

前组合粉丝越扒越清醒，越想越心惊，甚至开始怀疑，十年前红极一时的国民组合"惘然"，本身就是一场阴谋，一场营销。

而谁需要这场营销呢？

答案再明显不过了。

"惘然"阴谋论甚嚣尘上，当事双方却都没有任何回应。

但没有回应本身就是一种回应。

谢染的态度再明确不过，他不需要为自己证明什么。

方回望又为什么不敢回应？只怕是无力回应吧。

"……先生，现在网上主流言论都认为方回望做这一切都是为了吸粉，之前的组合粉丝基本都脱粉了。"孟非悬语调严肃地向谢染报告网上最新的舆论风向。

谢染用手指轻敲了敲桌面："虽然你用的是汇报工作的语气，但是并不能改变你说的内容是八卦的事实。"

孟非悬得意地邀功："我是不是很棒！把一件普普通通的八卦汇报出了正经工作的感觉，我可真是一个优秀的工作助手！"

谢染："……"他居然还记得自己的定位是工作助手？！

谢染有些疑惑。

"惘然"这个曾经的国民组合的结局实际已经不需要讨论，只是结果到底有些令人意外。

在原主的记忆中，他跟方回望和好，结果他与方回望的关系被断章取义的录音爆出来的时候，方回望避之不及地与他撇清关系，导致谢染被扣上"骚扰同事"的罪名，事业一落千丈。

现在，谢染轻飘飘地抛出十年前的"事实"，便让整个事情反转了。

网友有错吗？其实也没有。

只是他们只能看到片面的信息，所以总是愿意相信更主动、更坦荡的那个人。

不过对谢染来说，当下最大的问题是，他的意识和原主的意识依然没有要分离的迹象。

"难道他的执念并不是和方回望划清界限？"孟非悬分析，接着惊恐地说道，"他不会其实是想跟方回望和好吧？"

"我反对！"不等谢染说话，孟非悬便发出"悬染"粉的呐喊，"'惘然'已经死了！现在是'悬染'的天下！"

这时，管书南敲门进来："小染，王中导演那边送过来一个剧本，想邀请你出演他的新片。"

她边说边递了一个剧本过来。

谢染接过一看，有些意外。王中是这个世界一个非常有名的，难得兼具商业头脑和艺术审美的导演，他选用演员非常挑剔，想要上他的戏并不容易。

而这个剧本，是原主非常想要参演的一部电影。在原主记忆中，王中也曾找过他，但是就在他和王中接触期间，他的私人情感被造谣曝光，声誉一落千丈，这个合作最终也就黄了。

谢染以为他无视圈中规则发言以后，这个剧本也跟他无缘了，没想到居然又送了过来。

管书南也唏嘘不已，原来这件事造成的影响实际上并没有他们想象中的那么大。

或许是因为谢染真的已经强大到外界无法再撼动他，又或许是因为他太坦荡自然，让想做文章的人无从下手，以至于主流声音都是称赞他豁达无畏的。

这段时间商业剧本是减少了一些，但是以前比较难碰到的严肃文艺剧本反而变多了。王中的戏只是其一。

"接吧。"谢染说道。

管书南见谢染答应得如此干脆，不由得有些恍惚。她本来还有点儿担心谢染这段时间完全无视娱乐圈规则行事，是已经无心在娱乐圈发展了呢。

毕竟谢总现在条条大路赚大钱。

谢染也很意外，因为孟非悬告诉他，这个剧本送过来的瞬间，原主的意识原子群似乎开始有了平静下来的迹象。

"嗯……"孟非悬深沉地说道，"看来这个世界的谢染，已经根本不在乎方回望了，他一直想要拿回的，其实是他的演艺事业。"

"马赛克的，我那一T电视剧的编剧真不行，都没人写中这个剧情！"

谢染："马赛克的？"

"哦，这个是脏话，"孟非悬道，"我给自己写了个绿色程序自动屏蔽了。"

谢染要上王中的戏的消息一经公布，网络上又是一片问号，网友们集体精神恍惚了。

"我是不是错过了什么剧情呢？谢总不是进军科技圈了吗？怎么又拍戏了？"

"谢总不是去搞人工智能了？一副不想在娱乐圈混的样子，怎么突然又接了王导的戏？"

"虽然但是，大家难道都忘了，谢总是……是……是金洲影帝啊！"

"作为小染的演技粉，我能说我很欣慰吗？"

网友们集体迷幻，孟非悬也很操心。

"先生，我下载了一本《演员的自我修养》，从现在开始我给你紧急训练吧！"孟非悬道。

谢染："不必。"

孟非悬表示不认同："先生，谨慎一点儿比较好，不然以你的感情领悟能力，有一定概率会败坏王中导演的名声。"

谢染淡定依旧："那也是他的问题。"

孟非悬思考了一下，发出一个打响指的声音："先生说得有道理！"当然，还是免不了有一丝丝的唏嘘，"听说王中导演号称没有他教育不了的演员，是时候让他感受来自平行世界的神秘力量了。"

他怀疑他的系统在讽刺他。

谢染很快进了组，拍摄过程出乎意料地顺利，并没有遇到孟非悬担心的问题。

谢染完整地继承了原主的记忆，包括演绎方面的技巧和经验，金洲影帝的表演技巧无疑是极为成熟的，起码谢染在理解剧情内核和表演思路上并没有遇到太大的障碍。

或许是因为原主对这部戏，对自己的演艺事业有着极大的执念，在演戏的过程中，原主的意识和情绪也逐渐回归，好几次到了需要情绪爆发的时候，谢染突然产生了一些明显不属于他自己的，陌生的情绪。

这些情绪是他从未体验过的，短暂，但充沛。

充沛到好几次孟非悬都忍不住给他加油："先生，再用力一点儿，你和这个世界的意识快要分离成功了！"

谢染："……"倒也不必用这种虎狼之词。

事实就是，这些丰富的情绪并不属于他，并且对他来说是极为陌生的，每当这种情绪出现的时候，他和原主的意识就会开始出现分离的状态。

孟非悬为他加油的同时又颇有点儿恨铁不成钢："先生，虽然意识分离是好事，但同时也证明了，你不仅在感情上学习进度落后，还跟感情产生了排异现象……看来我们得加强辅导了。"

谢染："我记得我没有修这门课程。"

"先生别怕，我们要迎难而上！"孟非悬激情澎湃，"我一个 AI 都没有放弃，你也不能放弃啊！"

"……"谢染忍不住疑惑，他的 AI 到底是怎么进化的？

一年后，国内影坛最高奖项金洲奖颁奖现场。

"第二十三届最佳男演员得奖的是——"颁奖人拖长了尾音，直到将所有人的胃口都吊到了最高处，才终于念出卡片上的名字，"谢染！"

现场响起潮水一样的掌声，没有任何人觉得意外。

王中导演的这部电影在商业上极为成功，凭借着谢染的影响力，一上映就场场爆满，几乎是毫无悬念地拿下了年度票房冠军。

难得的是，这部电影的艺术性也很强，几乎横扫了当年的所有电影奖项，而男一号谢染在其中更是贡献了绝对殿堂级别的演出。

原本大家以为谢染在科技投资上花那么多精力，演技大概会退化，没想到他的表演技巧居然远比以前纯熟，而他在戏中的情绪，更是令所有观影者为之动容。

可以说，谢染是少有的，在拿过一次金洲影帝之后，还能继续实现自我突破，在演技和入戏能力上还能有这么明显进步的演员。

他在戏中的每一次情感爆发，都像是被压抑、禁锢了许久之后的挣扎和破茧。

明明下了戏的他别说情绪，连表情都不带的，也算是剧组的一道奇观。

比如此时，聚光灯打在谢染身上，他西装革履，利落的短发向后梳起，长腿交叠坐着，一只手撑在椅子扶手上微微托着侧脸，脸上什么表情都没有，看起来比一年前更加沉稳内敛，却又有着让人无法忽视的上位者的锐利锋芒。

不同于其他获奖人激动甚至落泪的样子，他神色平静，闻言只稍稍坐直，修长的手指正了正领带，优雅矜贵地站起来，在大家的注视下款步走向领奖台。

正在观看直播的观众疯狂起来——

"又来了，又来了，谢总迈着他六亲不认的步伐来了。"

"谢总：小小金洲影帝，有什么好激动的？"

"他到底是怎么做到这么淡定的啊？我拿个三等奖学金都比他紧张！"

"最神奇的难道不是，他在现实中是这个样子，在电影里又完全是另一个样子吗？"

"我看过一种说法，这种人才是天生的演员，因为把自己所有的热情都贡献给了表演，所以生活中的情绪就不够用了。"孟非悬把这条即时弹幕念给谢染听，若有所思地感慨，"原来还有这种说法。"他"啧啧"两声，"可惜这个理论在先生身上行不通，先生就是纯粹的没有感情而已。"在戏中感情爆发的，是原主。

谢染只当作没有听到孟非悬的话，神色不变地走到舞台上，从颁奖人手里接过金色的奖座："谢谢。"

颁奖人已经习惯了谢染的淡然，并没有太感意外，而是早有准备地自行调侃道："谢总今年拿奖拿到手软，不过，金洲奖应该还是比较特别的吧？你就没有什么话想对大家说吗？"

谢染突然顿了一下，然后点了点头："有的。"

他突如其来的配合反倒让颁奖人愣了一下，后者连忙道："快请说。"

谢染看向台下，神色莫名地变得温柔了起来，语气也多了一丝温情："谢谢所有观众和评委对我的认可，我很喜欢演艺工作，从今天起，我将全面回归娱乐圈，把所有精力放在演戏和巡演上。"

他说这话的时候，眼神闪闪发光，整个人的气质不自觉地和缓了一点儿，脸上也露出了少见的笑容，不像以前的他，也不像现在的他。

倒像是他在电影里的角色那样，经历了许多世事变迁之后，露出的释怀通透的笑。

台下和屏幕前的观众都莫名一愣，一时没能明白过来他的话是什么意思，不过大家还是下意识鼓起了掌。

方回望是在家里看的金洲奖直播。谢染爆出十年前的真相后，他的许多往事被扒了出来。营销炒作对明星来说不算致命黑点，但是炒完组合又过河拆桥，甚至给对方泼脏水却是完全不同的概念。

他本来就到了强弩之末，自此之后，更加每况愈下，虽然还有一些商演在手，但是价格、人气跟以前不可同日而语。

对于一个转型失败的流量明星来说，这其实已经等同于演艺生涯的结束，再挣扎也不过是苟延残喘。

演艺圈是最现实的名利场，现在的他自然是拿不到金洲奖的邀请函的。

方回望本想逃避，但是又忍不住想要看看谢染。

他曾经是恨谢染的，但是谢染当着直播镜头坦荡爆出真相的那一刻，他终于恍然大悟，他最应该恨的，其实是自己。

是他的贪婪、懦弱和愚蠢，让他走到了这步境地。

此时，谢染在台上说自己将全面回归娱乐圈。

方回望看到他露出少见的，略带一丝温柔的笑，整个人蓦地一滞，只觉得有一瞬间谢染好像回到了以前他熟悉的那个样子，但是再细细一看，又全然不同。

方回望心里陡然间就空了下来，像是被一只手抓住心脏狠狠地捏了一下，然后又松开，从此消失无踪。

他隐约意识到，从此他和谢染，是真正再也不会有任何交集了。

就像天与地，云与泥。

次日，谢染工作室对外发布声明，谢染正式退出求索科技和瑞宴汽车的董事会，自此不再参与这两家公司的项目决策和技术支持，只作为普通股东参与分红。谢染本人也将全面回归娱乐圈，全身心投入演艺工作。

这个决定对大家来说不太意外，事实上，一年前谢染接下王中导演的片子以后，就开始着手安排他在求索和瑞宴两家公司中的工作，逐步退出核心圈层。

现在，求索科技的人工智能虚拟偶像技术已经上了轨道，基本实现偶像自我进化，并先后推出二代、三代智能偶像。

曾经爆红的孟非悬在推出两张唱片之后，却开始低调地退隐，只在虚拟偶像的发展历史上留下一个永恒的传说。

瑞宴汽车的无人驾驶技术也实现了突破，不久后将投入使用。

谢染已经不需要再承担实际性的工作，只要坐等分红即可。而这两家公司日益飙升的股价，足够让谢染在娱乐圈随便给自己开剧、开节目。

话虽如此，当大家看到媒体统一发布的新闻头条之后，还是集体无语了——《改变我国的科技格局后，AI之父谢染再次拿下金洲影帝并决定全面回归娱乐圈！》

网友们："……"

大家扪心自问，为什么还会眼含热泪，难道他们不是应该已经习惯了谢染的操作了吗？

谢染睁开眼睛的时候发现自己又来到了另一个平行世界，另一个同样叫谢染的人身上，同时接收了原主的生平记忆。

这个世界的谢染是顶尖学府桐芳大学的高才生，在他大一那年，这个世界的顶级游戏公司推出一款名为《明月江湖》的全息网游。

与谢染经历的上一个世界的全息投影不同，这个世界的全息技术更进一步，可以直接接入人的感官神经，真正实现人类思维的现实投射。

《明月江湖》就是一款号称可以百分百还原人类真实感官体验，真正实现虚拟现实的古风游戏，游戏以一个门派林立、繁华热闹的江湖作为背景，设计了丰富复杂的地图，人物、故事背景和任务线索，玩家可以在游戏中打怪升级，习武建帮，体验快意恩仇的江湖侠气，也可以当一名普通玩家，在游戏中经营柴米油盐，体验不一样的古代人生。

这款游戏一经推出就风靡全国，几乎所有买得起该游戏晶片的人都在玩。

原主就是这款游戏的一名玩家，游戏ID叫谢发达，本来在游戏中只游山玩水，放松身心，直到一次无意中结识了游戏ID为见景生的况景宁。

况景宁是游戏中的第二大玩家公会朝烟阁的阁主，同时还是玩家排行榜上的第一高手，加之相貌英俊，颇有威望，在玩家中人气非常高，可以说是《明月江湖》中最有名的玩家之一。

令人意外的是，在游戏中颇有威望，待人疏离的况景宁却与原主一见如故，平日对原主嘘寒问暖。原主被况景宁的真诚打动，很快也与他推心置腹，还与他在游戏中结拜。

两人关系日渐亲近，可惜就在两人约好现实见面的途中，原主意外遭遇车祸，下半身瘫痪。原主因此大受打击，几乎一蹶不振。没想到况景宁有情有义，对原主照顾有加，令原主极为感动，对他十分感激。

原主和况景宁相交近十年，十年间，在原主的帮助下，况景宁的事业逐渐做大，成为商界新贵，况景宁对残疾的原主无微不至的照顾更是为外界所称道。

就在原主无比庆幸自己能遇上况景宁，以为自己和况景宁的情谊会持续一生的时候，况景宁却突然开始对原主不闻不问，转而开始和原主大学时的同门师弟尹落烟来往密切。

尹落烟出身豪门，气质出众，在学校时就非常受欢迎。

况景宁一直想结识尹落烟，却苦于没有机会。

后来况景宁在《明月江湖》中遇到原主。况景宁在原主身上看到了和尹落烟极为相似的神韵气质，于是才故意接近他。

况景宁不介意原主只是《明月江湖》中一个名不见经传的玩家，不介意他车祸残疾，是因为他根本没有把原主放在心上。

而当况景宁功成名就之后，恰逢尹落烟家里遭遇意外，家道中落，况景宁开始找机会接近尹落烟，想要和他成为朋友。而况景宁为了维护自己的对外形象，还是不时让父母早逝又身有残疾的原主在郊外的别墅里休养。在一次况景宁来找原主的时候，两人意外跌下了楼梯。况景宁因此落下终身残疾，而原主也结束了自己充满悲剧色彩的一生。

显然，原主对自己的一生心怀不甘与执念，意识原子群的强烈波动再次将处于叠加态的谢染吸引了过来。

谢染的意识过来的时候，正好是原主要在游戏里和江湖第一高手见景生结拜的时候。

"结拜"是游戏设定中十分亲密的合作关系之一，结拜后两人在游戏中的角色将会相辅相成，可以代替对方执行任务和惩罚等。

这时候原主和见景生还没有在现实中见面，但两人在游戏中情谊日笃，见景生终于正式向原主提出结拜，并表现出了令人动容的真挚，以朝烟阁阁主的身份广发请帖，几乎把玩家榜上的名人全部请到了现场，举行了一个盛大的结拜仪式。

现在，谢染就在游戏中。

他的神智渐渐清明，终于分辨清楚自己当下所处的境况。

他此时身穿礼服，正站在朝烟阁的公会驻地，这里是《明月江湖》中最恢宏气派的建筑之一，他和见景生的结拜仪式将在这里举行。

他环顾四周，只见大堂和外面的院子都挤满了前来观礼的玩家，人头攒动，热闹非凡。这些玩家个个装备不俗，都是《明月江湖》中排得上号的名人。名贵的贺礼从大门处一直堆到院子里，彰显出见景生不俗的人脉。

现在，所有人都在看着今天的主角，站在中间的见景生和谢染二人，准备见证这场轰动江湖的结拜仪式。

见景生就站在谢染面前，柔声说道："小达，我们该行礼了。"

原主的游戏 ID 叫谢发达。

谢染微微抬眼扫了他一下，淡声道："我准备下线了。"

见景生脸上的笑意顿时一僵。

见景生听到谢染说要下线，一时还以为自己听错了，僵着脸迷茫地问道："小达，你说什么？"

"下了。"谢染懒得与他多费口舌，直接拉出了游戏的控制面板。

见景生见他居然不是在说笑，当即便急了，一把抓住他的手腕，声音也沉了下来："小达，我们马上就要举行仪式了，这么多人在等着呢，现在不是闹脾气的时候。"

谢染的手腕被见景生钳住，他睨了见景生一眼，又扫了周围一圈，认真思考如果自己直接踹翻见景生的话，会不会被朝烟阁的帮众追杀。

会也没关系。

谢染正要动手，一个容貌清秀的少年凑了过来，看着两人的动作像是有些吃惊，连忙用劝慰的语气道："发达哥，你是不是还在生论坛上的帖子的气？小景哥都帮你说话了，你就别放心上了。现在这么多人看着，你还要闹的话，不太合适吧。"

这个少年是朝烟阁的二号人物浮光，也是见景生现实生活中的发小。他与见景生一起进入《明月江湖》，之后见景生一手创立了朝烟阁，他便也成了公会的核心，在玩家中也算小有名气。

听到浮光的话，见景生似乎明白了过来，说道："小达，论坛上的事我已经处理了，你不是也跟我说了不介意吗？怎么又生气了？"

谢染闻言莫名其妙，回忆了一下才想起来他们在说什么。

事实上，原主和见景生在前期来往中也不是一直一帆风顺的。见景生在游戏中人气很高，追随者众多，却和一个名不见经传的玩家混在一起，让很多人感到不解，谢染也因此遭受了不少非议。

见景生提出与谢染结拜，江湖中更是一片哗然。就在前两天，见景生向全江湖广发请帖，邀请大家来参加他和谢染的结拜礼之后，《明月江湖》的游戏论坛上突然冒出一个标题为"本朝烟阁成员反对阁主和谢发达结拜"的帖子。

该帖子的发帖人自称是朝烟阁的一名普通成员，从武功、名气、江湖地位甚至 ID 等角度论述了谢发达的地位跟朝烟阁主见景生相差太大，强烈表达了对两人结拜的不满，认为为了朝烟阁的未来发展，见景生应该选择一个更加出色的结拜对象。

这个帖子发出之后很快上了热门，不少朝烟阁成员都加入顶帖表示赞同。

朝烟阁人一向以他们的阁主见景生是江湖第一高手为傲，并一直暗暗与当前最大的玩家公会风雨楼较劲，试图取而代之，自然希望见景生能够和一个高手榜上的名人结交，好扩大朝烟阁的影响力。

名不见经传的玩家谢发达，无疑与他们的期望背道而驰。

游戏论坛采用的是匿名制，用户发言本就肆无忌惮。朝烟阁玩家在帖子里对谢发达极尽嘲弄之能事，把他奚落得一无是处，认为他如果识相的话，就应该主动离开见景生。

还有一些疑似见景生的追随者酸溜溜地在帖子里添油加醋，讽刺谢发达掂量不清自己的斤两，甚至还编排他从一开始就故意耍手段接近见景生。

一时间，几乎整个《明月江湖》的人都在讨论这件事，不少人的想法和帖子里一样，都为见景生感到惋惜，认为谢发达根本不配和他做兄弟。

风波越演越烈，最后还是见景生实名回帖，表示情谊不应该受到身份、地位的束缚，他本人不会因此受到任何影响，结拜仪式也将如期举行，这才勉强把反对的声音压了下去。

见景生这番发言为他博得一片好评，许多人称赞他重情重义，原主也大受感动，自此对见景生的情谊越发深厚。

许多年后原主再回想起此事，才恍然醒悟，见景生此时的这番宣言，实际是在投射他和尹落烟之间的落差。

不过当下原主对此一无所知，还担心见景生会因此为难，便一面向见景生表示自己不受影响，让他不用担心，一面暗下决心以后要好好帮他发展朝烟阁。

现在谢染突然说要下线，浮光再次提起论坛上的事，见景生便也以为他还在为这事生气。

如此猜测倒也正常，因为见景生虽然亲自出面表明了自己的态度，却堵不住那么多人的口，毕竟他和谢发达的差距是明摆着的，他本人不介意，不代表其他人不议论。

今天来观礼的人中，就有不少是带着挑刺的心态来的。谢染露面之后，还有人暗搓搓地指指点点，神色间的鄙夷一目了然。

见景生以为谢染是受不了别人的议论才生气，顿了一下，又柔声安抚道：“小达，我说过，不管别人说什么，都不会影响我对你的态度。”

浮光眸光一闪，跟着笑道：“对啊，小景哥为了你，差点儿得罪了全体朝烟阁的成员，拜托你也体谅一下小景哥嘛。”

谢染余光觑了他一眼，突然反问：“不是你在反对我们结拜吗？”

浮光闻言脸色一变，像是被踩了尾巴一般急声道：“你这话什么意思！”

本来现场的焦点都在两名主角身上，之前他们压低声音说话时，众人还听得不清楚，此时浮光一叫，一下子把大家的注意力都吸引了过来。

浮光暗道不好，却已经来不及了。

谢染神色不变，只平淡地陈述道：“帖子是你发的。另外，你一共用了十六个马甲回复顶帖，你用了代理IP，这会增加别人追踪你的成本和壁垒，但不是完全查不到的。”

在原主的记忆中，当他知道见景生接近自己的真相后，曾一度疯狂寻找他和见景生来往时候的种种蛛丝马迹，顺势也发现了当年这个帖子的真相。原来浮光也是见景生的狂热追随者之一，因为嫉妒与不甘才发了这个帖子。

只不过，对于那时候的原主来说，这些都已经是无关紧要的小事了。

此时此刻却不一样。

谢染的话一出口，现场顿时一片哗然。宾客没想到参加个结拜仪式还能吃到朝烟阁内部的瓜，一个个表情都变得八卦了起来，目光忍不住在浮光身上上下打量，交头接耳低声议论。

浮光被当众扒马甲，还是这样见不得光的事，只觉得难堪至极，脸色一阵青一阵白。

见景生也注意到了，吃惊地看着浮光："浮光，真的是你发的帖吗？"

浮光倒是很想抵赖，但是谢染报出的数字如此准确，语气又如此笃定，只怕是有证据在手。他本就极不愿意让见景生和谢染结拜，见状索性豁了出去，当即神色一敛，梗着脖子道："小景哥，我这么做都是为了你和朝烟阁！你可是堂堂江湖第一高手，谢发达算什么东西？他凭什么做我们朝烟阁阁主的结拜兄弟？"

浮光在朝烟阁中颇有号召力，加上朝烟阁的人本就对谢染不满，此时浮光站出来发声，其他的朝烟阁成员便顾不上追究帖子的事了，连忙跟着点头，纷纷表态。

"阁主，浮光哥说得有道理，要不你再考虑一下吧。"

"就是，谢发达要武功没武功，要名气没名气的，凭什么与我们阁主结拜？"

"小景哥，你那么优秀，他只会拖累你啊！"

还有人直接对着谢染骂道："谢发达，你要是有点儿羞耻心，就麻溜点儿自己滚吧，别死皮赖脸扒着我们朝烟阁。"

被请来观礼的宾客都是《明月江湖》的老玩家了，大家参加过的结拜仪式不少，但是这样被帮众集体反对的还是第一次碰到，大家感到兴奋刺激之余，都不由得有些同情谢染。

虽然这个叫谢发达的普通玩家确实高攀了见景生，但是被这么多人当面奚落，也真的挺惨的，以后怕是没有脸面继续在游戏江湖里行走了。

见景生没想到事情会发展成这样，朝烟阁是他一手创立起来的公会，对他有着特殊的意义，眼见着朝烟阁的成员个个激动，他不得不站出来安抚。

见景生冲大家摆了摆手，示意他们安静下来，接着才风度翩翩地说道："我知道大家都是为了朝烟阁以后的发展，但发达一直在努力，请你们给他一点儿时间，我相信以后大家会接受他的。"

见景生到底是阁主，威望又高，他都这么说了，帮众也不好再当众驳他的面子。有人仍不甘心，悻悻道："可是阁主，谢发达就一个普通玩家，他再努力又能怎么样？总不可能变成排行榜上的高手吧？"

谢染本来只是客观陈述浮光做的事，根本不在乎游戏里的人怎么看他，见这些人一下同情一下激动，还自顾自给他安排了好些剧情，此时已经不耐烦到了极点，便再次拉开面板准备下线。

有人看到他的动作，连忙喝道："谢发达，你这是要跑路吗？"

第十二章
名剑主人

就在这时，外面突然传来一阵金属撞击之声，空气似乎也为之一凝，现场所有人都莫名感到一股说不出的压迫感。

《明月江湖》是一个百分之百连通人类感官感受的游戏，而这种压迫感对于在场的老玩家来说是十分熟悉的。在游戏的设定中，这是大boss出现时自带的威慑力，来自boss雄浑的内功。

现场顿时沸腾了起来——

"是boss出现了吗？"

"谁？是谁来了？"

"为什么boss会来这里？"

此刻大家内心都充满了疑问，这不是玩家公会驻地和玩家结拜仪式现场吗？为什么会有NPC（非玩家角色）出现，还是大boss？

谢染也停下了要按退出的手，莫名生出了一股熟悉的感觉。

骚动声中，一名戴着斗笠，穿着青衫的人穿过人群从门外走了进来，他背着一把带鞘的长剑，此时，长剑正在疯狂颤动。

人群中发出惊叫："是青衫客！"

青衫客，《明月江湖》中的超级NPC。在游戏资料片中，此人是一名江湖游侠，也是一名不世高手，他身上常年背着一把长剑，这把长剑是游戏中的顶级神兵。青衫客的任务，就是寻找这把长剑的主人。

曾经有无数遇到青衫客的玩家问他："谁是这把剑的主人？"

青衫客的答案只有一个："江湖第一高手。"

自从游戏上线以来，玩家高手们前仆后继地前去挑战青衫客，试图从他手上抢夺这把神兵，但最终都死状凄惨地出现在了复活点。

到如今，高手榜上的玩家都换了几拨，青衫客还在孜孜不倦地寻找剑的主人。

久而久之，大家也不再对青衫客下手了，转而在论坛上辱骂游戏策划，觉得策划设计青衫客和这把剑分明是故意羞辱玩家。

青衫客为什么会突然出现在这里？

在所有人疑惑的注视下，青衫客走到了大堂中间，缓缓摘下自己的斗笠，说道："我的剑，找到他的主人了。"

他这话一出口，堪称石破天惊。

青衫客的剑找到主人了？！

这把剑居然真的是有主人的！

几乎是同时，大家的目光齐齐看向正中间的见景生。

青衫客曾经说过，这把剑的主人是江湖第一高手，而现在，见景生是高手榜第一名。

答案可以说很明显了！

见景生的心也止不住狂跳了起来，刚才因为结拜仪式的事生出的满腔焦躁一扫而空，瞬间被巨大的喜悦所取代。

青衫客的剑！《明月江湖》的顶级神兵，居然就要属于他了！

朝烟阁的帮众也集体激动了起来，他们的阁主居然得到了青衫客的认可！从此以后，他们阁主就是被 boss 认证过的第一高手，还拥有了游戏中的绝世神兵，那他们朝烟阁称霸《明月江湖》岂不是指日可待？

浮光也顾不上谢染的事了，连忙说道："小景哥，快过去拿剑啊！"

见景生强掩住心里的激动，正要上前，青衫客往前走了两步，到了谢染面前，将背上的长剑取下来递了过去："少侠，这把剑从此为你所有。"

见景生脚步一顿。

浮光和其他人全蒙了。

浮光忍不住叫出声来："青衫客，你找错人了吧？"

青衫客转头看了一眼，眉头一皱，二话不说，长剑连剑带鞘捅过来，浮光当场化作白光，飞去复活点了。

众人均脸色一白，倒吸一口冷气。

只有谢染姿态依旧，侧头问道："Mark，是你吗？"

青衫客没有应话，而是再次将长剑递了过来："少侠，这把剑从此为你所有。"

谢染有些疑惑，但还是接过长剑。那剑还在疯狂颤动，谢染握住剑柄，将剑身抽出。

这是在场所有玩家第一次看到这把剑的真身，所有人都睁大了眼睛，屏住呼吸紧紧盯着。

那剑不愧为绝世神兵，剑身一亮出来，银白的光芒一闪，一股锐利的寒意一下子荡向四周，让全场的人都不由得抖了一抖。

寒光中，谢染看到剑身上刻着一行字：先生，It's me,Mark！

谢染："……"

谢染默默把剑插了回去。

朝烟阁主见景生差不多把高手榜上的名人全部邀请过来观礼了，因而此时在场的，除了朝烟阁成员和见景生的朋友，还有几乎整个《明月江湖》中的高手。

神兵利器，是所有游戏高手毕生追求的目标。

青衫客的剑，无疑是《明月江湖》中最有名的武器之一。

因此，当青衫客把这把长剑交到谢发达手上的时候，现场所有玩家都是迷茫的。

不是说这把剑的主人是江湖第一高手吗？

就算不是现在高手榜排第一的见景生，现场这么多高手，谁不比谢发达更有资格？！

曾经手刃了无数高手，高冷凶残的青衫客，现在就这么随随便便把剑给了谢发达！

普通玩家谢发达？！

甚至都没有对个暗号，说出一些诸如"少年我观你骨骼清奇，将来必有大成"之类的场面话，比送快递还简单，人家送快递还要报名字才能签收呢。

这是绝世神兵认主该有的仪式吗？

青衫客，你作为一个超级大 boss 该有的尊严呢？

但不管大家内心多么崩溃，青衫客都已经确确实实把这把剑交到了谢发达的手上。

谁也不敢有异议，因为第一个有意见的人，已经被青衫客一剑捅去复活了。

不得不说，青衫客对除谢发达以外的人的态度，倒是一如既往。

大家"风中凌乱"的同时，也都充满期待地看着谢发达，看他将这把所有人梦寐以求的神剑从剑鞘中抽出。

从来没有人看过这把剑的真身，也没有人知道这把剑的名字。

江湖传说，当青衫客找到剑的主人，将由主人开启这把神兵，也将由他将这把剑的名字告知天下。

现在，青衫客寻寻觅觅数年，终于找到了剑的主人。

寒光乍现，谢发达于莹莹白光中注视着长剑的剑身——先生，It's me, Mark！

孟非悬不愧是一个严谨的AI，甚至没忘记给这句话加上标点符号。

谢染冷静地把长剑又插了回去，迫人的寒光敛去。

边上一个朝烟阁的成员迫不及待地问道："怎么样，谢发达，这把剑叫什么？"

谢染没有理会那人，只是沉默了一下，再次把剑抽出来，寒光再现。

这次剑身上的字换了一行：马赛克的，我数据传错地方了！先生你稍等我一下哈。

谢染再次把剑插了回去。

见谢染将剑拔出来插进去，就是对自己不理不睬，那朝烟阁玩家便有些恼羞成怒，骂道："谢发达，你践个啥！拿到青衫客的剑很了不起吗？"

不待谢染回答，一个红衣少女跳脚大叫道："废话！当然了不起啊！那可是青衫客的剑！"

大家循声看过去，见开口的是高手榜上有名的女剑客飞灵。飞灵也不管自己的话让那个朝烟阁玩家多尴尬，骂完他后便巴巴看着谢染："发达哥，请你告诉我这把剑叫什么？"

大家："……"

这就叫上哥了？醒醒，谢发达只是一个普通玩家啊。

谢染抬眼看了飞灵一下，淡声道："马克剑。"

众人闻言，头上徐徐冒出一个问号。

这什么名字？

《明月江湖》这个游戏设计得古色古香，游戏中的武功、兵器起名也遵循了一贯的江湖侠意，什么孤山明月掌、荡尘十一式、鸳鸯双刀等。

青衫客的剑作为《明月江湖》中最神秘的一把剑，大家一直猜测可能会直接以游戏为名，叫明月剑之类的。

总之，无论如何都不可能叫马克剑吧！这是什么不中不洋的名字！跟整个江湖意境完全割裂了好吗？！

但是谢染的表情太自然，太镇定，以至于大家都情不自禁怀疑，会不会其实是自己误会了这个游戏的风格。

飞灵显然也有些难以置信，"啊"了一声，迷茫地问："真的吗？"

"嗯。"谢染应了一声，顺手把剑一抽，剑身面向飞灵。

大家一看，只见银白森冷的剑身上果然刻着三个大字——马克剑，且字体苍劲豪迈，笔走龙蛇，确实有神剑该有的神韵。

谢发达居然不是在胡说八道。

大家再次"风中凌乱"，看谢染的眼神也一下子复杂了起来。

尤其是朝烟阁的众成员，此时更是说不出的羞恼和尴尬。他们几分钟前还当着全江湖的面大肆奚落谢发达，讽刺他没武功、没名气，配不上他们朝烟阁，结果一转眼，谢发达居然就被大 boss 青衫客亲自认证，得到了传说中的神剑。

按照游戏设定，这差不多等同于服务器认定了谢发达是江湖第一高手！

先不管谢发达一个普通玩家为什么会是第一高手，青衫客的这番操作，几乎可以说是天降正义，狠狠地打了他们朝烟阁一个巴掌！

更尴尬的是，他们刚才还一厢情愿地以为这把剑是他们阁主见景生的……

最终还是见景生先回过神来，虽然也难免有些尴尬，但是当青衫客真的把剑交到谢染手中，谢染真的抽出了这把传说中的……马克剑的时候，他的内心又活络了起来。

虽然青衫客没有把剑给他，但是给了谢发达跟给他也没什么区别。要知道谢发达对他可是情深义重，谢发达平常就处处为他着想，即使被朝烟阁人那么奚落，谢发达也从来没有迁怒过他，还反过来担心他会为难。

不得不说，谢发达不仅神韵举止像极了尹落烟，更进退有度。以前他还觉得有点儿美中不足，就是谢发达不像尹落烟那样有能力，有地位，但现在，谢发达居然拿到了青衫客的剑。

有了这把剑，见景生相信自己的朝烟阁必定能够更进一步，赶上尹落烟和风雨楼指日可待。

想必朝烟阁的帮众，也不会再反对他和谢发达结拜了。

不枉他一直以来在谢发达身上花了那么多心思，也不枉他此次为了谢发达表现出的真诚热切……

见景生内心飞快闪过许多念头，瞬间将利弊权衡完毕，脸上却是不动声色，只像往常一样走到谢染面前，温柔说道："小达，吉时都快要过了，别的事情我们以后再说，现在先结拜吧。"

谢染只漠然睨了他一眼。如果不是孟非悬出现在游戏里，他现在都已经下线了，根本不会站在这里听见景生废话。

谢染态度太冷淡，眼睛里更看不到一丝情绪，见景生从来没有见过他这样子，内心莫名生出一丝不安，正要再说些什么，人群中突然传来一个少年的声音："先生，我好了。"

这声音朝气蓬勃，清亮中带着一丝少见的金属感，引得所有人转头看了过去。

只见一名俊逸如松的少年自人群中挤了出来，少年身材高挑，五官明朗精致，穿着一身贵气十足的白色锦衣，器宇不凡，浑身上下隐隐透出一股富贵逼人的气息。

大家一时都有些疑惑，这少年的气质实在出众，但是刚才谁也没见过他，也不知道他是打哪儿冒出来的。

不过大家来不及细想，因为接下来少年的动作把大家的注意力全部吸引了过去。

孟非悬好不容易定位到谢染意识到达的世界，还是一个颇为先进的全息网游世界。这简直是为他量身打造的，他美得不行，当即毫不犹豫地黑进了游戏中一组强劲的数据，准备给谢染一个惊喜。

万万没想到，那居然是一把剑！

幸好他技术超凡，影响倒也不是很大，就是费了一点儿时间，重新给自己建了个模。他怕自己变来变去谢染不习惯，用的还是上一个世界虚拟偶像的形象，明朗俊秀，意气风发，一露面就成了人群中的焦点。

孟非悬完全不理会周围的人，径自扑向谢染，整个人挂到他的身上，然后发出感慨："原来人类拥抱是这种感觉啊！"

边说还边好奇地摸了摸谢染的肩膀、脖子和耳朵。

孟非悬与谢染一般高，挂在谢染身上的时候双脚还拖在地上，看起来实在不伦不类。

谢染因为性格缺陷，素来不喜欢别人的接近，与旁人最亲密的接触也不过是商场上的寒暄礼仪，这还是他第一次被人这样挂在身上，还又摸又蹭的。

感觉有点儿陌生，却并不讨厌。或许是因为他已经习惯了孟非悬时刻在耳边叨叨，此时不过换了个形式，又或许是因为身处另一个世界，只有孟非悬是他唯一的"真实"。

就是这个游戏的感官还原过于逼真，孟非悬虽然是一组数据，却有着这个人物模型该有的身高、体重，不得不说，还挺沉的。

谢染不得不按住孟非悬的肩膀，将他从身上扯了下来，难得生出一丝无奈："你好重。"

孟非悬得意地说道："这是我精心设计过的体重，跟我的身高完美匹配。"

谢染："……"他的系统总是能够关注到一些别人意想不到的细节。

孟非悬作为一个AI，基本没有跟除谢染以外的人类正式相处的经验，而谢染则一贯不在乎旁人的态度，因此两人说话的时候全然没有注意旁人的目光。

此时，周围人的表情已经称得上精彩微妙了，朝烟阁的人更是惊怒交加。

这个不知道从哪儿突然冒出来的俊美少年跟谢发达的姿态也太熟稔了！而且还完全无视见景生的存在！

虽然朝烟阁人原先还看不上谢发达，不乐意接受对方与阁主结拜，但是见景生情深义重，谢发达现在又得了青衫客的剑，他与见景生之间的障碍已经被清除，两人眼见着就要举行结拜仪式，成就一段江湖佳话了。

谢发达现在是什么意思？

见景生的脸皮也隐隐有些抽搐，他与谢发达相识时间不短，对谢发达在游戏中的人际关系情况算得上了若指掌，却从来没有见过这个少年。

见景生听到周围窃窃私语，他请来的宾客一个个正神色怪异地看着他。虽然他们努力控制着，但眼里分明透出掩饰不住的八卦神情：见景生该不会是被谢发达耍了吧！

见景生强忍住心里的怒意，目光沉沉地看着孟非悬，冷声问道："你是什么人？"

孟非悬刚被谢染扯下来，正好奇地玩他的袖子，根本没听到见景生的话。

于是，大家眼睁睁地看着高手榜排名第一，谁都要给几分面子的见景生，就这么被人无视了。

大家的表情更加精彩了。

朝烟阁人越发羞愤，他们可不像见景生，还得维持阁主的风度，当即就有人冲上前去推了孟非悬一把："问你话呢！"

那人恼怒之下极为用力，然而令人惊讶的是，少年却丝毫没有受到影响，整个人稳如泰山。

孟非悬突然被人打扰，当即转头反推回去，不爽地破口大骂："你算老几？也敢对爷动手动脚的？！"

大家："……"这美少年怎么一开口这么让人幻灭呢？

那人也没想到少年看起来清秀，一开口居然是个暴躁老哥。不过他自己也是老玩家，玩游戏的谁会怕跟人对骂？他当即就要还口，但还来不及出声，变故陡生。

孟非悬骂完以后，想起来这是在游戏里，于是直接伸手握住谢染手上马克剑的剑柄，随手一抽，顺势一捅。

"我的……"那人一个"妈"字还在喉咙里，人已经化作白光飞走了。

这是马克剑今天杀的第二个人，同第一个人一样全无还手之力，而这一次用剑的是一个玩家。

所有人倒吸了一口冷气。

见景生脸色更加阴沉了。这人玩谢发达衣服，还当面杀他公会的人，他再不表态，就真成了全江湖的笑话了。

见景生上前一步，厉声喝道："你到底是谁？"

这次孟非悬总算注意到见景生了，他侧头看了见景生一眼，拿剑的手挽了个漂亮的剑花，另一只手一把搂住谢染的肩膀，抬起下巴，挑衅道："我要跟他结拜，你滚吧！"

这话一出口，全场顿时陷入死一般的寂静。

嚯！这就有意思了！

明月江湖世界论坛。

标题：惊爆！！谢发达结拜仪式上反悔跑路了！见景生惨遭背叛！

内容：楼主是收到见景生请帖去观看结拜仪式的人员之一，本来只是抱着凑热闹的心态去的，没想到现场高潮迭起！谢发达居然当场反悔，丢下见景生溜了！！！我现在打字手还激动得直发抖！

1楼：？？？

2楼：What？楼主不要停，赶快的！

4楼：不是朝烟阁的人看不起谢发达吗？谢发达是不是受不了才跑路的？楼主别误导人啊！

楼主：大家且听我娓娓道来！我本来跟大家一样，看了朝烟阁的人讨伐谢发达的帖子，以为真的是谢发达贪图见景生地位，死赖着不放手，结果你们猜怎么着？

青衫客出现在仪式上，把他的剑给了谢发达。你们没看错！无良boss青衫客认证了谢发达是剑的主人。此处插一个题外话，青衫客的剑居然叫马克剑！策划是真的离谱！然后朝烟阁那边看起来好像要接受谢发达了，结果突然跑出来一个美少年说要跟谢发达结拜，谢发达就直接跟人跑了！

因为见景生想要拦他们，谢发达居然一剑把他砍死了！

要不是亲眼所见，根本想不到谢发达有多辣手无情，砍见景生都不带犹豫的。朝烟阁的人之前还造谣说谢发达处心积虑接近见景生，讲道理，我完全看不出来咯。

补充一点，那个美少年长得超级好看！

18楼：信息量过大，要素过多！

25楼：等等，青衫客的剑认主了？谢发达？普通玩家谢发达？我读的书少，楼主你别骗我啊！

33楼：同在现场的人证明楼主说的都是真的！朝烟阁的人可太有意思了！见景生和谢发达都要结拜了，他们还在那儿吵吵，尤其是他们那个副阁主浮光，真的笑死我了。原来那个骂谢发达的帖子就是他发的，他还鼓动其他人一起逼谢发达退出，结果谢发达根本看不上他们朝烟阁好吗！

60楼：唉，你们是没看到谢发达跟那个美少年关系有多好！而且那美少年估计是刚玩的游戏，不然那么好看，以前不可能没人讨论过。合理怀疑是谢发达现实里的好友，发现谢发达在游戏里找了新的搭档，赶紧上来抢人了。

87 楼：所以闹了半天，根本是朝烟阁的人自作多情，人家谢发达其实也没把见景生当回事？

90 楼：嘻嘻嘻，谢发达干得好！朝烟阁的人说话太难听了，一个破游戏公会还讲究上门第、等级了。

100 楼：等等，我的关注点是，谢发达砍了见景生？确定是我知道的那个江湖第一高手见景生？

101 楼：楼上，是真的。你看看论坛里其他的帖，大家都讨论开了。谢发达拿了青衫客的剑，现在大家也不知道是谢发达这么厉害，还是青衫客的剑厉害。

111 楼：我还在纠结青衫客为什么会把剑给谢发达啊，确定不是游戏出 bug（错误）了吗？

······

况景宁沉着脸刷游戏论坛，手上太过用力，差点儿把手机给捏碎了。

不过短短时间，几乎整个《明月江湖》的游戏玩家都在讨论见景生和谢发达结拜仪式上的事。这场仪式本来关注度就极高，宾客还全都是游戏名人，消息传播起来自然飞快。

最重要的是，这场仪式上发生的事情实在叫所有人瞠目结舌。

先是大 boss 青衫客传剑，接着神秘少年突然出现抢人，而谢发达居然毫不犹豫地丢下朝烟阁主见景生。

况景宁回忆起仪式上的那一幕，只觉得心头还在隐隐作痛，紧咬的牙关处几乎能舔到一丝血腥味。

一直以来，他都以为自己将谢发达拿捏得很好。

他怎么也没想到，自己居然被谢发达耍了！

他的想法和论坛上猜测的一样，就凭谢发达和那个少年旁若无人的熟稔姿态，说两人没个几年深交，他都不信。

并且谢发达背弃情谊不说，翻起脸来更是毫不留情。

当时那个少年杀了他们朝烟阁的一名成员，接着宣布自己是谢发达的搭档。不仅如此，他还拉着谢发达准备大摇大摆地离开，况景宁哪能轻易罢休，当即上前要拦住他们。

况景宁当时全身心防备着少年，怎么也没想到谢发达会突然发难。

况景宁至今仍能清楚回忆起谢发达当时的眼神，冷漠，平静，不带一点儿情绪，连一丝一毫的犹豫都没有，直接抽出马克剑，刺进自己的心脏。

那个眼神让况景宁确信，以前谢发达对自己的态度绝对是演出来的，但凡他对自己有过一点点儿的情义，都不可能用看一块猪肉的眼神看自己！

况景宁自从玩游戏以来顺风顺水，到如今有头有脸，一呼百应，何曾受过如此奇耻大辱？

他被杀，去复活以后就直接下了线，后面的事情他没有亲眼看到，但是论坛上都播报得一清二楚了。

据说当时谢发达刺死见景生的一幕过于震撼，朝烟阁竟然无一人敢上前报仇，就眼睁睁地看着谢发达和神秘少年扬长而去了。

世纪盛典变成闹剧收场，朝烟阁和见景生也成了《明月江湖》开服以来最大的笑话。

谭云光一进况景宁的宿舍就看到他在刷论坛，而他的脸色已经阴沉得快要滴出水来了。

谭云光连忙上前把况景宁的手机抢了过来，说道："小景哥，你别看论坛了。论坛上的人嘴有多碎，你又不是不知道，不用放在心上。"

况景宁冷冷看了谭云光一眼，说道："你之前为什么要发那个帖子？"

谭云光就是朝烟阁的副阁主浮光，也是况景宁的发小，这次在游戏里被青衫客刺死，复活后本来还要赶回仪式现场，结果半道上收到消息，说况景宁已经被谢发达杀死下线。他顿时又惊又怒，连忙下线来找况景宁。

此时被况景宁质问，他不由得心虚起来。这次朝烟阁会闹这么大的笑话，也是因为他之前发的帖子把朝烟阁和谢发达的矛盾摆到了台面上，结果现在情况反转，朝烟阁就显得特别难堪。

对况景宁来说更加呕血的是，如果不是因为这个帖子，谢发达在仪式当天就不会闹脾气，说不定他们就顺利结拜了。就算那个神秘少年后面再追过来，他完全可以另行处理，不至于落得个被当众背弃的下场。

谭云光吞吞吐吐道："我……我都是为了你啊……"他说了一半，突然想起什么，一下子又有了底气，气冲冲道，"小景哥，你也看到了，那个谢发达根本不是真心把你当朋友，幸好你没跟他结拜！"

他这话无异于在况景宁伤口上撒盐，况景宁的眼神瞬间变得狠戾起来："住口。"

谭云光悻悻闭了嘴，但仍不甘心，又恨声道："小景哥，谢发达竟然把我们耍得团团转，我们绝不能放过他。"

况景宁看了他一眼，没说话，但也没阻止。

谭云光一看他的样子，就知道他的想法和自己一样，连忙说道："我都打听过了，谢发达那个朋友是个新人，在游戏里没有基础，连个认识的人都没有，我们朝烟阁人多势众，想要弄死他，不过是分分钟的事。"

他眼睛微微眯起来，冷哼一声："还有那把马克剑，现在论坛上都怀疑是系统出 bug 了，正在找策划要说法。"

除了见景生被耍的新闻，论坛上讨论马克剑的帖子也很多，有资深玩家仔细扒出了谢发达建号以来的游戏路线，证明他绝对没有什么奇遇，也没有练过武功，怎么也不可能是江湖第一高手。

"如果真的是 bug，对我们反而是好事。"提起马克剑，况景宁终于开了口。仔细回想，当时谢发达能一剑刺死他，主要还是因为出其不意，加上神剑本身威力巨大，谢发达本人确实没用什么武功。

"我也是这么想的。"谭云光点头附和，"剑要是在青衫客手上，我们肯定拿不到，但是谢发达就不一定能保住剑了。"

况景宁神色稍微和缓了一些，只是眼神依旧阴鸷，像是在思考些什么，过了一会儿才冷笑道："那你去安排吧。"

论坛上讨论谢发达和神秘少年的帖子自然是逃不过孟非悬强大的检索系统的，孟非悬一边看帖子一边兴致勃勃地转述给谢染听。

"哇，这个人好会脑补！她说我肯定是一个不谙世事的豪门小少爷，被骗了还不知道……"

"等等，这人什么意思！居然说我素质低骂人，我比他们文明多了好吗！脏话我都会自动马赛克的！"

因为孟非悬出现在游戏里，谢染便也没下线，一剑砍死见景生之后，直接和孟非悬一起离开了朝烟阁的公会驻地，两人慢悠悠地在游戏里逛街。

孟非悬第一次拥有人类实体的体验，正兴致高涨，看见什么都要碰一下，摸一把，仔细学习感受。

过了一会儿，谢染终于忍不住睨了他一眼："你说话的时候，能不能不要一直动手动脚？"

孟非悬看见什么都要摸一下，包括谢染。谢染活了二十几年都没被人这么摸头摸脑，感觉实在有些怪异。

"我忍不住啊。"孟非悬理直气壮道，"这是我第一次知道人类触碰起来是什么感觉，我想记得更全面一些。"

谢染沉默了一下，难得耐心地说道："人类相处一般也不会这样动来动去的。"

孟非悬振振有词："实践出真知。"

谢染突然觉得头有点儿痛："你再这样我下线了。"

"我错了。"孟非悬立刻把双手背到身后，巴巴看着他，"先生，我还没体验够做人的感觉，别让我那么快做回系统啊！"

大概是因为这是孟非悬第一次有了某种意义上的实体，他的一举一动看起来比往常更加生动真实。

"行吧。"他点了点头，想了一下，又笨拙地抬起手碰了碰孟非悬的脑袋。

这是他第一次摸别人的头。孟非悬的建模做得特别好，头发蓬松微卷，触感柔软，竟没让他生出以往面对别人时候的抵触情绪。

只是孟非悬真的很容易得寸进尺，见状趁机把脑袋在谢染手心里拱了拱。

"……"谢染反手扣住孟非悬的头，阻止他的动作，"差不多行了。"

第十三章
山庄易主

　　孟非悬感情体验课教学失败，沮丧地叹了口气，决定还是老老实实进入工作状态，给谢染汇报原世界的情况。

　　其实不用孟非悬汇报，谢染基本也能猜到。他的意识与上一个世界分离，却没有回到原世界，最大的可能就是原世界的技术问题还没解决。

　　而显然，平行世界中不止一个谢染的人生遇到问题。

　　孟非悬严肃地说道："先生，你要做好心理准备，在我们世界的问题修复之前，你的意识可能会不断被其他世界的意识原子群捕捉融合。"说到这里，他不由得有些唏嘘，"都是叫谢染，这些人怎么就有那么澎湃的感情呢？他们要是能跟先生匀一下就好了。"

　　谢染："……"

　　他的系统有了实体以后，想法似乎也越来越丰富了。

　　说完原世界的情况之后，孟非悬也向谢染汇报了谢染意识离开后上一个世界的情况。

　　孟非悬处于叠加态的时候，在同一个瞬间可以获取多维空间的不同维度的信息，时间作为第四个维度，自然也可以被看尽。

　　当谢染的意识剥离上一个世界以后，孟非悬随之进入叠加态，在那一瞬间，他看到了原主被改变后的完整人生。

　　谢染离开后，原主全面回归了娱乐圈。这一次他知道自己没有投资的天赋，就只安稳拿着谢染提前安排好的股份，每年坐拥数额巨大的分红，将所有的精力投入到自己真正喜欢的演艺事业里。原主重活一世，演技更加通透成熟，几乎演一部火一部，拿奖拿到手软，真正成为娱乐圈中无人可以撼动的超级巨星。

而方回望再也没有出现在原主的人生里，准确来说，只出现过一次。当时原主从国外拿奖回来，机场里挤满了欢迎的粉丝，他从VIP通道出来，拐弯的时候与一个戴口罩的人撞了一下。

那个人就是同样刚下飞机的方回望，不过那时候方回望已经彻底过气，并没有粉丝去给他接机，他只是想要躲开谢染的粉丝，那里面也有许多曾经两人的共同粉丝，而这些人都成了最鄙夷他的人。

方回望似乎也没有想到会在这种情况下碰到原主，原主光芒四射，万众瞩目，他却畏畏缩缩，藏头露尾。那一刻，他恨不得钻到地底下，却又情不自禁地喊了一声："小染。"

很多年前，他们在《明日星光》的选手宿舍里，每天每夜，他曾经尽情地这样喊过原主。那时候的少年心性是真的，眼睛里的温柔是真的，再后来的利用、憎恨、伤害也是真的。

如果人的一生能够选择停在某一段时光里，再也不要变化就好了。

喊出名字的那一刻，方回望也不知道自己想要做什么，只是胸腔里鼓荡着满满的、无法释放的情绪，迫切想要得到一个人的回应。

但那个人只微微侧过头，用余光看了他一眼，那眼睛里无波无澜，没有应话，连脚步都没有停顿，就在工作人员的保护下离开了。

方回望突然撑不住自己的身体，靠在墙上。

而原主甚至不知道方回望的近况，也没有丝毫的兴趣，他自己的人生星光闪耀，不想再为不值得的人浪费哪怕一丁半点儿的时间。

了解完这个世界的原主的情况，孟非悬陷入深思："不知道这个世界的谢染的意识原子群要怎么样才能平静下来？"

谢染反问："你服务器里的电视剧没能让你找到答案吗？"

孟非悬不是很确定地看着谢染："先生，我觉得你好像在嘲讽我？"

谢染面无表情道："是。"

孟非悬火速换成天狗精灵语气："抱歉，我听不懂你在说什么。"

谢染："……"

虽然暂时不清楚要怎么平息原主的执念，但是既然谢染来到这个世界的时间刚好是在网游里，想来问题最终也是要在网游里解决的。

也就是说，接下来谢染还是要经常上游戏。

提到这个，孟非悬好奇地问："先生，谢发达应该不是一个普通玩家吧？"

事实上，他进入游戏后，一开始之所以会误黑进马克剑的数据，除了马克剑本身数据强大之外，还有一个原因是这组数据的运行轨迹最终指向了谢发达。

也就是说，不是因为他劫持了马克剑，青衫客才会把剑传给谢发达，相反，是因为青衫客本来就应该把剑传给谢发达，他才被引导劫持了马克剑。

"嗯，这是小号。"谢染道，原主是《明月江湖》最早的玩家之一，只是后来遭遇一些意外，索性就砍号重练，成为一名普普通通的玩家。

孟非悬恍然大悟："难怪，我就觉得谢发达这个 ID 透露着一股低调的马甲味。"

谢染不予置评，只淡淡扫了四周一眼："以后恐怕很难低调了。"

孟非悬顺着谢染的视线看去，发现道路两边有不少玩家在用奇怪的眼神打量他们，还有些直接指指点点起来。

孟非悬有些不解。

他熟练地用检索系统检索了一下，顿时大怒："先生，朝烟阁好大的胆子，居然敢通缉我们！"

原来就在刚刚，朝烟阁在世界频道上发布公告——为了替被杀的朝烟阁成员报仇，他们将在全江湖对谢发达和孟非悬展开通缉，任何玩家只要向朝烟阁报告谢发达二人的位置都可获得赏金，他们还提醒所有玩家尽量避免和谢发达二人往来，以免被误伤。

这条公告的意思很明显，朝烟阁不仅要找谢发达他们寻仇，还要孤立两人，这基本就是要把人给逼得退出游戏的意思。

这种做法在游戏中不能说很少见，但是由朝烟阁这样的大公会发公告的还真的不多。

虽然朝烟阁的理由看起来冠冕堂皇，但真正的原因大家都心知肚明。

孟非悬转述了一条论坛评论："谢发达现在就是见景生的耻辱，见景生不把他逼退游，他的耻辱就永远都洗不掉。"

谢染自动屏蔽掉孟非悬的转述,只道:"未必,我倒觉得,他们是想让另一个行为合理化。"

朝烟阁这样迫不及待地想要动手,更像是怕被别人抢先一步,如此大动干戈,想来不仅仅是为了洗掉耻辱。

孟非悬遗憾地说道:"这个游戏服务器的加密程序还挺先进的,不然我就黑进去,直接删了整个朝烟阁的数据!"

当然,他这话也就随便说说。因为即使能黑进去,他也不可能真的做什么。先不说他的核心伦理准则不允许,万一被发现,给谢染带来的后果才是真正无穷无尽的。

"没必要。"谢染似笑非笑道,"有更合理的解决办法。"

落照城逐鹿山庄。

《明月江湖》中有几大系统门派,和大部分游戏一样,玩家出了新手村之后,就要到各大门派向NPC拜师学艺,领取游戏任务,即使是普通玩家,也时常需要和这些门派打交道。因此,各大门派每天都有大量的玩家进进出出,络绎不绝。

逐鹿山庄就是《明月江湖》系统中最大的门派之一,其庄主方慕豪则是游戏中有名的阴阳人。在游戏资料片中,此人是江湖正派的领头人,表面武功高强,风度翩翩,备受各派尊敬,但其实他私底下心胸狭隘,斤斤计较,十分心狠手辣。

饶是如此,作为游戏中最大的门派之一,每天还是有很多玩家过来拜师。不过大家和方慕豪说话都很注意,小心不要得罪了他。

见景生和浮光领着几个朝烟阁的人赶到逐鹿山庄外面,一个盯梢的人上来报告:"阁主,你们终于来了。"

浮光看了逐鹿山庄一眼,问:"谢发达真的在里面?"

"对。"那人点头,"爆料人说,他和那个臭小子昨天就进去了,现在还没有出来。"

见景生闻言微微皱眉。消息昨天就传过来了,但是那时候他不在游戏里,刚才收到消息便立即赶了过来。但是谢发达既然是昨天就进了逐鹿山庄,为什么现在还没有出来?

不管是来学艺还是接任务,都待不了那么长时间。

就听浮光哈哈笑道:"他不会是想一直躲在逐鹿山庄里,以为这样我们就对付不了他吧？"

游戏中，一些玩家被追杀的时候，确实会临时躲进 NPC 帮派里，运气好的话，有可能会引来 NPC 出手保护。

如果是出于这样的考虑，逐鹿山庄确实是一个很好的选择，因为这里的 boss 方慕豪非常小肚鸡肠，大部分玩家都不敢在他的地盘里闹事。

不过谢发达如果以为这样就能躲过一劫的话，那就太天真了。他们虽然不敢在逐鹿山庄里动手，但是他们是一个公会，不是一个人，完全可以派人轮流守在山庄外面，谢发达总不可能一辈子不出逐鹿山庄。

见景生却没有那么多的耐心，他双目微微眯起，阴鸷地看着逐鹿山庄的大门处，那里和往常一样，挤满了前来拜师和做任务的玩家，热闹非常。

见景生道："我们公会里谁是拜在逐鹿山庄门下的，找过来，让他们低调点儿进去，把谢发达搜出来。"

浮光点头："好。"

他正要在公会频道喊人，突然从逐鹿山庄的方向传来一阵马蹄声。他们循声看去，就见逐鹿山庄万年关闭的偏门居然打开了，两名 NPC 家丁从偏门里牵着两匹骏马出来了。

浮光见状一喜，说道："难道是方慕豪要出门？太好了！他不在的话，更方便我们行事。"

见景生见状嘴角也不由得勾起一抹冷笑，真是天助他也。谢发达以为躲在逐鹿山庄里就安全无事，结果居然碰上方慕豪出门，少了这个小肚鸡肠的 boss，他们想要在山庄里抓个人就简单多了。

就在这时，旁边的人又喊道："谢发达出来了。"

见景生转头，果然看到一个熟悉的身影从人流熙攘的大门中走出来。

说来也奇怪，他和谢发达也不过短短一日不见，此时再看到他，却突然生出一股陌生的感觉来。

明明谢发达与往常并无不同，仍是穿着简单的黑色衣服，身上并无多余的装饰，普普通通，毫不起眼。

但此时谢发达神色清冷，浑身透着见景生从未见过的冷漠疏离。他不过是姿势挺拔地从大门内款款走出，却生出一股让人无法忽视的气势，周围的玩家都不自觉地自动为他让出一条道来。

见景生恍惚间生出一股奇异的感觉，此刻谢发达与尹落烟分明完不像，但他居然觉得对方就应该这样。

不过这种感觉没有持续多久，见景生心里立刻又被怒意占满。

谢发达的旁边跟着昨天那个神秘少年，大庭广众之下丝毫没有避嫌的意思。

"谢发达！"浮光率先喝了一声，"你总算出现了。"

谢染闻声抬头看过来，脸色没有丝毫变化，似乎对他们的出现并不意外。

见景生冷冷地看着他："发达，结拜仪式上的事，你是不是应该给我一个解释？"

谢染没有应话，孟非悬仰起下巴替他回答："你算老几？"

朝烟阁的人又惊又怒。

见景生只觉得一股怒气冲到胸腔，太阳穴也突突直跳，这要不是在大马路上，他应该已经动手了。他冷冷地说："很好，既然这样，那你们也别怪我无情了。"

浮光在一边跟着叫嚣："谢发达，昨天是我们一时不备，才让你们两个跑了，今天你们可没这么好的运气。"

此时周围的玩家也注意到了这边的动静。见景生和浮光都是游戏里的名人，加上他们背后站着朝烟阁的人，大家一看就猜到了怎么回事。

玩家们连忙往四周避让，生怕被波及。很快，他们之间就自动清出了一片空地。

群众一边远远围观，一边八卦地窃窃私语——

"原来他就是谢发达啊，难怪朝烟阁兴师动众的！"

"那他惨了，我听说朝烟阁要把他杀到退游。"

"那可太正常了，换我是见景生，我也不能放过他。"

"我要是他就直接销号了。听说他游戏里的朋友现在都不敢帮他。朝烟阁人多势众，捏死他还不跟捏死蚂蚁一样啊，这还有啥游戏体验。"

朝烟阁这番师出有名，浮光也不怕被人指点，见状反而很得意，冷笑道："谢发达，这是你们自找的，可别怪我们朝烟阁欺负人。"

他内心极其厌恶谢发达，说罢便直勾勾盯着他，等着他露出害怕的表情来。

但谢染仍是淡淡的样子，似乎完全不把他的话放在心上。

倒是他旁边的少年脸色突然变了，变得……奇怪了起来？

浮光蒙了。

谢染也发现了孟非悬渐渐奇怪的笑容，疑惑地问："你在干什么？"

"邪魅一笑啊。"孟非悬保持着变态的笑容，"我刚从游戏资料片里学的，大 boss 专属表情。"

谢染："……"

他的系统又学到了奇怪的知识。

浮光怀疑自己被嘲讽了，顿时恼羞成怒："看来不给你们点儿颜色看看，你们还不知道'死'字怎么写。"

他一挥手，两名朝烟阁成员立刻抽出武器，就要冲过去。

就在这时，孟非悬也突然招手叫道："方慕豪，快出来干活了。"

话音刚落，众人的眼前一花，就见逐鹿山庄的庄主，阴阳人大 boss 方慕豪"唰"的一声从山庄里飞了出来，落到谢染面前。

紧接着，方慕豪冲谢染恭恭敬敬地鞠了个躬，问道："谢总，请问您有什么吩咐？"

周围玩家："？"

朝烟阁的人："？？？"

见景生和浮光："？！"

本来现场的玩家就够迷糊了，都不知道这 boss 为什么会突然出现。

看到他居然恭恭敬敬地向谢染鞠躬行礼，还请他"吩咐"的时候，众人的内心顿时冒出一大片的问号。

这是什么情况？

方慕豪的人设不是心胸狭窄，经常因为玩家一句无心的话就大发雷霆，出手打人吗？为什么他对谢发达这么……尊敬？

策划是什么时候偷偷改了方慕豪的人设，居然不通知大家！！

群众当中有敏锐的玩家发现了华点，神色疑惑道："等等，我刚刚好像听到方慕豪管谢发达叫谢总？"

大家还没反应过来，就见孟非悬指了指见景生这边，冲方慕豪说道："这几个人是来找碴的，你处理一下。"

方慕豪点点头，小心地应了声"是"，接着转过身，看向朝烟阁几人，恢复成平常傲慢的样子，说道："大胆狂徒，竟敢对我们庄主不敬，看来是不把我们逐鹿山庄放在眼里啊。"

这次大家总算都听清楚了，但是话里的意思，大家没有听明白。

或者说，不敢相信。

朝烟阁的人更是一脸迷糊，浮光的眼珠子都快瞪出来了，也顾不得会不会得罪方慕豪，脱口问道："你说什么？谁是你们庄主？"

方慕豪微微侧身，尊敬地示意了一下谢染的方向，肃容道："自然是谢总。"

浮光："……"

其他人："……"

谢总？

方慕豪作为一个NPC，和玩家的交流还是有一定逻辑的，比如此时，他的程序就让他难得耐心地向玩家解释道："谢总昨天晚上已经接管了逐鹿山庄，从今以后，他就是逐鹿山庄的庄主，无论谁敢找我们庄主的麻烦，我们逐鹿山庄……"方慕豪微微眯起眼，邪魅一笑，"虽远必诛。"

孟非悬看得眼睛一亮，连忙和谢染道："看，先生，就是这个表情，邪魅一笑！"

谢染看了孟非悬一眼，少年的面孔明朗俊秀，朝气蓬勃，他道："这个表情不适合你，删了。"

孟非悬闻言悻悻地说："哦。"

到了这个时候，大家总算明白了现在的情况，却也更加难以置信。整条街上仿佛炸开了锅一般，所有人脸上都是无法掩饰的震撼。

"为什么？谢发达接管了逐鹿山庄？"

"逐鹿山庄不是系统门派吗？为什么可以被玩家接管？"

"策划是不是又偷偷改设定没告诉我们？"

"不是，我更想知道谢发达是怎么接管逐鹿山庄的啊？方慕豪平时那么贱，为什么会听他的？"

"我不知道，我只知我好羡慕啊！方慕豪那阴阳人对我的态度明明不是这样的……"

因为信息量太大，大家一时竟不知道该先吐槽哪样，关键是哪样听起来都很不科学，很不合理。

《明月江湖》开服到现在也好几年了，大家还是第一次听到系统门派被玩家接管的事。

震撼全服务器好吗！

朝烟阁的人更是目瞪口呆，他们原以为发出通缉令之后，江湖中必定再没有人敢与谢发达往来，谢发达是迫不得已才躲进逐鹿山庄的。

万万没想到，谢发达根本不需要任何人帮他。

谁能告诉他们，为什么一夜之间，谢发达就突然成了逐鹿山庄的庄主？

一个系统门派、一群门派NPC，居然都要听普通玩家谢发达发号施令，这是什么梦幻发展？

朝烟阁的人又惊又急，一时间都失了分寸，完全不知道要怎么应对。

谢染却丝毫不理会眼前的状况，只用余光扫了方慕豪一下，淡声道："我先走了，后面的你自己看着处理。"

"是，谢总。"方慕豪拱手应道，乖巧地站到一边，为谢染让出路来。

偏门处的两名家丁立刻将方才的两匹骏马牵了过来："谢总，请上马。"

朝烟阁众人："……"

他们刚才猜得没错，逐鹿山庄的家丁突然牵马出来确实是因为庄主要出门，只不过那个庄主不是方慕豪，而是……谢总。

谢染在原世界中作为诸子科技的总裁，精通各种高端社交技能，马术便是其中的一种。此时他随手接过家丁递过来的缰绳，一脚踩上马镫，向上一跃便翻身坐到了马鞍上。

他的动作利落漂亮，引来周围一片赞声。

见景生也情不自禁地看过去，只见谢发达高高坐在马上，腰身笔挺，神色淡漠，微微侧身垂眸，他自然流露出超凡脱俗、睥睨一切的气质，就好像在一夜之间脱胎换骨了一般。

见景生不自觉咬了一下牙，不甘地往他旁边看去。如果不是因为那个突然冒出来的孟非悬，谢发达现在已经与他结拜了。

他这一看，心情倒是好了一点儿。只见孟非悬笨手笨脚地试图去踩马镫，却始终不得章法，半天上不了马，看起来很狼狈。

见景生冷笑一声，等着看他当众出丑。

谢染也注意到孟非悬的情况，问道："你不会骑马？"

"我明明下载了一整套的马术培训手册！"孟非悬愤愤道，"我确定我的系统已经学会了。"

谢染："实践和理论是两回事，看来这个道理对AI也通用。"他顿了一下，"到我这里来吧。"

孟非悬一时不解，但还是听话地走了过去。

谢染居高临下地坐在马鞍上，孟非悬被笼罩在他的影子里。

少年仰起脸看谢染。孟非悬的建模非常完美，眼睛和真正的人类相比更加灵动，清澈的瞳仁中映出谢染游戏形象的影子，闪闪发亮，满含着热忱与期待。

谢染想，以后这个系统在自己的心里大约有了明确的形象。

他微微弯腰向下，一只手伸向孟非悬："拉住我。"

孟非悬似乎有些意外，先是一愣，随即露出大大的笑容："好。"他抓住谢染的手，利落地一翻身坐到了谢染的身后，"先生，我坐稳了。"

谢染十分肯定，这个动作并不在自己的计划里。

谢染无意识地轻笑了一下。

在谢染策马离开之前，孟非悬突发奇想，大声交代方慕豪："对了，以后朝烟阁的人来山庄里领任务，全都要收费。"

朝烟阁众人："？！"

明月江湖世界频道。

"号外！逐鹿山庄易主，被谢发达接管了！"

"朋友们，你们没看错！现在逐鹿山庄的庄主是谢发达，方慕豪也要听他的！"

"管理员03策划出来解释，为什么逐鹿山庄会被玩家接管？"

世界频道上大批玩家刷着同一条消息，引来其他人纷纷议论——

"愚人节这么快到了？怎么这么多人胡说八道？"

"这是什么新型网游诈骗术？"

"我的天！他们说的是真的！我刚好到逐鹿山庄领任务，看到消息顺便问了逐鹿山庄的NPC一嘴！！他们真的说现在的庄主是谢发达！"

"我刚专门传到逐鹿山庄打探消息！！是真的！是真的！"

发消息和证实的人越来越多，其中还有一些是游戏名人，一个个信誓旦旦的样子。大家终于渐渐意识到这居然不是一个玩笑，而是真实的。

游戏中最大的系统帮派之一逐鹿山庄，真的被谢发达接管了？！

这下是真的全服震惊。

一时之间，游戏论坛、客服系统被咨询的玩家挤爆。所有人都在问同一个问题：为什么逐鹿山庄会被玩家接管？这是真实情况还是系统bug？

游戏主策划管理员03毫无疑问成为该事件最大受害者，被玩家问候得狗血淋头。

大家不知道的是，此时游戏公司也是蒙在鼓里的。

　　一直以来，《明月江湖》的核心卖点就是"沉浸感"。这种沉浸感不仅体现在极其逼真的感官体验上，还体现在整个游戏世界的背景设定上，即使是游戏中的NPC，他们的行为模式也遵循着人类世界的行为逻辑，并且会在与玩家的互动中逐渐进化，越来越接近真实的人类。

　　在游戏公司最早的预想中，随着整个游戏不断进化，NPC的行为模式将越来越智能，他们跟玩家的互动也将具备一定程度的自主选择能力，比如跟玩家做朋友，收服玩家或者被玩家收服，这些都是未来可能出现的。

　　但是这样的进化，是建立在游戏运营了足够长的时间，有足够的玩家行为样本，也即有足够庞大的数据作为支撑的基础上，如此，整个游戏网络系统才能实现深度学习和进化。

　　为什么方慕豪这么快就进化了？！

　　而且，在游戏公司一开始的设想中，进化后的NPC也不过是跟玩家互动更加自然生动，甚至能够跟玩家做朋友，光这样就能领先多少游戏了！

　　他们怎么也没想到，方慕豪居然带着整个逐鹿山庄一起投靠谢发达了！

　　整个逐鹿山庄！数百个NPC！

　　不得不说，方慕豪这boss进化的速度快得惊人，真不愧是让玩家闻风丧胆的阴阳人两面派！

　　游戏公司都顶他不住。

　　终于，在玩家的质问声中，《明月江湖》游戏公司向全服发布公告，提前公开了NPC进化的原理，并表示，经过详细的排查确认，谢发达接管逐鹿山庄完全符合游戏进化逻辑，并不是系统bug，基于公平公正原则，游戏方无权对相关玩家和NPC的行为进行干涉。

　　同时，游戏方还对前两天的青衫客传剑事件进行了说明，表示该事件也同样符合游戏规则，既不是意外事件，也不是系统bug。

　　公告一出，全服哗然。

　　其实这个游戏刚推出的时候，就一直强调其背景的沉浸感和NPC的智能化，也曾经提到过随着游戏数据越来越庞大，NPC将会在大数据支撑下实现与玩家的共同进化，只是以前谁也没把这点放在心上。

　　加上游戏运行至今已经三年多，NPC的行为也一直中规中矩，大家渐渐都忘了这回事。

万万没想到，NPC 说进化就进化，一夜之间，偌大一个逐鹿山庄就被一个玩家给接管了。

大家一时竟分不清到底是方慕豪这阴阳人进化得比较厉害，还是谢发达进化得更厉害。

与此同时，大家也注意到了另一个重点——

明月江湖游戏论坛。

标题：一个猜想，谢发达其实才是真正的江湖第一高手？

内容：大家看看我捋得对不对。已知，青衫客一直在找的马克剑主人是江湖第一高手，而游戏公司说青衫客传剑给谢发达符合游戏规则。

同样，游戏公司说谢发达接管逐鹿山庄也符合游戏逻辑，虽然不知道具体是怎么接管的，但大家都知道，方慕豪这个阴阳人心胸狭隘，自视甚高，跟他讲道理肯定是讲不通的。我猜想，要收服他的话只有一个办法，就是绝对碾压他，打到他服气为止。

综合这两点，我完全有理由认为，谢发达才是真正的《明月江湖》第一高手，只是以前一直隐藏实力，没有被大家发现而已。

1 楼：同意！我也是这么觉得的。如果谢发达接剑不是 bug，那他就是江湖第一高手，NPC 不会乱来的。

2 楼：同意！楼主分析得很有道理！

22 楼：楼主说得没错。大家都知道玩家高手排行榜是按竞技场的 PK 数据排出来的，有些人虽然武功高强，但是因为不参与竞技场挑战，所以没有上榜，谢发达很可能就是这样的一类人。

只不过我们一直以来都有个思维定式，认为在野高手就算不上榜，在游戏里怎么也会有一些名气。毕竟真正的高手一动手肯定会引人注目，不可能有人身怀神功却完全不显山不露水。

但也许，谢发达就是那个存在于我们思维定式之外的隐世高人呢？

42 楼：有理有据，令人信服！

58 楼：我被楼主和 22 楼的哥说服了，这么看，谢发达真的是江湖第一高手！

77 楼：妈耶，真是这样的话，那朝烟阁之前发的那个帖子就太好笑了！

87 楼：最好笑的是，谢发达背叛了见景生之后，朝烟阁的人还嘴硬说这样最好，他们不用被谢发达拖累，还展望见景生再找个比谢发达强的结拜对象……现在谢发达成了逐鹿山庄的庄主，还很可能是真正的第一高手，不知道朝烟阁的人作何感想？

90楼：前面的还不知道吗？见景生和浮光本来带了一帮朝烟阁的人去逐鹿山庄堵谢发达和他新结拜对象，结果被方慕豪团灭了！！

91楼：？？？

93楼：一个目睹了阴阳人团灭朝烟阁的路人表示，见景生他们死得可太惨了……

94楼：噗！那见景生和浮光岂不是短短两天连掉两级？他们这个等级的，要练回来得多久啊！

97楼：不止哦，据说谢发达那个结拜对象长得好看，但是素质极低，让逐鹿山庄的NPC以后给朝烟阁玩家发任务都要收费，已经有一些朝烟阁玩家因为这个退会了。

99楼：……

102楼：等等，谢发达居然还可以让NPC收费发任务？

105楼：妈耶，那朝烟阁岂不是要完？

222楼：爆！最新消息，包括风雨楼、朝烟阁在内的前几名大公会正在筹备人马，准备攻占其他系统门派！

224楼：？！

　　游戏中风雨欲来，谢染并不怎么放在心上，他早已取下游戏晶片，正准备休息，却突然接到尹落烟的电话。

　　尹落烟是原主同校的师弟，两人关系还算亲近，不过尹落烟半年前出国深造，两人的联系渐渐没有以前那么多了。

　　谢染按了接通，尹落烟的声音显得十分兴奋："师兄，你看到《明月江湖》的新闻了吗？！你以前预言过的NPC进化真的实现了，还有一个玩家收服了方慕豪，占领了逐鹿山庄！"

　　谢染淡淡地"嗯"了一声，不置可否。

　　尹落烟以为他还不知道情况，立刻滔滔不绝地向他讲述这两天游戏中发生的事。不过他刚说了一会儿，就被谢染无情地打断："你找我有什么事？"

　　"啊？"尹落烟似乎没想到谢染居然这么冷淡，一时有些失落，但还是强打精神道，"是这样的，大家猜测既然逐鹿山庄可以被玩家接管，其他系统门派应该也可以，所以现在各大公会都在组织人手，准备攻占其他门派，我们风雨楼也有这个打算……我就是想请师兄回来坐镇，有你在的话，我比较安心……"

谢染并没有接话，只道："我不建议这时候攻占门派。"

尹落烟不解："为什么？"

谢染言简意赅："现在太多公会做这件事，不是好时机。"

尹落烟先是愣了一下，但他很快就明白了过来，沉吟了一下，应道："我知道了，师兄。"顿了一下，他又道，"对了，师兄，我跟女朋友求婚成功了，准备下个月回国开订婚 party，你到时候一定要过来参加哦！"

谢染："好。"

尹落烟还想再说两句，但不知道为什么，他觉得今天的师兄莫名强势，让他产生了一种不敢造次的感觉，最终只汇报了重点就挂了电话。

谢染收好电话，戴上刚送过来的定制微型蓝牙耳机，孟非悬的声音立刻传了过来："先生，耳机程序初始化成功。"

这个声音陪伴了谢染很长时间，但这是第一次，当他听到这个声音的时候，脑海中不自觉浮现出一个少年的形象。

谢染无意识地轻轻摸了一下耳机，躺到床上。

孟非悬开始向他汇报工作进度，临入睡前，他听到少年骂骂咧咧——

"朝烟阁的人好大胆子！又在论坛上说我素质低！"

"嘻嘻嘻，我让方慕豪把他们领任务的手续费提高一倍！"

谢染登录《明月江湖》游戏，出现在逐鹿山庄大门外。

孟非悬随即也出现在他的身旁，向他汇报情况："先生，这几天游戏中的各种物资，药品、秘籍、武器和原材料等价格全部飙涨，目前黑市价格已经喊到原来市价的五倍以上了。"

谢染点点头，对此并不觉得意外。

受他接管逐鹿山庄的启发，现在各大玩家公会都跃跃欲试，准备攻占其他的系统门派。这种大规模的战斗必然需要消耗大量的药品和武器，而系统产出的资源又是有限的。在这样的情况下，自然会出现各大公会哄抢物资，进而导致物价飙升的局面。

他让尹落烟不要急着现在做这件事也是这个道理，这时候攻占系统门派，光是采购物资的支出就是不小的压力。

"还有一个消息，风雨楼副楼主云怒和现任楼主半城烟雨决裂，带了近一半人马退出风雨楼另起炉灶，现在风雨楼势力大减，朝烟阁跃升为第一公会。"

这是近日游戏中另一件引起全服轰动的大事。如今几乎有点儿规模的公会都在准备攻占门派，风雨楼楼主半城烟雨却突然宣布取消攻占计划。此举引来副楼主云怒不满，两人本就有积怨，云怒这次索性带了大批亲信退会，引发了整个游戏势力格局的大震荡。

半城烟雨就是尹落烟的游戏 ID，风雨楼的这个境况有点儿惨烈，但在谢染看来却未必是坏事。

谢染大致听完，也没怎么放在心上，只道："先做任务去吧。"

既然还在玩网游，那任务还是要做的。

他看了一下任务进度，发现正好做到方慕豪这里，便走进逐鹿山庄去找方慕豪。

因为准备攻占系统门派，这段时间各公会的会员都越发勤奋地练级PK，提升实力。游戏活跃度一时空前，各门派里每天都挤满了做任务的玩家。

逐鹿山庄虽说已经易主，但并不影响其在游戏中的地位，此时山庄中人头攒动。

谢染一出现在山庄里，立刻引来大批玩家的注目。倒不是因为他多出名，而是因为他一踏进山庄，向来对玩家不假辞色的大 boss 方慕豪立刻从内堂小跑出来，冲到他面前拱手就是一拜，热情问候道："见过谢总！"

其他玩家："……"好一个能屈能伸的阴阳人！

谢染看了方慕豪一眼："我来领任务。"

"我知道的，我已经提前给您准备了一个奖励比较丰厚的任务，您看看满不满意。"方慕豪道。

周围玩家头上徐徐冒出许多问号。

虽然知道NPC给每个人发的任务都不太一样，但他们从来不知道，NPC还有看人脸色发任务的？！

策划出来挨打！

方慕豪继续道："再过不久，就是我表妹聂雪衣的生辰，我想送她一份礼物，谢总您要是方便的话，可否替我到落照城东三大街买一块玉佩？"

周围的人一听又情不自禁流下了酸酸的泪水，这个任务叫"聂雪衣

188

的礼物"，是许多玩家梦寐以求的任务。

在游戏资料片中，方慕豪有一个青梅竹马的表妹叫聂雪衣，两人本来已经定亲，但是方慕豪为了扩大自己的势力，想同时求娶另一个门派刀神世家的小姐。聂雪衣一怒之下退亲出走，但方慕豪一直对聂雪衣念念不忘，每年聂雪衣的生辰都会给她送上一份礼物。

这个任务非常稀有，方慕豪一年只发放一次，奖励也十分丰厚。前两年接到这个任务的玩家最终分别得到了方慕豪的一件武器和一本秘籍，现在都已经是高手榜上的名人。

今年眼看着聂雪衣的生日临近，大家还在好奇哪个幸运儿能接到这个任务。没想到，以前对玩家挑三拣四的方慕豪就这么将任务发给了谢发达，还要卑微地问谢发达满不满意……

谢染点头："可以。"

孟非悬却"咦"了一声，疑惑地问："你不是已经有老婆了吗？为什么还要送你表妹礼物？"

周围玩家：大胆！

游戏设定中，方慕豪对表妹退亲的事一直耿耿于怀，因此最忌讳别人提起。一开始有玩家不清楚这个情况，只是在逐鹿山庄内小声议论了两句，便被方慕豪一掌拍死，这人居然敢直接问方慕豪！

果然，方慕豪的脸色一变，不过不是发怒，而是紧张地小声说道："孟公子，请您小声一点儿，不要被我妻子听到了。"

周围："……"算了，还是去打策划吧。

第十四章
金融大亨

谢染接了任务，与孟非悬一起前往落照城东三大街。

东三大街是《明月江湖》最大的集市，游戏中将近百分之八十的商品交易都是在这里进行的。大街两旁是成排的商铺，也有就地摆开的小摊，卖东西的有NPC也有玩家，这是《明月江湖》"沉浸感"的另一个体现。玩家也可以租商铺做生意。很多手头宽裕的普通玩家都在这里租了店面，卖自己制造的装备、药品等，还有专门靠倒货赚钱的。

大街上人来人往，热闹非凡，商品琳琅满目，吃喝玩乐什么都有。不过最多的还是各种原材料、药品、装备、武功秘籍等，这些都是游戏中的"刚需"。

"聂雪衣的礼物"这个任务说难不难，但比较麻烦的是，方慕豪通常只说一个模糊的地点，玩家需要一家家店问过去，最后还可能买错东西，因此比较费时间。

不过，这个问题在谢染这里显然是不存在的——方慕豪非常仔细地向他指明了地点，所以不一会儿，他就找到了地方。

他拿到玉佩，便与孟非悬一起出了店门。孟非悬见时间还早，提议道："先生，来都来了，你要不要顺便看看这里的情况？"

谢染稍一思索，答道："也行。"

孟非悬便打开自己的导航系统，带着他往前走。没多久，两人到了一家店铺前面，正要进门，突然前面传来一阵喧闹声，一群装备不俗的玩家颇为张扬地迎面走来，为首的正是见景生和浮光。

朝烟阁这段时间也在紧锣密鼓地筹备攻占系统门派的事情，公会成员在市场上大量采购各种物资，目前已经准备得差不多了。不过，他们今天收到消息说，东三大街这边又新出了一批成色不错的原材料和药品。

现在好成色的材料和药品可都是有市无价的，眼看进攻在即，见景生为保万无一失，便决定亲自出马，带着几名核心成员一起到东三大街抢货。

他没想到居然会碰上谢发达。

而且，自从那个神秘少年出现抢走人之后，他与谢发达就好像连体婴一样，凡谢发达出现的地方，三步之内必有那个少年。

这人是在游戏里买房了吗？怎么这么闲！

见景生脸色一绿。

浮光和身后的朝烟阁玩家则是条件反射性地一抖，情不自禁回忆起之前被方慕豪团灭的恐惧，待确定方慕豪不在附近，神经才放松了下来。

饶是如此，他们现在也不敢轻易挑衅谢发达。不说他背后有逐鹿山庄，万一他真如论坛上大家分析的那样，可能是隐藏的江湖第一高手，他们未必能在他手上讨到好处。

谢染却并没有多看他们一眼，而是在孟非悬的指引下，进了旁边的店里。

浮光一看，那家店也正是他们今天要去的地方，连忙拉了见景生的袖子一下：“小景哥。”

见景生神色不变，沉声道：“我们也进去。”

这家商铺是 NPC 开的，此时店里果然摆放了一批新到的材料，成色非常不错。见景生他们一进去，就听到谢染在问老板：“现在材料的价格怎么样？”

老板道：“近来买材料的人多，今儿又涨了两成……”

谢染闻言点点头，浮光见状，不等他说话，立刻抢先道：“老板，这批材料我们全要了。”

老板“哟”了一声，连忙对谢染打了个手势：“我这儿有大生意上门了，您稍等嘞。"

谢染转过头淡淡地扫了浮光一眼。

浮光神色颇为得意,他这段时间可实在憋屈得不行,先后被谢发达害死了两次,掉了两级,好不容易才练了回来,偏谢发达还接管了逐鹿山庄,在游戏里风光无限,越发衬托得他如同小丑一般。

不过不管怎么样,谢发达有一点始终比不上浮光。浮光家境优渥,在游戏中可以大把撒钱,而谢发达以前隐约和见景生提过自己家庭普通,之前在游戏里也一直都挺寒酸的。

现在,浮光可以靠着强大的财力在游戏中肆意抢货。这段时间,他们朝烟阁扫荡了市面上近一半的战备物资。有了这些基础,他们必然能够攻占下系统门派,到时候再找谢发达报仇也不迟。

不过当下,可以把谢发达看中的东西都买下来也挺快意的,虽然谢发达脸上看不出什么变化,浮光却生出了用金钱碾压他的快感。

这就是豪横玩家的快乐。

见景生见状,也不知出于什么心理,突然说道:"发达,你也想买材料吗?要不要给你留点儿……"

"不行!"浮光不等他说完便急急打断,冷哼道,"现在材料稀缺,价高者得,他能出得起钱吗?我才不做善事。"

谢染根本没有听他们说话,倒是孟非悬"啧啧"两声,感慨:"戏台还没搭好,这两人竟已戏瘾大发。"

谢染:"从电视剧学的?"

"对!"孟非悬竖起一个大拇指,"这句台词是不是很实用!"

谢染:"……"

浮光还想再奚落两句,门口处又传来几道人声。几个劲装打扮的人走了进来,为首的也是游戏中的熟面孔,正是原风雨楼的副楼主云怒,如今他带了人马离开风雨楼另起炉灶,新公会叫怒云楼,自己做了一把手。

云怒一看见景生和浮光便晒道:"看来我来晚一步了。"

云怒也是《明月江湖》中有名的豪横玩家,并且具有极强的权力欲。他之前在风雨楼被半城烟雨压了一头,本就不满,此次找到机会顺势脱离了风雨楼便马不停蹄地准备起来,砸了大把钞票囤积大量物资,准备一举攻下系统门派,到时候剩下的风雨楼成员自然能看清谁才是真正值得追随的人。

云怒今天也是听说了东三大街这边新来了一批货，便连忙带着人马赶过来，没想到还是慢了一步。

不过他也不怎么觉得意外。这次战备竞赛中，朝烟阁和怒云楼是最主要的两股势力，可以说，目前市场上的物资不是在他手里，就是在朝烟阁手里。

见景生看到云怒当即笑道："不晚，你若也想要这批材料，我可以匀一半给你。"

云怒挑眉："这么好？"

见景生笑了笑，意有所指："若你答应了我前两日的提议，这点儿材料又算得上什么？"

云怒双目微微一眯，似乎在想什么，接着哈哈一笑："见景生，真有你的，半城烟雨但凡有你一半的见识和魄力，老子也不会离开风雨楼。"

提起半城烟雨，见景生眼中微微一闪，状若不经意地问道："说起来，你怎么和他闹成这样？"

"还能是什么？不就是他又听了神消的话！"提起此事，云怒冷冷地"嗤"了一声，"神消连账号都注销了，半城烟雨还唯他马首是瞻，真是可笑至极，也不想想，神消是因为什么注销 ID 的。"

"不提这个了。"云怒手一摆，大大咧咧道，"你之前提的那个建议，我觉得很好，既然刚好碰到了，我们不妨找个地方坐下来从长计议。"

他指了指跟在身后的几人，笑道："正好，今天来的那批药，已经都被我们怒云楼买了，你若想要，我也可以分给你。"

见景生闻言脸上露出笑容："无妨。"

浮光在旁边已经听得热血沸腾，难掩激动道："如果我们合作成功，那以后市场不就都在我们的控制中了！"

浮光虽然有钱，但是这种物资准备耗资巨大，他几乎把手上的闲钱都投了进去，说完全不肉痛，那肯定是假的。

但是，就在他们准备的过程中，见景生敏锐地发现了一件事。这次大约是因为各大公会都在行动，市面上的物资一直很紧缺，其他公会人手的信息都比不过他们，目前物资主要都在朝烟阁和怒云楼手里，虽说其他公会也入手了不少，但比起他们两家来完全不是一个量级的。

比如此时，新的材料和药品一上市，就立刻被他们两家瓜分了。

这岂不是说明了，其实以朝烟阁和怒云楼两家的能力，就足够吃下市场上大部分的物资？那么只要他们联合起来，就完全可以控制市场，到时候价格还不是由他们说了算？

这算是这次物资筹备中的意外收获，见景生发现之后，就进一步加大了囤积物资的力度，同时给云怒发了信息，提出了合作的建议。

此举正中云怒下怀，他这段时间为了憋一口气给半城烟雨好看，也着实花费不少，如此合作，便能够控制市场，这可是他梦寐以求的事。

"很好。"云怒果然很是满意，似乎已经预见了呼风唤雨的未来，"那我们现在不妨再多囤一点儿，等我们成功攻占系统门派，其他公会必定也要跟进，到时候才是真正价格飞涨的时候。"

他看见景生的眼神越发透出欣赏来："真有你的啊，见景生，难怪能把朝烟阁做到这么大。"

见景生但笑不语。

浮光也觉得与有荣焉，双目往边上一瞥，又想起来另一件事，当即对云怒道："对了，如果我们两家合作，我有一个条件。"

他看了一直静默站在一旁的谢染一眼，得意地说道："我们两家手上的货，都不能卖给谢发达。"

见景生闻言皱起了眉，云怒哈哈大笑："这有什么问题，我们如果合作，那你们朝烟阁的敌人，就是我怒云楼的敌人。"

"那就太好了。"浮光喜上眉梢，心中越发快意起来。

谢发达接管逐鹿山庄之后，居然让方慕豪向所有朝烟阁的弟子收任务手续费。此举让朝烟阁很是遭受了一番嘲笑，还有一些成员因此退会，最后还是他出面承诺，由他负担成员的手续费，才把事情平息了下来。

如今朝烟阁和怒云楼合作，他要做的第一件事就是对付谢发达，让谢发达尝尝被封杀的滋味。

浮光看着谢染，等着看他愤怒或难堪。

见景生也冷冷扫了谢染一眼，一时思绪万千，正要说些什么时，方才进账房算了半天账的店老板终于走了出来，将一沓厚厚的银票递给谢染，说道："谢总，这是这段时间的进账，刚刚卖出去的那批材料的钱也算进来了，您核对一下。"

孟非悬熟练地从老板手上接过银票点了一遍，便收进背包里："没错。"

浮光看得莫名其妙，问老板："你给他银票做什么？"

"哦。"老板笑眯眯应道，"谢总已经盘下了本店，今天是来收账的。"他说着又去看谢染，问道，"对了，谢总，这批材料都卖完了，剩下的材料还放上来吗？"

"分批放吧。"谢染淡声道，"价格应该已经到顶了，有人买就卖。"

老板："知道了。"

见景生、浮光和云怒突然惊觉不妙。见景生看着谢染："你早就囤了材料？"

谢染没应话，孟非悬好心回答："是啊，现在还有挺多的，你们买得多的话，可以给你们打个折扣。"

他又看了云怒一眼，嘻嘻笑道："你买的那批药也是我们刚放出来的，还需要的话，我可以给你安排补货。"

《明月江湖》游戏论坛。

标题：惊！原材料价格暴跌！幕后操盘手竟是谢发达！

内容：我的天！有人关注今天的材料价格吗？！

这阵子因为各大公会哄抢物资，原材料价格跟着涨了不止五倍，我都快买不起了，而且还有市无价，想买都买不到。今天有任务要做没办法，去市场一问，结果居然有货，价格还暴跌一半不止！

我打听了好久才知道，原来前阵子的货全部掌握在谢发达手里。现在各公会都买得差不多了，他才把手上的余量放了出来，所以价格一下子就跌了下来。

我的天，那么多材料！这样一来一回，谢发达得赚多少啊？这下，真是人如其名，发达了！

1楼：看来楼主还不知道，谢发达不止囤了原材料，这段时间紧缺的药品也都在他手上……

楼主：？？？

10楼：真的，我知道好几个公会内部都炸了。这段时间材料和药品奇缺，大家都以为是因为各大公会哄抢造成的，结果根本一开始就全部在谢发达手上。

现在大家都在猜，谢发达应该是在接管逐鹿山庄的同时囤积了大批材料和药品，等后面各大公会行动起来的时候，市场上大部分的物资都已经在他手上了。也就是说，这阵子各大公会高价买的物资，其实都是从谢发达手里流出来的。

20楼：没错，最绝的是，谢发达只囤了原材料和药品，都是通过NPC交易的，所以玩家都不知道这件事，但实际上，武器和装备的紧缺也是因为原材料供应不足导致的。

今天已经有人专门去求证了，东三大街最少一半的NPC，这段时间都在代理谢发达的产品，大家不妨算算，这一波谢发达得赚多少。

27楼：啥玩意儿？东三大街一半的NPC都在给谢发达打工？

36楼：谢发达那么早就囤了材料？那就是说，他一开始就预见到，他接管逐鹿山庄以后，其他公会也会筹备占领系统门派？他也太有商业头脑了吧！

50楼：不对吧？那么多材料和药品，要全部吃下来，或者说要控制到能影响市场价格的存量，得多大的资金量啊！谢发达这么有钱的吗？

55楼：我有朋友认识谢发达，说谢发达平时还挺朴素的，不像那么有钱的样子。

77楼：前面的，有人扒出来了，据说谢发达用马克剑和整个逐鹿山庄做抵押，从几个大钱庄贷了大笔的钱，加上他入手的时间早，当时原材料和药品都还很便宜，确实是有可能的。

88楼：跟系统钱庄贷款？还是用逐鹿山庄做抵押？确定没搞错？

100楼：我也跟钱庄贷过款，但也就是用一些装备武器做抵押……谢发达居然能用整个逐鹿山庄做抵押……这真的符合游戏逻辑吗？

101楼：楼上，关键你也没有一个逐鹿山庄给你抵押啊。

111楼：我朋友是《明月江湖》的运营，他跟我说，这一波操作他们公司内部也被震惊了，但是确实是符合游戏逻辑的，这就跟现实里拿自己的公司去跟银行贷款一样，逐鹿山庄还属于超级优质资产，是可以贷很多钱的。

不过我朋友说这样风险很大，如果这一波谢发达操作失败，还不上钱的话，逐鹿山庄理论上要被钱庄没收，他可能会被方慕豪和山庄的NPC联手杀到退游，再严重点儿的话，还可能造成整个游戏的金融体系崩溃……

再就是，大家应该都知道，系统钱庄的钱实际是游戏公司的，谢发达如果赔了，现实中是要真金白银还给游戏公司的。

112楼：厉害，真是艺高人胆大！

113楼：哈哈哈哈，那万一逐鹿山庄真被没收的话，方慕豪是不是要被钱庄奴役啊？我竟然有点儿期待是怎么回事？

122楼：我怎么也没想到，有一天我会在一个江湖背景的游戏里搞到了金融八卦。

144楼：这段时间高价抢货的公会岂不是损失惨重？

145楼：其他公会还好，虽然是高价入手的，但还是在自己能力范围内，我听说最惨的是朝烟阁和怒云楼。这两家财大气粗，联手买空了市场，本来是想趁机炒一波价格的，没想到谢发达手上还压了那么多货……

146楼：不止，朝烟阁和怒云楼现在的问题是，想出货回血都出不掉。谢发达手上还有不少货，又都是低价入手的，现在的价格他还能赚不少，那两家压价根本压不过他。

150楼：我是风雨楼成员，我说个内部八卦吧，其实我们楼主老早就说现在市场价格不正常，才决定暂停攻占门派系统的。但是云怒觉得是半城烟雨太屌了，还带了那么多人退会，现在怒云楼高价接盘了那么多材料，谢发达又把价格降了下来，怒云楼这次是真的难顶，幸亏我们楼主当初坚持住了。对了，听说我们楼主是听了神消的建议。

151楼：神消啊……唉，如果他没退游的话，风雨楼也不会变成现在这样吧，真是令人唏嘘。

"小景哥，我们现在该怎么办？"谭云光神色焦虑地看着况景宁，巴巴道，"这次为了囤货，我把家里给我的股票也卖掉了，如果我家里知道的话，我就惨了……"

《明月江湖》运行数年，游戏中的商业体系已经很成熟，也有不少游戏工作室、代练靠着倒卖游戏物资赚钱。

这次，况景宁看到朝烟阁和怒云楼两家就能买空市面上的材料，便萌生了联手垄断材料和药品市场的构想，因为一旦成功了，以《明月江湖》的体量，这几乎是一个源源不断的金矿。

谭云光也是因此被况景宁说动，不惜下了血本，还把家里分给他的股票卖掉，冒了这次险。

他们怎么也没想到，他们看到的市场供货量居然是谢发达营造出来的假象。

结果就是他们这段时间高价买了谢发达的材料，谢发达赚得盆满钵满，并且手上现在还留着不少低价进的存货，随时可以把市场价格压下去。

如此一来，他们几乎亏得血本无归。

况景宁的脸色更是无比难看。这段时间他一直小心观察着市场动向，自以为对市场了若指掌，计划万无一失，根本没想过谢发达居然早早布好了局，还雇佣 NPC 给他打工。

当然他也不可能想得到。他与谢发达交好的时间不短，知道谢发达家境平平，在游戏中花钱也一向节俭，谁能想到他居然会抵押逐鹿山庄贷款。

方慕豪这个大阴阳人知道自己被抵押出去借钱的事吗？ boss 的尊严呢！

况景宁不禁怀疑，谢发达与自己来往的那段时间半分真心都没有，才能将真实的自己掩藏得滴水不漏，以至于他竟未曾察觉，谢发达居然还有这样的商业天赋。

谭云光见况景宁半晌不吭声，突然咬了咬牙，轻轻拉了他袖子一把："小景哥，你知道的吧，我这次都是因为你才会投这么多钱……"

他目光热切，那意思再明显不过。

况景宁心里一下子生出一股烦躁与不耐烦，但又不能表现在脸上。他自己的家庭不算富裕，能投在游戏里的钱有限，这次本是想借用谭云光的资金博一把。

谭云光一直很崇拜他，他自然也是知道的，现在谭云光因为他亏了这么多钱，这时候对他提出什么要求，他还真不知怎么拒绝。

最重要的是，如今他在游戏中情况不怎么好，或许在未来，他还需要更多地借助谭云光的力量。

谭云光此时靠得很近，况景宁看了他一眼，心里有点儿不满。谭云光商业天赋平平，虽然有钱，但也仅止于有钱。

片刻之间，况景宁心头已经计算了一番，弯唇一笑，看着谭云光的目光一下子真挚了起来："我当然知道，你对我的帮助，我怎么可能视而不见？"

游戏中各种言论沸沸扬扬的时候，谢染丝毫不受影响，颇为悠闲地在东三大街逛了一圈，顺便收了一圈账。

"先生，钱庄的贷款已经还清，本次盈利折合现实货币接近六百万，目前还有一批材料和药品在仓库里……"孟非悬流畅地向谢染汇报工作情况。

谢染轻轻点了下头："接下来培训 NPC 代理商调整销售策略，保证定价权在我们手上。"

孟非悬："是。"

汇报完工作，孟非悬飞快切换到八卦模式，开始给谢染分享论坛动向："哦嚯，先生，论坛上的人管你叫东三大街一级总代……这也太难听了吧，感觉你明天就要喜提玛莎拉蒂了，还不如叫东三大街金融大亨或者东三大街之狼。"

谢染："……不准去论坛提建议。"

孟非悬"咦"了一声："你怎么知道我有这个打算？"

谢染言简意赅："你是我的系统。"孟非悬再怎么进化，内核逻辑他还是知道的。

"好吧。"孟非悬遗憾作罢。

谢染看时间还早，便也不急着去交任务，慢慢在东三大街上走着。

东三大街有不少酒肆茶楼，他只当作休闲，倒是有点儿像在录制《和你在别处》的时光，不同的是，游戏里没有旧西市那么好的沙滩和阳光。

还有，在旧西市的时候，孟非悬还只能用声音干扰他，现在孟非悬实体化了，除了动口，还能动手。

"先生，你累了吗？"孟非悬扒在他肩膀上，"你走了这么久，要不要休息一下？"

谢染面无表情："你放开我的话，我应该会轻松一些。"

"可是我觉得，我跟你就应该是这个姿势啊。"孟非悬有理有据地分析，"一般来说，我应该在你的耳机里，也就是在你的肩膀上，你琢磨一下，是不是这个姿势！"

谢染："……你在耳机里的时候，没有这么重。"

"啊，我还没习惯我做人的重量。"孟非悬悻悻松开他，"这样的话，我又觉得做你的 AI 好一点儿，你用起来比较方便。"

谢染见他有些烦恼的样子，顿了一下，道："这样也没什么不方便……只是有点儿重。"

孟非悬灵光一闪："不如我调一下我的体重参数吧！"

谢染沉默了一下，问："你就不能不挂在我身上吗？"

孟非悬居然迟疑了一下才遗憾感慨："做人太难了。"

他看起来有些失落，一贯亮闪闪的眼睛也不自觉低垂了下来。

这不像自己的系统，谢染不自觉伸出手，轻轻拂过他蓬松的发顶："做人难不是因为这个。"

孟非悬好奇地问："那是因为什么？"

"大概是因为生活吧。"谢染想了一下，"但我也不清楚，我没有体验过这种感觉。"

孟非悬唏嘘道："先生对人生的理解，还是不如我。"

他看着谢染，目光坚毅："先生，学习做人的课不能停。"

谢染第二天上线才与孟非悬一起回逐鹿山庄交任务。

此时他抵押逐鹿山庄，低价控制了全服大部分材料和药品，并雇了东三大街近一半 NPC 代理销售他产品的消息已经在游戏里传开了。

因此，他一踏进山庄大门，便引来一众玩家的围观。

大家眼里都写着同一句话：这就是将方慕豪作价抵押的勇士。

谢染对此并无不适，不管是在原世界作为诸子科技的总裁，还是在上一个世界作为顶流明星，他走到哪儿都是被瞩目的对象。

方慕豪再次出来迎接他，不过这次没有昨日那样热情，语气里还有些许不满："谢总，您终于来了。"

"嗯。"谢染应了一声，正要交任务，就见方慕豪轻咳一声，迟疑地询问："谢总，我这两日听来往的人说，您将我与逐鹿山庄整个儿抵押给了钱庄借钱，可是真的？"

谢染看了方慕豪一眼："对。"

方慕豪脸色当即一变，眼里喷出怒火，似乎随时要发作的样子："谢总此举未免不妥。再怎么说，我逐鹿山庄也是江湖第一大庄，我方某人现在虽说追随谢总，但也是堂堂七尺男儿，您怎可将我与山庄抵押给钱庄？这传出去，我方某还有何颜面在江湖立足？"

方慕豪这话一出口，周围的玩家顿时精神一振，还有人情不自禁地"哦嚯"一声。没错，这才是大阴阳人方慕豪该有的态度！

众所周知，方慕豪此人极好面子，怎么能容忍自己被人抵押出去？昨天便有人在猜测方慕豪是否知道此事，会不会与谢发达翻脸，现在答案似乎已经出来了！

打起来，打起来，打起来！

谢染却无丝毫大家预想中的紧张的样子，只平静地说道："权宜之计。"

方慕豪显然对这个答案不满意，正要发作。这时孟非悬上前一步，一把按住方慕豪的肩膀，微微一笑："你不是一直想要将逐鹿山庄做大、做强吗？既然想要发展，当然要有全面的布局。"

他边说边拿出一本小册子递给方慕豪："这是我们这次的布局成果以及谢总给大家制订的绩效计划。你看看，这次贷款扩张大家都做出了贡献，等我核算好以后，就会将奖励发放给大家。"

被孟非悬按住肩膀的一刹那，方慕豪似乎想起了什么，立刻收敛了神色，待接过那小册子翻开一看，神色又是一变，不多时便满脸都是掩饰不住的喜色，拱手就是一拜："承蒙谢总关照，给我逐鹿山庄做出如此成绩，还为我等制订如此周全之绩效奖励，我与全庄愿誓死追随，定不负谢总信任。"

周围的人顿时蒙了。

什么玩意儿？还能这样？给系统门派制订绩效计划，这是什么管理鬼才？

这就算了，方慕豪紧接着还露出美滋滋的表情："幸好在下在钱庄那里估值不低，倒也没辱没谢总给我定的这番绩效。"

谢染点点头，用老板的口吻鼓励道："你还挺值钱的。"

众人嘴角疯狂抽搐。

方慕豪这人设已经不能用"崩"解释了吧？这怕不是整个重做了！

管理员 03 策划出来挨打！

搞定了方慕豪，谢染跟着交了任务，将给聂雪衣的玉佩交给方慕豪。

方慕豪接过玉佩，长长叹了一口气，一脸深情地开始走程序："想我与表妹青梅竹马，本是两情相悦，神仙眷侣，可惜表妹不能理解我的难处，就这样离我而去，不知这个玉佩可否令她回心转意。"

这个流程大家也见过几次了，都很熟悉，接下来方慕豪便要将这玉佩交给任务对象，托他送去给聂雪衣。果然，方慕豪又将玉佩递给谢染："谢总，还请您再跑一趟，将这玉佩交至我表妹聂雪衣手中……"

"这不就是吃着碗里的，看着锅里的吗？"孟非悬不等他说完便一脸嫌弃地打断，"我反对，你这样会教坏我们先生的。"

抒情到一半的方慕豪顿时噎住。

孟非悬说着又去看谢染，神色严肃："先生，方慕豪这种行为就是网上说的脚踏两条船，是很恶劣的。我们不能学，还要表示强烈谴责。"

众人："……"

你们怎么敢谴责方慕豪……不对，他们都敢抵押方慕豪了，谴责他又算什么！

周围玩家思绪渐渐混乱。

谢染不置可否，但是见孟非悬说得认真，便想了一下，淡声道："那就谴责吧。"

方慕豪给表妹送了好几年礼物了，还是第一次碰到这种情况。这要换作别人，他就直接一掌拍死了，但对方是谢总，他一时有些呆滞，不知道该怎么继续后面的任务。

"你就别惦记着表妹了。"孟非悬正义凛然地抢过方慕豪手上的玉佩，"好好做个人吧，这个我没收了。"

方慕豪："……"

方慕豪欲言又止，最终只能不情不愿地说道："那……那玉佩便赠予谢总与孟先生吧。"

只听"叮"的一声，谢染收到一条系统消息：玩家谢发达接到支线任务——杨显云的信物。

任务要求：将相思玉佩归还杨显云的妻子燕小舞。

原来这玉佩是游戏中另一个 boss 杨显云留给妻子的信物。在游戏资料片中，杨显云多年前与反派师弟大战，最后被师弟关进蓬莱岛一处山洞中，设下机关关押至今。

妻子燕小舞便一直守在关押他的蓬莱岛上，与他的反派师弟遥相对峙，这块玉佩乃是他们夫妻二人的定情信物，后来玉佩流落民间，不知去向。

按照游戏正常进程，这块玉佩是一个重要的任务道具，将在多人手中流转，直到某位玩家与 NPC 之间建立足够多的联系，获得 NPC 的信任之后，才会由 NPC 送给玩家，从而激活隐藏任务。

策划自然没想到，会有人直接从 boss 手里把玉佩抢了过来，就这么误打误撞提前开启了这条支线。

谢染并不知道此时策划的内心是崩溃的，他看了任务一眼，淡淡地说道："那就继续做任务吧。"

谢染与孟非悬通过传送点传送到燕小舞所在的蓬莱岛。蓬莱岛上野怪众多，还有许多其他地方没有的奇花异草，是采药练级的圣地，因此岛上玩家的数量也很多。

谢染有孟非悬的导航系统指引，顺利来到燕小舞居住的茅屋前。巧的是，他们到达的时候，茅屋外面正好站着两个熟人。

见景生前几日答应了与浮光结拜，浮光便满怀欣喜地拉着他一起做结拜任务，燕小舞正是任务中的一环。他没想到，居然又在这里碰到了谢发达和孟非悬。

不知是不是错觉，见景生总觉得谢发达自从背叛了他后，整个人便气质大变。

见景生却更加耿耿于怀，控制不住自己去关注他。

一想到他一直以来都以为是自己把谢发达玩弄于股掌之间，结果到头来是对方在玩弄自己，他怎么都咽不下这口气。

见景生的心中五味杂陈，表面上仍压抑着一言不发。

浮光却没他那么耐得住性子，且对谢染的恨意更甚，不过此时终于能与自己崇拜了许久的人结拜，又难免有些得意，便对着谢染冷笑一声："怎么？你们也是来做结拜任务的？"

谢染只用余光扫了他一眼，并不予以理会，兀自敲了敲茅屋的门。

浮光不由得大怒："你什么态度……"

这时茅屋门打开，一名中年美妇走了出来："什么人？"这便是燕小舞了。

此人也是游戏中的彪悍 boss，浮光怕得罪她，连忙悻悻地把声音收了回去。

燕小舞看了门外几人一眼，目光落在谢染和见景生身上，语气熟络说道："见景生，谢发达，好久不见你二人，今日过来又有何事？"

谢染这才想起，原主之前和见景生也是在燕小舞这里领过结拜任务的。因为结拜需要刷够好感度，完成一定数量的结拜任务，当时两人便是为了结拜做准备。

见景生也想起了这事，他还记得当时谢发达表现得对他情深义重，连燕小舞都颇受感动。

见景生越发不甘心了。

浮光生怕见景生又想起他与谢发达的前缘旧事，连忙抢先说道："不是的，他们已经决裂了，现在是我跟见景生一起，我们准备要结拜了。"

他边说给了谢染一个挑衅的眼神。

"竟是如此？"燕小舞似乎十分意外，语气也颇为惋惜，"我尚记得见景生与谢发达二人情深义重，还一起通过了梦微幻境，怎的转眼就反目成仇？"

梦微幻境是《明月江湖》中非常出名的一个结拜任务，难度很高，需要任务双方拥有强悍的实力，两者之间有极高的默契。当时见景生和谢发达通过该任务还上了世界频道，引来一片称羡之声。

见景生："……"别说了，一切都是假的！

他对谢发达的情谊是假的，但是谢发达对他的情谊更假！现在回想起来，他们两人当初根本就是靠演技过的梦微幻境吧。

浮光也想起了这件事，心底顿时不快，当即怒道："你被谢发达骗了！他这人薄情寡义，转头就跟这个小白脸称兄道弟，还杀了见景生。"

在燕小舞这儿接过任务的人都知道，燕小舞与自己的丈夫鹣鲽情深，却被迫分离，因此她最讨厌那些薄情寡义的人。

果然，燕小舞听到这话，看谢染的眼神一下子就变了："没想到你竟是这样的人……"

谢染倒没什么，孟非悬却很不服，说道："阿姨，时代早就变了，何况是结拜而已，为什么不能决裂？我觉得你应该升级一下观念了！"

燕小舞："……"

见景生和浮光："……"

燕小舞气得不想说话，转头去看见景生和浮光，神色间多了几分同情："本来一个人不能进两次梦微幻境，但见景生既遭此不幸，我便破例一次……"

浮光闻言登时大喜。这梦微幻境是特殊任务，本来一个人只能进一次的，他原本还很懊恼见景生已经和谢发达做过一次。燕小舞估计也是被谢发达和孟非悬气得够呛，居然愿意破例。浮光连忙道："谢谢燕女侠……"

孟非悬见状不甘落后地举手道："那我跟我先生也要做结拜任务。"

谢染转头看他，孟非悬握了一下拳，眼中燃烧着熊熊斗志："先生，不能输！"

谢染："……"

燕小舞板起脸，冷冷地说道："谢发达薄情寡义，还杀了自己曾经的至交，我不会再给他发结拜任务……"

她话未说完，就见孟非悬拿出一块玉佩："确定吗？"

燕小舞脸色猛地一变，惊愕地说道："这是显云的玉佩！"

"对。"孟非悬点点头，有模有样地威胁道，"说吧，发不发任务？"

谢染不得不提醒他："别学这种态度。"

"哦。"孟非悬从善如流，换上微笑，礼貌地重新说道，"燕女士，请问您发不发任务？"

燕小舞："……"

其他人："……"

燕小舞还是第一次被玩家威胁，偏又无可奈何。她思虑一番，神色终于有所松动，说道："好，我便给你们发一个任务。但梦微幻境一天只能开启一次，我刚已经交给了见景生，不能再开启第二次。这样吧，你们前往海山崖边，替我解开一个棋局，救出我的丈夫。"

叮，系统提示：玩家谢发达接到任务——珍珑棋局。

浮光在旁边听到燕小舞的话，差点儿没当场笑出声来。

蓬莱岛海山崖，珍珑棋局，乃《明月江湖》中的终极任务，解开珍珑棋局便可开启关押开山怪杨显云的机关，让杨显云与燕小舞夫妻团聚，但开服至今，仍无一人通过。

这个棋局是游戏公司的炫技之作，据说是用当前最先进的人工智能技术设计出来的一个棋局，曾经有不少围棋大师为了这个棋局专门注册了游戏，但最终都铩羽而归。

因为这个，策划没少被挂在论坛上"鞭尸"。但游戏公司并未因此改变任务难度，反而发布公告狠狠宣传了一番：第一个能通过珍珑棋局的人，除了能获得游戏奖励之外，还将获得公司额外发放的百万奖金。

燕小舞给谢发达二人发放珍珑棋局任务，显然是气急了，故意刁难他们。

谢发达玩游戏也好几年了，不会不知道接到珍珑棋局意味着什么。

浮光憋笑看着谢发达，等他露出气急败坏的样子来。

见景生也冷冷地扫了他们一眼，如此一来，谢发达他们只能放弃结拜任务了，他的心情莫名好了一些。

然后他们就听见谢发达淡淡地应道："好。"

孟非悬甚至笑出声来："先生，我又可以赚钱了！我下棋养你啊！"

第十五章

一雪前耻

系统：玩家见景生与浮光通过梦微幻境考验，获得五十万人物经验，获得特殊结拜属性燕小舞的祝福，获得神级道具明月长生结。

这条消息一刷出来，世界频道立刻沸腾了。

"哇！！又有人通过了梦微幻境！等等，我是不是漏掉了什么剧情？见景生和浮光这是要结拜了？"

"燕小舞的祝福是什么？以前好像没见过这个奖励啊？"

"不对吧？我记得见景生跟谢发达做过梦微幻境这个任务了啊，不是说这个任务一人只能做一次吗？"

"我刚给浮光发消息，他说燕小舞为了他和见景生破例了！！"

"哦哦哦，居然能让燕小舞破例！！难怪了，还多了一个属性奖励，这个燕小舞的祝福有什么加成？好奇！"

"哇哦，燕小舞不是出了名地难搞吗？没记错的话，这是她第一次给玩家破例吧？还得到她的祝福，难道其实见景生和浮光之间更情深义重？"

"对哦，能得到燕小舞的认可，怎么也得比见景生和谢发达真吧！"

"惊！该不会谢发达其实才是被背叛的那一个吧？说不定谢发达结拜前发现了见景生对浮光更加真挚，才气得在结拜仪式上一剑砍死了见景生？！"

"新思路！"

世界频道上讨论得热火朝天，浮光更是得意无比，一边刷消息一边和见景生回燕小舞那里领任务奖励。

　　他眼神热切地看着见景生，说道："小景哥，你看世界频道，大家都说我们更真挚！"

　　"嗯，我看到了。"见景生眉眼温柔地回望浮光，心情也是大好。

　　其实他跟浮光能通过梦微幻境，并非两人有多情深义重，他对浮光的情谊也就那样。而论起默契，他与浮光之间还远不如当初他和谢发达，只不过他以前做过一次任务，现在驾轻就熟，难度自然就大大降低了。

　　当然，这些他是不会说出来的。

　　看到世界频道上大家开始怀疑当初其实是自己先背弃了谢发达，见景生半点儿不恼，反而很是畅快。男人嘛，宁我负别人，也不能让别人负我。

　　当初谢发达杀了他跑路，他被背弃之辱至今未消，背后不知道遭受了多少嘲笑，没想到这次误打误撞，居然意外把耻辱洗刷掉了。

　　思及此，见景生嘴角勾起一抹笑意，看浮光的眼神里也多了几分真意。

　　浮光已经完全沉浸在喜悦里。

　　两人回到燕小舞的茅草屋前，燕小舞已经等在门口。看到他们两人，她赞赏地点了点头："你二人居然这么快就通过了梦微幻境，果然情深义重，不枉我为你们破例一次。"

　　"这是我赠予二位的明月长生结，希望你们莫要辜负了我的一番信任。"燕小舞递过去一个材质特殊的长生结，长生结发着微微的光芒，这是神级道具特有的属性。

　　见景生看着浮光微笑道："长生结你拿着吧。"

　　浮光喜形于色："好。"

　　燕小舞又道："你们把手伸过来，我将为二位打上我的烙印，日后二位并肩作战之时，可让二位互为倚仗……"

　　见景生与浮光对视一眼，《明月江湖》中结拜后一起战斗时会有属性加成，但燕小舞的祝福显然又要更强一些，正好他们接下来要准备攻占系统门派，这倒是一个意外收获。

　　浮光欣喜地握住见景生的手一起伸了过去，燕小舞微微颔首，双手覆于其上正要为他们打上烙印。就在这时，她脸上的神情陡然一变，猛地抬起头来看向远处，眼中又惊又喜，难以置信道："显云出来了！！！"

与此同时，系统消息接连刷新——

系统：玩家谢发达与孟非悬解开珍珑棋局，救出明月城主杨显云，获得百万人物经验，获得神级装备相思玉佩，获得杨显云与燕小舞夫妻的信任。

系统：珍珑棋局被破，明月城主杨显云重出江湖，风云再起。为惩奸除恶，匡扶正义，杨显云将于明月城召开武林大会，决选武林盟主，请各位武林高手踊跃参与。为响应武林大会，系统将于十二小时后进行升级维护，维护结束后开放新功能。

消息一出，本来还在讨论见景生和浮光的世界频道震撼了——

"珍珑棋局被破？！"

"我的眼睛没出问题吧？确定是珍珑棋局？还是其实是蒸笼棋局？"

"你们的眼睛应该没有问题，有的话就是我们得同一种眼科疾病了，我看到的也是珍珑棋局被破！"

"那个棋局不是策划搞出来羞辱我们的吗？居然是可解的？"

"是谢发达和他结拜对象解开的耶……终极结拜任务，这……看来谢发达那个新的结拜对象还是比见景生厉害啊！"

"这才是真正的老搭档，见景生当时绝对被玩弄了。"

"现在的重点是这个吗？你们还记得这个珍珑棋局意味着什么吗？"

"你们能不能给武林大会和新功能一点儿面子……"

"我记得坊间有过传言，这个棋局是用人工智能设计的，好多围棋大师都没能解出来，谢发达和他结拜对象得有多牛的计算能力啊？"

"谢发达他们多牛我不知道，我只知道，他们即将获得一百万现金大奖！"

见景生和浮光目瞪口呆地看着系统消息，他们与世界频道上的人一样，都疑心是不是自己眼睛出了问题。

谢发达和孟非悬居然真的解开了珍珑棋局，完成了终极结拜任务？

据说让围棋大师也束手无策，号称《明月江湖》扛鼎之作的珍珑棋局，就这样被谢发达他们解开了？！

"不可能的，谢发达怎么可能解得开珍珑棋局！"浮光讷讷地说道。

他不甘心地想要再确认一遍，只见原本准备为他们打上烙印的燕小舞眼中涌出泪花，声音也在发抖："显云……显云终于出来了！"

说罢此话，她便不再管见景生与浮光，迫不及待地往海山崖的方向飞奔而去。

"喂——"浮光想喊住她又没办法，一口血差点儿当场喷出来。

就算你赶着去找你老公，能不能先把烙印打了再跑？

你们 NPC 做事能不能讲讲道理啊！

海山崖边，随着珍珑棋局破解，崖壁上高耸恢宏的石门轰然打开，一名雄姿英发的中年男子自山洞中走出，朝着谢染与孟非悬二人深深一拜："多谢二位少侠相救，杨显云感激不尽。"

谢染轻轻点了一下头："不客气。"

杨显云看向崖壁之前的石头棋盘，颇为感慨："这珍珑棋局穷尽我师弟毕生所学，已将我困于此处十年有余，我原以为，这世上不可能有人能解出来……二位乃真名士、真豪侠啊！"

孟非悬在旁边摊手道："确实不是人解出来的。"

谢染："嗯。"

这个世界的科技发展比上一个世界要更先进一些，机器计算能力已不是人脑所能比拟，即使是谢染，想要解开这个棋局也需要花费极长的时间。

当然，这个世界比起真正量子计算级别的孟非悬又是远远不及，包括这个游戏里的 NPC 进化，实际也只是基于大数据本身的逻辑学习成果，并不是真正的机器意识觉醒。因此，孟非悬才能在一定程度上入侵这些数据。

"……啊？"杨显云不禁有些迷惑，这两人为什么要骂他们自己不是人？

正说着话，谢染的控制面板亮了起来，是游戏公司给他发了信息。

游戏公司方面也十分震惊，居然这么快就有人解开了珍珑棋局。在他们预想中，这个棋局最终要等一位真正的围棋天才横空出世，或者有能够接触到超级计算机的玩家出现，才有可能被破解。老玩家谢发达或孟非悬，显然都不在他们预测的名单里。

但无论如何，谢发达二人确确实实已经解开了珍珑棋局，虽意外，也只能理解为谢发达以前确实低调。

按照游戏公司原来的公告，谢发达二人除了正常的任务奖励以外，还将获得公司提供的百万现金大奖。

对于游戏公司来说，这也是一个新的宣传机会，给谢染发信息正是为了这件事。

"游戏公司要发放奖金，"谢染问孟非悬，"你的身份信息正常吗？"

孟非悬比了个 OK 的手势："比正常人都正常。"

进入游戏之初，孟非悬便给自己制作了一个身份信息用于注册登录。在游戏公司的数据库里，他的数据看起来与其他玩家并无任何区别。

孟非悬为自己的机智竖了个大拇指："我还把我的住址选在了国外。"

谢染点点头，如此一来，孟非悬便能以人不在国内为理由不出面，游戏公司也很难确认到他的真实情况。

杨显云迷茫地看着他们两人，目光落在孟非悬身上。

这时远处传来燕小舞悲喜交加的声音："显云！显云！你终于出来了！"

"小舞！"听到妻子的声音，杨显云也顾不上其他了，当即朝着燕小舞飞奔而去。

夫妻二人仿佛牛郎织女终于相会，含泪抱在一起。

孟非悬见状肃然起敬，情不自禁为他们鼓掌："这就是传说中的一生一世一双人吧，好感情，好感人！"

谢染用余光瞥过去，十分怀疑这句"一生一世一双人"是孟非悬从杨显云和燕小舞的资料片里提取出来的。

果然，孟非悬接着又做出好学的样子："等我记一下笔记。"

谢染："……"

杨显云与燕小舞久别重逢，倒也没忘记他们的恩人还在一旁，诉了一会儿衷肠便连忙收敛起情绪，双双来到谢染与孟非悬面前。

燕小舞想起自己之前对他们两人的刁难，脸上很是羞愧，朝两人深深一拜："感谢二位救出显云，让我们夫妻二人团聚……此前无礼，还望二位莫要见怪。"

谢染自然不可能跟一组数据计较，摆了摆手："无妨。"

杨显云和燕小舞便开始走流程，给他们发放任务奖励。结束之后，燕小舞还有些过意不去，又道："不知二位还有没有其他事情需要帮忙？如果有的话，请尽管提出，我夫妻二人定当竭尽全力，绝不推诿。"

谢染正要摇头，孟非悬突然一拍手，抢先说道："有的。"

谢染疑惑地转头看他，只见少年双眼发亮，一脸认真地回看过来："先生，我看他们两个感情这么逼真，不如让他们教教你怎么谈恋爱？"

谢染满脑袋问号。

他没理解错的话，他的感情学渣 AI，现在是要让全息游戏里的数据教他弄懂感情的意思？

他不禁想起刚刚世界频道上闪过的那个词——有毒吧？

珍珑棋局是《明月江湖》公司的得意之作，号称代表着当今最先进的算法，自开服后曾创造过无数话题。如今棋局被破，公司自然要抓住机会好好宣传一番。

游戏公司速度很快，不到一日，官网、论坛以及各大媒体平台的通稿就全面铺开。毫无疑问，神秘玩家谢发达及孟非悬的 ID 很快在全网爆红。

遗憾的是，不管是谢发达还是孟非悬，都无意露面，游戏公司也无法勉强他们，通过协商，最后只征得二位同意——用他们在游戏中的形象作为宣传配图。

这个游戏形象也因此在网络上小红了一把。谢发达倒还好，他的形象普普通通，并无过人之处。孟非悬却着实让大家惊艳了一把，少年明朗精致，全身上下每一处的比例都恰到好处，比最当红的少年偶像还要亮眼几分。

明月江湖中的玩家形象有两种，一种是采用系统提供的捏脸功能自行创造，另一种则是在自己的真实形象上进行编辑修改。

两人的宣传图刚发出来，就有不少人询问孟非悬用的是自己的真实形象还是系统捏脸。如果是捏脸，能否提供一下捏脸教程，实在叫人啼笑皆非。

《明月江湖》的游戏论坛也连续几日被谢发达和孟非悬的帖子占满。其实有关他们的帖子一直都很多，不过以前多是围绕着他们和见景生之间的恩怨情仇，此时却完完全全集中在他们本人身上，偶尔有人提起见景生，大家也基本默认了见景生不配与他们相提并论。

之前论坛里嘲笑见景生的虽然不少，但大风向基本还是同情他，谴责谢发达的。

而现在，随着谢发达和孟非悬声名日显，居然渐渐有人觉得谢发达当初的做法也不是不能理解。

毕竟他和见景生层次差那么多，就算当时顺利结拜了，最终也会分道扬镳的。

这样明着说的人虽然不多,但也足够让见景生和朝烟阁成员难受了。

以前见景生还只是被嫌弃,现在却是"因为太菜而被嫌弃"。

就很伤人。

世界频道。

"朝烟阁攻下刀神世家了!"

"真的假的!不是好几家公会都攻占失败了吗?云怒还放话说,根本不可能有公会能成功!"

"云怒就是个莽夫,还有谁不知道吗?"

"见景生比云怒还是有本事多了,而且朝烟阁这次雇了很多高手外援,怒云楼没得比。"

"真的真的,我朋友是高手榜上的,这次就接了朝烟阁的单子,刚刚给我们发消息,说多亏了那么多外援,才把boss拿了下来,云怒输在自大上。"

"那朝烟阁就是第一家成功攻占了系统门派的公会了,有点儿东西啊……"

"哟,那谢发达之前到底算不算扶贫啊?"

刀神世家门前,门派boss刀神传人被江湖高手合力绞杀,刷新后率领全门派弟子朝着见景生俯首:"刀神世家全体以后愿受见景生先生差遣。"

浮光欣喜若狂地看着见景生:"小景哥,太好了,我们终于成功了!"

"对,终于成功了!"见景生的眼神得意中带了一丝阴鸷。

自从谢发达二人破解了珍珑棋局,他与朝烟阁便备受嘲笑,朝烟阁内部更是人心浮动。

他从来没有受过这样的屈辱,然而游戏公司一遍又一遍地发布谢发达二人的通稿,他又忍不住去看。

他觉得自己心态越来越扭曲,明明谢发达应该只是一个低配版的山寨尹落烟,为什么这样一个普普通通的玩家,现在却如此光芒四射,完完全全盖过了自己?

他本应该受着自己的庇护,对自己感激涕零才对。

况景宁说不清自己是什么心态,只觉得又恨又怒,却又无可奈何。

好在现在,他们终于攻下了刀神世家。

这段时间以来，各大公会陆陆续续开始了攻占系统门派的尝试，但都以失败告终，这个结果并不意外。大部分公会实力一般，物资准备也不充分，所谓的尝试也仅仅是尝试。

大家的目光都放在真正的大公会怒云楼和朝烟阁身上。

见景生留了个心眼，将日程拖到怒云楼的行动之后。

云怒武功修为高，又舍得砸钱，本人却是莽夫一个，果然先按捺不住，在两日前率领怒云楼的成员对系统门派发起进攻，结果功败垂成，损失惨重。怒云楼刚从风雨楼分裂出来，根基并不稳当，前阵子又在材料上亏了一大笔钱，再经此重挫，如今整个公会已是摇摇欲坠。

见景生却通过怒云楼的失败粗略计算出了系统门派的战力情况，又咬了咬牙，花了一笔钱请了不少高手充当外援。

总算是皇天不负苦心人。

如此一来，朝烟阁就成了继谢发达之后，第一家攻下系统门派的公会，可以说是名副其实的江湖第一公会，一雪之前的耻辱。

见景生心里一瞬间有了许多展望，浮光想的却是别的。他拉了拉见景生的袖子，试探着问：“小景哥，现在都攻下系统门派了，以后我们一起玩游戏的时间肯定更多，不如我申请换去你们宿舍住好不好？”

见景生看着浮光，这次请外援花费不少，自然也是浮光付的钱。

“这有什么问题。”见景生轻笑，眼神却微微冷了下来。

他不动声色地拉开面板，从好友列表上找到半城烟雨的名字，给他发信息：“落烟，好久没碰到你了，最近怎么样？”

见景生最开始玩这个游戏，就是因为尹落烟说他在玩。

后来见景生在游戏中认识了谢发达，关注尹落烟的时间就渐渐少了。

如今想来，这根本是本末倒置。谢发达不过有几分尹落烟的气质罢了，真不应该在他身上浪费时间的。

尹落烟看起来有些忙。

半城烟雨：“抱歉，云怒带了人回来找事，我晚点儿再找你。”

见景生眉头一皱，回复：“云怒不是已经离开风雨楼了吗？他回去做什么？”

半城烟雨没有回复。

见景生想了一下，转头去看浮光，柔声道：“尹落烟好像遇到点儿麻烦了，我们去风雨楼看看情况吧。”

浮光闻言有些疑惑。尹落烟他是认识的,不过跟他们不是一个圈子的,见景生和尹落烟关系也算不上多好。在游戏中,风雨楼和朝烟阁作为常年竞争的老大和老二,交集更是有限。

换句话说,风雨楼有什么事,也轮不到他们朝烟阁帮忙。

见景生怎么突然间关心上尹落烟了?

浮光虽心里犯嘀咕,但他现在对见景生言听计从,还是点了点头,应道:"好。"

谢染登录《明月江湖》游戏,出现在逐鹿山庄门前。一般来说,孟非悬在游戏中都是与他同步登录,寸步不离的,这一次他站了有一会儿,孟非悬却依然不见踪影。

谢染顿了一下,叫了一声:"Mark?"

控制面板亮了起来,孟非悬发过来一条信息:"先生,我有点儿事,等下再去找你。"

谢染看着这条信息,着实认真思考了一下。孟非悬作为他的 AI,能有什么他不知道的事?

思考无果。

谢染也不纠结,只随意看了一下游戏动向。这几日受各公会正式攻占系统门派的影响,游戏中物价再次出现大幅上涨。

索性无事,谢染决定再去代理商那里看看情况。他让逐鹿山庄的家丁把马牵出来,骑着马一路前往东三大街。

不想到了东三大街路口处,头顶突然传来一声大喝,两名蒙面人从路边的房子上跳了下来,拦到他的面前。

谢染马术高超,一拉缰绳,瞬间让马停了下来。

个子较高的蒙面人捏着嗓子道:"此山是我开,此树是我栽,要从此路过,留下买路财。"

谢染微微皱眉,余光扫了路两边一眼。东三大街作为落照城最大的集市,既没有山,也没有树。

一般来说,也没有人会在这里拦路劫财。

果然,这两人不走寻常路的行为瞬间引来了周围玩家的围观。其他人比谢染还要更惊讶,他们想不到,居然会有人在东三大街对谢发达实施打劫!

这两人是疯了吗？

谢发达是很有钱没错，但在东三大街打劫他跟自投罗网有什么区别？现在游戏里有谁不知道，东三大街已经差不多是谢发达的地盘了？这里最少一半的NPC是在给他打工的！

谢染自然也知道这情况不对劲，不过对他来说这并不重要，他多的是人。他举起一只手，正要叫人，眼前人影一闪，一名身材高挑的少年从旁边跳了出来，凛然拦在马前，与那两个蒙面人相对而立，喝道："大胆狂徒，竟然敢对我家先生不敬，我看你们是不要命了。"

谢染："……"

他看着孟非悬的背影，淡声问道："你从哪儿请的演员？"

"啊？"孟非悬回过头无辜地看着谢染，"很明显吗？"

谢染："嗯。"

"唉。"孟非悬的气势瞬间跟被戳破的皮球一样瘪了下来，他冲那两个蒙面人摆了摆手，"收工了，被识破了。"

那两人面面相觑，犹豫了一下，摘下蒙面的面巾。这面巾一摘下来，周围玩家瞬间倒抽一口冷气。

"这不是燕小舞吗？"

"那她旁边的……该不会就是杨显云吧！"

"燕小舞怎么跑到东三大街来了？难怪我朋友今天去蓬莱岛领任务找不到人呢！"

"这……我没听错的话，他们应该是受孟非悬邀请，过来走穴演戏的？"

"什么玩意儿？还能请boss走穴？这是给了多少钱啊？"

"不是，燕小舞和杨显云的设定有这么拮据吗？"

两人中个子较矮的一个正是燕小舞，刚才捏着嗓子说话的则是杨显云，两人有些讪讪的。杨显云摸了摸鼻子，惭愧地问："是不是我们演得太差了？"

孟非悬摇了摇食指："不是，是我们先生聪明。"

谢染："……"

谢染这才知道，原来孟非悬此前说要跟杨显云和燕小舞学习感情的想法居然是认真的。

在孟非悬的分析里，杨显云和燕小舞虽然只是两组数据，他们的感情线却是策划根据大众的认知基础设计出来的，所以理论上是符合广大群众的情感认知的。

谢染：他的 AI 居然还是有逻辑的。

唯一的问题是，负责设计杨显云和燕小舞感情线的人似乎沉迷于古早的言情桥段，给这两人设计的初遇场景就是燕小舞路遇劫匪，杨显云英雄救美。

这两人又将经验尽心尽力传授给了孟非悬。

"我本来觉得这个桥段有点儿土，现在电视剧都不这么演了，但他们真挚的感情说服了我，我决定试一下。"孟非悬有理有据地和谢染解释道，"说不定经典的才是最好的。"

谢染怀疑再放任孟非悬自学下去，他的 AI 将会越学越偏。

"我教你吧。"谢染说道。

孟非悬闻言面露怀疑："先生，你虽然很聪明，但说起理解情感，我觉得你不如我。"

谢染按了按眉心。

他的 AI 在某些方面，总是有着莫名其妙的自信。他看着孟非悬："跟我来。"

"哦，好。"孟非悬立刻跟了上去。

谢染带着孟非悬再次传送到蓬莱岛，两人到了海山崖边。

《明月江湖》中的时间是动态的，也有日升日落，此时金乌西沉，海山崖边对着无边大海，海水在霞光铺陈下如同粼粼闪动的红绸。

谢染让孟非悬在崖边坐下，自己随之坐到一旁，说道："看落日。"

"好。"孟非悬的程序对谢染天然服从，当即乖巧地应了一声，认真地看向日落的方向。

谢染也看着远处，仍是惯常的平淡语气："人会受到画面、声音、事件的刺激，从而产生情绪上的波动，情感由此产生……"

人的情感是基因、激素、神经系统多方共同作用的结果，谢染在情感方面虽然匮乏，但基本原理还是懂的。

机器没有生物介质，因此他从来不指望孟非悬能够真正理解这些情绪，孟非悬只要懂得"情绪逻辑"就够了。

他其实并不在乎自己是不是能够体会到感情，如果不是为了解决原主的执念，回到原世界，他并不会在这上面多花一点儿时间。

"人类会被美的画面触动，在特定时刻，某些画面会永远留在人的记忆里，一生都在影响着那个人。"谢染道，"大自然的造物，在人类看来是最高级的审美，比如落日。"

他看向孟非悬："你懂了吗？"

谢染轻笑一声，仍是无所谓的样子："其实我也不太懂。"

但又有什么关系呢？

孟非悬侧头道："我的系统逻辑告诉我，先生的意识原子群才是最好看的。"

海风轻拂，少年蓬松的黑发轻轻颤动，霞光落在他的眼睛里，他的目光带着机器探索世界的懵懂，却又无比真挚。

这时，世界频道上再次刷出消息——

"发生大事了！云怒带着人回攻风雨楼！准备抢公会驻地！"

"可以，这很有云怒的风格！"

"半城烟雨有点儿惨啊，人马被云怒带走了一半，现在连公会驻地都要被抢？！"

"唉，都说半城烟雨像神消，但他终究不是神消。如果神消在，风雨楼怎么可能被欺负成这样哦？"

谢染看着世界频道上的消息，想了一下，站起来道："我们去风雨楼看看。"

尹落烟到底是原主的朋友，他不确定原主留在网游中和尹落烟有没有关系，也就不能见死不救。

"好的，先生。"孟非悬一边站起来，一边骂骂咧咧地在世界频道上打字。

"孟非悬：你们能不能别屁大点儿事就发世界？吵到我跟先生了！"

"孟非悬：云怒你马赛克了！你全公会马赛克了！"

世界频道其他人——

"？？？"

"……"

"谁说孟非悬素质低的？我看他素质蛮高的，骂人还会马赛克呢！"

"醒醒，素质高的人不会在世界上骂人好吗！"

风雨楼公会驻地。

半城烟雨长身玉立，手握一把软剑，带着风雨楼最顶尖的一批高手部署在驻地大门前，与站在外面的云怒遥相对峙。

　　云怒全身顶级装备，身后站着黑压压的大批人马，一脸的志在必得。

　　半城烟雨眉眼间带着愠怒，冷冷说道："云怒，你这是什么意思？"

　　"我什么意思，你看不出来吗？"云怒看了自己身后的人马一眼，吊儿郎当地说道，"半城烟雨，我们这么多兄弟都是风雨楼的老人，已经习惯了风雨楼这块地。你看，要不你开个价，把驻地让给我们怎么样？"

　　半城烟雨嗤笑："我看分明是你无处可去，才又来打风雨楼的主意吧？"

　　云怒被戳中痛处，脸色当即一沉："是又如何？"

　　他当初带着大批人马离开风雨楼，本是信心满满，准备一鼓作气拿下系统门派，再将系统门派作为自家公会驻地的。没想到最终功败垂成，门派没攻打下来，怒云楼大批人马自然也无处可去。现在公会人心浮动，如果不尽早安定下来，只怕怒云楼很快会分崩离析，这可不符合他离开风雨楼自立门户的初衷。

　　偏他前期为了囤积物资，耗资巨大，想要再建一个驻地所需资金并不是小数目。何况他已经习惯了风雨楼驻地的恢宏雄伟，一般的驻地他也看不上。

　　情急之下，他与几名心腹一琢磨，他们这一半人马本也是风雨楼的人，风雨楼驻地的建设也有他们的一半功劳，凭什么要把驻地让给半城烟雨？

　　云怒早有成算，心中恼怒，面上却仍保持着镇定，义正词严地说道："半城烟雨，如果不是因为你畏首畏尾，不敢去攻打系统门派，我也不会只能带一半人马……说到底，我们攻占失败，你也要负一半的责任。所以说，将这驻地让出来给我们也是合情合理的。"

　　"强词夺理。"半城烟雨大怒，"云怒，你今天想要抢走驻地，除非从我的尸体上踏过。"

　　他这话正中云怒下怀，云怒当即哈哈大笑："好，半城烟雨，这话可是你自己说的。"

　　他正要动手，突然远处传来一声大喝："云怒，你想做什么！"

　　云怒眉头一皱，转头看去，就见见景生和浮光带着几个朝烟阁的人匆匆赶了过来。

半城烟雨在游戏中用的是自己现实中的形象，此时再见他，只觉得他一点儿也没变，仍是如松如玉，骄矜高贵。

　　尹落烟的光辉如同日月星辰，谢发达在游戏中再怎么风光也终究是不如尹落烟的。

　　见景生眸色微沉，他走到半城烟雨面前，微笑道："落烟，出了这么大的事，怎么也不跟我说一声？"

　　半城烟雨没想到他会过来，微微颔首，说道："这是风雨楼的私事，怎么好麻烦你？"

　　见景生摇了摇头："你也太见外了，我们是朋友啊。"

　　半城烟雨心里一时有些异样。他与见景生在现实中认识的时间不短，但并不是一个圈子的。见景生对他一贯客气，此时却分明多了一点儿热情亲昵。

　　他有些摸不着头脑，但还是感激地应道："谢谢。"

　　云怒对见景生的到来很是意外，听到他们的对话后，不禁微微眯起眼睛说道："见景生，你该不会是来帮半城烟雨的吧？"

　　见景生这才转过身去，昂首看着云怒，说道："云怒，你这么做，未免太没有江湖道义了吧？"

　　云怒冷笑道："我们是风雨楼旧部，这驻地本就有我们的一半，怎么就不讲江湖道义了？"

　　半城烟雨当即反驳："一派胡言！这块驻地是神消打下来的，哪儿来你的一半？"

　　云怒冷眼看着他："半城烟雨，神消都已经销号八百年了，你怎么还拿着他的鸡毛当令箭？"

　　半城烟雨："我说的难道不是事实吗？"

　　"我看你是还活在梦里没醒吧。"云怒讥笑道，"别以为人人都说你像神消，你就真的是神消了。但凡你有神消的一半本事，风雨楼也不会变成现在这个样子！"

　　半城烟雨被他这么一说，似乎意识到自己的处境，脸皮顿时涨得通红。

　　云怒又是一哂："不过神消本事再强，也是个懦夫，这一点你们倒是很像。"

　　半城烟雨原本羞愧得说不出话来，此时听他嘲讽到神消头上，立刻大声斥道："我不准你这么说神消。"

看半城烟雨被激怒，云怒越发得意："我说得不对吗？他要不是懦夫，为什么要注销账号？他既已退游，这风雨楼跟他就没什么关系了。这驻地，就该给能真正把风雨楼发展起来的人。"

听到他提起神消这个名字，见景生的眼睛垂了下来，想起一些不怎么好的回忆。

云怒口中的神消，是《明月江湖》最早的一批玩家，也是风雨楼的创始人。他在游戏中的时候，常年雄踞在玩家高手榜第一，可以说是毫无争议的江湖第一高手，真正意义上的传奇人物。

除此之外，那人还是尹落烟现实中的同校师兄，据说品学兼优，很受同校学生的喜爱。

尹落烟也非常崇拜这个师兄，进入游戏之后便毫不犹豫地跟随在神消的左右。

见景生还记得刚进游戏的时候，本来他是想找机会多跟尹落烟相处的，但是几乎每次一碰面，尹落烟便要兴奋地向他讲述神消的英雄事迹：神消凭一己之力打下建城令，风雨楼成为全服第一个拥有自家驻地的玩家公会；神消单挑某野外 boss，获得某某神器；神消 PK 场一百连胜，登顶高手榜第一，无人能敌；神消在现实中考试第一，拿了国家奖学金……

因为不想听尹落烟时时夸奖神消，慢慢地，见景生和尹落烟在游戏中的接触也少了。

不过没过多久，风雨楼便发生内讧，起因便是副楼主云怒一心想要扩张势力，频频在游戏中挑起争端。

当时处于游戏开服早期，游戏生态还比较野蛮，那时候就开始玩游戏的玩家大都争强好胜，包括云怒在内的风雨楼成员也是如此。他们被神消的能力征服，加入风雨楼，自然也期待神消能够带领他们一直处于霸主状态。

可惜的是，神消却只对游戏本身感兴趣，无意于势力扩张、争强斗狠。这无疑让那些追随他的人感到失望，尤其是云怒，更是在公会内与他多次发生冲突。

神消最终的解决方式却叫所有人意想不到：他丝毫不在乎自己当时已经是高手榜第一，将风雨楼楼主之位传给了半城烟雨，之后直接注销了账号。一代传奇人物，就这样离开了《明月江湖》。

半城烟雨接管风雨楼之后，管理得还算不错，许多认识神消的老玩家都说他是最像神消的人。但对于云怒来说，神消在他心中尚且不够资格带领风雨楼，半城烟雨实力还不如神消，至今仍未上过高手榜第一，自然更加不行。

第十六章

鸡王任务

见景生只当没听到这令他不快的名字，沉着脸对云怒说道："无论如何，这地方这么多年都是风雨楼驻地，断没有说让就让的道理。半城烟雨是我的朋友，你如果动手，我绝不会袖手旁观。"

半城烟雨似乎想不到见景生当真会挺身而出，感激之余也有些不好意思："小景哥，你真的不用这么帮我。"

见景生冲他柔柔一笑："我说过，你是我的朋友。"

"小景哥，要不还是算了。"浮光拉了见景生的袖子一下，隐约觉得见景生此时的行为有些反常。要知道，他为了朝烟阁的发展，一直都很注重江湖上的关系，此前他们还一度想跟云怒联手的。浮光道，"这是他们风雨楼的私事，我们没必要插手。"

见景生拍了拍他手背，看着他低声道："落烟是我们朋友，帮一把也是应该的，你说是不是？"

浮光被他那么盯着，立刻晕乎乎地点头道："我知道了，都听你的。"

见景生这才看向云怒："云怒，你尽管放马过来就是了。"

云怒的脸色登时变了，他道："见景生，你想清楚了，你们朝烟阁人虽多，我怒云楼可也不是什么小帮小派，你确定要结这个梁子？"

"你错了，要结这个梁子的，不止是朝烟阁。"见景生微微一笑，丢出重磅炸弹，"还有刀神世家。"

他这话一出口，现场顿时一片惊呼。

云怒也记起早前世界频道上一闪而过的消息，吃惊地问道："你们真的攻下了刀神世家？"

见景生对他这个反应很满意。他这段时间憋屈得太久了。论坛上把他说得又菜又惨，要洗刷这层屈辱，最好的办法就是用实力说话，而攻下系统门派，无疑就是最好的证明。

半城烟雨也目露惊讶："小景哥，你真攻下了刀神世家？"

半城烟雨的态度是见景生最为看重的，早在神消还在游戏中的时候，他就一直想胜过神消。

可惜的是，他始终被神消压了一头。直到神消销号之后，朝烟阁才日渐强大，他也终于登上高手榜第一。但在许多玩家看来，这不过是捡了神消退隐的便宜。

尤其是风雨楼的老玩家，总喜欢将神消挂在嘴边，动不动就是如果神消还在将如何如何。这也是朝烟阁一直跟风雨楼不怎么对付，想要取而代之的原因之一。

尹落烟虽然没有这么说过，但见景生很清楚，销号的人永远立于不败之地。只要他没有亲自打败过神消，在尹落烟心中，他就永远比不上神消。

但现在就不一样了，他率领朝烟阁攻下刀神世家，从此刀神传人也要听他号令。这些都是神消没有做到的事。如果再帮尹落烟守住风雨楼驻地，他不信尹落烟不对他另眼相看。

果不其然，在确定朝烟阁真的拿下了刀神世家之后，半城烟雨眼中多了一丝佩服："小景哥真厉害。"

云怒似乎也没想到这一茬，明白过来之后顿时更加愤怒，看向半城烟雨的眼中更多了恼恨："半城烟雨，你都看到了，朝烟阁能做到的事，如果风雨楼没有分裂成两派，也必然能做到，你就是风雨楼的罪人！"

云怒说完又去看见景生："行，你现在有刀神撑腰，我怒云楼惹不起你，但如果是风雨楼的人自己想要让我掌管，你们总无话可说了吧？"

见景生尚未说话，半城烟雨先皱起了眉头，隐约察觉到不对劲："你这话什么意思？"

半城烟雨话音刚落，就见云怒打了一下响指，原来站在他身后的风雨楼高手中，有数人站了出来，朝云怒走去。

半城烟雨双目一瞪："你们做什么？"

那几人站定在云怒身边，朝着他笑道："抱歉啊，楼主，我们还是觉得跟着云怒更有前途。"

这几人都是风雨楼的老人，也是风雨楼高层的核心人物，他们临场叛变的影响无疑是巨大的，只听现场一片倒吸气声，所有人面面相觑。

这几人在风雨楼中小有威望，他们一表态，立刻有追随者也跟着动摇。如此一番连锁反应，即使是坚定追随半城烟雨的人也开始心思浮动，倒不是也想叛变，只是难免疑心身边的同伴是否也有异心，战斗起来的话会不会突然捅自己一刀。

半城烟雨没想到云怒居然会来这么一手，看着那几个叛变的人目眦欲裂："就算你们今天把驻地抢了去，我也要跟你们不死不休。"

他的身后，仍然忠心追随他的人也跟着上前一步，一个个神色悲愤且肃穆。事到如今，结果其实已经很明显了。

云怒原本实力不俗，刚刚临场叛出的几个人都是风雨楼的中坚力量，如今剩下的这些人又心思浮动，胜利的天平已然向云怒倾斜。

但即便如此，他们也要战斗到底，就算集体死上几次，掉上几级，也要让对方付出代价。

云怒见状并不意外，半城烟雨一向就是这么轴的一个人，不然他们也不会闹到这局面。反正他已经赢了。

他看向见景生："见景生，你都看到了，我才是风雨楼人心所向，你确定还要帮半城烟雨吗？"

见景生不禁有些犹豫，当下的局势颇有些让他意料不到。

如果风雨楼和怒云楼人马各半，势力均分，他自然可以毫不犹豫地帮助半城烟雨，成为帮助半城烟雨守城的救世主。

但现在更多风雨楼旧部站边云怒，他若出手未必讨得了好。即便他这次帮尹落烟守住了驻地，云怒还可以发动下一次进攻，他总帮不了尹落烟一辈子。

云怒的势力已经压过尹落烟，接管风雨楼只是早晚的事，在这种情况下，真与他结下梁子并非明智之举。

见景生心念电转，一时游移不定。

半城烟雨是聪明人，也明白自己眼下的处境，便叹了一声，主动给了见景生一个台阶下："小景哥，谢谢你愿意帮我，但你也要顾及朝烟阁其他人的想法，不要为了这事难为你们的人……"

他这话说得体面漂亮，见景生虽然遗憾，却也顺势下了台阶："落烟，真是不好意思，如果我只是一个人的话，必定为你赴汤蹈火，只可惜……"

半城烟雨摆摆手："没关系的。"

"见景生，你果然是聪明人。"云怒道，"难怪你能攻下刀神世家。我还是那句老话，半城烟雨要有你的脑子，也不至于此。"

见景生肃容道："云怒，我可以不插手，但你要保证不伤害半城烟雨。"

云怒挑眉："行，我就给你这个面子，我本人今天绝不会杀他。"

半城烟雨目光含悲，道："云怒，你少废话，放马过来吧。"

云怒抽出自己的武器，说话诛心："半城烟雨，我建议你好好检讨一下自己，为什么这么多人背叛你……"

他话音未落，边上突然传来一个少年的讥笑声："为了钱咯，还能为了什么？"

这个声音清亮中略带了一丝特殊的金属感，很独特，见景生脸色当即一变。

其他人也循着声音转头看去，这段时间霸占游戏论坛的两个人物慢悠悠地出现在众人的视野中。

云怒一看到谢发达和孟非悬，就想起自己在材料市场上亏掉的那一大笔钱。可以说，他今日的局面，有一半是这两人造成的。

云怒眼神当即变得狠戾："谢发达，你们来做什么？"

谢染轻抬眼皮，淡淡地看了他一眼，并不回答他，只是反问："你要攻占风雨楼驻地？"

云怒微微眯眼："是，怎么了？"

谢染又去看半城烟雨："你不想被他攻占？"

半城烟雨是第一次在游戏中见到这个传说中的人物，一时还有些茫然，谢发达的问题更是让他不明所以，但他还是下意识地点了点头。

"好。"谢染看向孟非悬，"你来？"

孟非悬疯狂摇头："我不要，这几个虾兵蟹将就想让我亲自动手，那我多没面子啊！"

他说罢将右手拇指和食指并拢放在唇边吹了一声响亮的口哨，接着喊道："杨显云，燕小舞，快出来干活。"

杨显云和燕小舞都是游戏中如雷贯耳的名字，在场玩家一听，神色

226

登时一紧。尤其是云怒，更是双目睁大，惊恐地看向四周。

四周静悄悄的，气氛有些萧瑟。

云怒神经一松，便是一笑："装神弄鬼……"

孟非悬并不理会他，只"嗷"了一声，愤愤道："吹口哨居然没用！"

谢发达似乎有些无语，默默拿出相思玉佩，发动杨显云与燕小舞的信任。

随后，游戏中的知名大boss燕小舞以及刚刚从珍珑棋局机关放出来，许多玩家还不知道其真面目的杨显云夫妇从天而降。

"果然还是得走程序。"孟非悬"啧啧"摇头，一指云怒所在的方向，"那帮人烦死了，你们都处理了吧。"

杨显云和燕小舞拱手道："好的。"

孟非悬想了一下，又道："打不过告诉我，我让方慕豪带人过来支援。"

杨显云看了云怒那边一眼："不会。"

云怒："？"

半城烟雨："？？？"

见景生和浮光："？？？？"

在场的其他玩家："？！"

谢染却像只是路过一般，随意叫出了令在场所有人头皮发麻的两个大boss之后，不等其他人反应，又与孟非悬一起慢悠悠地走开了。

大家隐约还能听到他们的对话。

谢染："怎么学吹口哨了？"

孟非悬嘻嘻笑道："电视里都这样的啊，我本来想学来……"

众人："……"

《明月江湖》游戏论坛。

标题：打扰别人玩游戏是要被杀头的！杨显云和燕小舞血洗怒云楼……

内容：大家都看到消息了吗？云怒本来带了怒云楼的人回风雨楼想抢驻地，结果因为有人在世界频道上刷消息，打扰了东三总代那两人玩游戏，谢发达一怒之下，召唤出了杨显云和燕小舞，血洗怒云楼，怒云楼一夜解散。

1楼：？？？

4楼：不是，他们俩这么霸道的吗？世界频道刷个消息也要灭人家满门？

15 楼：霸不霸道不知道，怒云楼全公会被灭是真的。我当时刚好在附近做任务，看到消息就跑去看热闹，有幸……不对，应该是不幸吧，目睹了全过程。怒云楼太惨了，怎么说也是榜上有名的大公会，一点还手之力都没有，被杨显云和燕小舞按在地上打，场面极其惨烈。

20 楼：那是肯定的啊，杨显云和燕小舞都是开山怪级别的吧？刀神世家只有刀神传人一个大 boss，朝烟阁都找了多少外援才拿下来。

21 楼：最惨的是，杨显云和燕小舞还放话说凡是怒云楼的人，以后都不能在他们那里领任务。大家都知道接下来就要武林大会了，这俩的任务线多重要啊，当场就有一大把人退出了怒云楼。

后面的事大家应该都知道了，怒云楼没撑住，直接原地解散了。

讲真，我玩游戏这么久，第一次看到有公会是这么被搞散的，还是这么大的公会。

30 楼：这也太峰回路转了吧？半城烟雨或成最大赢家！确定东三总代那两人是风雨楼请的帮手吗？

42 楼：一名还在蒙圈的风雨楼会员爬上来跟帖……我发誓我们真的不知道发生了什么事！云怒那狗贼好阴险，居然花钱买通了我们公会几个元老。那几个人现场背叛公会不说，还鼓动了其他人，当时我们真的都觉得完了的。

说出来你们可能不信，那时候我真的被气到，想战死后直接销号算了，破游戏谁爱玩谁玩……结果后面的事，就万万没想到。

54 楼：一名心情愉悦的风雨楼老人路过并为 42 楼的哥哥点了个赞，就是这样的，那几个叛徒下场也很惨，我爽了。

BTW（By the way 的缩写，顺便说一下），其实半城烟雨家里也很有钱，人就不屑搞这个，花钱就能买走的人真的不值得要。

67 楼：前面好像都没有提到一个小插曲，其实见景生当时也在，说是赶过去帮半城烟雨的，后来因为好几个高手临阵叛逃，见景生估计是觉得太难对付，就放弃了。

73 楼：虽然说见景生也没义务帮半城烟雨，但是人都过去了，因为不划算就收手，感觉也挺那个的。不是说半城烟雨跟见景生现实中还是认识的吗？

88 楼：你们才发现啊？其实见景生在人际关系方面就一直都挺精

228

的。当然咯，也可以说是情商高，不然也不能把朝烟阁带到全服第一。

100楼：表示最让我震惊的是，谢发达居然能召唤杨显云和燕小舞！他到底什么级别啊？我真的十分好奇了！

再就是他跟孟非悬两人，一言不合就屠人家满门……太没素质了。

怒云楼试图抢夺风雨楼公会驻地，结果因为疑似打扰到东三总代谢发达和孟非悬玩游戏，全公会惨遭血洗，被迫原地解散的消息在游戏中传得沸沸扬扬，甚至上了社交平台的热门话题。

这件事实在太出乎所有人意料，就连云怒自己被杨显云砍成白光的时候，都没有搞明白到底发生了什么事。

等到他反应过来的时候，怒云楼玩家已经尽数退会，最终因为会员人数低于系统要求的公会最低人数而被强制解散。

风雨楼玩家也并没有比他明白多少，尤其是半城烟雨，本来已经做好殊死一搏的准备，结果却连动手的机会都没有。

这是真的"躺赢"。

经此一役，谢发达和孟非悬在其他玩家心目中的形象越发深不可测。

这种深不可测还表现在，曾经平平无奇的玩家谢发达在背叛了见景生以后，游戏等级突飞猛进。不过短短时间，等级赫然已经从数万名外蹿至了百名之内，也是等级榜百名内唯一的普通玩家。

这个游戏练级方式跟其他游戏大同小异，都是打怪、刷副本、做任务，谢染这类玩家一般不打怪、不刷副本，升级基本全靠做任务。谢发达也没转型，这一骑绝尘的升级速度实在让人好奇，他到底是做了多少任务？

全服玩家因为谢发达而怀疑人生的时候，当事人却丝毫不受影响，谢染依然按部就班地在游戏里做任务。

"先生，我们今天去东三大街收账。"孟非悬专业地汇报行程，"顺便去附近的药店交任务。"

"嗯。"谢染点头。

作为东三大街总代理商，其实他完全可以安排NPC到逐鹿山庄报账。不过这个游戏对他来说没有什么挑战性，索性无事，他就把收账当作休闲了，顺便做做任务。

孟非悬安排完行程，立刻从工作状态切换到日常状态，喜滋滋道："先生，我觉得我升华了！"

谢染有些莫名其妙。

"上次你跟我说了画面对情绪的影响之后，我用我的核心代码认真思考了一个晚上，我觉得我懂了！"孟非悬不知从哪儿变出一张宣纸来，"你看。"

谢染接过宣纸摊开，这似乎是一幅描绘海边落日的水彩画，画了大片的橙红色的天空，还有半轮浮在海平面上的夕阳，整幅画笔触歪歪扭扭，显得有些幼稚。

"这是我用手画的，不是用系统生成的！"孟非悬得意地摆了摆手，强调道，"是手哦！"

"嗯。"谢染点点头，评价道，"有五岁的水平。"

他指了指画纸上两道像是不小心糊上去的黑色墨迹："这个可以用毛笔蘸水湿润后擦掉，再用新的颜色覆盖上去……"

"为什么要擦掉？"孟非悬闻言迷茫地说道，"这是我跟先生啊！"

"……"谢染面不改色地把画纸叠起来，对他的 AI 的画画水平表示肯定，"还不错。"

"是你教得好！"孟非悬也对他表示了肯定，"没想到先生虽然实践不行，理论学得还不错嘛。"他像班主任般语重心长道，"先生，要知行合一啊。"

谢染只当没听到。

说话间两人到了东三大街。

这里还是一如既往地热闹，不过现在很多玩家一看到他们两人露面，都立刻飞快地闪开了。

不怪大家，现在全服都在传，谢发达是因为玩游戏被打扰才血洗怒云楼的——还只不过是众人在世界频道上发太多消息。

那万一不小心当面打扰到他，岂不是要被杀到退游？

这两人站在一起是真的可怕！

东三大街的一处茶楼里，半城烟雨坐在靠门口的地方，正喝着茶思考事情，突然面前落下来一个阴影。

他抬头一看，却是见景生。

"落烟，好巧啊，居然在这里碰到你。"见景生微笑着朝他打了声招呼，便自来熟地坐到了他的对面。

半城烟雨有些意外，但还是回道："真巧，你怎么也在这儿？"

"朝烟阁现在装备、秘籍都有多的，准备在东三大街租个专门的商铺用来做交易，我来看看地方。"见景生状似不经意地说道。

"啊，小景哥真厉害。"半城烟雨夸赞道，"我听说现在很多顶级的装备、秘籍都在朝烟阁手上，别的公会全都望尘莫及。"

"运气好而已。"见景生目光灼灼地看着他，"我知道现在风雨楼情况不是很好，如果你有需要我帮忙的地方，随时跟我开口，不要客气。"

他说这话的时候内心是有点儿不甘心的。

原本朝烟阁成功地攻占刀神世家，应该是轰动全服，让他扬眉吐气的大事，偏偏跟着发生了谢发达血洗怒云楼的事，瞬间将所有的目光与讨论都吸引了去。

他本来想趁机在尹落烟面前展示实力的愿望也落了空。

好在如今朝烟阁终于成了名副其实的《明月江湖》第一公会。成功拿下刀神世家给他们带来了不少实实在在的好处。除了名声大显，吸引了更多的新成员外，有刀神传人在，他们公会打怪、做任务便有了别的公会没有的优势，由此也获得了更多的装备、秘籍等游戏硬通货。

凭着这一点，见景生在游戏中的名声和地位水涨船高，而他内心也一下子变得躁动了起来。

他迫切地想让尹落烟看到自己的成就，想让尹落烟像以前崇拜神消一样崇拜自己。尹落烟才是他真正想结交而不敢靠近的朋友，谢发达又算得了什么？

"呃……"半城烟雨闻言有些尴尬地笑了笑，想起怒云楼攻打风雨楼那天的景况。他能理解见景生当天的选择，其实见景生当时有那份心意已经挺难得了，不过他仅止于心意了。

半城烟雨客气道："谢谢，暂时还不用。"

这倒不是场面话。风雨楼经此重创，境况确实大不如前，直接掉出了公会排名前五。但这在他看来并不是什么坏事。风雨楼内部的问题由来已久，这一战只是早晚的事，经此一役，反而除掉了内部那些不安的因素。现在整个公会虽然规模小了许多，气氛却比以前好太多。

当然，这都多亏了谢发达帮他们保住了公会驻地。

见景生却没有就此放弃。事实上，他今天本就是有备而来的。他的目光落在半城烟雨身侧，那里放着一个竹编笼子，里面关了一只花白羽毛的鸡。

见景生笑道："你在做鸡王的任务？"

半城烟雨点点头，有些无奈道："刚刚被拒收了。"

这是游戏中出了名难搞的一个任务。鸡王其实是大漠神秘门派的弟子，每七天到东三大街采购一次食材，同时向玩家发放收鸡的任务，因此被叫鸡王。

这任务听起来不难，但问题出在鸡王此人心理阴暗，喜欢故意折腾玩家，一下子要求个头，一下子要求毛色，一下子要求公母。即使全部达到他的要求，他也不一定要。简而言之，收不收看他的心情。

又因为他一个星期只出现一次，有些玩家光是做这个任务，在他手上一拖就是一两个月，他因此被称为全《明月江湖》最讨人厌的NPC。

当然，任务通过的话，奖励通常还不错。鸡王会给出品级不错的秘籍、武器，有时候心情好，还会给一条神秘门派的隐藏线索。

半城烟雨这是第二次被拒收了。

"巧了，我前两日正好在蓬莱岛抓了一只神鸡，送给你吧。"见景生从游戏背包里抓出一只品相不凡的鸡来，递给半城烟雨，"拿这个交任务，准能通过。"

鸡王心理阴暗，但想要快速通过也是有诀窍的——交稀有的灵兽神鸡。只是要碰到灵兽本身就不容易，想要抓到就更难了。

实际上，见景生早就知道半城烟雨在做鸡王的任务。他现在有眼线，有能力，轻而易举便得到了灵兽的线索，专门去抓了过来，就为了这一刻。

以后还会有更多的机会。

半城烟雨看着那只流光溢彩的神鸡，一时有些惊讶，但还是下意识道："这怎么好意思……"

"没关系……"见景生正要说话，这时半城烟雨眼睛一亮，大声喊道，"谢兄，孟兄！"

见景生脸色一变，向外看去。

就见大街上玩家纷纷避让，自动让出一块空地来，谢发达和孟非悬便站在中心处。

"太好了，我终于等到你们了！"半城烟雨开心地走上前去。

事实上，他今天来这里，除了交鸡王的任务，主要还是为了等谢发达两人。

"那日多亏了你二位，才让风雨楼守住了驻地。"半城烟雨边说边从背包里拿出一个精美的盒子递过去，"大恩大德无以为报，这是我找人在塞外收的夜光杯，请谢兄不要嫌弃，以后有用得上风雨楼的地方，也请尽管开口。"

这夜光杯是游戏中的顶级神器，来自塞外，产量稀少，具有很好的属性加成。半城烟雨为了拿到这夜光杯，也颇费了一番工夫。

谢染却只扫了一眼，摇了摇头："不用，举手之劳。"

半城烟雨便有些急了："谢兄，请别客气……"

这时半城烟雨原先坐的地方传来"咯咯咯"的鸡叫声，谢染闻声看去，神色微动，若有所思地转头问孟非悬："或许，你可以再试试养动物？"

孟非悬一脸深沉："有用吗？"

谢染："不清楚，试了才知道。"

孟非悬想了一下，露出坚毅的眼神："好，为了先生，我要迎难而上，实践一下养动物的感觉！"

谢染："……"倒也不用随时升华。

"那只鸡是你的吗？"谢染问半城烟雨。

半城烟雨下意识点了点头。

"可以给我吗？"谢染问，"我可以买……"

"不用不用，你尽管拿去。"半城烟雨巴不得能有东西给谢发达。虽然他有些迷茫，为什么会有人想要游戏里一只普普通通的鸡。

难道是因为鸡太美？

他小跑回去提鸡笼，见景生还坐在原处，两人对视一眼。

半城烟雨情不自禁往他头上瞄了瞄。

见景生："！"

他知道半城烟雨的眼神是什么意思，蔑视！绝对是蔑视！

"哈哈。"半城烟雨尴笑两声，"不好意思，小景哥，我这会儿有点儿事，我们下次再聊。"

他回到谢染面前，谢染接过鸡笼，正要交给孟非悬，突然顿了一下，问道："这是任务道具？"

"是的。"半城烟雨挠了挠头，"不过鸡王已经拒收了。"

谢染看了孟非悬一眼，不等他开口，孟非悬立刻了然，响指一打："先生，这题我会做。"

孟非悬说罢，伸手随便在路上拦住一个NPC："你，去把鸡王叫过来。"

NPC一看是东三大街总代两人，立刻鞠躬点头："好的，孟先生稍等。"

半城烟雨还在犯迷糊，那NPC已经飞快地把鸡王带了过来。鸡王还不知道自己怎么被总代盯上了，看着谢染和孟非悬两人有些战战兢兢地问："谢总，孟先生，二位找我有什么事？"

谢染把鸡笼往上一提，看了半城烟雨一眼，转而问鸡王："听说这是你要的鸡？"

孟非悬在旁边冷笑一声，叉腰道："你想清楚了再回答。"

鸡王抖了一下，看看鸡笼，看看半城烟雨，最后再看了看谢染和孟非悬，屈辱地说道："是我要的，是我要的。"

说完朝着半城烟雨尴尬一笑："少侠，不好意思，我早上没看清楚，这鸡很好，我要了。"

半城烟雨震惊地回头看谢发达，他之前是听说过谢发达自从垄断了游戏中的材料市场后，就成了东三大街一霸，但不知道他已经霸道到这种地步。

连鸡王都要看他脸色！

同时，他也知道了谢发达的等级为什么升那么快了。就他这个做任务的姿态，他不快谁快？

向来以刁难玩家为乐的鸡王含泪收鸡，吭哧吭哧从背包里掏出一本秘籍递给半城烟雨，开始走流程："少侠，你这鸡很好，我用一本江湖上失传的秘籍跟你换……"

半城烟雨一看那秘籍，又是一惊，那居然是一本等级很高的技能书，正是他目前升级所需要的。要知道，他这个级别的玩家，想要突破可不容易。

他正激动地去接秘籍，孟非悬却皱了皱眉，似乎很不满意："你怎么那么小气，就给一本书？"

鸡王一抖，连忙又从口袋里拿出一块宝石："还有这块宝石，可以镶在兵器上面……"

宝石微微散发光芒，一看就知道属性不凡。

孟非悬双手抱胸："还有吗？"

鸡王："……"

鸡王欲哭无泪地看了看鸡笼，那只鸡不过是一只凡鸡，除了毛色漂亮，个头比较健壮之外，并没有什么特别之处。

鸡王抖了抖："那我再给这位少侠一条藏宝图的线索吧……"

半城烟雨还没反应过来的时候，让他头疼了大半个月的鸡王任务就完成了。不仅如此，他还得到了极为丰厚的奖励。

别人在鸡王手里能得到一本极品秘籍就够炫耀的了。而他……半城烟雨晕乎乎地看着自己背包里的秘籍、宝石以及极其难得的隐藏线索，整个人都呆了。

难怪谢发达不要他的夜光杯，他光做任务，怕一天就能搞到一打夜光杯吧？

鸡王含泪送完任务奖励，这才伸出颤抖的手去提鸡笼："小的今天的采购工作完成了，就不叨扰谢总和孟先生了。"

谢染却把鸡笼往回提了提："这只鸡给我吧。"

鸡王："……"

半城烟雨："……"

还坐在茶楼里的见景生："……"

他手上的那只神鸡也伸着脖子"咯咯咯"叫了一声，但从头到尾都没有人看他一眼。

谢染小的时候，父母曾经带他去看心理医生，当时医生建议他尝试养小动物建立感情。不过父母怕这样会不小心激发出他虐待动物的爱好，仔细思考之后，最终作罢。

想让孟非悬喜欢小动物也很简单，只要在他的代码中加入一条指令就可以了。

但谢染没有这么做，而是建议孟非悬自己养一只试试。

谢染下线的时候仔细思考了一下，怀疑自己是不是被孟非悬莫名其妙的自信洗脑，居然开始期待学渣也可以考出满分。

没多久，他接到尹落烟的电话。尹落烟迫不及待地和他说起自己在游戏中的奇遇。

"……师兄，那个谢发达跟孟非悬真的太神奇了！你是没看到鸡王当时是什么样子。我的天，你说谢发达这都是怎么做到的啊？"

谢染随口应道："破解程序逻辑，从逻辑角度击破就可以了。"

兴高采烈的尹落烟一噎："……哦。"

他讪讪的，还想再说什么，就听谢染冷淡地说道："没事挂了。"

谢染刚挂上电话，手机里随即传来响亮的"咯咯咯"的鸡叫声。

谢染："Mark？"

"先生！"孟非悬轻快的声音从手机里传出来，"我刚刚给小九录了一段音频，可以给你做闹钟铃声，你以后就可以闻鸡起舞了！"

谢染默了一下："小九？"

"我们的鸡的小名。"孟非悬有理有据地向他解释，"像我这样的绿色系统，要注意文明礼貌，所以我决定叫它小九。"

他不忘征求谢染的意见："先生你觉得怎么样？还是你想管它叫小七、小六、小五之类的？大一点儿的数也行，比如九十九什么的，就是叫起来费劲。我是无所谓，反正我是系统合成发音，但是先生喊起来就没那么方便……"

谢染发现，他的系统在做人方面确实比他积极得多，连鸡的名字都取好了。

"就听你的。"谢染打断他的话，"就叫姬九……还有，不准用鸡叫当铃声。"母鸡叫也不行。

接下来谢染再上线的时候，身边除了孟非悬，又多了一只花白羽毛的母鸡。

孟非悬在学习人类行为方面还是很严谨的，专门下载了许多养鸡小知识，于是东三大街的玩家经常看到孟非悬认真严肃地喂鸡、遛鸡。

大家不禁疑惑了，游戏里养宠物的人不少，但基本是养能战斗或者有特殊属性的灵兽。

孟非悬那只鸡，不管从哪个角度看，都不过是一只普普通通的鸡，当任务道具交给鸡王都不一定能通过的那种。

再就是，这是游戏里的鸡，根本不用像在现实生活中那样喂养，就算是专门搞养殖的玩家，一般也是使用系统提供的喂养功能，没有人会花时间专门给鸡撒米的。

不得不说，大佬的世界，就很迷惑。

东三总代养鸡之谜只在小范围内引起了讨论，很快大家的注意力都被新的消息吸引。

这天谢染一上线，就感觉到整个游戏氛围大变，所有玩家的情绪都肉眼可见地高涨起来，世界频道也异常热闹——

"啊啊啊，武林大会开始了！大家都报名了吗？"

"唉，我这武力值，就不去找虐了！"

"新功能居然是自制装备系统，这是要加强玩家的融合吗？"

"我看了一眼，自制装备很多需要用到采矿、打铁、织造之类的技能，手工艺人这下发了！"

"前面的想太多，已经有很多手工艺人试过了，制作装备容易，但是想要制作出优质属性的很难。只是会打铁根本没用，还要有修为和珍稀材料才行。"

珍珑棋局被破之后，《明月江湖》游戏服务器升级，开放新功能——自制装备系统。

《明月江湖》一直都有自制装备的功能，不过以前是系统提供现成的装备模型，玩家收集材料之后在模型上进行合成。

升级后的系统却可以由玩家自行设计装备武器，这对玩家的吸引力无疑是巨大的，尤其是许多对装备外形有追求的玩家，还有人专门找了设计师设计装备造型。

更有人摩拳擦掌，准备一举制作出震惊全服的神兵利器，大赚一笔。

随后大家就被策划重拳出击了。

大家很快发现，新功能看起来很厉害，真要制作出顶级装备却不容易，除了需要基本的冶炼制作之类的技能之外，还需要珍稀的材料和高深的修为。

但即便具备了以上条件，还是有一定的失败概率的。

至于大家想象中的绝美外形……基本功能都没保障，外形再好也没什么用。

毫无疑问，策划管理员 03 当天又被骂上了论坛首页。

"新功能……"谢染听完孟非悬的汇报，若有所思，"刚好可以用来检验我们的研究成果。"

《明月江湖》的游戏技术比谢染原世界的全息技术要先进一些，这段时间他一边玩游戏一边在孟非悬的协助下，对整个游戏的核心技术进行研究破解，正思考要怎么在不惊动游戏公司的情况下检验自己的破解成果。游戏公司这时候升级了这个功能，对他来说正如打瞌睡碰上了枕头，倒是一个很好的机会。

说完自制装备系统的事，孟非悬继续汇报第二个消息："今天早上杨显云广发英雄帖，邀请全江湖玩家参加武林大会，选拔武林盟主。"

这是珍珑棋局被破之后的另一件大事，系统以明月城主杨显云的名义，向全服玩家发起邀请，召开武林大会，选出武林盟主。

简单来说，其实就是官方举办的全服高手PK大赛，所有玩家都可以报名参加，获得最终胜利的人将成为官方认证的江湖第一高手，获得"武林至尊"的称号，同时获得"号令江湖"的属性和丰厚的奖励。

这个活动带给玩家的刺激无疑比自制武器系统更大。

全服PK大赛，官方认证的江湖第一高手，"武林至尊"称号，"号令江湖"的属性，无论哪一点，对江湖背景中的玩家毫无疑问都有着莫大的吸引力。

一时间，各大副本外再次挤满了练级的玩家，秘籍、武器、材料等硬通货价格再次飙涨。

谢染问孟非悬："之前让你做的准备，都安排好了吧？"

孟非悬点点头："布局已经完成了，初步计算，这次武林大会结束，我们的盈利规模应该在五百万到六百万之间。"

早在珍珑棋局被破，杨显云出关，系统刷新消息的时候，谢染就已经开始着手布局新的市场。果然，正式的消息一出来，材料价格再次飙涨。

谢染点点头，又道："等到武林大会后半段，就把囤积的材料全部清出去。"

孟非悬用自己的系统分析了一下，了然点头："我知道了。"

按照游戏的运营逻辑，武林大会结束之后，系统应该会开放新地图，材料出现机率也会产生变化，现有的材料价格很难再维持下去。

再就是，经过这两次动作之后，游戏公司应该会注意到谢染对整个材料市场的控制力度，为了游戏平衡，自然也会作出一些调整，不会再让他们垄断下去。

两人边说着工作的事边走进代理商的店里，正好听到一名买东西的玩家一拍大腿，大声惊叫："快看高手排行榜，半城烟雨排名升到第二了！"

与他同行的一人"咦"了一声："真的假的？"

半城烟雨作为风雨楼楼主，名气很大，但武功排名一直不算出色，常年徘徊在二十名开外，这也是云怒一干人等一直对他不太满意的另一个原因。

此时半城烟雨排名突然跃升到第二，仅次于排名第一的见景生，比排在第六名的云怒还高出四个身位，着实引人注目，世界频道上也立刻讨论开了——

"半城烟雨怎么突然排第二了？武林大会的刺激这么大的吗？"

"这个我知道。我听风雨楼的朋友说，半城烟雨之前做鸡王任务，鸡王给了他一本神秘门派的武功秘籍！"

"等等，风雨楼前两天不是刚挖出来一批宝藏？据说也是鸡王给半城烟雨的线索！"

"对啊！前两天大家还骂过鸡王呢！原来鸡王不止给了线索，还给了秘籍？！"

"知情人士告诉大家，不仅仅是线索和秘籍，鸡王还给了一块宝石。不过比起前面两个，宝石也就是'洒洒水'啦！"

"什么？这不是我认识的鸡王！"

"半城烟雨是给了鸡王什么鸡？求攻略！"

"确定是鸡的原因吗？以前又不是没有人给鸡王灵兽好鸡，谁拿到过这么多东西啊！"

"我怎么感觉自从云怒离开之后，风雨楼运气都变好了？又挖到宝藏，半城烟雨又冲上第二，这是不是要重新崛起的节奏啊！"

店里那两名玩家也在激烈地讨论此事："鸡王是不是收贿赂了？半城烟雨到底给了他什么鸡啊？"

他朋友也很迷茫："能拿到这么多东西，怎么也得是稀世宝鸡吧？"

孟非悬连忙去捂谢染的耳朵，认真道："先生，听鸡不听吧，文明你我他。"

谢染："……"

刚说完，脚下突然传来一声嘹亮的鸡叫声："咯咯咯——"

"我的天，哪来的鸡！"那两人吓了一跳，其中一人下意识往后退了一步，慌乱中小腿撞上一只硕大的母鸡。

"咯咯咯。"母鸡再次大叫。

那人低头一看，发现是一只郊外常见的花白羽毛的鸡，脸一黑："怎么会有鸡在这里？"

孟非悬把手从谢染耳朵上拿下来："我养的。"

那人一看是东三大街一霸，顿时把到了嘴边的脏话咽了回去，悻悻道："怎么也不拴绳啊？"

孟非悬有些莫名其妙，认真说道："因为我们家的鸡不咬人啊。"

姬九的数据在他的监控之下，跟普通的鸡差别可是很大的。

谢染无言地看了孟非悬一眼，他的系统大概不知道这句话有多气人。

他看了那两人一眼，难得耐心地帮孟非悬补充解释："真的不咬人。"

那人："……"

不愧是东三总代那俩，果然好没素质！

谢谢，有被气到！

第十七章

变异神鸡

　　武林大会如火如荼地进行着，这是《明月江湖》开服以来，第一个由官方举办的玩家PK大赛，意义十分重大，受到的关注度也堪称空前。

　　比赛采用的是淘汰制，即每场PK中获胜者晋一级，失败的直接淘汰，如此厮杀到最终决赛。

　　同时，晋级选手还会根据PK表现累积相应的战力，官方实时更新战力排行榜。这个榜单基本也可以理解为本次大赛的玩家实力排行榜，能够一直保持排名靠前的自然都是最终决赛的有力人选。

　　因此，从比赛一开始，每天关注战力榜排名便成了玩家们的日常，游戏论坛上还有专门的帖子实时更新和讨论战力榜单。

　　毫无疑问，原本高手榜上的名人和各大公会的会长都是大家的重点关注对象。

　　而这些人中，又以见景生和半城烟雨受到的关注最多。

　　几乎是从比赛一开始，见景生的战力排名就一直一骑绝尘，稳稳占据着第一的位置。半城烟雨因为得到了鸡王的神秘秘籍，排名也是一路飞涨，很是给风雨楼涨了一波面子。

　　谢染几乎每天登上游戏，都会看到世界频道上玩家们在惊叹。

　　"战力榜更新了，见景生又是第一，牛！"

　　"半城烟雨又升了一名，照这样下去，说不定能进决赛啊！"

"人果然是要经历挫折，才能见彩虹啊！见景生自从被嫌弃之后，人也变强了！"

这条信息刚发出来，立刻有一个小有名气的朝烟阁元老跳出来："前面的是找死吗？我们阁主跟某个人早决裂八百年了，再拿以前说事，小心点儿，别被我们朝烟阁碰到。"

朝烟阁元老发言以后，世界频道上果然没人再提见景生以前的事，纷纷转移了话题。

自从朝烟阁占领了刀神世家，不少玩家纷纷申请加入，公会势力快速扩张。加上怒云楼瓦解，风雨楼受创，朝烟阁一举跃升全服第一公会，如今在游戏中颇有些一超多强的趋势。朝烟阁玩家自是风光无比，行事也越发霸道，自然是见不得有人公然编排见景生的。

而一般的玩家也秉持着多一事不如少一事的原则，毕竟如果没有强劲的实力，得罪朝烟阁绝对不是明智的举动。

朝烟阁的人看到元老发声以后，世界频道便立刻转移话题，不敢再嘲讽见景生，更加得意了。玩游戏嘛，追求的就是这种碾压别人的感觉，当即又有几名朝烟阁的人跳出来警告。

"以后谁敢在我们朝烟阁面前刷某个人的事情，可就别怪我们不客气了！"

消息刚发出来，下面立刻跟了好几条信息，速度之快，堪比机器人。

孟非悬："某个人指的是谁？"

孟非悬："你有本事说我先生，你有本事带大名啊！"

孟非悬："那么大一个公会，在世界上提我先生还要用代号？就这也好意思放狠话？"

孟非悬："谁敢再带我先生出场，就别怪我放方慕豪了！"

世界上其他人："……"

这人打字速度怎么那么快？连续发这么多条消息都不带停顿的，复制粘贴都没这么溜吧。

这人真的不能说话，好好一个美少年，一开口就让人幻灭。

当然，让人最想吐槽的还是最后那句"放方慕豪"……

说起来，朝烟阁虽然攻占了刀神世家，但刀神传人依然是刀神世家说一不二的大 boss，朝烟阁上下对刀神传人还是毕恭毕敬的。

谢发达他们到底是把方慕豪当成了什么哦？

偏偏事实还就是这样子的，朝烟阁玩家在别人面前横得不行，孟非悬一开口都噤声了。

毕竟孟非悬是真的可以随时叫出方慕豪的，而在朝烟阁里，即便是见景生，也不是随时能叫出刀神传人的。

尴尬，气氛就很尴尬。

有人偷偷跟朋友开小群议论——

"笑死了，朝烟阁对普通玩家重拳出击，对真正在见景生头上放羊的屁都不敢放一个。"

"就欺软怕硬呗，也就仗着人多。等哪天朝烟阁倒了，看他们还敢不敢这么嚣张。"

"说真的，朝烟阁风气真的挺不好的，这收的都是些什么人啊！"

"他们副阁主浮光爱听奉承话呗，这点他是真不如谢发达，见景生也不知怎么想的。"

"见景生怎么想都没用吧？他奈何得了谢发达吗……"

提到谢发达，大家倒是想起了另一件事来。

这段时间大家除了正常追大赛进度，也有一小撮人暗暗地关注着谢发达的情况。

如今在吃瓜群众眼中，谢发达已经不再是一个纯粹的普通玩家，而是一个随时随地都在创造奇迹的……普通玩家。

在论坛的分析帖里，更有不少人认为谢发达才是隐藏的江湖第一高手，只是平时不屑于玩家PK才没有上榜。

因此这次比赛，有许多人都期待着能够看到谢发达正式出手，让大家见识一下他真正的实力，更有私人庄家早早开了盘赌谢发达的最终名次。

"说起来，谢发达怎么还没上战力榜？他手上有马克剑，就算随便砍，也能杀不少对手吧？"

"有人把所有场次查了一遍，说是……谢发达没报名。"

"谢发达没报名？他拿着马克剑为什么不报名？他不是江湖第一高手吗？"

"虽然有马克剑，但是谢发达是普通玩家啊！"

"对啊，而且，一直以来，他是江湖第一高手的说法都是论坛瞎分析的吧？根本没人见过谢发达出手吧？"

"有毒哦，那谢发达到底在干什么？"

谢染正在用装备编辑系统进行操作，突然听到孟非悬冷笑一声，他看了一眼世界频道，居然并不怎么意外，毕竟他的系统好胜心就是这么强。

谢染问："无聊？"

"有点儿。"孟非悬看着谢染叹了口气，"先生已经破解了程序，这个游戏现在完全没有挑战性了，能体验的，我也体验得差不多了，你又不让我靠着你……就有点儿枯燥。"

谢染眉毛跳了一下，打断他的话："为什么要靠着我？"

"这里啊……"孟非悬把下巴搁到谢染的肩膀上，"啊，人类的身体好沉重啊……"

"别闹。"谢染伸手去拨孟非悬的脑袋。

"我不做人的时候，先生不会这样嫌弃的。"孟非悬再次忧伤地叹气。

谢染回头，少年精致漂亮的脸近在咫尺，就像一个真正的人类，这是他一手创造的 AI，此时却如此真切地陪伴在自己的身侧。

谢染一时有些恍惚，本来要去拨孟非悬脑袋的手停在半空。

下一秒，孟非悬明亮的眼睛惊奇地睁大了，凑近了一点，"先生，听我的心跳声，像不像人！"

谢染：……还挺活泼。

谢染回过神来，伸手把孟非悬的脑袋推开。孟非悬脑袋倒是离远了，嘴上却还继续嚷嚷："先生，你听，你仔细听！"

"听到了。"谢染漠然道，"你该做正事了。"

"我觉得我现在就在做正事！"孟非悬已然有了自己的想法，甚至还咂吧了一下嘴唇，"先生，这个游戏太好玩了，我觉得我还能玩一年！"

谢染面无表情地回看他。

孟非悬充满期待地提议："先生，我已经导入了很多种人类特有的感觉和知识……"

他的系统是真的很好学。

全服玩家都在关注武林大会的进展，游戏里每天人满为患，谢染上游戏的时间却不得不缩减了。

原主的学习成绩很好，大学期间每年都能拿到国奖，到了大三的时候，便有导师推荐他到国外名校深造。在原主的记忆里，他原本已经做好了出国准备，但因为在和况景宁约好见面的途中出了车祸导致瘫痪，这件事也就不了了之了。

谢染不确定这是不是原主的执念，不过既然记忆中原主曾经想要这个机会，他也就要帮他抓住它。

这段时间他要考试、提交申请、跟导师沟通，还要交不少材料。虽然对谢染来说都不是问题，且资料有孟非悬处理，更是不劳他费神，但他自己也要跑不少地方，还是颇费了一点时间。如此一来每天上线的时间只剩下一点点儿，他索性屏蔽了世界频道，上线便只专心研究自制装备系统的事。

只是期间孟非悬数次想要找他"练习做人"，让他有些伤脑筋，而且孟非悬不知道从网上学了些什么，被拒绝之后就去欺负姬九。

"小九，去，今天鸡王来东三街收鸡，你去跟他的鸡搏斗，不能以一敌十就别回来了。"孟非悬赶着花白母鸡往外走。

姬九瑟瑟发抖："咯咯咯——"。

谢染道："别为难姬九了。"

自从半城烟雨在鸡王手上得到无与伦比的丰厚奖励的消息传出去以后，大家做鸡王任务的热情陡升，交过来的鸡一只比一只厉害。当然，至今谁也没有得到和半城烟雨一样的待遇就是了。

孟非悬让姬九去跟那些神鸡搏斗，也不知是太看得起姬九还是太看不起鸡王。

"可是小说里都是这么写的，主角要求得不到满足的时候，就要拿身边的人撒气。"孟非悬认真解释，"所以我决定去找鸡王撒气！"

"……"谢染想了一下，"你要不要考虑去找鸡王练习你的姿势？"

"哇，你当我是什么AI！"孟非悬仿佛受到了侮辱一般，一脸震惊地看着谢染，"先生，难道在你眼里，我是那种没有思想的系统吗？"

谢染没想到他的反应这么大，心里产生了奇异的感觉，顿了一下才说道："我以为你只是想体验人类的感觉。"

"是这样的没错！"孟非悬叹了一声，认真地盯着谢染，"但我不想跟任何别的人有关系啊，就算是NPC也不行。我的核心程序是先生写的，先生还在我的核心程序里签了名，你怎么可以这样想我的为人……工智能呢？"

谢染原本也只是随口一提，看到孟非悬这么认真地反驳、解释，心里生出一丝难以言喻的感觉。

他自然记得，孟非悬是他最得意的作品。在完成的那一刻，他在孟非悬的核心里签上了自己的名字。

"好，我知道了。"谢染下意识轻笑了一下，"以后我不会提别人。"

孟非悬立刻打蛇随棍上："那我们什么时候可以学习？"

谢染反问："你还没删掉那些数据吗？"

孟非悬沉默了一下，假装没听见，去赶姬九："走走走，我们去找鸡王麻烦。"

等谢染忙完申请学校的事，武林大会也到了尾声。

这天他登录游戏，孟非悬向他汇报："先生，自制武器已经完成。"

谢染查看了一下装备编辑系统，果然进度已经达到百分之百。他点开一看，新武器显示制作成功。

"好了。"孟非悬打了个响指，"现在这个游戏的技术归先生了。"

谢染不置可否，只把新武器放进背包里，随即解除了世界频道的屏蔽，随便扫了一下消息。

"有人转让武林大会决赛的门票吗？在线等，急。"

"有，私信交易，可选位置。"

"又有死黄牛囤票，这游戏要完，管理员03能管管不？"

谢染这才恍然想起今天是武林大会决战的日期，他没有参与比赛，最近又在忙着自己的事情，基本没关注过这件事，没想到转眼比赛都到尾声了。

游戏官方花了大力气办这次比赛，也搞了很多花样赚钱，其中一项就是卖比赛门票。玩家可以购买门票现场观看不同选手的比赛，不同场次的热度不同，门票价格也不一样。

决赛门票无疑是最难抢的，因此也吸引了大批黄牛囤票，如今位置好的门票已经被炒成天价。

因此，世界频道上骂声不断。

谢染拉开战力榜看了一下，果不其然，战力榜前十名都是原来高手榜上的名人，比较让人觉得意外的是第一名的见景生和第二名的半城烟雨。

见景生以前就是高手榜第一，但是跟后面几名的差距并不明显，这次比赛却一路领先，到了如今，战力积分已然遥遥领先，显然实力比起之前有了大幅的提升。

孟非悬向他解释情况："见景生得到了刀神传人的真传。"

谢染了然。刀神传人这个级别的 boss，要得到他的真传是很不容易的。一般来说，要么玩家有什么奇遇，要么等到游戏升级，开放新地图之后，大 boss 才会开始收徒。

见景生花费了大力气攻占下刀神世家，在这个阶段就先得到了刀神传人的真传，自然能够大幅领先其他高手。

除他之外，第二名的半城烟雨也颇受瞩目。

风雨楼自从按照鸡王提供的线索挖出了宝藏之后，发展势头一直不错，目前已经重新回归五大公会排行榜。

而一直以来在高手榜上排名平平的半城烟雨这段时间也发愤图强，加上有鸡王给的神秘秘籍，居然一跃登上战力榜第二，叫所有人刮目相看。

"我偶尔去风雨楼的内部看他们聊天。"孟非悬向谢染爆料，"半城烟雨在公会内说，他不能辜负神消传位给他的信任，下定决心要实现风雨楼的伟大复兴。"

去别人公会内部看人聊天……是他的 AI 没错了。

谢染睨了孟非悬一眼，少年的表情实在太自然了，以至于他一时不确定要不要教育他。

谢染想了一下，问："只看了风雨楼吗？"

"哪能啊？风雨楼才多少数据！"孟非悬挥挥手，"当然是所有公会都看一遍啦，不过都是些家长里短，要不就是 PK 抢怪，这些人的精神一点儿都不高尚。"

他说着还双手抱胸，冷嗤一声："尤其那个朝烟阁，以前每天都要固定骂我半个小时，素质太低了！"

谢染抓住重点："以前？"

"对啊。"孟非悬点头，露出阴险的笑容，"后来我给刀神世家的 NPC 插入了一段程序，只要他们一骂我，NPC 就过去打他们……然后他们就不敢再提我和先生的名字了。"

谢染："……"

难怪朝烟阁的人都不敢在世界频道上提到他和孟非悬，除了怕被方慕豪拍死，估计也怕说到一半，NPC 突然过去打他们吧。

"嘻嘻嘻！"孟非悬得意地叉腰，"他们都以为见景生被玩弄的事情连 NPC 都知道了，还触发了什么奇怪的 buff，又不敢往外说……算他们识相，不然再有下次，我就直接把帽子戴到见景生头上去。"

谢染只当没有听到。世界频道上还在刷消息，他想了想，反正没事，便道："去看看决赛吧。"

"好的，先生。"孟非悬点头。

刚说完，脚下传来"咯咯咯"的鸡叫，姬九正伸着脖子期待地看着他们。

"小九也想一起去看吗？"孟非悬问。

姬九拍拍翅膀："咯咯咯——"

孟非悬看着谢染，摊手道："小九的叫声是乱码，我翻译不出来。"

谢染看了姬九一眼："那就一起去吧。"

武林大会的决赛地点位于西北大漠的明月城中。

谢染和孟非悬带着姬九通过传送点传送到明月城外，一出传送点，便可以看到明月城恢宏高大的城墙。城墙隔开两个世界，墙里是大漠中最富饶繁荣的绿洲，墙外则是一望无际的黄沙。

明月城也是游戏中的主要城镇之一，城内有可以拜师学艺的系统门派，城外的大漠深处则有不少珍稀野怪，也是玩家打怪练级的好去处。

除此之外，游戏中还有不少西域商人会往来此处做生意。之前半城烟雨想要给谢染的夜光杯，便是从来这里的西域商人手上收的。

因此，城门处常年人流熙攘，偶有清脆的驼铃声响起，便有玩家循声而去，以期能淘到好东西。

而今天因为武林大会，进城的路上更加热闹，几乎是摩肩接踵。以往的驼铃声也被一种声音取代——

"票子要不，票子要不？"

"《明月江湖》首届武林大会，见证第一代武林盟主的诞生，走过路过不要错过。"

"内部票，不议价嘞。"

"搏一搏，单车变摩托，距离决赛还有最后一小时，要下注的赶紧了！"

有人道："见景生赔率怎么这么低？这还搏个啥啊！"

"那不是很正常吗？也不看看见景生战力积分多高了，这赔率都是按照战力定的……"

正门处实在拥挤，谢染只看了一眼，便微微皱了皱眉，产生了直接下线的想法。

孟非悬见状熟练地启动导航系统，一下子规划好新的路线，指了指另一侧方向："先生，我们从这里走，绕过一片沙地，那边有一个小门。"

小门位置偏僻，若不是常来明月城的老玩家，很少有知道的，加上沙地不好走，因此孟非悬指之处行人寥寥无几。

谢染点点头，比起跟人挤，走沙地也没那么难受。

两人便带着一只鸡从旁边绕过去。没多久，鼎沸的人声就远远落在了身后，目光所及之处，只剩下高大的城墙和漫漫的黄沙，偶尔有一两个到沙漠里打怪的玩家从身边路过。

"前方二十米处左转，往前直行六百米到达目的地。"孟非悬一边走一边用导航语音包报告路线，"前方检测到人群数据，请注意避让……"

明月城是规整的"口"字形城市，此时他们走到了城墙的拐角处，眼看着就要到小门了，结果刚一拐弯就听到一个熟悉的声音尖厉地喊道："我不管，这只沙丘灵猫是我们先发现的，凭什么让给他——"

孟非悬恍然："原来是他们啊。"

谢染抬头看去，就见前方的沙漠里站着两拨熟人，一边是以见景生和浮光为首的朝烟阁成员，另一边则是风雨楼的人，半城烟雨站在最前方，与见景生和浮光相对而立，神色有些尴尬。

困在两批人马中间的是一只被吓得瑟瑟发抖的沙丘灵猫。

灵猫是明月城区域的特殊灵兽，个子小巧，外形可爱，又有很强的战斗力和属性加成，是很多玩家喜欢的随身神兽。但是灵猫数量稀少，又神出鬼没，很不容易捕捉，因而在游戏中的价格也十分高昂。

半城烟雨今天到明月城参加武林大会决战，正好有公会的人在附近发现了沙丘灵猫的踪迹，就顺路带着人过来捕捉。

没想到他们就快要捉住它时，浮光突然带着朝烟阁的人过来，非说这只沙丘灵猫是他们先发现的。

虽然游戏中抢怪是常有的事，但一般是低素质玩家的个人行为，很少人会以公会名义做这种事。何况还是排名第一的大公会，抢到另一个大公会头上。

风雨楼的人都惊呆了。本来只是一只沙丘灵猫，虽然稀有，却不是什么大不了的。但是朝烟阁公然抢怪就不能忍了，这要是让了，传出去风雨楼就不用在江湖上混了。

半城烟雨更是不知如何回应，说起来他和浮光现实中还是认识的，这段时间见景生对他也多有关照，关系算得上不错，浮光突然来这么一出，着实让他看不懂。

两方人马当场就吵了起来，眼看着就要动手，还好见景生收了消息赶了过来，当场把浮光训斥了一顿。

不料浮光被见景生一训斥，顿时发作得更加厉害，不管不顾地把半城烟雨给指摘了一顿。

半城烟雨听了一会儿，才明白了怎么回事。原来这段时间见景生对他的关照都是瞒着浮光进行的，结果浮光两天前无意间发现了这件事，心里便很不舒服，觉得见景生拿公会的东西去帮半城烟雨。

正好浮光今天来明月城看见景生决战，也收到发现沙丘灵猫的消息，便带着人过来捕捉。结果，一来就碰到风雨楼的人，便疑心是见景生把消息透露给了半城烟雨，这才跟风雨楼闹了起来。

浮光精神看起来不太好，眼睛里还透出细细的红血丝，他瞪着见景生道："你为什么要对他那么好？别以为我不知道，你偷偷把刀神世家产的玄铁给了他，还给了他内功秘籍，不然他根本上不到第二名！"

见景生被浮光当众质疑，脸色当即沉了下来，"落烟是我们的朋友，帮一下怎么了？你怎么那么小心眼？"

浮光被他这么一吼，当即瑟缩了一下，声音也小了下来，但还是很不甘心："你以前不是这样子的……"

这才是他对半城烟雨心生芥蒂的真正原因，并不是因为见景生真给了半城烟雨多少东西，而是因为见景生对他的态度日渐敷衍。

浮光觉得自己作为功臣被怠慢了，但此时朝烟阁占着垄断了刀神世家的产出，渐渐有了一些收入，见景生在经济上不再那么依赖浮光，浮光想要发脾气也不是很有底气。

浮光一直觉得见景生对自己不够重视，突然发现见景生对半城烟雨那么热忱，自然就爆发了。

可惜见景生并没有因为他的话感到愧疚，反而做出失望的表情，叹气道："你以前也不是这样的。"

浮光顿时急了："小景哥，你怎么会这么想？"

"你以前不会给我找麻烦的。"见景生盯着浮光，"不要让我为难，跟落烟道个歉，这件事就算了。"

"我……"浮光眼眶微微发红，咬着嘴唇有些不知所措。他平时趾高气扬的，也就在见景生面前软和，什么时候给别人道过歉？

见景生这段时间确实是频频在半城烟雨打怪练级的时候出来帮忙，后面见景生又给了他一些刀神世家特产的玄铁，还给了他两本内功心法。这些都是游戏里的稀有物品，正好赶上武林大会和自制装备系统开放，风雨楼内部需求不小，他便接受了，但也没有白拿。

此时看到浮光眼眶发红，半城烟雨连忙轻咳一声，摆手道："不用了，不用了，云光又没做什么。"想了一下，他又对浮光解释道，"那个，你误会了，小景哥那些东西不是白给我的，我也拿了风雨楼仓库里的东西跟他换，其余的付了钱，算是买的……"

"那能一样吗？"浮光显然不接受这个答案，打断他的话道，"玄铁和秘籍，朝烟阁内部都不够用，为什么要卖给你？再说了，现在玄铁市价多少钱，小景哥卖给你多少钱，你心里没点儿数？不就是仗着小景哥对朋友好，占他便宜吗？"

半城烟雨："……"他是真不知道啊。

见景生一直跟他说刀神世家不缺玄铁，又说朋友间卖东西不应该坐地起价，收个成本价就行了。他给见景生的东西，也一直是按成本价的，自己还经常倒贴一些呢。

见景生为什么要这样做啊！

面对浮光的质问，半城烟雨缓缓露出了迷茫的眼神。

就在这时，旁边突然传来一串"咯咯咯"的鸡叫声，打破了现场尴尬的气氛。

两帮人齐齐转头看过去，就见两人一鸡出现在城墙拐角处，正要若无其事地路过。

朝烟阁的人脸色瞬间一变，尤其是见景生，脸上更是绿得像是能滴出菜汁来，几乎是死死地盯着谢染。

半城烟雨却是眼睛一亮，当即三步并作两步冲了过去，惊喜地喊道："发达兄，孟兄，好久不见，你们也是来明月城看决战的吗？"

谢染不得不停下脚步，微微颔首："对。"

"正好我也是，不如我们一起进城吧，我知道一条小路。"半城烟雨无心再关注灵猫的事，回头道，"小景哥，云光，不好意思让你们误会了，以后我会注意点儿的，这只灵猫就给你们了，我先走了。"

他无意纠缠，浮光却一下子找到了发作的借口，当即说道："好啊，原来你跟谢发达是一伙的，居然还敢要我们朝烟阁的东西，真是太不要脸了。"

在场几名朝烟阁的人都是浮光的心腹，见状也纷纷帮腔："半城烟雨，你拿着我们朝烟阁的好处，却跟谢发达来往，你还讲不讲江湖道义？"

"你把我们阁主当什么人了？"

刚才还帮着半城烟雨说话的见景生，此时却没有开口，也直勾勾看向他。

见景生不开口，对朝烟阁其他人来说便等同于默许。浮光更是一喜，连忙趁机煽风点火："小景哥，你看到了吧，尹落烟明明知道谢发达那样对你，还跟他往来，这种人不值得做朋友……"

半城烟雨本来还对浮光有点儿不好意思，听到此处一下子怒了，当即大声斥道："谭云光，你骂我可以，骂发达兄不行！"

"沙丘灵猫给你了，以后你们朝烟阁的东西我也不会再要，但是发达哥跟这件事没关系，你少趁机诋毁他！"

半城烟雨这番话可算彻底点燃了见景生的怒火。

见景生看了半城烟雨一眼，又去看谢染，眼睛里透出森森冷意："谢发达，我们之间的恩怨还没有好好清算过，你有胆子的话，就跟我比上一场，从此我们恩怨两销。"

他傲然而立，看着谢染，眼中燃着熊熊战火。如今他得了刀神真传，在战力榜上一骑绝尘，却洗不掉被背叛的耻辱。

连他仰望的人，如今也跟在谢发达的屁股后面跑。

真是可笑至极！

其实只是想绕小路的谢染已经很不耐烦了，闻言淡淡地扫了见景生一眼，漠然吐出三个字："没兴趣。"

见景生："……"

见景生眼睛微微眯起，故意激他："你是不是怕了？"

"肯定是怕了！"旁边一个朝烟阁成员立刻煽风点火，"他连武林大会都不敢报名参加，就是怕被人发现他根本不是什么高手吧！"

朝烟阁的人以前不敢惹谢发达是因为忌惮方慕豪这个boss，但从武林大会开始到现在，见景生在战力榜上一路领先，谢发达却连名都没有报。

渐渐地，大家都怀疑，谢发达根本不像论坛上猜测的那样是什么隐世高手，真高手哪可能忍着不出手，做一辈子普通玩家的？

就凭他之前搞定东三大街大半NPC的操作，估计也只是用了什么方法搞定了方慕豪而已。

而此时有见景生这个战力榜第一在，他们自然是一点儿都不怕谢发达的，就算谢发达喊出方慕豪，见景生也能叫来刀神传人。

至于谢发达本人，还不是任由他们拿捏？

朝烟阁的人也是被孟非悬欺负狠了，此时难得有机会可以出口气，一个个都得意扬扬地看着谢染。

还有人道："让小景哥出马，那不是欺负人吗？不如让我上。谢发达，你总不会不敢应战吧？"

半城烟雨当场急了，正要说话，就听站在谢发达旁边的少年突然发出一声冷笑。

"就你？"孟非悬往前一步，护在谢染身前，嚣张地用鼻孔看着说话那人，一手指了指姬九，"你信不信，我撒把米在地上，我的鸡都能打败你。"

风雨楼："……"

朝烟阁："……"

不愧是素质极低的孟非悬，真的好会嘲讽人。

那人也大觉受到侮辱，登时大怒，抽出武器威胁道："我看你是不见棺材不掉泪——"

"反弹！"孟非悬熟练地骂了回去，同时居然真的不知从哪儿掏出一把米来，往那人的方向一撒，"小九，冲呀！"

"咯咯咯——"花白羽毛的母鸡屁股一撅，以战斗机的姿势气势汹汹地冲向那人。

那人："？？"

其他人："？？？"

半小时后，世界频道。

"号外号外！刚刚朝烟阁的椿笛在明月城外被一只白花鸡啄死了！"

"补充，那只白花鸡是谢发达养的那只。"

"What？"

"椿笛？高手榜一百多名的那个椿笛？"

"什么？白花鸡不是普普通通的鸡吗？"

"普普通通的鸡能把椿笛啄死？我估计是白花鸡里隐藏的稀世变异珍品鸡。"

"这就说得通了，难怪谢发达那两人会在线养鸡，原来不是一般的鸡。"

"朝烟阁太好笑了吧！打不过方慕豪就算了，怎么连谢发达的鸡都能啄死他们……"

"重金求购白花鸡，有多少收多少哈！"

"……现在连鸡都涨价了。"

谢染和孟非悬从小门进入明月城，依然是孟非悬导航，挑人少的小路走。

姬九昂首挺胸走在前面，气势汹汹，尽显一只刚得胜归来的战斗鸡应有的风范。

不知道是不是错觉，谢染总觉得姬九身上隐隐有一股与孟非悬类似的气质……

这难道就是什么 AI 养什么鸡？

谢染陷入思考。

半城烟雨带着几名风雨楼的人跟在他们后面，眉飞色舞地和他们讲述当初谢发达是怎么帮他完成鸡王任务的。

他之前觉得谢发达帮他做鸡王任务的过程很不科学，怕传出去会给谢发达带来麻烦，因此在公会里也只说是运气好，从来没有透露过实情。

方才亲眼见到当初这只看起来平平无奇的小母鸡居然啄死了朝烟阁的高手，半城烟雨终于恍然大悟——原来这只鸡，竟是一只这么厉害的隐形变异神鸡。这样说来，当日的任务结果也不算特别离谱了。

如此，他终于能告诉大家当初的实情，甚至还加了不少自己脑补的情节。

孟非悬竖着耳朵听半城烟雨激情地和另外几人讲述当时发达兄是如何不费一兵一卒智取鸡王，而鸡王又是怎么瑟瑟发抖、声泪俱下，最终拜倒在东三大街一霸的脚下，不由得发出了人工智能的感慨："小师弟看起来好像一个傻子哦。"

谢染闻言看了孟非悬一眼，少年得意的样子和仰着脖子的姬九真是莫名相似。

谢染轻笑一声，突然抬起手来，捏了孟非悬的脖子一下："嗯，傻瓜。"

在他们身后，几名风雨楼的玩家听半城烟雨的浮夸故事听得如痴如醉。他们受过谢发达的恩惠，本来就对他十分感激，此时更加激动，连声附和半城烟雨——

"发达哥真不愧为东三一哥，任何 NPC 到了东三大街都要向他拜码头啊！"

"发达哥眼力真好，一眼就看出这是一只不同凡响的神鸡！"

"孟兄也厉害，看他刚刚撒米的英姿，谁见了不说一声帅啊！"

"可不是，就一把米，鸡哥就把椿笛给啄死了，孟兄养鸡专家啊！"

几人说得正兴奋，孟非悬突然回过头来，幽幽看着他们："说什么呢！"

那几人闻言猛地一顿，以为是他们太忘形了，惹得孟非悬不高兴，其中一人连忙找补："哈哈，口误口误。什么养鸡专家？多难听啊，孟兄又不是养殖户……"

"谁跟你说这个？"孟非悬打断他的话，指了指走在前面的姬九，"你仔细看看，我们小九是什么鸡？"

那人看了姬九一眼，正好姬九也回过头来，小豆子眼滴溜溜地看着他们，无声传达着自己的不满。

几名风雨楼玩家却没有领会到精神，一个个面露迷茫，应话那人思索了一下，试探着问："宝……宝鸡？"

"你们眼睛是装饰用的吗？小九是母鸡！"孟非悬捶了那人脑袋一下，"叫什么鸡哥！"

姬九也跟着"咯咯咯"地表示抗议。

那几人："……"

过了一会儿，终于有人先反应过来，尊敬喊道："鸡……鸡姐！"

"这还差不多。"孟非悬哼了一声，又捶了那人一下，这才回过头去继续走路。

那人眼泪汪汪地摸了摸自己的脑袋：为什么叫错要捶，叫对了还要捶啊？

谢染无语地看了孟非悬一眼。他的 AI，估计又是在践行"要求得不到满足就找人出气"那一套了。

第十八章
武器压制

不多时，一行人到了举行决赛的中心城外面。

明月城的中心城是明月城主的帮派驻地，仿的宫城建筑，城门到NPC居住的大殿中间是青石板铺就的露天广庭，广庭占地广大，可一次性容纳数万人。

武林大会决赛就在广庭举行。

此时平日里随便开放的中心城设了门禁，各个门口处都有NPC把守，玩家需要凭票才能进场。

"站住，检票。"一名穿着铠甲的NPC拦住谢染一行人。

"哦哦，在这儿。"风雨楼几人连忙从背包里拿出门票。

谢染和孟非悬却站着没动。半城烟雨一看他们的样子，就大致猜到了是什么情况，便说道："你们是不是没票？要不我们先把票给你们，我们去买黄牛票……"

风雨楼其他人跟着点了点头。毕竟如果没有谢发达帮忙搞定鸡王任务，半城烟雨也未必进得了决赛。

"不用。"谢染摆摆手，"我们能进去……"

话未说完，旁边突然传来一声冷嗤，有人阴阳怪气地小声说道："原来连门票都没有。"

游戏中的脚程都差不多，见景生和浮光带着朝烟阁的人正好也在这时候到达检票口，于是又跟谢染他们撞上。仇人见面，自然分外眼红。

前头在沙漠中发生的一幕实在太出乎他们的意料，谁也没料到，堂堂的朝烟阁高手椿笛，居然没能打过一只鸡，竟是活生生让鸡给啄死了。

这个游戏开服至今，有被玩家的战宠打死的，有被野怪拍死的，还从来没有人被一只落照城郊最常见的鸡给啄死的！

尤其是那鸡之凶悍程度，简直见所未见！

朝烟阁的人当时都被吓得不轻，现场兵荒马乱，加上有风雨楼的人护在前面，他们一时竟不敢找谢发达的麻烦。

等到他们冷静下来的时候，谢发达他们和风雨楼的人都已经走远了。

此时椿笛还在从复活点重新赶过来的路上，朝烟阁的人在这里碰到谢发达和孟非悬，虽有心寻仇，但检票口有NPC维持秩序，加上那只凶悍的母鸡还跟在两人脚边，他们不敢妄动，只能口头嘲讽两句。

见景生作为朝烟阁的阁主，刚才没留神让谢发达走掉了，现在不能不为成员出头，便往前一步，正要说话，然后，他就看到了谢发达和孟非悬亲近地站在一起。

见景生下意识攥紧了拳头，冷冷地看着谢染："谢发达，等武林大会结束，我们比上一场。"

谢染连个正眼都没给他，仍是那淡淡的三个字："没兴趣。"

"由不得你有没有兴趣。"见景生心头烧着一团火，他已经说不清自己是什么心态，只是每次谢发达做出惊人之举，每次论坛和世界频道上热烈讨论谢发达的时候，他心里的不甘就会更多一分。

谢发达算什么东西，他怎么可能比尹落烟更出色、更夺目？

凭什么连尹落烟都对他另眼相看？

凭什么全服的人都认为他见景生是被谢发达嫌弃的那一个？

唯有亲手击杀谢发达，才能证明他比谢发达强，才能让所有人知道，谢发达根本不配跟他相提并论。

见景生转头向旁边一个朝烟阁成员示意："盯着谢发达，别让他跑了。"

"好的，阁主。"那人点头应道。

其他朝烟阁的人闻言也心中大爽。见景生终于下决心亲手对付谢发达，以他今时今日的实力，肯定能一雪前耻了。

另一人轻蔑地说道："他连票都没有，还不知道进不进得了中心城呢，怎么盯？"

浮光微微勾了勾嘴角，嗤笑道："谢发达，要不干脆我送你一张票吧，就跟我们坐一起，这样你省点儿钱，我们也省点儿事。"

前头那人"啧"了一声："那他便宜大发了，我们的票可都是好位置。"

因为见景生是决赛候选人，朝烟阁可以优先购买亲友票，拿的都是靠前的位置。

谢染还没说话，风雨楼的人先急了，半城烟雨连忙上前："小景哥，何必这样……"

话未说完，中心城大门里传来一声爽朗浑厚的笑声，一个中年男子的声音随之响起："谢总，孟兄弟，你们总算到了！"

检票口挤满了排队准备进场的玩家，那洪亮的声音一出现，所有人都下意识循声望去。

就见这次武林大会的发起人，这段时间在各大论坛疯狂刷脸的大boss杨显云，携其妻子燕小舞从大门中快步走出，热情地迎到谢染面前，熟络地与谢染握了握手。

杨显云道："谢总，您要过来怎么不早点儿说？这样的话，我们好去城外接您二位！有失远迎，有失远迎啊。"

谢染摆了摆手："无妨。"

他之前完全没有关注武林大会的事，自然也没有提前买票。今天临时起意过来，原本是要去买黄牛票的，没想到在背包里发现了杨显云发过来的两张请帖，于是直接到了明月城，才给杨显云回了封信。

"谢总，孟兄弟，这边请。"杨显云和燕小舞让出路来，示意谢染二人先走。

杨显云是明月城主，他亲自迎接，NPC门卫自然不敢不放人，连忙往边上一站，有序开路。

谢染回头看了风雨楼的人一眼："我们先进去了。"

风雨楼几人神色痴呆，傻乎乎地点头："哦。"

其实不止他们，此时整个检票口的玩家都已经集体呆滞了。大家一脸迷幻地看着杨显云和燕小舞。两个开山怪居然亲自出来接人！

杨显云还特别熟络地和谢染握手，称他"谢总"。

总觉得有种电视新闻里领导会面的即视感，现代的那种。

就很迷惑。

方才还在讥讽谢染的朝烟阁众人更是张大了嘴巴，那些未竟的话语全部堵在喉咙里，一点儿声音都发不出来。

谢染打完招呼，也不管风雨楼众人是什么反应，便和孟非悬一起带着姬九往中心城里走。

临走前，孟非悬突然回过头，指着朝烟阁玩家所在的方向阴险一笑，跟门卫说道："我怀疑这几个人身上有违禁物品，建议你们好好搜查一下。"

孟非悬可是杨显云的贵客，他开了口，门卫自然重视，登时都看向朝烟阁的几个人。

朝烟阁众人惊呆了。

朝烟阁的人身上自然是没有违禁物品的。江湖玩家，谁身上没武器、药品？这些自然不属于违禁品，但他们就是莫名其妙被搜了一遍身，还不能反抗。

因为守门NPC是游戏公司指定，专门维护这次比赛秩序，防止有人浑水摸鱼的，有凌驾于玩家之上的系统判定。

好不容易被放行，见景生和浮光领着朝烟阁的人走进大门，门内就是中心城广庭。

游戏公司为了多赚点儿门票钱也是用心良苦，广袤的广庭三面临时加盖了梯形的看台，中间搭起一个方形的擂台，整个现场就跟搞演唱会的大型体育馆似的。

广庭正北向的地方是明月城NPC居住的大殿，建不了看台，不过也在大殿外摆了几排奢华的座椅，居高临下，视野非凡。本次大赛中进入前二十名的选手的座位就安排在这里，彰显着他们与众不同的身份，也算是对高手们的宣传和鼓励。

不过玩家高手们只能按名次从第二排坐起，第一排的位子上整整齐齐坐着的全部是游戏中各大门派的掌门boss，比如逐鹿山庄的方慕豪、刀神世家的传人、蓬莱岛岛主、独行侠青衫客等。这些boss都是被系统邀请来观看比赛的，打眼看去，倒是有那么一点儿主席台的味道。

这也是本次决赛的噱头之一——游戏中的大boss们齐聚一堂，给到现场玩家的视觉和心理的刺激无疑是巨大的。

朝烟阁的人前后耽搁了不少时间，进场的时候观众基本已经到齐，现场人声鼎沸，极为热闹。

更有许多人指着北面"主席台"的方向不住讨论，时不时欢呼尖叫。

无他，坐在那里的，不是boss就是玩家中的名人，每一个都自带光环，自然是全场瞩目的焦点。

想到见景生也是坐在那里，还有可能成为最终的武林盟主，浮光先前的烦闷都淡了不少，与有荣焉地说道："小景哥，你快去座位上休息一下吧，我跟其他人在观众席给你加油。"

见景生点点头，正要走过去，突然发现四周的声音莫名低了一点儿，接着全场声音越来越低，变成了窃窃私语。

见景生和浮光几人觉得有些奇怪，抬头一看，才发现大家突然都看向了主席台的方向。

他们也疑惑地转头看去，顿时怔住了。

主席台处，杨显云夫妇刚带谢染和孟非悬在大殿里参观了一下，看着时间差不多了，这才领着他们前往会场。

此时主席台除了见景生外，其他玩家高手已经全部就位，第一排的boss们也整整齐齐。

杨显云夫妇突然领着两个人过来，顿时引起了所有人的瞩目，有眼尖的玩家立刻认了出来，惊奇地说道："是谢发达和孟非悬！他们怎么在这儿？"

"啊，是他们？等等，杨显云为什么会带着他们？"

大家正疑惑，下一秒，就看到原本风度翩翩地与其他几位boss攀谈的一代豪侠方慕豪弹射一般站了起来，热情地迎了上去："谢总，孟先生，你们怎么来了？"

谢染颔首："来看看。"

其他boss好奇地问道："这位是？"

"这是我老板。"阴阳人方慕豪能屈能伸，坦坦荡荡地向其他boss引荐，"谢总，孟先生。"

其他几个boss恍然大悟，纷纷站起来打招呼："原来您就是谢总，久仰。"

"据说你几个月不到，就带领逐鹿山庄掌握了整个落照城的商业，令我等好生佩服啊。"

"客气。"谢染面不改色地一一回礼，并习惯性地伸出手去，"幸会。"

其他boss都没见过这种打招呼方式，一时有些迷茫。方慕豪连忙上前，与谢染握了握手，解释道："这是谢总谈生意的商业礼仪，握手。"

"原来如此。"其他 boss 恍然大悟，纷纷上前与谢染握手。

后排的高手们：？

四周看台上，观众们眼睁睁看着原本一派威严的各大门派 boss 突然全部站起来，非常有商务风范地和谢发达二人一一握手。

这游戏画风，徐徐改变。

世界频道。

"惊恐！谢发达看起来好像是来收购明月城的……"

一位近距离目睹了全过程的某高手："大胆，发达哥的名字是你叫的吗！叫谢总！"

"高手兄你……"

"那么，明月城会上市吗？"

明月城上市自然只是一句玩笑话，但谢染和各大掌门 boss 亲切会晤之后，杨显云又让手下搬来两把凳子加在主席台的第一排，邀请谢染和孟非悬坐下。

这下全场都疯了，尤其是朝烟阁的人，眼睛差点儿就要滴出血来。

浮光抓着见景生的手臂气急败坏地说道："小景哥，谢发达他们凭什么坐在那里啊？那里不是前二十名的高手才能坐的吗！你辛辛苦苦打到战力榜第一，也只是坐第二排……"

"行了，还嫌不够丢人吗！"见景生从在城外碰到谢发达开始就一路不顺，心情已经烦躁至极，此时哪还有心情安抚浮光？挥手将浮光甩开，"现在比赛要紧，你们先去坐好吧。"

浮光手上一空，心中更慌，最终只能咬咬牙："好。"

"还有……"见景生提醒，"盯紧谢发达，别让他跑了。"

朝烟阁的人不服，世界频道也是群情汹涌。大量的现场观众开始殴打策划，询问为什么谢发达和孟非悬没有报名参加武林大会，却可以坐在最好的主席台位置。

游戏公司也是茫然的，连忙找人去跑程序，但一时半会儿也查不出详细原因，对外只能先含糊回应。

系统：明月城主杨显云感念玩家谢发达与孟非悬将其从珍珑棋局中救出，特邀其共同观看武林大会之决战，江湖各派掌门人亦为谢发达所折服，意欲与其结交，共同探讨各派发展之事宜。

言下之意，谢发达这个待遇完全是 NPC 们给的，跟游戏公司无关。

居然还是直接用系统回复的，谢发达也算头一份了。

这个回答并不能完全服众，却又都是事实。谢发达确实从头到尾没有展示过任何武功，但是他做的事情，都是其他榜上高手做不到的，NPC因此对他另眼相看，也不是不可能。

虽然如此，大家依然被那句"共同探讨各派发展之事宜"给噎到了。

"谢总有毒！"

"我第一次在游戏里看到NPC跟着玩家搞发展的。"

"比不过！比不过！"

"还是骂策划吧！"

"有道理，管三出来受死！"

看台上，孟非悬向谢染打小报告："先生，世界频道上的人有意见！"

"嗯。"谢染应了一声，顺手屏蔽掉世界频道。他被瞩目惯了，只要不影响到他的工作计划，他都不会花太多精力关注评论。

他双腿交叠，一只手的手肘撑在座椅的扶手上，轻轻托着下巴，脸上无甚表情，却自然散发出上位者的气场，他淡声道："游戏公司也差不多该发现了。"

"他们正在排查数据。"孟非悬坐在谢染旁边的椅子上，一边汇报一边把姬九抱起来，放在自己的大腿上。

"咯咯咯——"姬九扑了扑翅膀。

谢染侧头看过去，意味不明地笑了一下，另一手伸出去挠了挠姬九的脖子："你可以先把姬九的数据拷贝一份。"

"不行，小九是我们的鸡，不能留给别人。"孟非悬抓住鸡翅膀，"我要直接把它的数据剪切走。"

见景生刚走上主席台准备坐下，就隔着一段距离看到孟非悬跟谢发达头靠着头在说话。

这两人是故意给他难堪的吗！

谢发达的出现只是一个小小的插曲，很快决战正式开始，所有人的目光都集中到了擂台之上。

此次比赛一共有四名选手晋级到了决赛，先按照战力积分两两对战，即积分第一和第四对打，第二和第三对打，获胜者再进行最终决战，最后获胜的人即为武林盟主，现场获得NPC加冕，获得"武林至尊"称号。

第一场，见景生和排名第四的高手——女剑客飞灵对打。

见景生心里积攒了一股无处发泄的怒火，几乎是一开始就使出了刀神绝学中的杀招，刀刀致命。

飞灵能进入决赛，武功自然不弱，然而见景生的肆意发泄给了她极大的压力，全程被压制着打。

飞灵几乎是没有悬念地输掉了。

全场哗然。

"我的天，见景生好像更厉害了。"

"真的，飞灵跟别人打优势都挺大的，在见景生面前居然一点儿还手之力都没有，见景生之前该不会都没用过全力吧？"

"看来这武林盟主，已经定了啊。"

朝烟阁的人更是热血沸腾，放声大喊："阁主牛啊！"

惊叹声中，第二场开始。

对战人是半城烟雨和云怒。

这是决赛中备受关注的另一个看点。风雨楼前副楼主云怒与半城烟雨的恩怨由来已久，云怒先带人叛出风雨楼，后试图抢夺风雨楼驻地，差点儿搞散了风雨楼，但最终疑似因打扰了谢发达和孟悬非玩游戏而被团灭，功败垂成。

但云怒到底自身底子厚，怒云楼解散之后，他凭着强大的实力加入了一家小公会，如今也成了小公会的当家高手。这次他更是憋着一口气，硬生生打进了战力榜第三，很是给小公会挣了一番面子。

自然，半城烟雨和云怒的这场战斗，也被全服视作双方的荣誉之战。

半城烟雨登上擂台，与云怒相对而立。

云怒双目中充满了恨意，语气更是轻蔑极了："半城烟雨，你运气很好，以前有神消照拂你，后面又有谢发达帮你一把，但是你的好运不会一辈子用不完的。"

"少废话。"半城烟雨冷声道，"云怒，今天我们就做个了断，以后桥归桥，路归路，互不相干。"

"就凭你！"云怒一贯看不起半城烟雨，即使半城烟雨已经是战力榜第二，在他眼里依然是一个靠别人扶持的废物。

这一次，半城烟雨却叫他大吃了一惊。

当被半城烟雨一脚踢下擂台，现场宣布半城烟雨获胜的时候，云怒并没有就此折服，双目中的恨意更甚，大声叫嚣道："你赢了我又能怎么样！你就是不配领导风雨楼！

"没有神消，你什么都不是！

"你再怎么模仿神消，你也比不过他，你不过是个赝品！"

为了保证观赛效果，擂台四周设置了收音功能，云怒的喊声传到观众席上，引来窃窃私语，"神消"这个传奇名字无疑勾起了许多人的回忆。

"神消都走了多少年了，云怒还没梦醒啊？"

"咋回事啊？当初不是云怒把神消逼走的吗？怎么现在又吹上神消了？他是不是有毛病啊？"

"不过云怒这样说出来，半城烟雨应该也挺尴尬的吧？"

"估计。当初大家都说半城烟雨学神消，也说他是最像神消的人，但是像有什么用？这又不是找替身……半城烟雨自己不知道怎么想的。"

半城烟雨本人正冷冷地看着云怒，等云怒叫嚷完了，他才突然朝着对方做了个鬼脸道："我看，你就是嫉妒我跟神消关系好吧？别以为我不知道，你也想学神消，不过你学得不像而已！你以为像神消那么容易啊，那都是要从生活里细微观察的。我跟神消的关系，是你能比的吗！"半城烟雨说着骄傲地又上了腰。

云怒："……"

其他人："……"

云怒无能狂怒，气得"哇哇"大叫："半城烟雨，我……你！"

正在NPC指引下走上擂台，准备与半城烟雨进行最终决战的见景生也是无语了。

"落烟，没想到最后决战是我们两个对打。"见景生目光柔和地看着半城烟雨，将自己内心那点儿微妙与难堪掩饰得很好。

眼前的青年长身玉立，面容英俊，看人的时候眼睛会弯弯地笑，永远温和得体，矜持贵气，一看就是从小在最好的环境中，接受最好的教育长大的。

见景生还能清楚想起自己与尹落烟第一次见面的场景，那是他第一次知道，世界上真的有人如月光一般皎洁而高贵，让人看一眼就自惭形秽。

见景生的出身比起尹落烟差得太远，他羡慕尹落烟，想接近尹落烟，心底却又有着一股难以言喻的不甘，长久的仰视像是毒藤，在他的心里生长，遮盖住了月亮的银光。

好不容易《明月江湖》开服，他自以为找到一个可以拉近跟尹落烟之间的距离的方法，结果尹落烟却跟在他师兄神消屁股后面跑。

再后来，神消退游，见景生在游戏中遇到谢发达。他曾经也是真心想要跟谢发达结拜的。可惜后续的发展已经脱离了见景生预想的轨道。

半城烟雨讪笑道："战场之上无兄弟，小景哥不用手下留情，尽管放马过来就行了。"

见景生却没有立刻动手，只依然看着尹落烟意味不明地笑了一声，语带嘲弄地说道："落烟你知道吗？以前谢发达跟你很像……"

"啊？"尹落烟一时没明白他这话的意思，真情实感地说道，"怎么会像呢？发达兄比我厉害多了啊！"

见景生："……"

见景生再也控制不住自己的戾气，提刀冲了上去。

他这段时间憋着气，很是费了一番工夫修炼。他比别人早一个阶段得了刀神传人的武学，操作又远胜其他玩家，一招一式使将出来，当真是气势万钧，煞是精彩。

四周观众连连叫好。

而半城烟雨表现也十分不俗，这位接替神消掌管风雨楼，却一直被看成是神消的影子的公会会长，在风雨楼遭受重创之后似乎终于奋起，拿出了与风雨楼楼主身份相匹配的实力。

场上刀光剑影，两人接连使出了其他玩家从未见过的技能招式。

现场的欢呼叫好声越发汹涌热烈。

"这是什么招式？好厉害啊！"

"没想到半城烟雨这么能打！"

"这么看来，他跟云怒对打的时候也还没使出全力啊！"

"看来风雨楼是真的要重新崛起了。"

见景生似乎也有些意外。其实半城烟雨实力一直不弱，只是前任会长神消太过辉煌，大家对他的期待也自然远远高于旁人，才显得他好像还不够优秀。

然而此时，在见景生得了刀神真传的情况下，半城烟雨依然与他势均力敌，怎能不叫所有人刮目相看？

甚至有几次，半城烟雨还反过来压制了见景生。他的身法变幻莫测，速度极快，形式又诡异，叫人难以判断。

见景生险险地避开半城烟雨的一次贴身，亦是面露惊讶："落烟，没想到你还留了一手。"

"小景哥不也是吗？"尹落烟很大方地承认了，"不留点儿兜底，决赛前就让人摸透了，那不是送人头吗！"

说话间，半城烟雨发动新技能，来自神秘门派的不传秘法——云影天光。

半城烟雨身法如云影，如天光，带着华丽的技能光连连逼近，以极为精巧刁钻的角度自见景生身侧掠过，竟是一把将他手上的武器给夺了过去。

场边观众都是第一次看见如此轻盈巧妙的身法，一时叫好声不绝于耳。

就是一贯看不起半城烟雨的云怒亦是睁大了眼睛。

见景生手上陡然一空，长刀已经落到了半城烟雨手里，见景生眼睛微微一眯，赞道："好身法。"

半城烟雨欢快回复："多亏了发达哥帮我拿到了神秘秘籍！"

见景生彻底丧失理智，声音里也透着恨意，沉声喝道："谢发达算什么东西？他怎么能跟你比，又怎么能跟我比！"

见景生手上寒光一闪，一把游戏中从未有人见过的华丽金刀赫然现出形状。

金刀的相关数据也浮现在所有观众的控制面板中。

"自制武器！"

"是神级属性的武器！不是那种垃圾装备！"

所有人的目光一下子被那把金刀吸引。这还是自制装备系统开放以来，第一把由玩家研发出来的神兵。

金刀带着华丽夺目的技能光飞向半城烟雨。

见景生使出了刀神绝学——振翅飞来斩。

半城烟雨败。

见景生胜出。

全场沸腾。

朝烟阁的人激动得脸都红了，喊得嗓子都要劈叉了："阁主牛！"

"阁主太厉害了！！"

"叫什么阁！叫武林盟主啊！"

"武林至尊！我们阁主是武林至尊！"

反而是一向以见景生为傲的浮光不若其他人那么激动，脸上还有些许茫然。他定定地看着见景生和半城烟雨，心里隐隐生出一股自己也说不清的不安来。

见景生毫无异议地拿下了最终的胜利。

他傲然站在擂台之上，手上拿着那把震惊全场的神级武器，宛如战神，全场的目光都聚焦在他的身上。

见景生嘴角终于缓缓勾起一丝笑意。他知道，这一战之后，他的名字将彻底取代神消，成为《明月江湖》新的传奇。

他和谢发达的往事，也会被他的传奇所取代。

"高手见景生打败半城烟雨，赢得武林大会最终胜利！"明月城主杨显云站起来，洪亮的声音借助雄浑的内力，传到现场每一个观众的耳中，"今日起，见景生成为江湖第一高手，获得'武林至尊'称号，同时获得绝世神兵——沧海明月剑。"

所有观众"哇"了一声，纷纷露出羡慕的神色："居然还有神兵！"

"沧海明月剑是什么？以前都没听过！"

"虽然没听过，但是名字直接用游戏冠名，一听就知道很厉害！"

在大家期待的目光注视下，杨显云看向坐在边缘的青衫客，颔首道："青衫客，你苦寻多年的江湖第一高手已经现身，请将沧海明月剑交出来吧。"

青衫客"啊"了一声，目露迷茫，过了一会儿，才伸手指向谢染："沧海明月剑我已经给他了。"

杨显云："？"

全场观众："？？？"

等等，青衫客这话是什么意思？他之前是给过谢发达一把神剑，但那把是马克剑，怎么沧海明月剑也在谢发达手上？

杨显云皱眉问道："你为什么把沧海明月剑给他？"

青衫客眨了眨眼睛，似乎也有些疑惑，他想了一下，才恍然大悟道："因为他才是江湖第一高手。"

当青衫客指着谢发达说出"因为他才是江湖第一高手"之后，全场有片刻的寂静，过了一会儿才响起如海啸般的喧哗声。

"什么情况？青衫客刚刚说谢发达才是第一高手？"

"说起来，当初确实是说第一高手才能接青衫客的剑的。"

直到此时，现场的玩家观众才再次想起来，青衫客寻寻觅觅的宝剑主人的前置条件一直都是"江湖第一高手"，而他传剑给谢发达之后，论坛上也确实一度怀疑谢发达是隐藏的第一高手。

只是后来谢发达依然当着他的普通玩家，虽然震撼全服的惊人操作不断，他从来没有展示过武学方面的成就，渐渐地，大家都忘了这件事。也有人认为他的"骚"操作那么多，说不好是怎么搞定青衫客的。

此时旧事重提，大家终于从青衫客口中得到确切的信息——青衫客确确实实是认为谢发达是第一高手才传剑的。

全场因为这突如其来的转折喧闹了起来，杨显云也并不比其他人更明白，他看着谢染迟疑地说道："你说谢总才是第一高手？但我从未见过他出手。"

杨显云作为游戏中的NPC，行为遵循着既定的程序逻辑。比如此刻，他的程序要求他以明月城主之名，认证新任武林盟主为江湖第一高手，并送上沧海明月剑，即使他与谢染私交不错，也不会就此徇私。

只是青衫客似乎也无法给他准确的回答，只恍惚地说道："他很像我的一位故人……"

"胡闹。"杨显云眉头皱得更深了，"沧海明月剑乃是武林至尊的佩剑，怎能随便赠予他人？"

他看向谢染，不无歉意地说道："抱歉，谢总，青衫客感情用事，误将沧海明月剑赠予了您，可否请您将剑归还？在下可补偿您明月城其余宝物。"

谢染还没说话，孟非悬先皱了下鼻子，摊手道："你们要找沧海明月剑，我家先生拿的是马克剑，跟我们有什么关系？"

杨显云的表情微微变了："你……你们管它叫马克剑？"

通常来说，宝剑认主之后，将由主人激活宝剑的名字。但沧海明月剑的传剑程序本身不太正常，因此剑名没有立刻被激活，结果就在激活前被主人起了新的名字，于是被迫更名。

现场有不少游戏老手，很快也想通此关节，于是大家的表情都跟杨显云一样变化。

敢情马克剑就是沧海明月剑，人家也根本不叫马克剑，是谢发达乱起的名字！

谢发达这是什么品位！

观众中有许多朝烟阁成员，当初青衫客传剑给谢发达，让他们很是被人嘲笑了一番自作多情，此时听到这把剑本应该是武林盟主的，而见景生正是武林盟主，也就是说，他们当初的想法根本没错，这把剑就应该是见景生的。

朝烟阁人顿时扬眉吐气，纷纷叫嚣——

"谢发达，快把剑交出来！"

"我们阁主才是江湖第一高手，你算什么东西！"

"谢发达开挂了吧？我要求游戏公司彻查他！"

"交出来！交出来！"

杨显云面有难色："谢总，还请您莫要为难在下……"

谢染倒没孟非悬那么没素质，淡声应道："剑已经没了。"

"什么？"杨显云一惊，思忖片刻，方凛然说道，"如此，你只能与见景生打上一场。你赢了，这剑便是你的，我们不再追究；你输了，则由犯下大错的青衫客，以人代剑……"

他声音沉沉："为武林盟主所差遣……"

此话一出口，全场顿时众议汹汹，朝烟阁的人狂喜不已："让青衫客听阁主差遣！"

"那我们朝烟阁以后在江湖上岂不是横着走！"

其他玩家面露羡慕："以后真的要朝烟阁一家独大了吧？"

"行。"谢染随口应道。他其实是可以拒绝的。不过他与数据相处了这么多年，对数据比对人熟悉得多，自然无意为难一个根据程序办事的 NPC。好在这事对他来说也不算太麻烦。

"先生，要不让我来吧？"孟非悬跃跃欲试，一副很想亲手殴打见景生的样子。

"低调。"谢染伸手拂过他的发顶，将好胜的 AI 安抚了下来。

"好吧。"孟非悬遗憾地坐了回去，拉了一下小母鸡的翅膀，"那我煲好鸡汤等你。"

姬九惊恐叫道："咯咯咯——"

大家没想到居然能在这种情况下看到谢发达出手，全场一下子都激动了起来。

虽然杨显云对此作出说明：谢发达没有报名参与武林大会，因此，这一战仅为沧海明月剑的归属之战，不影响正式的比赛排名和结果。

但任谁都知道，事情根本不是杨显云说了算的。

这里是武林大会决赛擂台，见景生是新鲜出炉的最终优胜者，他如果赢了谢发达，那自然是实至名归；他若是败了，即使官方比赛还认他，江湖上的玩家也不会认的。

不过，此刻也没人认为见景生会败就是了。

谢染在上万双眼睛的注视下款步走上擂台，身材挺拔，姿势舒展，不疾不徐的样子宛如模特在 T 台走步，丝毫不见大战前应有的紧张与慌乱。

见景生直勾勾地看着他，他没想到游戏系统居然会这么及时地给他送上一个机会，让他可以当着所有人的面手刃谢发达，一雪前耻。

他记不清自己已经多久没和谢发达这样单独面对面了，此时再见，竟有恍若隔世之感，只觉得眼前的人无比陌生，却又无比耀眼。

这种耀眼不是来自谢发达的成就，而是他自然流露的气场。他明明什么都没做，只是随意站着，下巴仰起微微的弧度，眼神那样淡漠又冷冽地轻扫过来，便生出居高临下的睥睨之感，无端便让站在他面前的人仿佛矮了一截，不由自主地要去仰视他。

见景生突然生出强烈的不甘来，这种不甘让他的心态几近扭曲。他露出古怪又阴沉的笑容，突然开口道："谢发达，你以前戏弄我的时候是不是很得意，以为把我耍得团团转，以为我对你真的那么情深义重？"

谢染漠然看着他，不发一语。

又是这种看猪肉一样没有感情的眼神！

见景生心中更恨，更加迫切地想要去毁掉对方的镇定："你一定想不到，我其实从来没有把你当回事。只不过是因为你很像我关心的一个人……"

他声音沉沉，故意加重了语气中的嘲弄，试图以此羞辱谢染，扳回一城。

但谢染丝毫没有被激怒的样子，甚至连疑惑都没有，只面无表情道："快点儿。"

见景生："？"

"你以为我在骗你吗？你不会真以为自己很了不起吧？"见景生恼

羞成怒，不管不顾地说道，"你想知道那个人是谁吗？我可以告诉你，他也在游戏中……"

"我知道，尹落烟。"谢染不耐烦地打断他的话，"可以开始了吗？"

见景生未竟的话语戛然而止，满脸惊愕地看着谢染，脱口而出："你怎么知道？！"

但谢染没有回答他。

见景生整个人如遭雷劈。他以为没有任何人知道，谢发达却这样轻描淡写说了出来，完全不当一回事。

原来谢发达早就知道了。那他也早就知道自己与他交好结拜根本不是出自真心，知道自己对他说的话，看他时眼中的热忱都是假的。

但他不拆穿，不说破，就静静地看着自己在他面前演戏。

所以从一开始，自己在谢发达眼里就是个自以为是的小丑吧？

惊愕、恼怒、崩溃以及无尽的恨意一瞬间淹没了见景生，他将牙关咬得"咔咔"作响："谢发达，你算什么东西！"

神兵金刀现形，耀眼的寒光一闪，雄厚的真气震荡开来。

又是刀神绝学——振翅飞来斩。

观众惊呼："我的天，起手就这么狠！"

"见景生是真的要谢发达的命啊！"

"啧啧啧，这也是曾经的神仙知己啊！"

"谢发达这次死定了吧？刚刚半城烟雨都没扛住这一招。"

"快看快看，谢发达掏武器了！是要拿马克剑吗！"

"不是说马克剑没了吗？见景生那把刀那么厉害，什么武器能跟它比啊……"

话音未落，全场骤然寂静无声。

只见擂台之上，正面遭受见景生攻击的谢染不慌不忙，在见景生冲过来的一刹那，才随意地从背包里掏出一把……一把枪？

所有人的眼睛齐齐瞪大，有人甚至不敢置信地揉了揉眼睛，以为是自己眼花了。

有懂行的直接尖叫了出来："我天，AKM！！！"

擂台之上，见景生亦是双眼睁大，脸上的惊诧更甚。

下一秒，"砰"的一声枪响。

新任武林盟主见景生，扑街。

全场鸦雀无声。

片刻之后，现场再次沸腾。这一次是真正群情汹涌，如同山呼海啸。

"枪枪枪枪枪，是枪——"

"这个游戏为什么会有AKM啊？"

"垃圾游戏服务器是不是崩了？怎么跟别的游戏串线了？"

"这是明晃晃地开挂吧！我要报警了！"

现场一片混乱，所有人的目光都被谢染手上那把AKM吸引了，所有人都在讨论这到底是怎么回事。

武林大会由官方发起，游戏官方自然也在实时关注着比赛。当杨显云宣布见景生为江湖第一高手，并请青衫客送上沧海明月剑的时候，游戏方才惊觉不对。

在游戏公司最初的设想中，按照正常的游戏进程，在武林大会开始之前，都不会有一个官方名义上的江湖第一高手。

要等到珍珑棋局被破，杨显云出关，召开武林大会之后，最终的胜利者才会正式获得官方认证的"江湖第一高手"称号。

为了让第一次武林大会起到最大的宣传作用，最大限度地调动玩家的热情，游戏公司为这场比赛的参赛者精心设计了两种奖励。

一种是现实奖励，由游戏公司直接颁发的现金大奖和奖杯等。

另一种，是经由游戏中的NPC之手送出的游戏物品，包括神级装备、武器、战宠等。这一项具体奖励没有提前公布，因为《明月江湖》的NPC具有一定的自主进化能力和选择能力，他们会根据玩家的实际表现，选择不同的奖励方案，这也是《明月江湖》与其他游戏的不同之处——更智能的NPC，更强的浸入感。

但不管怎么智能，怎么浸入，NPC的行为还是遵循着既定的逻辑线索的，比如武林大会的获胜者，一定会被杨显云亲口认证为江湖第一高手。

而青衫客的剑，一开始也是为这场比赛准备的，是给第一高手的奖励。

但是这个过程中发生了两个意外。

第一个意外是，青衫客提前认可玩家谢发达，将他认定为江湖第一高手，于是将剑传给了他。

这个步骤在游戏公司那里虽然意外，但是他们检查数据之后最终认定逻辑合理，他们也就不能干涉。

正常情况下,沧海明月剑既然已经传给了谢发达,那么武林大会之上,杨显云应该会选择新的神兵作为武林盟主的武器。

但偏偏这里面发生了第二个意外,就是谢发达在接过沧海明月剑之后,并没有激活宝剑的名字,而是胡乱将其命名为马克剑,并通过了系统的判定。

于是杨显云那里的数据便没有更新,以为沧海明月剑还在青衫客手里,处于未激活的状态。

杨显云便按照自己的既定程序,要求青衫客将沧海明月剑传给新任武林盟主,接着事情便一发不可收拾。

谢发达上场,然后掏出了一把 AKM 步枪,直接放倒了见景生。

主席台上的一众 boss 同样吃惊不已,纷纷站了起来,好奇地问道:"那是什么东西?"

杨显云更是激动得一个箭步冲到擂台上,指着谢染手上模样怪异的武器,惊声问:"谢总,您这是何物?"

"火枪。"谢染言简意赅,"你要的沧海明月剑被我熔了,重新铸成了这把武器。"

按《明月江湖》的自制装备系统逻辑,想要制造出神级装备,就需要珍稀的材料和高深修为。

沧海明月剑无疑是游戏中最珍稀的物品。

谢染制造出来的新武器,则更胜一筹。

"原来是这样。"杨显云恍然大悟。

两人的对话传到观众席上,本来群情激奋的现场玩家瞬间沉默了,现场上空缓缓飘出了一排排的问号。

啥玩意儿?谢发达的意思是,这是他用自制装备系统弄出来的?

这是人干的事吗?

大家都在想着怎么做刀、做剑、做鞭子、暗器的时候,你直接做热武器?

你尊重过这个游戏的画风和设定吗?

混乱过后,有人后知后觉想起来这还是在武林大会上,连忙问道:"那现在是什么情况?这个比赛结果怎么算?"

"按理说是谢发达赢了,但是你要说他比见景生厉害,我又觉得好像有哪里不对……"

"就是。"

"就……感觉谢发达和我们玩的都不是一个游戏……"

杨显云似乎也有些糊涂了，正思考这个结果该怎么判定。就在这时，青衫客终于回想起了什么，猛地站起来，看着谢染激动地说道："我记起来了！神消，你是神消！

"你于落照城外打败了我，本应该接掌沧海明月剑，但你突然凭空消失了。

"虽然你换了模样，但我能感受到，你就是他。"

青衫客的话让所有人再次将目光集中到谢染身上。

"什么意思？"

"谢发达是神消？"

擂台之上，谢染随手把步枪收回来，看了青衫客一眼，淡声道："是的。"

第十九章

找回人生

谢染身体的原主在《明月江湖》开服之初，就注册了神消的账号进入游戏，很快成了玩家公认的江湖第一高手，之后一手创立了风雨楼，将风雨楼带到全服第一。

神消在游戏中拥趸众多，无数玩家慕名而来，加入风雨楼，其中也包括了云怒等人在内的野心家。这些人因为慕强而追随神消，一心希望神消带领他们称霸全服。

神消不堪其扰，最终决定砍号重来。砍号前，他将风雨楼主之位传给了他认为真正能够守住风雨楼的半城烟雨。

之后，他在落照城外正准备销号的时候，碰巧遇到了途经此地的青衫客，一时兴起，便与青衫客打了一场。

神消赢了青衫客，按照流程，青衫客当时应该传剑给神消，并激活沧海明月剑之名，公告全服。

但是神消没有接剑，直接销号消失了。

再之后，原主换号重来，成了名不见经传的普通玩家谢发达，遇到了见景生，并和见景生相交结拜。

而青衫客仍然在江湖中寻寻觅觅，寻找着沧海明月剑的主人。

神消销号，属于神消的数据被删除。对于青衫客来说，则突然失去了一段记忆。他隐约记得似乎有人打败过他，这个人却又不存在于江湖之中。

《明月江湖》采用的是实名制注册，神消虽然不在了，但是谢发达和神消用的是同一个注册信息。

这是谢发达和神消在数据大海中微弱的联系，就如同一个人的前世今生。

谢发达虽然不修武学，不争排名，但人的行为模式是不会变的，他在游戏中的活动轨迹越多，他的行为数据与神消也会越来越接近。

这才是青衫客最开始认定他是沧海明月剑的主人的原因。

孟非悬最初进入游戏的时候会选中沧海明月剑，也是因为这组数据指向了谢染。

不过在原主的记忆中，传剑这件事并没有发生。因为他当时顺利地和见景生结了拜，成为《明月江湖》的神仙知己，行为模式发生了很大的改变，青衫客最终没有找到他。再后来，他与见景生见面时遭遇车祸，真正退出了游戏。

而这一次，孟非悬的出现催化了这个过程，促使青衫客早一步选定了谢发达的数据。

直到此刻，武林大会之上，杨显云的连番追问迫使青衫客回忆起了当日之事。

他为何会认为谢发达才是沧海明月剑的主人？

所有的数据回溯，于茫茫信息海洋中锁定那一丝微弱的联系。数据不会骗人，于是青衫客终于得以勘破神消的前世今生。

谢染于万众瞩目下，凛然立于擂台之上，如松柏般笔挺，衣袂无风自动，双目漠然看向前方。他太淡定，太自若，以至于单手拿着的，本应该风格诡异的步枪似乎都变得和谐了起来。

无须言语，便锋芒毕露。

他随意地对青衫客应道："是的。"

全场为之一惊。

"真……真……真的是神消吗？"

"啊啊啊啊啊啊——偶像！是我的偶像！"

"难怪青衫客传剑给他，还真的是江湖第一高手啊！"

"这样一切就说得通了！"

"不是，你们先冷静一下，现在还没证明呢！神消不是都销号了？

青衫客这都能认出来？"

"他都搞出 AKM 了，他是不是神消都是我偶像！"

现场一片混乱，不少人呆愣当场。

半城烟雨在片刻的呆滞后，终于后知后觉地回过神来，捧着脸大叫："师兄！原来是你，我就知道你是最厉害的！"

比半城烟雨更激动的是云怒，云怒睁大了眼睛看着谢染，眼中的不甘与愤恨更加强烈，他厉声大喊："神消，是你！竟然是你！

"你当初为什么要销号？你做个普通玩家都能做出这样的武器，你如果不退游，风雨楼早就称霸江湖了，又怎么会到今日这个地步——"

他的喊声堪称撕心裂肺，引来许多人的侧目。

"真是闻者伤心，见者落泪，我都要感动了！"

"听说神消是很重感情的，云怒崩溃成这样，神消不知道怎么想……"

神消本人也听到了云怒的怒吼，他循着声音看去，就见到一个大汉紧紧地盯着他，眼眶被情绪染红。

然后，谢染面无表情地端起手上的步枪，"砰"的一声，在所有人都还没反应过来的时候，一枪爆了云怒的头，枪法精准，连一丝一毫的犹豫都没有。

这个不是在比武擂台上被击杀，也就不能原地复活，云怒瞬间化作白光飞去复活点。

"好吵。"谢染轻轻地吐出两个字。

现场："……"

无情！

孟非悬抱着母鸡"啧啧"两声，迷惑摇头："玩个游戏也有人这么当真，真是让 AI 不解。"

在所有人中，最为震惊的当属见景生。他被一枪爆头，接着原地复活，此刻目眦欲裂地看着擂台上的谢染，只觉得自己整个脑袋都在发昏。

谢发达竟然就是神消！

他的脑中不禁响起江湖上的那些声音——

"都说半城烟雨是最像神消的人，所以神消把风雨楼交给他，相信他不会乱来。"

"风雨楼的人都崇拜神消，都模仿神消，不过半城烟雨是最像的，好像是因为他们现实中也认识。"

"可惜，半城烟雨再像神消，他终究不是神消啊……"

连尹落烟自己都说："我师兄超厉害的，我要是能学到他一半精髓就好了！"

尹落烟刚才还对云怒说："你以为像神消那么容易啊？那都是要从生活里细微观察的。我跟神消的关系，是你能比的吗！"

"太可笑了，这太可笑了。"见景生怔怔自语。

一直以来，他都试图把谢发达当成尹落烟，满足自己那可悲的自尊，因为谢发达无论言行举止、神韵气质都像极了尹落烟，却原来并不是谢发达像尹落烟，而是尹落烟像谢发达。

自从被谢发达当众背弃之后，他一直安慰自己，决裂就决裂，没什么大不了的。

这当然只是自欺欺人，他在乎的，一开始也不是谢发达本人，而是被全江湖羞辱的耻辱，只是他越安慰自己，就越不甘心地去关注谢发达。

及至后来，谢发达越来越耀眼，越来越遥不可及，他心里的恼怒也如淬毒的藤蔓，日渐茁壮，让他夜不能寐。

此刻，真相大白，神消傲立于擂台之上，目下无尘。

见景生恍然惊觉，他曾经迫切想要证明的事，他聊以自慰的种种，都不过是一场笑话。

他曾经怀揣明珠，却当作鱼眼轻慢了。

更可悲的是，明珠的光芒，从来不是为了他而璀璨。

武林大会之上变故陡生，全场混乱不堪，玩家谢发达竟然自制出了一把击穿游戏设定的 AKM 步枪，随后青衫客认谢发达正是《明月江湖》第一代传奇人物神消本人，直接将现场气氛推向高潮。

在这样的情况下，再举行武林盟主颁奖仪式显然不太适合。游戏公司需要给玩家太多的交代，不得不宣布暂停现场颁奖，等彻查所有数据之后，再正式宣布最终的结果。

现场观众也知道，要当场把所有情况拌清确实不太可能，也就暂且接受了这个决定。

不过谁都知道，不管最终游戏公司的判定结果是什么，即使杨显云说过见景生和谢发达的比赛结果不影响最终的排名，在大众心目中，见景生已经败了。

比赛结束，谢染原地下线，现场人群解散。

而此时，世界频道、游戏论坛都已经炸开了锅，到处沸沸扬扬。就连各大社交平台上，也随处可见相关的讨论。

这一场武林大会留给大家的话题实在太多。

其中最引人关注的两个话题毫无疑问都集中在谢染身上。

大家都在感慨，谢发达原来就是神消，原来神消销号之前就打败了青衫客。如果他没有退游，青衫客应该在更早的时候就传剑给他，那么今日《明月江湖》的势力格局或许会完全改写。

比起这一点，大家更加关注的还是谢发达在武林大会上拿出的AKM。这个武器实在太震撼，太出人意料，已经完全击破了游戏的画风和设定。

所有人都很好奇，这真的是用自制装备系统设计出来的吗？谢发达真的没有使用外挂吗？

如果没有用外挂，AKM是正常设计出来的，是否将从此改写整个游戏的局面？

大家没想到的是，游戏官方的调查结果还没出来，倒是先刷出来一条系统公告，引发全服关注。

系统：聚散终有时，再见亦有期，江湖高手浮光退出朝烟阁。

游戏中，人数在千人以上的公会的重要成员会有动向通知。浮光作为第一大公会朝烟阁的副阁主，退会自然上了系统消息。

此条公告一出来，世界频道顿时一片惊叹号。

怎么回事？浮光怎么退会了？"

"不止，除了浮光，还有很多人退会。我看了一下名字，都是跟浮光关系好的。"

"我机智地查了一下，浮光和见景生解除结拜关系了！"

"Why？不是说浮光和见景生感情很好，还是现实朋友吗？怎么就闹掰了？"

"不会是因为见景生比武输给了谢发达吧？不至于吧……"

"论坛上有爆料帖，大家快去看！"

游戏论坛。

标题：见景生骗财后翻脸不认人，我呸！！！

内容：我是浮光的朋友，可能大家都看到浮光退出朝烟阁的消息了，

279

我来告诉大家怎么回事吧！

浮光跟见景生是现实朋友，知道见景生想发展朝烟阁，一直尽心尽力帮他。攻占刀神世家前屯物资、请外援，都是浮光给的钱，没有浮光，见景生根本办不成这么多事。

浮光也是傻，尽心尽力做了那么多，结果你们猜怎么着？人渣心里根本没把浮光当朋友，现在人渣估计觉得自己飞黄腾达了，就拼命去接近半城烟雨，他在武林大会上故意避开了收音，以为大家听不到，但是浮光当时是聚精会神去听了的，所以他都知道了！！

1楼：我的天！

4楼：惊了，见景生也太绝情了！

……

78楼：椿笛，别以为没人知道是你发的帖。浮光跟阁主决裂关你什么事？轮得到你来这里开帖升堂？浮光自己都不嫌丢人吗？

楼主：我为什么不能来开帖？我说的有哪点不对吗？怎么地，吃了亏还想人家把话往自己肚子里咽？

99楼：原来是椿笛开的帖啊！哈哈，我只能说一声：开得好！如果椿笛说的都是真的，那丢人的是见景生，浮光为什么不能爆料啊！

122楼：我证明椿笛说的都是真的。朝烟阁以前的财政一直是浮光在补贴的。见景生发家之前跟发家之后，对浮光完全是两个态度呢！

134楼：太呕了，我要是朝烟阁的人，我立刻退出！

此时的见景生还不是久经商场，心思深沉的人，有心计，却还不够沉得住气，逞一时意气，在浮光面前暴露了自己的真实想法。

浮光却不是原主那样隐忍的人，他自小骄纵，岂是省油的灯？当即把见景生的行径抖落了个干净。

见景生在游戏中声名狼藉，他在武林大会败给谢发达，声势本就被压了下来。浮光退会，带走了不少人，朝烟阁势力随之削弱。许多朝烟阁的会员受不了外界对"朝烟"二字的揣测，纷纷退会。

一时之间，朝烟阁风雨飘摇。

就在此时，游戏公司宣布调查结果。

公告：经我司详细的数据排查确认，玩家谢发达无任何违规行为，其武器AKM系在自制系统正常机制下设计研发，符合游戏规则。同时，经确认，玩家见景生自制武器龙纹金刀系利用外挂修改游戏参数生成，严重违反本游戏公平公正原则，经讨论，决定对其进行封号处理。

这条公告可谓令所有人大感意外——看起来像是开挂的居然没有开挂，反而不像开挂的才是开了挂。

全服再次哗然。

发出公告之后，游戏公司又发了一份更为详细的调查报告，对见景生的开挂事件进行说明，其他玩家这才知道发生了什么事。

《明月江湖》自从开服以来，凭借着出色的画风策划和绝对的技术优势一路领跑同类型的游戏，不管是市场占有率还是股价，都遥遥领先。也因此，市面上一直有人试图破解《明月江湖》的技术，制作程序修改器，即游戏外挂赚钱，只不过全息游戏技术不同于传统技术，《明月江湖》的技术壁垒又高，在这一块防护一直做得很好。

但只要有利可图，外挂就永远打击不尽。

见景生带领朝烟阁成功攻占系统门派，又在武林大会战力榜上一路领先，强势的游戏表现成为最好的外挂测试和掩护条件。于是有一家工作室找上了见景生，与他达成外挂测试合作，成功的话，后期还可以在朝烟阁的掩护下不动声色地贩卖外挂制作的装备，大肆盈利。

也正因为使用了外挂，需要躲避游戏公司的审查，见景生的自制武器龙纹金刀反而看起来很正常，很贴合游戏的画风。

一些与见景生关系较为亲近的玩家直到此时才知道，这段时间见景生的财富增长飞快，原来不仅仅是靠着刀神世家的垄断赚到的钱，更主要还是外挂工作室给他的好处。

朝烟阁的成员集体怒了。游戏公司这份声明岂不是在说，如果见景生这次开挂没有被查出来，以后整个朝烟阁都可能成为他的掩护，他们这些加入朝烟阁的人，很可能也被牵连，哪天爆了出来，他们不管有没有参与，都有嘴说不清了？

几乎是一夜之间，朝烟阁仅剩的玩家尽数退会，全服排名第一的大公会就这样分崩离析，刀神世家也就此解除了和朝烟阁的从属关系。

除此之外，还有很多人愤愤不平，想要找见景生的麻烦。不过见景生已经被封号，倒是躲过了一劫。

与之相对的，则是风雨楼的再度崛起。

穿着谢发达马甲的神消携带着超级武器AKM强势回归，一下子赚尽眼球。如今神消没有成立公会，许多人便将对他的崇拜移情到他一手创立的风雨楼上。

如今云怒那帮人已经离开，加上半城烟雨在武林大会决赛场上表现亮眼，又是公认的最像神消，并得到了神消本人亲自认可，半城烟雨在风雨楼内部的声望大大提升，再也不是当初有心无力的境况。

风雨楼重回巅峰，顺理成章。

相对于这些江湖恩怨，更多玩家关注的还是谢染的AKM步枪。那个看起来很像利用外挂搞出来的，完全破坏掉游戏平衡的武器，居然是正常制作出来的。

不过大家仔细一想，也是，真正用外挂的人其实应该像见景生那样，把武器做得尽量低调，绝对不可能搞出一个让游戏公司看一眼就想去查数据的东西，只有真正问心无愧的人，才敢这么肆无忌惮。

如此一来，大家的讨论点也就变了——神消到底是怎么做出那把AKM的？有了这把AKM，他以后在游戏中是不是彻底所向无敌了？除了他以外，别人是不是也可以复制出这种武器？

最终，游戏公司不得不再次出来说明，神消能够制作出AKM，是基于他本人完全吃透了游戏的技术逻辑，同时拥有顶级神兵沧海明月剑作为原材料。

还有疑似内部人员出来隐晦爆料，游戏公司在跟神消本人接触之后，发现他对游戏的技术理解可能不亚于他们公司的技术负责人。因为在神消之前，就连他们的技术负责人自己都想不到，他们的游戏系统居然可以制作出AKM这种东西。

换句话说，神消虽然没有开外挂，但他本人就是一个技术挂，别的玩家根本模仿不来。

这个爆料最终得到了大部分玩家的认可，主要是不认可不行。

早在神消掏出AKM当晚，就有无数玩家在装备编辑系统中奋战，试图和他一样制造出碾压级别的超级武器。可惜大家都是两眼一抓瞎，最终别说AKM了，就是属性稍微好一点儿的冷兵器都够呛，反而还浪费了大量宝贵的原材料。

再就是，游戏公司说得很清楚，神消能搞出AKM，除了本身对技术十分理解，还因为他拥有沧海明月剑。换成别的玩家，真拿得到这样的神兵，谁又舍得拿来试验？这基本就是一个无解的问题。

但越是这样，大家越担心：独自拥有 AKM 的神消，是不是将从此横行《明月江湖》，彻底破坏游戏平衡？

对于这一点，游戏公司很快也给出了解决方案，官方与神消本人私下达成协议，以系统名义回收神消制作出的 AKM，将之藏于神秘地点，在游戏进化出足够和 AKM 抗衡的武器之前，这把热武都不会再出现在江湖上。

相应的，游戏官方需要付给神消本人足够的补偿，至于具体的补偿方案，则由双方商定，不对外公布。

不过后来有疑似知情人透露，《明月江湖》为此付出了天文数字。

自此之后，《明月江湖》中又多了一个藏宝传说，有许多专门寻找藏宝图线索的玩家致力于寻找 AKM 的蛛丝马迹。

为此，偶尔会给玩家透露一些神秘线索的鸡王也被迫承受了许多不该承受的压力。

尹落烟订婚宴。

"师兄你终于到了！"穿着礼服的尹落烟"嗷"的一声扑向谢染，被谢染一手推开。

谢染："别靠太近。"

"……"尹落烟悻悻地说，"师兄你变了，你现在好冷淡！"

其实谢染的样子并没有什么变化，但是身上的气质与以往大相径庭。明明只是随意站着，连表情都没有，却给人一种居高临下的感觉。

就感觉……很不好亲近。

尹落烟本来还想抱怨一下谢染用谢发达的小号玩游戏也不告诉他，结果一对上谢染淡漠的眼神，瞬间勇气全失。

不得不说，师兄在他出国的这段时间里，气场也变强太多了！

"来来来，师兄，我给你介绍我的未婚妻。"尹落烟并未放弃，继续和师兄拉近距离，伸手试图去搭谢染的肩膀。

与此同时，谢染的微型蓝牙耳机里传来孟非悬的"哇哇"大叫："先生，让他把手拿开！"

谢染："……"他的系统的好胜心又提升了？

他对这脑回路实在无法理解，沉默了一下，索性道："你自己跟他说吧。"

尹落烟听到谢染的话，疑惑地问："师兄，你在跟谁说话？"

"孟非悬。"谢染把自己的手机递给尹落烟，"他有话跟你说。"

手机上适时接通一个通话页面，通话人名字：孟非悬。

"孟……孟兄弟！"尹落烟呆了呆，下意识接过手机，"孟兄，你找我什么事？"

"小师弟，你别碰我先生。"孟非悬一副长辈的语气。

"你先生？……哦哦。"尹落烟愣了一下才反应过来，先生是指的谢染。他本来一只手已经习惯性要搭到谢染肩膀上了，连忙缩了回来，不耻下问，"请问这个有什么讲究吗？"

"有。"孟非悬语气严肃，"反正你不能碰！"

尹落烟："……"孟非悬果然没素质！管得也太宽了！

"我知道了，孟兄！"尹落烟汗涔涔道，生怕回答晚了，孟非悬立刻在游戏里召唤几个大 boss 屠了风雨楼全公会。

顿了一下，尹落烟又八卦地问："孟兄，原来你跟我师兄在现实中真的认识啊，哈哈，早知道的话，我就给你也发一张请帖了……"

"不用。"孟非悬淡定地说道，"我在国外。"

"啊？"尹落烟吃了一惊，"那你们怎么认识的？"

孟非悬："网友。"

尹落烟："……哦。"

谢染："……"

他的 AI 现在跟人吹牛已经很熟练了。

订婚仪式一结束，谢染便和尹落烟打了声招呼准备离开。尹落烟自己忙着应酬，也没时间招呼谢染，就没有多作挽留，热情地亲自送谢染出去。

此时的酒店外面，况景宁站在角落里，一根接着一根不停地抽着烟，只觉得心烦意乱，自己也搞不清楚自己想要做什么。

他情况很不好，被游戏公司封了号，还面临巨额索赔和诉讼。

之前尹落烟倒是给他发过订婚请帖的，不过现在，他无论如何都不可能再出现在尹落烟的订婚宴上。

只是他依然控制不住自己，还是出现在这里。

或许是想要看尹落烟，又或许，是想要看另一个人。

况景宁知道，尹落烟的那个师兄肯定也会来。

"你果然在这里？"一道熟悉又刺耳的声音响起。

况景宁抬头看去，就见谭云光不知道是什么时候过来的，正一脸嘲弄地看着他："怎么？还想跟尹落烟做朋友？"

况景宁皱了皱眉，冷声道："滚。"

"你让我滚？"谭云光怒极反笑，"况景宁，我给了你多少东西？你就这样对我？"

两人正拉拉扯扯，突然大门方向传来一个熟悉的声音："师兄，要不我安排司机送你吧……"

况景宁和谭云光闻声看去，就见穿着白色西装的尹落烟走了出来。他瘦削俊秀，如清风皓月。

况景宁一时失了神。

谭云光顿时气得咬牙切齿："你心心念念想接近的朋友出现了，你有本事就上去啊！"

与此同时，另一个人在尹落烟的带领下走了出来。

那人的样子很好看，眉眼异乎寻常地英俊，但最吸引人的并不是他的长相，而是他的气质。只见他款步走出，黑色西装勾勒出修长挺括的身材，眼睛像是看着前方，又像是什么都没有看，似乎一切都不被他放在眼里，让人不由自主地去仰视他。

况景宁的呼吸陡然一滞。这是他第一次在现实中看到谢发达，只一眼，他就知道，是这个人。

这种高高在上，却又让人觉得理所应当的姿态，世间不会再有第二个人有。

在《明月江湖》的武林大会擂台上，神消就是这样睥睨着一切，睥睨着他。

谢染也注意到了来自角落里的视线，他随意地扫了一眼，看到两个拉扯在一起的人。

这两个人谢染没见过，但是他们在原主的记忆里却清晰无比，正是况景宁和谭云光。

如果谢染没有来到这个世界，原主和况景宁会在游戏里顺利结拜，这个时候，他们应该已经约好在现实中见面。在见面过程中，原主意外遭遇车祸，瘫痪了，对生活失去了希望。况景宁却对他照护有加，使原主大受感动，对况景宁十分感激。

在原来的时间线里，况景宁在现实中见到原主的时候，原主已经躺在病床上，面容憔悴，精神枯槁，完全没有了游戏中的意气风发。之后原主完全退出游戏，不再提及往事，况景宁最终也不知道他就是神消本人。

或者说，即使他知道了，他看到的也只是一个瘫痪之后、连日常生活都要人照顾的人。

但这一次，况景宁看到的完全是另一个人。

清冷，锋利，目下无尘。

谢染与尹落烟站在一起的时候，况景宁陡然明白了，为什么所有人都说尹落烟像神消，却从来没有人说过神消像尹落烟。

况景宁的脑袋有一瞬间的空白，以至于一时有些失态。

几乎是电光石火之间，谭云光突然敏锐地察觉到了什么，错愕地说道："你不是来找尹落烟的，你是来找谢发达的！"

况景宁想说什么，谭云光已然失去了理智，不管不顾地走上前去，笑道："尹落烟，好久不见，这位是谢发达吧？"

"你闹够了没有？"况景宁上前拉了谭云光一把，有些狼狈地看着谢染，"谢发达，我是见景生，没想到会在这里见到你。"

谭云光嗤笑一声，直勾勾地看着谢染，"谢发达，怎么只有你一个人？孟非悬呢？我看你好像连车都没有，孟非悬怎么也不接送一下你？"

就在这时，一辆外形低调的豪车从路的一头开了进来，停在谢染面前，一个挂着 4S 店工牌的人从车上下来，拿着手机仔细核对了一下谢染的样子，这才上前客气地问道："请问您是谢染先生吗？"

谢染觉得有些奇怪，但还是点头道："是。"

"这是孟非悬先生为您订购的车。"那人立刻热情地介绍，"他已经在网上付了全款，手续都办好了，让我们开到这里来交给您。"

尹落烟震惊极了："没想到孟兄人在国外，还为师兄考虑得这么细致周到！"

耳机里，孟非悬得意地说道："先生，破解珍珑棋局的奖金到账了，这是我送你的礼物！"

谢染失笑，接过工作人员递过来的文件，"唰唰"签好名字，看也不看况景宁和谭云光一眼，和尹落烟打了声招呼，便直接开门上车。

驾驶系统亮了亮，孟非悬的声音从驾驶系统传出来："先生，这个车搭载了自动驾驶系统，你坐着，我来开车。"

他发出海豹拍胸的声音："我开车技术超棒的！"

谢染："……"

这个世界的自动驾驶技术已经很成熟，只是灵敏度比起人工操作还是要差一些。不过孟非悬的控制还是很不错的。谢染一手搭在方向盘上，姿态放松地任由孟非悬操控。

孟非悬一边开车一边汇报情况："先生现在也不上游戏了，但是意识原子群还是没有分离的迹象……"

如今谢发达已经是《明月江湖》无人可及的传奇人物，一上线就会引来大批人围观，谢染虽然习惯了被瞩目，但也受不了老有一堆人围在他身边偷偷与他合影。

孟非悬就更气了。

这游戏对他们来说也玩到头了，谢染索性再次退游。奇怪的是，原主的意识原子群却依然没有要分离出来的迹象。

孟非悬陷入深思："难道我新下载的电视剧剧情也不行？他的执念其实跟游戏无关？"

谢染："……"他的系统依然没有放弃从电视剧中学习。

谢染若有所思："或许是因游戏而起，未必在游戏中解决。"

正说着，孟非悬突然语气一凛："先生，后面有一辆车在跟着我们！"

谢染从后视镜中看了一眼，他们的车后不远处，缀着一辆跑车，谢染眸色微沉："是谁在开车？"

这辆车谢染认得。在原主记忆中，正是这辆车撞上了他，导致了他的瘫痪。

孟非悬："稍等，我侵入对方的驾驶系统看看。"

孟非悬刚有行动，那车的车头突然失控一般扭动起来，然后猛地朝着谢染的车撞了过来。

谢染已然心中有数："是刚才那两个人。"

在原主的记忆中，车祸发生之后，他就晕了过去。等他醒过来再去追查的时候，现场的痕迹已经被清理过，最终认罪的车主是一个陌生的老实男人。当时原主已经万念俱灰，没有心思，也没有精力细细追究，事情也就草草了结。

直到多年后再去回想，原主才意识到车祸中有许多不合理之处。比如撞上他的明明是一辆价格不菲的跑车，可出来认罪的男人家境却很一般。

只是时过境迁，再想要重新追查已经不可能了。

此时谢染却有了答案。

跑车中，况景宁脸色大变，试图阻止谭云光："你疯了吗？你在干什么？"

刚才谭云光不管不顾地前去挑衅谢染，让他又狼狈又丢脸。谢染上车离开后，况景宁也气急败坏地拉着谭云光上车，准备先离开这个是非之地。

却不料谭云光跟发疯了一般紧跟在谢染的车子后面。

"你不是想追随谢发达吗？我帮你啊！"谭云光双目赤红，猛地一踩油门，竟要往谢染的车撞去。

"你不要命了吗！"况景宁满脸惊恐，一把握住谭云光的手，但谭云光也是发了狠的，双手紧紧握在方向盘上，一时间竟拉扯不开。

此时路上车辆不少，他们左侧是滚滚车流，右侧是高架桥的护栏，谢染的车想躲都没处躲，两辆车的距离越来越近，眼看着就要撞上去。

"去死吧！"谭云光发出近乎癫狂的大笑。突然，况景宁用力拽都拽不动的方向盘像是被谁劫持了一般，电光石火之间往侧边一打。

"砰"的一声，跑车狠狠撞上高架桥的护栏。

"啊，晚了一点儿。"孟非悬心虚道。他侵入谭云光的驾驶系统的时候，两辆车已经离得太近，根本来不及让对方停下，唯一能做的只有打一下方向盘了。

"不是你的错，是人性。"谢染道。人工智能的代码中有不能伤害人类的守则，所以孟非悬会心虚。谢染对况景宁和谭云光的情况并不关心，他们的结局无论怎么样都是咎由自取，不过此刻，如果是在游戏里的话，他或许会想摸摸孟非悬的脑袋，"给他们叫救护车吧。"

"已经叫了。"孟非悬应道，接着"咦"了一声，"先生，你和这个世界的谢染的意识原子群开始分离了。"

谢染"嗯"了一声，他大概也知道是怎么回事了，并没有太过意外，只轻轻拂过自动驾驶系统的面板，"我们下个世界见。"

原主的意识逐渐清明，直到重新掌握了自己的身体。他知道，那个来自其他世界的谢染和孟非悬已经离开了。

他看着自己完好健康的身体，发出低低的，无人知晓的一声喟叹："谢谢。"

当天晚上，尹落烟大惊小怪地打电话告诉他，况景宁和谭云光出了车祸，两人都受了重伤，很可能会落下终身残疾。

原主并无太大的心理波动，只冷淡应道："与我无关。"

在原来的时间线里，他瘫痪十年，最终与况景宁玉石俱焚。其实他唯一想要的，不过是找回自己的人生，没有遇上况景宁，没有残疾的人生。

当他意识到自己的车祸或许不是一场意外，最大的执念便是回溯真相，阻止悲剧的发生。上一次谭云光撞上了他的车，却找人顶罪，逃过一劫，这一次，谭云光作茧自缚，又带上了真正的始作俑者况景宁。

但这一切都与他再无关系。

尹落烟没想到师兄不止冷淡，还称得上是心如止水了，便有些悻悻地"哦"了一声，却听师兄突然转移了话题："落烟，有件事你帮我一下。"原主说了一个数字，"这是《明月江湖》回收 AKM 付的钱，还有在游戏里卖材料的一千多万，我想做个慈善基金，用来帮助残疾人。"

"我的妈呀！"尹落烟实名震惊，"师兄，你再玩两年游戏，《明月江湖》都要让你吞并了吧？！"

原主："……"

不是他，是谢总和孟非悬。

再之后，原主顺利去了国外深造，偶尔与尹落烟聚会。在原时间线里，尹落烟家族因为一些生意上的决策失误，最终破产没落。原主隐约知道一些情况，找机会提点了一下，让尹家提前注意到风险，成功避开了危机。

原主毕业后回母校搞研究，还抽出时间做做慈善，过得忙碌又充实，闲暇的时候也上游戏。

他顽强地用自己的身份信息注册了第三个账号登录《明月江湖》，结果迅速被游戏公司锁定。游戏官方承诺每月给他发现金补贴，请他不要在游戏里乱来。

原主："……"好吧。

其实乱来的并不是他，他只是游戏玩得好而已，水平还只是正常玩家范围内的。

不过，玩游戏放松还有补贴，不要白不要。

至于他和孟非悬之间的深厚情谊，最终因孟非悬工作太忙没时间上线，慢慢淡了下来。

尹落烟对此很是惋惜："孟兄虽然素质一般般，但是对师兄还是没得说的。"

原主笑而不语。

偶尔一次，尹落烟带着小孩来找他玩，随口提道："师兄，你还记得况景宁和谭云光吗？"

原主："怎么？"

"谭云光家破产了。那次车祸之后况景宁不是残疾了吗？不知他怎么跟谭云光又重新来往了，谭云光还挺照顾他。现在谭家家道中落，都快要请不起保姆了……"尹落烟唏嘘道。

"哦。"原主耸耸肩，"活该。"

尹落烟："……"

他甚至怀疑条件允许的话，师兄可能想放鞭炮？！

第二十章
霸气转变

　　谢染来到新的世界，一个同样叫谢染的人身上。这一次他意识清明后发现自己在一个教室里，同时接收了原主的生平记忆。

　　这个世界的谢染出生在一个贫困家庭，父母都在工厂打工，后来母亲生了一场重病，将家里的积蓄全部耗尽之外还欠了一大笔钱，自此生活变得十分拮据。

　　原主从小成绩优秀，中考后被本市最好的公立高中和私立贵族学校启行中学同时录取。启行中学除了免除原主的学费外，还承诺每年给原主一笔奖学金，考虑到家里的情况，原主最终选择进了贵族学校，没想到这却成了他悲剧的开端。

　　原主长得清秀漂亮，家里又穷，一入学立刻成了启行校霸们"重点关注对象"，其中带头的人叫许飞焰，是启行校长的侄子。

　　每天疲于应付同学的找碴儿，原主无法专心学习，成绩严重下滑。到了高二，启行看他成绩不行了，便不再减免学费，还要收回他提前预支的后面两年的奖学金。原主家庭既负担不起启行的学费，奖学金又已经被用于还债，根本无力偿还。

　　走投无路的时候，许飞焰突然找到原主，强迫原主做他的小跟班，任由他差遣。

　　许飞焰刚入学的时候就盯上了原主，原本只是想戏耍原主一番，原

291

主表现出的隐忍却让他变本加厉。

当时原主已经陷入绝境，不得已答应了许飞焰。

最终原主高考失利，只考上了普通学校。更绝望的是，离开启行后，许飞焰也没有放过他，利用原主的原生家庭牢牢控制着他。两人如此纠缠了数年，原主身心都受到极大的折磨。

直到有一次，原主的父母无意间发现了他被许飞焰控制，冲去找了许飞焰。原主为了避免冲突，在与许飞焰拉扯的过程中不慎与之一起坠楼身亡。

谢染来到这个世界的时间正是高二刚开学不久，原主高一期末考试失利，学校正在对他的奖学金和学费减免资格进行重新评估，不过消息已经先一步传开了。

此时谢染坐在教室里，两个身形高大的男生站在他的课桌旁边，正居高临下，嬉皮笑脸地看着他。

带头的叫刘满，是一个纨绔子弟，班里的同学看到刘满两人过来就知道他们要干什么，但他们都不敢惹刘满，只一个个偷偷地去瞄谢染。

许飞焰正坐在自己的位子上，他也在看着谢染这边。此时他的眼睛里满是无以名状的激动。

他居然重新回到了过去！

当时谢染不慎和他一起从楼上失足摔下来，在临死的前一刻，许飞焰看着原主那苍白却又无比漂亮的脸，突然感到前所未有后悔。那是一个清澈而脆弱的人，就像无瑕的玻璃花瓶，本应该被保护起来，只可惜活着的时候，他虽然控制着谢染，却从来没有好好对待过对方。

他怎么也没想到，上天居然给了他一次重来的机会。虽然不知道是怎么发生的，但当他睁开眼睛的时候，就发现自己竟然重新回到了高二开学的前一天晚上。

这一年，正是谢染人生中最惨的一年。

这真是太好了！这一次，他一定要好好对待谢染，一定要保护谢染平平安安地完成学业。

许飞焰兴奋了整整一个晚上，在心里规划好了他和谢染的未来。

不知道等下谢染看到自己出手帮他，会不会觉得很意外，很感动？

以后，这样的意外和感动还会越来越多，自己将会成为谢染的救世主。

许飞焰几乎压抑不住内心的鼓噪，攥着拳头站了起来。

"喂，学霸，听说你成绩不行了啊。"刘满用力踢了谢染的课桌一下，课桌晃了晃，桌上的课本、笔记本等全"哗啦啦"滑到了地下。

谢染垂下眼睛，扫了一眼掉落一地的学习资料，接着缓缓站起身来，淡淡地与刘满对视。

原主身材有些偏瘦，长得不算矮，但和人高马大的刘满比起来还是矮了半个头，所以对视的时候，需要微微仰视，理论上气势是不太足的。

但不知为什么，在他站起来的那一刻，刘满内心突然生出一丝异样的感觉。

以前这种时候，谢染只会默默蹲下去把东西捡起来，是从来不敢站起来看他的。

若是视线不小心对上，那双漂亮的眼睛里也总是充满了恐惧和不安。但此时，谢染的眼睛里看不到任何情绪。

没有恐惧，也没有愤怒，就像一潭平静的湖水。虽然是抬着头在看他，却莫名有一种居高临下，俯视着他的感觉。

刘满不由自主地往后退了一步。

"满哥？"刘满身旁的小弟见他有些异常，伸手推了他一下。

刘满这才回过神来，意识到自己的失态，顿时恼羞成怒："臭小子，也敢在我面前摆谱！"

等在一旁的许飞焰终于等到机会，当即冲上去一把拉住刘满，厉声喝道："刘满——"

话音未落，只听"啪"的一声，谢染一拳砸到了身旁的桌子上。

接着谢染干脆利落地撞开刘满，顺带一脚把许飞焰也踹倒在地。

这还没完，谢染接着一套动作，肘击连着侧踢，在刘满和他的小弟还没回过神的时候，三下五除二，把人全部放倒。

作为一个随时可能被绑架的富豪总裁，谢染自然是学过防身功夫的，可惜原主的身体有些瘦弱，力道不够，只堪堪放倒了这几个人。

饶是如此，也已经足够现场所有人大跌眼镜了。

周围的同学们顿时蒙了。

他们是不是漏看剧情了？这发展好像有点儿不对吧？

刘满和小弟一时不备，被打了个措手不及，好在谢染力气控制得好，他们伤得倒是不重。

许飞焰更是错愕不已，这剧情怎么跟他想的不一样？

他坐在地上，脑袋一片混乱，只下意识地喊道："谢染，我是来帮你……"

教室里陷入死一般的寂静，所有同学目瞪口呆地看着谢染。谁也想不到，这个唯唯诺诺的小可怜居然会动手。

而且动作如此干脆漂亮，就好像练过一样。不会是暑假的时候真的去学过吧？这难道就是传说中的不在沉默中灭亡，就在沉默中爆发？

同学们一个个惊疑不定，一时都忘了动，当事人却连神色都没有丝毫波动，只笔直地站着，居高临下地看着刘满他们。

谢染从小生活环境优渥，从来没有经历过这种事。

在原主的记忆中，他原本是一个很喜欢学习的人，但上了高中后，最期待的事情却变成了放假，由此可见一斑。

谢染思考了几秒钟之后，又从课桌里把原主洗得发白的书包拿出来，扔到刘满身上。

同学们疑问，这是要干什么？

紧接着，谢染就告诉了他们答案。

只见谢染隔着书包，拳头就要落下。

刘满从来没有哪一次这么真真切切地害怕过。

刘满大口地喘气，惊恐地叫道："谢……谢……谢染……求求、求你，放……放过我……"

班里的同学也是集体骇然。

许飞焰好不容易缓了过来，顿时大惊失色！

这怎么可以！

好不容易上天给了他一次重头来过的机会，他刚计划好要好好挽救谢染的人生，谢染怎么可以拿自己的前途开玩笑！

对了，是因为谢染还不知道他的变化，所以才会这样不顾一切自暴自弃的。

许飞焰想，如果谢染知道自己会帮他，就一定不会选择赌上自己的人生的！

"谢染，"许飞焰着急地喊道，"你听我说，我可以帮……"

他的大叫总算引起了谢染的注意，谢染转过头去，却并没打算听他说话，反而轻笑了一下："对了，还有你。"

许飞焰："？！"

下一秒，那个本来盖在刘满身上的书包迎面飞了过来。

许飞焰惊恐大叫："我不是——我没有——"

这时，刺耳的上课铃就响了起来，同学们这才如梦初醒，有人大声喊道："老师要来了！"

声音有点儿颤抖，也不知是想劝架，还是想警告，抑或只是松了口气——这场惨剧终于可以停止了。

谢染这才施施然停手，似乎还有些不尽兴，居高临下地吐出一个字："滚。"

刘满从来没有从这个角度看过谢染。他躺倒在地上，从下往上看去，以前在他面前显得羸弱纤瘦的男生身姿笔挺，一下子变得高大无比，竟让他不由自主打了个冷战。

他们这些人平时恃强凌弱，却最忌讳叫老师家长知道。此时，刘满脑袋中更只剩下恐惧，连忙爬了起来，和小弟一起手脚并用地飞快跑了出去。

许飞焰也好不容易攀着旁边的桌子站起来，虚弱地回自己的座位上去。

谢染这才轻轻扭了一下手腕，慢条斯理地弯下腰去收拾掉落在地上的课本、笔记本，好像刚才恐吓人的事情都跟他无关一样。

不知道是不是错觉，同学们总觉得他的气质一下子冷冽了许多。

不再是以前那样懦弱畏缩，沉默寡言，而是不屑于周围的一切，就好像其他人对他来说根本不算什么。

如果有必要的话，也随时会跟人拼命一样。

好……好可怕！

有人情不自禁地打了个哆嗦。

班主任兼英语老师王思义一走进教室，就发现教室里的气氛不太正常，似乎有些低迷，学生们的脸上还带着显而易见的恐惧。

谢染收拾好东西坐回座位上，开始评估自己面临的状况。

不得不说，原主的处境实在很糟糕。

家里负债累累，为了钱选择在贵族学校上学，身边的同学非富即贵。原主与周围环境格格不入，偏偏又长得好看，被人盯上并不奇怪。

本来还有学习这条出路，最终连这条出路也被斩断，落入深渊。

原主的执念是什么？

是许飞焰？是学习？或者是家庭？

他的境况太糟糕，以至于谢染也无法分辨。不过有了前面两个世界的经验，谢染大概也有一些思路。既然让他出现在高二这个时间点，又是在学校里，大概还是要先把学校的剧情走完。

那就顺其自然吧。

谢染又习惯性地审视了一下这个世界的科技发展情况，这个世界的技术水平比他原来的世界落后一些，还处于智能手机刚刚面世的年代。

不过原主别说智能手机，连最便宜的键盘机都没有，唯一的通信工具还是家里的电话座机。

谢染的人生还从来没有面临过如此落后的环境。

不知道孟非悬能不能找到他。

思及此，谢染无意识地轻笑了一下。他突然发现，自己似乎已经习惯在每一个世界都有孟非悬的陪伴了。

也许要先想办法买个电脑或手机？

还要有个耳机，孟非悬似乎很喜欢待在他的肩膀上。

谢染正认真思考，安静的教室里突然响起那种传统电子计算器的声音："归零、归零、归零……"

熟悉的电子女声打破教室的宁静，大家循声回头，视线落在谢染的身上。

谢染愣了一下，循着声音打开书包，从书包底部掏出一个款式老旧的……电子词典？

谢染："……"

这个牌子的电子词典，他是有印象的。

原主家庭困难，但是从小学习成绩很好，父母对他也很用心，在电视里看到这个电子词典铺天盖地的广告，硬是省吃俭用买了一个给原主做升学礼物。

其实这个电子词典对高中生来说已经没有太大用途了，但原主父母不懂。原主也不忍心让他们失望，还是兴高采烈地收下了。这也是原主唯一的电子产品，原主很珍惜。

当然，放在人手一个智能手机、高级电脑的启行中学，这就显得很落魄，甚至有些滑稽了。

平时原主不敢拿出来，都只收在书包里，查单词的时候才偷偷用一下。

这个词典还有计算器的功能，却不知道计算器为什么会突然响起来，还响出了山寨机的气势。

顶着同学们疑惑的目光，谢染冷静地把电子词典拿了出来。

电子词典还在响："归零、归零、归零……"

谢染按亮屏幕，想看看是哪里出了故障。

结果屏幕一亮，就见小小的黑白屏上打出一行字：先生，先生。It's me again, your Mark!

谢染："……"

谢染默默地打开电池盖，直接把电池挖了出来。

那几声"归零、归零、归零"实在太刺耳，一下子将课堂的氛围打破了。

王思义也注意到了声音来源，目光落在谢染身上。

谢染一身发白的旧衣服跟这个光鲜亮丽的学校格格不入。

王思义皱了皱眉："谢染，在上英语课呢，你按计算器做什么？"

王思义是原主最害怕的老师。原主本来就有些自卑、敏感，如果是他本人，在王思义的课堂上发生这种事，又被这样质问，大概已经尴尬得手足无措了。

谢染却只是镇定地把电子词典的电池取下来，随意地应道："出故障了。"

他的态度不若以往那样小心翼翼，还有些轻慢，王思义顿时有些不悦，沉声道："这玩意儿是小学生用的，你带来做什么？"

谢染却没有如他所想的那样赧然，反而轻轻抬了一下眼皮，不咸不淡地反问："学校规定了不能带吗？"

王思义顿时被噎了一下。

学校当然不可能有这种规定，他本来只是想让谢染难堪一下，没想到谢染会来这么一句。

当着那么多学生的面被谢染问得哑口无言，王思义感到脸上无光，脸色当即沉了下来，改用英语说道："既然这样，那就由你先来说说你的暑假作业吧。"

这是原主上英语课害怕的一个环节。原主的英语成绩很好，但是受生活环境限制，口语表达存在天然的弱势，他的卷面分最好的时候能拿到满分，但口语很书面、生硬，还不可避免地带有中式口音。

而启行的不少学生从小就有专门的外教教学，英语成绩不说多好，口语可比普通公立学校的学生突出多了。启行还有专门的国际班，学生日常都是全英文对话的。

这也是王思义不太中意这个学生的另一个原因，感觉他的英语口音都透着一股穷酸气。

王思义给学生留的暑假作业，是让他们用英语描述自己的假期出游经历。启行的学生非富即贵，假期出国旅游可以说是基本配置，加上口语大都不错，这个时候都能侃侃而谈，大讲国外的风土人情。

原主是没有这种经历的，他的假期不是学习，就是帮家里干活或做零工补贴家用。

各怀心思的目光落在谢染身上，都等着看他的窘迫样子。然后，所有人就看到谢染施施然站了起来。

跟往常的谨小慎微不一样，这一次谢染站得笔直挺拔，脸上不见任何自卑或为难，只有目下无尘的漠然。他一手随意搁在课桌上，继续拨弄他的那个破电子词典，目光甚至都没有看王思义，只同样用英语回答："你想了解哪个国家的风土人情？"

发音流利纯正，丝毫没有以前那种生硬、书面的感觉。

所有人都有些意外。更让大家惊讶的是，他说话的内容。他这该不会是让王思义点单的意思吧？

王思义也愣了一下，微微眯了下眼睛，接着笑道："那你就随便说说最容易找到参考资料的 A 国吧。"

谢染闻言很自然地接道："A 国是一个联邦制国家，由数十个州郡和努丽岛等众多海外领土构成，经济、工业、文化都处于世界顶尖水平，但是各大州郡的优势项目各不相同，海外投资者进入 A 国需要对各州的优势产业进行详细了解、考察，以经济大州约州为例……"

这个世界与谢染原世界很像，大概是一个发展稍微落后二十几年的平行世界，A 国与他原世界的国家也是对应的。另外，原主的记忆中有 A 国的相关信息，虽然都只是网上能查看的新闻报道，且大部分是经济相关的，但凭谢染的职业本能和信息处理能力，轻而易举便能描绘出 A 国的产业模型。

他语调一如往常，吐字清晰，不疾不徐，就好像在发布会上介绍公司的产品，深入浅出，能够让所有人听明白。

随着他的讲述，教室里渐渐安静了下来，所有人都露出了惊讶的神色。

谢染的表达太流利了！前面他和王思义的两句对话还判断不出什么，此时的长篇大论，才真正体现出他的口语变化。

他娓娓而谈，条理清晰，详略得当，语言风格也不是学生写作常用的书面语，而是很日常化的表达，就好像在随意谈论着身边最平常不过的事情。

他的发音标准，完全不带口音，没有一般人学第二语言时常表现出的那种生硬感，而且不是当前流行的更简单的 A 国发音，而是优雅、经典的 E 国发音。

其实英文主要目的是用于交流，口音上并没有高低贵贱之分，但是 E 国作为英语发源地，至今仍保留着传统皇室和贵族，因而总是给人更加正宗优雅的感觉。只是在 A 国的文化冲击下，E 国的口音反而没有那么普遍，目前国内学生的主流发音也是更简单的 A 国发音。

而谢染的发音，却是非常标准的 E 国口音，怎么能不叫人惊讶。

单是看这一段表述，谢染的口语水平无疑甩打全班。即使在启行的全英文教学班，能达到这个流利程度的恐怕也不多。

王思义也深感意外，不由自主地露出吃惊的神色来。他没想到不过短短一个暑假，谢染的口语水平就提高了这么多，这得花多大的工夫才能做到？

不过如此一来，王思义也更加确定谢染是从网上找了 A 国的资料做准备。谢染的这段介绍基本集中在约州的经济情况，启行的学生出国度假，谁会把关注点放在那个国家经济上的呢？只能说，谢染到底还是见的世面少，找资料也只会挑着容易找的那些。

换作别的学生，不管分享的内容是什么，光凭这一段口语水平，也足够获得盛赞了。

"嗯，分享做得很不错。"王思义假装大度地轻咳两声，掩去自己的尴尬，然后不动声色地继续提问，"看来你对约州的经济情况了解得很清楚，那么你能说说，约州哪些地方让你印象最深刻吗？"

他问得自然，就好像对待启行的平常学生一样，但任谁都知道，这根本不是一回事。因为启行其他学生的出游是亲身经历，自然可以顺着老师的提问继续深入讲述下去。

谢染只是在网上找的资料，照本宣科地分享没问题，真要详细讲自己的感受，又怎么讲得出来？

谢染依然没有看王思义，而是犹豫了一下，才有些小心地把电池装回电子词典里，一边装一边回答："金融市场。目前来说，约州的金融体系是全球最成熟的，各国资本都在这里汇集……"

他回答得随意，教室里这一次却是实实在在地集体震惊了。

谢染居然真的回答出来了！而且应对得流利又专业，他的介绍内容逐渐深入，加入了许多专业术语，同学们别说学过，连听都没听过。

这种水平，他们平时只在专门的国际经济演讲视频里看到过。

这就罢了，谢染一边回答还一边继续玩他的电子词典，完全不把王思义放在眼里，直到说完之后才淡淡地问道："老师听明白了吗？需不需要我继续解释？"

王思义："……"

谢染的回答实在太流畅，太完美，根本挑不出错处。

最重要的是，谢染讲述的内容太专业，已经超出他的知识范围了。

谢染说的好些专业金融用语王思义都没接触过，这让他怎么问！

王思义脸上发热，憋了一会儿，才哈哈笑了两声，说道："谢染同学这次准备很充分，资料查得很好。这篇稿子是从哪里找的？老师去下载下来，发给同学们一起学习。"

谢染闻言抬起眼皮扫了王思义一眼，眼睛里看不出情绪，只道："你可以自己上网查。关键字搜索会吗？如果查到了，我可以付作者版权费。"

"……"王思义再次被噎住。

谢染表现太好，他根本无从挑剔，只能暗示谢染背稿，本来只是想给自己找个台阶下，却没想到谢染完全变了一个样，丝毫没有以前的怯懦畏缩样儿。谢染虽然没有直接反驳他的暗示，但那句"付作者版权费"却把意思表达得再明显不过。

王思义再也说不出话来，只能尴尬地抽了抽嘴角，悻悻道："知道了，你先坐吧。"

谢染施施然坐下，从头到尾保持着近乎傲慢的淡定。

而班里同学对他的印象，已经发生了翻天覆地的变化，如果说前面他震慑住许飞焰等人令他们吃惊又恐惧，那么此时他的英语秀则在令他们无比震撼的同时又掺杂了敬意。

这就是学校斥重金特招的学霸吗？

只需短短一个暑假，口语段位飞升不说，靠着网上的资料就能这么深入地了解一个国家，还是一般人看都看不懂的金融领域。

启行学子们明明并不都是学渣，此时却都落下了属于学渣的眼泪。

坐下思考了一下后，从来不懂得"害怕"这种情绪的谢总鼓起勇气才给电子词典按了开机。开机的一刹那，他手速飞快地在按键打字："别发出声音。"

电子词典没有收音功能，他也没有联网的蓝牙耳机，只能通过打字和孟非悬交流。

倒是有那么一点儿短信时代的感觉。

电子词典本来已经发出"归"的声音了，接收到谢染的信息，硬生生把"零"的发音吞了回去。

屏幕上显示出新的文字："先生，刚刚发生了什么事？为什么信号突然断了？"

谢染打字："电池没电了。"

电子词典："啊，先生你赶紧给这破机器换个好点的电池吧。"

谢染面不改色："嗯。"

接下来，电子词典开始疯狂输出文字："先生，你在这个世界好穷啊，居然连个手机都没有。"

电子词典："我好不容易找到你家里去，居然只有座机，我还打了电话，结果是这个世界的谢先生的爸爸接的。"

电子词典："我只好假装是诈骗电话。"

电子词典："你放心，我认真模仿了湾岛骗子的口音，很完美，没有被发现。"

谢染："……"

电子词典："还好你还有个电子词典，但是我觉得电子词典没有游戏机好，不然我还能跟你一起打游戏，电子词典就没什么用途，先生的词汇量又不需要词典。"

电子词典："不过先生别急，我可以给这个电子词典刷机编程，多开发些功能。"

电子词典："你觉得阅读器功能怎么样？我把我们的文导进来，先生没事可以看看，放松身心。"

　　谢染："……"

　　谢染："好像又没电了。"

　　取下电池。

第二十一章
王者风范

　　谢染在玩电子词典的时候，许飞焰与其他人一样震惊得无以复加。

　　他表现得从容自如，口语能力更是极为出色。谢染讲述的那些内容专业水准之高，又是全英文表达，即使是重新活一次，之前已经有几年工作经验，许飞焰也不是一下子能够全部消化的。

　　王思义作为一个专业水平很高的英语老师在谢染面前都哑口无言。

　　许飞焰一时惊疑不定。

　　有那么一刻，他甚至怀疑谢染是不是和自己一样，其实也是重新来过的。但他很快否决了这个想法，就算他重新来过，谢染的表现也不应该是这样的。

　　那些年里，谢染一直很怯懦、胆小。因为从小生活环境不好，谢染根本接触不到高端的圈子。

　　因此，如果谢染重新来过，他根本不可能有这么突出的表现。

　　那为什么会这样呢？

　　许飞焰脑袋飞快转动，仔细回想高中时候的事。

　　因为时间久远，许飞焰其实记不太清楚高二那年发生的事情了，他只记得当时自己知道谢染被取消奖学金和免除学费的资格之后，连夜把谢染叫了出来，威胁他做自己的小弟。

　　当时谢染迫于债务的压力不敢反抗自己，后面也一直默默忍受着，并没有像现在这样奋起反抗过。

难道当初谢染其实也做了准备，也想过要反抗的，只是迫于债务的关系隐忍了下来？

再后来，是漫长的忍耐和无望的生活彻底磨平了谢染的棱角，也耗尽了他的才能吗？

这一次自己重新来过，想要好好对待谢染，因此没有拿债务去胁迫谢染。谢染还不清楚自己即将被取消奖学金资格，不知道自己的家庭将要面临巨大的危机，所以他才敢不管不顾地爆发吗？

这是许飞焰目前能想到的唯一合理的解释，他越想越觉得应该就是这样的。

这就是所谓的蝴蝶效应，因为自己的重新来过，引起一系列的连锁反应，谢染还没有被沉重的债务压迫而不得不弯腰，而是彻底爆发出来。

想通了这一点，许飞焰稍稍松了口气。

虽然这个发展有点儿出乎他的意料，但还在他可接受的范围内。他这次想做的，不就是好好对待谢染，让谢染平安快乐吗？

许飞焰边想边怔怔地去看谢染。此时的谢染还是少年模样，清秀漂亮，眼神虽然冷漠，却依然黝黑明亮，不像多年后那样死气沉沉。

这是谢染人生中最美好的时刻，而且他现在还是那么穷，自己有的是办法救赎谢染，让谢染感激自己。

谢染制服许飞焰和刘满等人的消息迅速在启行学生中流传开了，开始很多人根本不敢相信，还以为有人造谣。

虽然消息还不能确定，但还是起到了一定的威慑作用。谢染难得无风无浪地度过了开学第一天。

放学后，谢染收拾好东西，然后给电子词典装好电池，开机打字。

不过电子词典打字明显比他快多了。

电子词典："先生，你去哪里买的电池？怎么那么久！"

电子词典："等得我花儿都谢了！"

谢染熟练地无视孟非悬的弹幕："我们现在去网吧。"

电子词典："天哪，这就是穷人的世界吗？"

谢染："对。"

在来到这个世界之前，谢染也在各类信息中了解过不同人群的人生，但那些关于悲惨、困顿境况的描写对他来说，只是一串串可供整理分析的文字，性格上的先天缺陷让他无法深入理解这种处境和由此生出的情绪。

对他本人来说，贫穷似乎是不可能存在的。

哪怕只剩下几万块的存款，他也能凭借着各种金融手段很快地再次崛起。

直到来到这个世界，他认真审视了一下原主的现状，才亲身体会到，对真正的穷人来说，几万块钱本身就已经是一个无法逾越的鸿沟。

原主的父母一个月的收入加起来总共就几千块钱，扣除房租、生活费之后，一年下来都存不到万把块，而原主母亲的一场重病让他们家庭瞬间背上巨额债务。

更可怕的是，光是债务的利息，就足以蚕食掉他们一年的剩余收入，让他们的生活陷入了一场恶性循环。

换句话说，金融精英、科技公司总裁谢总现在的难题不是怎么用几万块东山再起，而是怎么搞到几万块。

原主的家庭没有任何资源、人脉，并且负债累累，连房子都是租的，家里除了一台老旧的电视、一台电话座机和原主的电子词典外，也没有其他电子产品。

谢染只是想上个网，都只能去网吧。

幸好原主的书包里还有家里给的二十几块钱饭钱，不然谢染连网吧都去不起。

跟着谢染过惯了富贵日子的孟非悬唏嘘不已，不得不也跟着精打细算了起来。

电子词典："先生，这附近有两家网吧，一家高端奢华、环境干净，但是一小时要二十块钱上网费。"

电子词典："另一家是黑网吧，环境恶劣，烟味弥漫，不过优点是便宜，一小时只要五块钱。"

谢染毫不犹豫："去环境好的。"

电子词典："先生你留够买电池的钱了吗？我觉得这个电子词典耗电有点儿快。"

谢染面不改色："你少发点儿字，可以省点儿电。"

电子词典："我已经很节省了，要不是这个电子词典处理器不行，我还能发多点儿。"

电子词典："先生，要不我想办法劫持监控摄像头，偷看一下别人的银行密码，你偷偷去取点儿钱出来怎么样？"

谢染继续无视："带路。"

谢染下了指令，孟非悬立刻转入工作状态，启动导航系统为谢染带路。

这是谢染人生第一次到网吧上网，孟非悬找的是启行中学附近最好的一家网吧，整体环境看起来倒是明亮干净。但一些人脱了鞋子把腿盘在椅子上上网，以及一些人吃零食吃得碎屑都掉进键盘里的画面，依然让谢染感到十分不适。

谢染想了想自己当前的处境和身上仅有的现金，迅速压下了那股不适感，淡定地登记、付钱、上机、开机。

真正的贫穷，能让真正的总裁能屈能伸。

虽是如此，谢染拿起网吧提供的头戴式耳机的时候，全身毛孔还是发出了强烈的抗拒。这种耳机会将整个耳朵包住。而网吧里的耳机，不知道被多少人戴过。

谢染迟疑了一会儿，电脑屏幕上跳出字幕："先生，你能听到我的声音吗？"

谢染看了字幕一眼，沉默地把耳机戴上，把麦克风的位置调好，应道："可以了。"

熟悉的声音立刻在耳边响起："先生，我在。"

"这个世界，我也会一直陪着你的，别怕。"

少年的声音清澈悦耳，带着微微的金属感，一下子让谢染觉得耳朵上那个笨重的耳机似乎也没有那么难以忍受了。

谢染无意识地轻笑了一下："我知道。"

不管他去到哪个世界，他的系统都会于万千平行世界中找到他。不管是以什么样的形态，哪怕是待在一个根本无法承载他的，技术含量极低，信号极其微弱的电子词典里。

谢染从不需要依靠任何人，可是不断在全然陌生的世界里穿梭，孟非悬这种不离不弃的跟随，第一次让他生出一种大概被人们称作安心的感觉。

这或许就是网上的人形容的，属于他生命的铠甲。

这种从未有过的情绪很奇妙，陌生，却又让人感到熨帖，似乎眼前面临的处境也不那么困窘了。

即使谢染一开始也不觉得很艰难，此时却突然有了更加坚定的感觉。

他话音才落，屏幕上突然一闪，耳机里传来一串"咯咯咯"的声音，一只肥嘟嘟的，卡通形象的花白母鸡从屏幕下面跳了出来。

孟非悬发出海豹拍胸脯的声音："先生，我把小九的数据一起带过来了。"

谢染："……"

屏幕上，变成平面形象的卡通母鸡张开翅膀，作出战斗鸡的姿势绕着屏幕边框开始跑圈。

孟非悬解释："我觉得小九有点儿胖了，正在训练它跑步减肥。"

谢染："……"他的系统在学做人方面果然很认真，居然没有直接调整姬九的参数。

谢染难得没有阻止孟非悬说话，放任少年的声音在耳边喋喋不休，自己则飞快地移动鼠标，打开一系列的网站界面，修长的手指速度极快地在键盘上敲打着。

原主穷得太厉害，谢染人生第一次不得不计算着花钱。他计划好使用网络的时间，用二十块巨资开了一小时的机子，自然也要争分夺秒，赶在这个时间之内把事情做完。

这一刻，他倒是稍稍体会到在第一个世界录综艺节目的时候，其他嘉宾省吃俭用时的心情了。

当然，如果他现在有在综艺节目里那么多的经费，倒也不必如此艰难。

谢染正全神贯注地上网，没注意一群男生嘻嘻哈哈地从网吧门外进来。

关衡等人是启行有名的纨绔子弟，关衡和朋友的爱好是打网络游戏，平日里就是一帮臭味相投的纨绔子弟相约到网吧里开黑。

开学第一天，关衡跟往常一样，一放学就呼朋引伴到学校附近最好的网吧打游戏，一路上顺便八卦了一下启行今天的大新闻，谢染制服了许飞焰和刘满的事情。

这个全校皆知的小可怜今天居然爆发了。关衡跟许飞焰不熟，单纯是对有反转这种故事津津乐道而已。

一群人边说话边熟门熟路地跟前台小妹打招呼交钱，正要去上机，突然一个人拉了关衡一下，努努嘴角朝角落示意："衡哥，你看那是谁。"

关衡顺着小弟的方向看去，角落里只坐了一个人。他一下认了出来，当即挑眉道："哦嚯，他居然也会来网吧上网？"

原主作为特招生，入学的时候照片上过学校的宣传栏，加上长得出色，启行的学生基本都认识他。

这小可怜是真在沉默中爆发了啊？不仅制服了许飞焰，还开始学他们顶级学渣上网吧开黑了？

关衡跟小弟们当即交换了一个眼神，一起笑嘻嘻地走上前去，搭住谢染的肩膀："学霸，你也来打游戏……"

关衡边说边扫了一眼谢染的电脑屏幕，想看看是什么游戏能让贫困学霸也为之堕落，然后他就噎住了："……我的天。"

只见谢染的电脑屏幕上，赫然打开着各种各样的学习网站，什么数学、物理之类的，还有全英文的，密密麻麻，布满各种让关衡看一眼就要做噩梦的题目。

而谢染正面不改色地在做题，而且算得飞快，好些关衡连符号都认不全的数学题目，谢染只看一眼，就直接填上数字。

关衡看傻了。

假的吧？怎么可能有人看一眼数学题目就知道答案的。

常常因为成绩太差被家里克扣零花钱的关衡心里陡然心理失衡，一时不知道该吐槽谢染在网吧里学习，还是心酸自己和他的智商差距。

"学霸，来网吧还做什么题啊？"关衡也是熊的，一边说一边顺手就给谢染按了下退出键，"这是学习的地方吗？"

谢染正戴着耳机听着孟非悬的声音，没注意到有人过来，关衡出手又猝不及防，他还没来得及反应，做了大半题目的界面就被退出了。

谢染："……"

耳机里，孟非悬气得大叫："先生，我还没保存！他死定了！"

谢染拿下耳机，缓缓转头看着突然冒出来的男生，冷声吐出两个字："赔钱。"

他的神色不见愤怒，眼睛里只有冷漠，却莫名有一种居高临下的姿态。

关衡按在退出键上的手僵了一下，竟不由自主地咽了一下口水。

关衡虽然不像许飞焰那样蛮横，但在学校里名声也不是很好，平时捉弄一下同学也是没人敢说二话的。

这次他就是看谢染在网吧学习不爽，恶作剧一下，根本没想过对方敢有意见。

倒也不能说是谢染有意见，他的姿态看起来可比单纯的反抗可怕多了。那种自内而发的锋芒是纨绔们在别的同学身上从未见过的，有种高高在上的审视感。

虽然他说出来的内容听起来好像有点儿滑稽？

关衡迷茫地看着谢染："啊？"

刚好谢染的电脑屏幕上弹出网吧的提示窗口："03 号机的客人，您的电脑还有十分钟关机，如需继续上网，请到前台续费。"

谢染淡声重复："赔钱。"

关衡眨了眨眼，福至心灵："你……该不会没钱上网了吧？"

谢染脸上露出不耐烦来，这次不再说话，只看着关衡。

他明明没有什么表情，眼神也不凶狠，但关衡莫名地想起谢染制服许飞焰的八卦来。

关衡的小弟们顿时不爽了，纷纷挤上来："什么态度啊？没看到是衡哥吗？"

"不就弄了你电脑一下吗？"

"衡哥别搭理他，我们赶紧去开黑了。"

关衡也想跟平时一样作弄完同学就大摇大摆地走开，但不知为什么，在谢染冷冷的注视下，他愣是不敢迈开脚步。关衡心中不由得后悔了，人家愿意在网吧学习就学习呗，自己招惹他干吗？

别说小弟们都看着，就是放在平时，要让他关衡认错那也是不可能的。

关衡心念电转，突然就有了主意。他干笑两声，说道："不就是一点儿上网的钱吗？学霸，要不你给我做游戏陪打吧，我付你陪打费，一把……五十块，你看怎么样？"

他琢磨着，谢染二十块的上网费都心疼，一把游戏给他五十块他还不乐开花了？

关衡的小弟们一听，嘴角抽了抽："衡哥，你疯啦？谁要跟书呆子打游戏啊！还给陪打费！"

关衡哪能说自己是变相赔钱呢？只能强作镇定道："我就觉得有意思，怎么了！"

小弟们："……"行吧，你有钱，你说了算。

耳机里，孟非悬破口大骂："五十块一把的陪打费，他以为他请的小学生呢！"

谢染依然一言不发，只静静看着关衡。

关衡被他看得头皮发麻，琢磨着，这学霸该不会真的疯了，今天真得打一架吧？

就在他想干脆直接跑了算了的时候，谢染终于开了口："五十块？"

他语气淡淡的，却似带着嘲讽，著名纨绔关衡瞬间觉得自己的财力受到了侮辱，说道："普通陪打就这价格，你要是能带我们赢，那当然可以另算。"

谢染："怎么算？"

关衡："……"他怎么还认真上了？书呆子不会真以为自己能打游戏吧？

这就是真实的穷人吗？

关衡挑了挑眉，故意说道："这样吧，我给你两种选择。一种是你陪我们打游戏，不论输赢，一把我给你五十块。另一种是你带我们打游戏，要是能全赢，一把我给你一千块，但要是输上一把，你就一毛钱都没有，你觉得怎么样？"

耳机里，孟非悬迅速地向谢染汇报最新的调查结果："先生，这个叫关衡的，一个月有五万块零花钱，他的几个朋友，基本一个月也有一两万块的零花……"

谢染一边不动声色地听着报告，一边继续看着关衡，说道："两千。"

关衡："啊？"

谢染："全赢的话，一把两千块。"

关衡："……"他不会真以为自己能全赢吧？

书呆子能全赢的话，他们这些人还玩个啥游戏啊！

关衡忍不住嗤笑了一声："好。"

谢染点点头，问道："哪个游戏？"

关衡："……"

他连玩什么游戏都不知道，就敢这样夸下海口？！

纨绔子弟关衡第一次深刻地认识到，人穷起来，是真的会发疯的。

与此同时，孟非悬在耳机里开始如海豹拍胸脯："先生，我又可以赚钱了，我玩游戏养你啊！"

关衡他们玩的游戏叫《无尽击杀》，是一款当前在年轻人中最火热的多人在线战术竞技游戏，玩家选择系统提供的游戏人物，进行 1 对 1、

3 对 3、5 对 5 等多种方式的 PVP 对战，最终成功推掉敌方基地水晶的一方获胜。

听完关衡的介绍后，孟非悬若有所思道："先生，我处于叠加态的时候，在其他的平行世界里也捕获过类似的游戏信息。"

谢染并不觉得奇怪，这种游戏模式符合人类的娱乐需求，只要科技和游戏产业正常发展，在大部分的平行世界都应该会出现。

不知道是不是错觉，他总觉得孟非悬的语气里似乎有一丝跃跃欲试的期盼。

孟非悬确实很想亲自上场，不过谢染阻止了他。

虽然这个游戏对谢染来说并没有什么难度，但他总不能连手都不动，毕竟他是在和关衡他们一起玩的。

万一被举报开挂，就拿不到钱了。

谢总第一次做穷人，对赚钱一事很清醒。

就很真实。

谢染注册了游戏账号，让关衡给他介绍具体的游戏属性和玩法。

关衡："……"不知道为什么，总觉得自己此时很像在专柜给客户介绍产品的柜哥。

但谢染一副理所当然的样子，似乎天生就是被服务的对象，"柜哥"关衡只迟疑了一秒，便老实地介绍了起来。

不过他刚介绍完玩法，谢染便摆了下手："行了。"

"……"关衡欲言又止，他还没介绍不同英雄的属性和定位呢！

关衡内心还没吐槽完，就见谢染打开英雄商城，将各个英雄逐个点开浏览起来。谢染速度飞快，不过几分钟，就已经将所有英雄都点了一遍，随后看了关衡一眼："可以了。"

关衡这下实在没忍住："你这样能看出什么东西？"

谢染："够了。"

关衡："……行吧。"书呆子读书读傻了，以为玩游戏跟念书一样，把字看懂了就算会了呢！

是时候让他们这些学渣教教学霸做人了！

想到这里，关衡又不由自主兴奋了起来，看这些在学习上厉害得不行的学霸在游戏里被吊打一定很好玩。

今天他就要在谢染身上证明，智商不是只能靠学习成绩来体现，学霸也是有短板的，而他们虽然成绩差，玩游戏脑子可是很灵活的。

几人进入游戏，因为谢染用的是新号，还没有段位排名，他们便开了娱乐模式。这就算了，谢染一进游戏，就秒选了一个最难玩的刺客。

新手、秒选、刺客，基本集齐了坑的所有要素。

关衡的小弟们意见都很大，小声抱怨："衡哥，你确定我们这是找陪打……我们才是陪打吧？"

关衡已经沉浸在吊打学霸的幻想里，正气凛然道："都是同学，计较那么多做什么？！"

小弟们："……"你平时可不是这样子的！

小弟敢怒不敢言。

关衡喜滋滋地进入游戏，正打算瞎指挥，骗谢染去打龙送塔，他还没开口，就见谢染操纵着自己的刺客熟练地进入野区（游戏设定，指除高地以外小兵在自然情况下不会进入的区域）开始打野（游戏术语，以野区资源为经验和金币获取的主要方式）。

关衡挑了挑眉，书呆子学得还蛮快的嘛。

下一秒，耳机里传来"first blood"的激情音效，敌方过来反野的英雄被谢染击杀。

还在慢悠悠清兵（游戏术语，指运用技能快速消灭敌方小兵）的关衡："？"

小弟们："？？"

关衡一开始就没把谢染当回事，也没仔细观看谢染的操作视角，此时并没意识到事情并不简单。毕竟游戏新人误打误撞收了第一滴血也是常有的事，便只有些意外地眨了眨眼，讪笑道："学霸运气不错哈。"

两分钟后，谢染打完野区，开始到线上游走。

此时关衡的射手刚被对方的刺客抓死，敌方几名英雄都在一路，关衡看到谢染过来，立刻叫道："你别过来送了，他们人多……"

话音未落，耳机里传来他们这方击杀敌方的音效。

一杀、二杀、三杀……

谢染的刺客走位灵活，技能精准地收走敌方几个英雄，接着干脆利落地走开，直接进入对方区域，开始入侵敌方野区。

关衡："……"

小弟们也被突如其来的三杀吓了一跳，一个个惊讶地看向谢染。

这时他们才注意到，谢染的操作居然出乎意料地轻盈、漂亮。他的手指白皙修长，指节分明，很好看，但更好看的是他的操作手法。他的手速很快，起落之间几乎没有任何犹豫和停顿。但最让关衡他们吃惊的不是他的速度，是他的精准程度。

谢染的屏幕视角飞快切换，英雄的操作更是简洁高效，几乎没有任何无效操作。

这种操作水准，关衡他们只在职业电竞比赛中看到过。

一时间，关衡一群人都看呆了。等到耳机里传来自己的英雄被击杀的声音，他们才猛地回过神来，其中一人惊叫道："发什么呆啊！塔都让人推了。"

话音刚落，耳机里再次传来连续击杀的声音，他们这方唯一还活着的谢染以一己之力把对方团灭，直接推上了敌方高地。

关衡几人："……"

谢染把对方水晶爆掉之前，敌方玩家在公屏上打字："对面就刺客会玩。"

敌方："对面刺客带妹呢？一带四？"

敌方："听我一句劝，别带了，带不动，不如来我们这边吧，一起打国服。"

关衡几人："……"

"砰"的一声，敌方水晶爆炸，屏幕上跳出"胜利"两个大字。

此时其他人的游戏角色甚至都还没有复活。

关衡他们彻底呆住了。谢染脸色却没有变化，而是直接点了准备下一局，见关衡他们迟迟没有动，才转过头来，有些不耐烦地催促："快点儿。"

关衡如梦初醒，差点儿没从椅子上跳起来，他像受了刺激般大叫："你以前是不是玩过这个游戏？"

谢染："没有。"

关衡："我不信，没玩过怎么可能这么厉害！"

谢染用看智障的眼神看他："因为简单。"

"……"关衡怀疑自己的智商被鄙视了，无理取闹道，"那你倒说说看，怎么个简单法？"

谢染看回游戏界面："会计算就行了。"

关衡："……我会计算！"他玩这个游戏这么久，当然知道这个游戏需要计算。

《无尽击杀》是一个依赖于经济（指游戏中获取的金币）的推塔游戏，英雄需要获取经济进行装备升级，从而提升伤害，因此玩这个游戏的人都知道，要先计算出己方和敌方的经济和伤害差距，再决定要不要对敌人主动发起进攻。

谢染听完关衡的游戏心得，顿了一下，淡淡地反问了一句："这也叫计算？"

他没怀疑错！谢染就是在鄙视他！

很快，他终于明白，自己的那点儿技巧在谢染这里确实不叫计算。

关衡人生第一次知道，原来学霸玩游戏，对英雄的伤害和血量计算是可以精确到个位数的，还可以根据每个英雄的出现位置、移动速度，精确地计算出英雄的活动轨迹，再分析自己的路径决策。

关衡甚至是第一次听到，还有人在玩游戏的时候用数学模型的……

至于一打五的时候，怎么根据对方的技能计算好伤害范围、伤害衰减、路径选择之类的就不说了。

这些道理关衡不是听不懂，但是在谢染进入游戏之前，他以为这些东西都只存在于理论上。

因为人的脑子不可能动得那么快，人的手速也不可能那么快。

现在他知道了，人跟人的脑子的差距，有时候是可以达到人跟猩猩的脑子的差距那么大的。

至于谢染的手速和操作……

谢染言简意赅："基本操作。"他写代码的速度比打游戏快多了。

要不是这个世界的电脑处理速度不够快，他还能再快一点儿。

关衡和小弟们缓缓跪下。

晚上九点，一贫如洗的关衡和小弟们悲喜交加地一起恭送谢染走出网吧。

关衡还给谢染开了一瓶可乐："染哥请喝冰阔（可）乐。"

此时站在他们面前的，已经不是游戏新人谢染，而是《无尽击杀》中的新王者。

三小时上王者，直接创造了《无尽击杀》的玩家上王者速度记录。

如果不是带着他们几个拖油瓶，谢染的上分速度还能更快。

谢染随手接过可乐，说道："欠的钱不用给现金了，明天给我带一部手机吧。"

是的，四小时的游戏下来，谢染一局未输。一结算，关衡不仅零花钱全部进了谢染口袋，还欠了几千块。

关衡肃容道："知道了，染哥。"

能带他们上分的都是大哥！

像谢染这样四小时下来一局不输的，则是当之无愧的哥中王者。

谢染带着电子词典和七万多巨款回家。

原主家租在一处老旧的筒子楼里，几十户人家密密麻麻挨在一起。住这里的人家经济情况大体都不太好，大家日常都在为生活奔波，平日里挺热闹，互相搭把手也有，更多的是磕磕碰碰、吵吵闹闹。

原主家租在一楼，因为一楼隐私性比较差，租金可以稍微便宜一些。

谢染回家的时候，原主的父母已经急得团团转了，正站在门口焦急地等他，看到他回来才松了口气。谢母上前拉住他："小染，怎么这么晚才回来？是不是遇上事了？"

谢染原世界的父母都是典型的精英，情绪一向克制，或许也是知道谢染有足够的自理能力，他的父母从来没有在他面前表现出过这么关心、亲密的情绪。

谢染一时有些不习惯，不动声色地避开了谢母的接触，平静地说道："刚开学，事情多。"

原主一向乖巧，怕父母担心，从未将自己在学校的不愉快告知过他们。谢家父母也只以为他的日益沉默是因为学业繁重所致，从未对此有过怀疑。

"没事就好。"谢父上前接过谢染的书包，"饿了吧？先吃饭。"

谢母悻悻道："应该给小染买个手机的，晚回来也能跟家里说一声。"

谢父叹了口气，低声道："再说吧。"

谢染和父母进了屋，屋子是小小的两室一厅，有些阴暗潮湿，但收拾得很干净，逼仄的客厅里支了一张小桌子，摆着简单的三菜一汤。

谢家境况不好，但父母对原主是很用心的，吃穿虽简单，但是从来不短缺。

"菜都冷了，我去热一下。"谢母按着谢染坐到椅子上，"你先坐一会儿。"

谢母刚进厨房不久，屋外就传来一个有些尖厉的中年妇女的声音："小染回来啦？"

接着，一个胖胖的妇女一边嗑瓜子一边从门外探身进来，瞄了谢染一眼，眼睛又滴溜溜地在屋里转了一圈："这是干什么去了？可把你爸妈急死了。"

住一楼就这点不好，一点儿动静都会被人看到。

这人是筒子楼的房东，为人尖酸刻薄，还特别碎嘴，平日里没事就到处晃，搬弄一下各家是非，再占点儿便宜。

这里的租户都不喜欢她，但因为租金便宜，大家也只能忍了。

房东家里有个跟原主同龄的小孩，但是成绩很差。因此，房东看靠着好成绩去启行还能拿奖学金的谢染特别碍眼，平时有事没事也喜欢过来酸两句。

"小染这学期是不是也有奖学金拿啊？"房东一边随口把瓜子壳吐到地上一边说道，"我看我也该再涨一点儿房租了。"

谢父闻言急忙道："那怎么行？你去年不是才涨过？我们家的情况你又不是不知道，小染的奖学金全都拿去还债了……"

去年谢染拿了启行的奖学金，房东就挑着时机涨了一百块房租，但谢染早就把三年的奖学金都给预支出来，拿去还家里的债了，房租再涨的话，对他们可是不小的压力。

"知道了，急什么呢你！"看到谢父急赤白脸的样子，房东的心情一下子舒畅了不少。谢染读书好又能怎么样？全家还不是都得看她的脸色？

她这话就是故意吓唬谢父，谢家的情况她可打听得门儿清，知道再涨的话，他们真承受不起。

这时谢母把热好的饭菜端出来，房东瞄了一眼，又笑了两声，阴阳怪气道："小染还在长身体呢，你们倒是吃好一点儿啊。"

谢家父母对望一眼，都有些尴尬。

"行了，不打扰你们吃饭了。"房东吐掉最后一颗瓜子壳，又顺手从门边一个纸箱子里拿起一个玩具，"这个给我吧，明天我小外甥过来，给他玩儿。"

谢母自从生病后身体大不如前，上不了班，平时就批发点儿小东西在附近的夜市摆摊。因为本金少，拿的都是便宜的小东西，她身体也不太好，摆不了很长时间，也就勉强补贴一点儿家用。

就这样，房东每次过来，都要顺便拿点儿东西走。

谢家父母都已经习惯了，房东拿的那玩具也就几块钱，在他们能忍受的范围内。

谢母无奈地摆摆手，正要跟往常一样说好，一直沉默地坐在饭桌旁按电子词典的谢染突然开口说道："给钱。"

谢家父母闻言呆了呆，房东也是愣了一下才回过神来，当即有些不悦，说道："小染怎么拿了奖学金反而变小气了？就这破玩具才几块钱，也要跟我计较？"

谢染站起来，看着她，淡淡地说道："既然才几块钱，你为什么不给？"
他的语气很平静，说出的内容却很嘲讽。

谢染纵横商场那么多年，从来没让人白白占过便宜，一贯都是在商言商。

几块钱不多，但商场上是不能轻易让步的。

与此同时，他手上的电子词典也突然发出刺耳的电子声："给钱——"

房东的脸瞬间憋得通红，好一会儿才反应过来，恼羞成怒地扯着嗓子叫道："好啊，你们要跟我算钱是吧？那行，我也跟你们算，今年房租给你们涨个两百怎么样？"

她本来就站在门口，老房子隔音也不好，这一叫，瞬间把同楼层几户邻居都吸引了出来。大家都探着头往这边看，有人问："怎么了这是？"

有人围观，房东越发得意，声音也更加尖刻了起来："老谢家孩子长本事了，跟街坊斤斤计较，那就别怪我也跟他们计较呗。"

"唉，算了算了。"谢父闻言急了，连忙拦了谢染一把，冲房东赔笑道，"孩子不懂事，一个玩具而已，你拿去就是了。"

谢父服软，房东却还不解气，扬着手中的玩具继续叫道："你们这破玩具才几块钱？我这儿的房租比别处便宜多少？你们少不识好歹……"

她还没说完，就见谢染把拦在面前的谢父拨开，继续看着她，漠然说道："给钱。"

同时他手上的电子词典也不断重复："给钱、给钱、给钱……"

房东："……"

房东没想到他还敢要钱，那个电子词典的声音更是极其刺耳，重复地叫着"给钱"，跟催债似的，围观的人一下子都知道房东又拿谢家的东西不给钱了。

房东恼怒不已，彻底发了狠，把玩具扔了回去，大叫道："破东西不要了！既然你们不识好歹，也别怪我不讲情面，你们的房租这个月起涨两百，哭穷也没用……"

谢家父母急坏了，连忙要安抚房东，就听谢染继续道："我们明天就搬。"

闻言，谢家父母和房东俱是一愣。

房东当即瞪大了眼睛："你说什么？"

"我们明天就搬。"谢染看了谢家父母一眼，淡淡地解释道，"我今天参加了一个竞赛，赢了一点儿奖金，可以搬去好一点儿的地方。"

他没说什么竞赛，谢家父母根据儿子以前的经历，自动默认为各种学术竞赛。

谢父当即一喜。他儿子一向很聪明，从来不需要他们操心。但他随即又道："有奖金也不能乱花，存起来以后给你上大学用……"

原主以前也参加过各种竞赛，奖金一般就几百到几千不等，大部分帮衬了家里，其实根本存不下钱来。

更别说指望靠着奖金搬家了。

房东对原主以前的奖金，那也是打听得一清二楚的，也迅速反应了过来。她笃定谢家根本搬不了，谢染也就是做做样子罢了，立刻讥笑道："行啊，小染有本事赚大钱了，那你们就搬啊，明天是吧……"

"对。"谢染打断她的话，看了电子词典上孟非悬显示出的信息，对谢家父母道，"新房子我已经找好了，在瑞锦花园。"

刚才房东进门开始往地上吐瓜子壳的时候，谢染就在电子词典上给孟非悬打字，让他重新找房子。

孟非悬搜索和整理信息的效率无疑是极高的，瞬间将全市所有在租的房源信息过滤了一遍，并根据谢染的喜好和预算锁定了最合适的小区，此时已经整理好小区里几套房子的情况发给了谢染。

谢染只要过去看一眼，确定之后交钱就可以了。

谢家父母惊呆了，谢母说话都结巴了："小染，你……你说真的？"

"嗯。"谢染知道他们精打细算惯了，不下点儿猛药肯定还要劝他，索性道，"钱已经交了，预付了半年房租，不能退的。"

果然，谢家父母一听立刻把话吞了回去，只是脸上都有些迷茫，仿佛在做梦一般。

瑞锦花园是本市很有名的小区，距离这里并不是很远，不能说特别高端，但绝对是他们以前想都不敢想的。

房东这才意识到谢染竟然是说真的，而不是吓唬她，当场就急了："不行，我们有租房合同的，你们怎么可以说搬就搬——"

她的房子能租得这么便宜，自然不是因为她心地好，做善事，而是因为这里地段差，环境差，生活条件恶劣，根本租不起价。

谢染他们家搬走，虽然她也能将房子租出去，但会选择租这种房子的，大部分都是拖家带口，好几口人挤一间不说，很多人卫生习惯都特别差，还有拖欠房租的习惯，像谢染家这么有素质的租客可不好找。

因此听到谢家真的要搬走，她立刻又反悔了，改口道："瑞锦那地方的房子多贵啊，你们租得起吗？别租了半年又灰溜溜地回来，全市可没比我这儿更便宜……"

"这里也没多便宜。"谢染看着电子词典上浮现的信息，不疾不徐地报了几个地名，"这几个地方都和这里租金差不多。"

他说的地方都距离这里不远，但环境比这里要好一点儿。

围观的邻居一听，都面面相觑，心思明显活络了起来。

他们可都受够了这个房东，只是年纪偏大，都不怎么接触网络，信息不太灵通，平时光听房东吹嘘她这里租金多便宜，才一直忍着她。听谢染这么一说，那他们完全可以考虑换个环境。

大家虽然没有明说，房东却从他们的表情中感到不妙，顿时急得跳脚："谢染，你少乱说——"

谢染没给她继续撒泼的机会，直接上前一把把她推出门去，接着"砰"的一声把门关上。

房东差点儿被撞到鼻子，又惊又怒地在门外骂个不停，却又拿谢家没有办法。

谢家既然决定要搬走，她惯用的房租威胁伎俩自然也就失效了。

谢家父母还有些难以置信，谢父呆呆道："小染，你真租了瑞锦的房子？"

"嗯。"谢染慢条斯理地拿起饭碗，"这里环境太差，我住不下去。"

他这么一说，谢家父母算是彻底放弃了劝说的念头。对他们来说，谢染的生活环境是最重要的，以前是没办法，现在谢染自己有能力，他们自然不能要他继续吃苦。

谢母还有点儿担心钱的问题，谢染实在不耐烦再解释，干脆从书包里拿出一沓钞票，塞到他们手里："这是剩下的，你们拿去用吧。"

谢家父母看着塞过来的厚厚一沓现金，少说也有万把块的样子，眼珠子差点儿掉了下来。

谢父的手都在颤抖，问道："小染，你这是什么比赛？怎么这么多钱？"

谢染看了电子词典一眼，随口道："第一届马克杯电子信息技术竞赛。"

谢家父母茫然地对视一眼，完全听不懂。

谢父肃然起敬："听起来很厉害。"

吃完饭，谢染回到原主的小房间。

房间面积很小，还没有他在原世界的衣帽间那么大，里面堆满了各种课本和生活用品，因为家具太旧，又有点儿潮湿，房间里还有一股淡淡的霉味。

谢染不习惯这样的环境，但并未表达任何不满，只静默地关上房门，手上的电子词典发出"归零、归零、归零"的声音。

谢染拿起电子词典看了一下，上面浮出一行字："先生，你到窗边。"

谢染沉默地走到房间的小窗子边，长方形的窗户像是一个画框，画框里是他从未亲身接触过的市井人生。

这一带是本市的城中村，小小的窗户临着一道浑浊的小排水沟，再往外就是附近的小食街，街道杂乱无章，霓虹闪烁的招牌毫无规则地挤在店面上，随处有人推着小推车在摆摊。电线杆上贴满了花花绿绿的小广告，电线像蜘蛛网一样乱七八糟地缠在路边的墙上，还有些线头垂了下来，路人经过要小心避让，看起来很危险。

但这里的人似乎都习惯了这种环境，三三两两说说笑笑地走过，熟练地避开电线，就好像这只是生活中再寻常不过的一幕。

鼎沸的声音越过小排水沟传到谢染耳朵里，嘈杂的脚步声、叫着大甩卖的喇叭声和吆喝叫卖声，这些都是在原世界会让谢染烦躁的声音。

但此时身处平行世界，接手了一个截然不同的人生，谢染又觉得这一切似乎也并不那么难以忍受。

如果他没有来到这里，原主的人生，并没有别的选择。

视线从城中村的街道上空掠过，更远处，则是本市的CBD，恢宏明亮的摩天大厦群矗立在夜空之下，与近在咫尺的杂乱巷道形成鲜明的对比。

谢染以前都是站在 CBD 的大楼之上俯视着城市，那些低矮的、杂乱的城中村只是地图上小小的一角，并不起眼。

这是他第一次从城中村看 CBD，视角倒是有些新鲜。

他无意识地笑了一下，手上的电子词典再次发出声音："看我、看我、看我。"

谢染低头看去，电子词典："先生，我看到你了。"

电子词典："外面的街道有个监控，我可以截取到你的画面。"

电子词典："我看到你笑了。"

电子词典："你笑起来真好看。"

谢染："是吗？"

电子词典："这个世界的你长得不太一样，但是你一笑我就知道是你，不管你变成什么样子，我都能认出你的意识原子群。"

很奇怪，明明是没有情绪也没有声音的文字，谢染却仿佛能透过这些文字看到少年得意又认真的样子。

谢染在键盘上打字："你在哪儿？"

随着这声询问，小食街上一处用网络控制的电子灯牌突然闪烁了一下，谢染看向那闪烁的光，就见电子灯牌上的灯光变幻着，形成了一个斜着朝上指的箭头。

谢染顺着箭头看去，终于在一根电线杆的上方发现了一个红色的光点，在他看过去的同时，那光点也闪了闪。

谢染于是抬起手，向那个监控摄像头挥了挥手，做完又突然觉得自己好像有些幼稚——这是他以前绝对不会做的动作。

摄像头却似乎很开心，红色的光点疯狂扭了几圈，还引起了周围的人的注意。

"那个监控怎么动得那么厉害？"

"是不是发现了什么事情？"

"该不会有什么违法犯罪事件吧！"

谢染和孟非悬并不知道他们只是打了个招呼就在小食街引起了小小的骚动，仍平静地继续他们的交流。

谢染打字："汇报情况。"

孟非悬："Yes."

孟非悬转入工作模式，开始向谢染汇报他获取到的信息，其中一条信息引起了谢染的注意。

孟非悬："先生，我处于叠加态的时候，发现这个世界有两组异常数据，一组是这个谢染的执念，他的意识原子群能量将你的数据一起吸引过来，让你来到了这个世界。"

孟非悬："另一组是那个许飞焰的。他临死的时候和谢染在一起，谢染的意识波动引起了连锁反应，造成了许飞焰的记忆在第四维度上的扭曲，部分记忆数据流入现在的时间。"

第四维度也就是时间，许飞焰的记忆在第四维度上扭曲，简单来说，就是记忆数据在时间上发生了流动，即数年以后的记忆流回现在，导入现在的许飞焰的记忆系统，让现在的许飞焰获取了未来的一系列记忆。

并且在那些属于未来的记忆更加强大的情况下，直接成为主体，当下的记忆反而被弱化，对于现在的他来说，就会产生类似这种的现象。

谢染想起白天许飞焰有些异常的行为，若有所思："难怪。"

孟非悬已经从自己数据库里整理出了好几 T 小说和电视剧，开始和谢染分析："先生，按照我看电视剧的经验，如果许飞焰具备未来的记忆，他就可以利用信息差对付自己的对手，进行超前的产业投资，财富、人脉都会变得更强，对付起来可能会比较难。"

谢染："……"

他的系统依然没有放弃从电视剧中学习人类行为。

谢染不置可否，只随手打字："我不觉得。"

隔天上午，许飞焰志得意满地来到学校。

经过一个晚上的认真分析，他已经非常确定自己确实是从头来过了。换句话说，如今的他提前预知了未来数年的社会发展，他不仅可以重新和谢染做朋友，还可以利用这段时间的信息差做很多事情。

在以前，他嚣张跋扈，仗着家族的势力横行霸道，但其实他在许家的地位也只是一般。许家能力比他出色的大有人在，但是这一回，他可以用自己超前的"远见"，让整个许家对自己刮目相看。

他甚至已经可以想象到自己成为整个许家的掌权人，带领许家走向辉煌的画面了。

当然，眼前第一件要做的事，是先让谢染对自己刮目相看。

虽然谢染昨天突然爆发，让他刮目相看，但想通了这一切可能是自己的从头来过带来的蝴蝶效应之后，他也就释怀了。

谢染现在心里对他有怨气很正常，这也只是暂时的，他将用行动消解谢染对他的不满和恐惧。

许飞焰边想边从书包里拿出一部款式普通的键盘手机，这是他经过深思熟虑之后，专门精挑细选买来送给谢染的。

现在谢染很穷，接下来他还要面临巨额的债务问题，学习和生活都会把他压得喘不过气来。

许飞焰决定一步一步慢慢来，先向谢染释放善意，让谢染知道自己不会再欺负他，还会跟他做朋友，成为他的靠山保护他。

除此之外，他还会帮谢染解决欠学校的债务，并慢慢地改善谢染的生活质量。比如给谢染送一些新的衣服、鞋子，给他家送一些日用品和电器等。

经过之前那一段人生，他多少知道谢染的一些心理。谢染敏锐脆弱，这一次他要循序渐进。

比如在送东西上，就不能一下子送太好的，要先从普通的送起，这样不会让谢染觉得太贵重，不好意思接受。

衣服可以先送一些便宜的T恤、牛仔裤之类的，价格一两百块的就够了，稍微超出谢染的生活水平，但不超出太多。

手机是必备的，毕竟他要经常和谢染联系，但也不能一上来就送高端的智能机。

许飞焰再次看了看手中的键盘机。说实话，就算只是这样一千块出头的机子，对谢染来说也太贵重了，他记得谢染家里现在应该还在用电话座机。

等下谢染肯定不好意思接受，不过他已经想好了理由，就说是为了高一的事情向谢染道歉，请谢染一定要接受他的歉意。

态度可以稍微强硬一点儿，谢染肯定不敢拒绝。

到时候谢染会不会很惊喜呢？他人生第一次得到这么贵重的礼物，大概会小心翼翼，生怕弄坏了吧？

许飞焰都能想象得出谢染拿着手机紧张兮兮的样子了。

许飞焰自觉自己为了谢染把方方面面都考虑周全了，甚至为了送部手机，不惜自降身份去跟谢染道歉，自己如此用心，不信谢染不被打动。

不过今天，谢染不知怎么迟到了许久，一直到早自习结束的时候，才出现在教室外面。

许飞焰已经等得有些焦躁了，看到谢染的身影，他便想赶紧拉着谢染出去说话，他迫不及待想要看到谢染紧张惊讶的样子。

但许飞焰刚站起身，就听教室里突然响起一片惊叹声，许飞焰的眼睛也随着惊呼声瞪大了，不敢置信地看着走进来的谢染。

只见谢染换了一身全新的衣服，不再是洗得变形的便宜T恤，而是一套设计简洁、质感极佳的白色衬衫，配简单的黑色裤子。他的身材原本就修长，只是略有些瘦削，这套衣服很好地突出了他的身高，将他衬得挺拔笔直。

他的头发也修短了一些，看起来干净利落，如此款款走进教室，瞬间将所有人的目光都吸引了过去。

明明谢染的五官长相并没有任何变化，还是那样白皙漂亮，但是莫名地生出了目下无尘的矜贵气质，看着竟比教室里的其他同学更像是贵族学校的学生。

许飞焰甚至能听到班里女生压抑不住的小声尖叫。

"啊啊啊啊啊，谢染怎么突然变这么帅了！"

"他一直都挺好看的，但以前太土了，不太显眼，现在换一身衣服，整个人都不一样了。"

"嗷！这不就是我梦中校草的样子吗？！"

"咦，谢染身上那套好像是某牌子今年夏天的新款，要好几千呢，他怎么买得起？"

许飞焰同样被谢染的新形象惊艳了。这身衣服简洁利落，却又无比贴合谢染此时的气质，让他整个人瞬间显得骄矜、傲慢起来。

不像许飞焰熟悉的谢染，却远比他熟悉的谢染更出色，更夺目。

许飞焰的脑门上不由得徐徐冒出许多问号。

谢染为什么有这么好的衣服？他哪来这么多钱？

许飞焰可是精心计划好要慢慢提升谢染生活品质，还想着先从一两百的T恤给谢染送起呢！

此情此景，让许飞焰感觉自己在自作多情。他百思不得其解，便准备把谢染叫出去问一下，正好他也要送谢染手机。

许飞焰拿起那部键盘机正要上前，这时教室外传来一个男生的喊声："染哥，你总算来了。"紧接着，启行有名的纨绔子弟关衡兴高采烈地从教室外跑进来，边走边说，"你今天怎么迟到了？还好我眼线多，一看到你就给我汇报了。"

关衡身后还跟着几个跟他一样不学无术的小弟，不过小弟们人太多，就没进教室，只隔着窗户跟谢染招手。

谢染微微点了下头，就算跟他们打招呼了。

关衡几步走到谢染面前，然后拿出一部最新款的智能手机递给谢染："染哥，你的手机，我还给你把电话卡也弄好了，直接可以用。"

谢染接过手机，按亮屏幕看了一下，屏幕上闪过一行字："先生，我好了。"

信息只闪了一下，关衡并没有看到。

谢染不自觉轻笑了一声，对关衡颔首："谢谢。"

"这有什么好谢的！从现在起，你就是我关衡的兄弟，以后你在学校里都有我罩着你……"关衡边说边作势要揽谢染的肩膀，完全没注意到教室里大家震撼的表情。

这是什么情况？

关衡为什么送谢染那么贵的手机？还突然跟谢染称兄道弟了起来？

这不是才刚开学吗？他们是错过了多少剧情？

同学们集体震惊的时候，许飞焰却感到了被背叛的愤怒。

谢染手上的智能机仿佛是对他明晃晃的嘲笑。

亏他还为谢染考虑得那么仔细、周到，担心谢染不敢接受太贵重的东西，专门选了一部便宜的键盘机。

结果谢染就这样随随便便地接受关衡送的高级智能机了？

谢染身上价格不菲的衣服，想必也是关衡送的吧？

他是什么时候抱上关衡的大腿的？

谢染接过手机后，脸上露出的那一丝若有若无的笑意，更是狠狠地刺痛了许飞焰的眼睛。

许飞焰觉得自己好像一个笑话，他震怒不已地把自己手上的键盘机往地上一砸，上前把试图搭谢染肩膀的关衡推开，冷冷地说道："别靠近他。"

关衡冷不丁被推了一下，看到是许飞焰，立刻挡到谢染面前，说道："飞焰，我知道你看谢染不顺眼，但是谢染现在是我哥们，请你给我一点儿面子……"

许飞焰家里家大业大，关衡其实不太想跟他作对，但谢染实在太牛了，昨天一口气带他们上了几十颗星。

昨天晚上，关衡直接成了游戏群最闪耀的一颗星，一晚上收了不知多少吹捧信息，不然也不会一大早就赶过来献殷勤。

他还指望谢染继续带他们上分，自觉有责任帮谢染。

但许飞焰正怒火中烧，听他这么说，只觉得火气更盛，冷笑道："谢染什么时候成你哥们了？我怎么不知道？我今天把话放这儿了，你们谁也不准靠近谢染……"

关衡听着许飞焰这话心里一咯噔。许飞焰分明是不准备给他面子，如果连他都保不了谢染，那谢染在启行的日子可真没法过了。

关衡微微眯起眼，正思考要不要跟许飞焰硬刚，突然肩膀搭上一只手，然后他就被人拨开了。

下一秒，关衡看到本应该被他护在身后的谢染突然冲上前去，站在许飞焰面前。

上课铃声再一次救了许飞焰一命，谢染居高临下地睥睨着许飞焰："滚。"

他说罢回过头去，看了呆滞的关衡一眼，问道："你还不回去上课？"

"就回去，就回去！"关衡如梦初醒，咽了一下口水，机械地往教室外面走，走到一半，他才突然想起了什么，回头巴巴地问，"染哥，以后在学校里你可以罩着我吗？"

谢染："……"

关衡看他沉默，很识相地补充了一句："付费。"

谢染："可以。"

（未完待续）

番 外
虎斑猫与边牧

谢染又做梦了，睁开眼的时候发现自己这一次变成了……一只猫？

谢染心中闪过一丝疑惑，他低头看了看自己的脚，然后看到了一对毛茸茸的虎斑猫爪子。他抬起爪子看了一下，爪子下面还有粉红色的肉垫。

还真的变成了猫，似乎还是一只流浪猫。

此时谢染正在一条堆放垃圾的小巷子里，面前站着另外几只脏兮兮的野猫，正弓着背凶狠地盯着他。

在谢染和野猫中间是半袋子敞开的猫粮，大概是从垃圾桶里翻出来的。

看样子，这几只野猫正在跟谢染争抢这半袋猫粮。

谢染看了看包装劣质的猫粮，心里生出一点儿嫌弃，完全没有继续跟那几只野猫争抢的兴趣。

他正要离开，就听野猫群中最壮硕的黑猫凶悍地发出"喵喵喵"的大叫。

谢染奇异地听懂了。

黑猫在说："你还有没有藏吃的？全部拿出来孝敬本大王！"

谢染："……"为什么这些流浪猫说话跟动画片里的配音似的？

他觉得眼前的画面有些荒诞，但他并没有理会，而是直接转过身，踩着猫步往巷子外走去。

"岂有此理，竟敢无视本大王！"黑猫见状大怒，立刻招呼它的小弟们，"小的们，拦住它！"

几只野猫立刻"喵喵"叫着扑过来，谢染立刻弓起背，准备反击。

就在这时，巷子外面突然传来几声高亢凶猛的狗叫声："汪汪汪——"紧接着，一只体型高大又漂亮的陨石色边牧狂奔过来，出现在巷子口，龇着牙摆出攻击的姿态，恶狠狠地盯着巷子里的野猫。

那几只野猫陡然看到这么大一只狗，顿时被吓了一跳，发出"喵呜"一声惊叫，纷纷往回跑。

但是这巷子是一条死巷，三面都是高高的墙壁，野猫们逃无可逃，最后只能跟黑猫大王挤成一堆，在角落里瑟瑟发抖。

只有谢染一动不动，漂亮的琥珀色猫眼定定地看着边牧，过了一会儿，发出"喵"的一声轻叫。

"Mark？"

边牧："汪汪汪——"

奇妙的是，谢染此时虽然是一只猫，居然也听懂了边牧的狗叫声。

边牧说的是："It's me, Mark."

紧接着，边牧便冲到谢染面前，开心地在虎斑猫身上嗅来嗅去，也不嫌谢染是一只流浪猫，喉咙里还不停地发出"咕噜咕噜"的声响。

之后，边牧 Mark 才记起正事。它抬起狗头，凶狠地瞪着角落里的几只野猫："汪汪汪——（先生，是不是它们欺负你？）"

那几只野猫看边牧一副要给虎斑猫出气的样子，顿时又吓得"喵喵"乱叫。黑猫大王猫爪狂舞，把旁边一只狸花猫推了出去："喵喵喵——（你去说，你去说。）"

狸花猫就跟动画片里的狗头军师似的，战战兢兢地往前走了一步，用猫爪子指了指还摊在地上的那包猫粮："喵喵喵——（这个我们不要了，孝敬给虎斑大王。）"

虎斑大王谢染："……"

谢染还没说话，就见边牧突然冲上去，直接一爪子掀翻了猫粮袋子："汪汪！（这种加了诱食剂的劣质猫粮，也配给我先生吃！）"

野猫们："……"

虽然野猫敢怒不敢言，但是谢染从它们的眼神中读出了它们的心声：流浪猫还这么讲究？

Mark 还想再找野猫们的碴，一个女士匆匆地跑了过来，拉住边牧脖子上的牵引绳，喘着粗气道："Mark，你怎么能乱跑呢？我差点儿追不上你！"

谢染看了这女士一眼，发现她居然和自己母亲年轻的时候长得一模一样。

谢太太和先生一起在市区开了一家猫咖，还养了一条叫 Mark 的边牧，平时边牧也跟在店里，帮忙守门和看着店里的猫咪。

谢太太每天晚饭后会带着 Mark 出来遛一圈。Mark 平时一直很听话，今天不知道怎么回事，突然趁她不注意挣脱开来，然后一路狂奔，跑到了这条小巷子里，谢太太好不容易才追了过来。

谢太太看了看巷子里的野猫，瞪起眼睛挠了一下 Mark 的狗头："你是不是故意跑来欺负野猫了？这么大一条狗了，你也好意思？"

"走，回家了。"谢太太一边说一边拉着牵引绳要走，没想到边牧却一屁股坐在地上，喉咙里发出"呜呜"的声音，愣是不肯动一下。

"这是怎么了？"谢太太看着边牧可怜巴巴的样子，疑惑地低头看了一下，才发现边牧的怀里居然还抱着一只虎斑流浪猫。

边牧两只前爪圈在胸前，把虎斑猫紧紧抱在怀里，水汪汪的狗眼里充满了温情，一副舍不得虎斑猫的架势。

"你很喜欢这只猫吗？"谢太太问。

"汪汪！"边牧居然点头了。

"那我们问问它愿不愿意跟我们一起走吧。"谢太太对这只虎斑猫也有种说不出的亲近感，便蹲下来，向虎斑猫伸出手掌，"小猫，你想和我们一起生活吗？"

虎斑猫看了看边牧，又看了看谢太太，过了一会儿，才慢吞吞地上前，用猫头蹭了蹭谢太太的掌心。

谢太太的猫咖最近新来了一只中华田园猫。猫咖中的营业猫一般以外国品种猫为主，本土田园猫很少见，但是这只被谢太太起名叫谢染的田园猫长得非常威风、帅气，一身线条分明的老虎斑纹看起来格外有气势。

很多原本冲着名品猫来的客人一下子就被谢染的美貌吸引住，纷纷想去撸他。

但是往往客人们还没靠近，店里那条叫 Mark 的边牧就会"汪汪汪"地冲上来，拦在谢染的面前，不准任何人靠近谢染。

客人们："……"

谢太太尴尬地把Mark拉开，解释道："小染是Mark的好朋友，Mark不准别人靠近小染，大家还是离小染远一点儿比较好。"

客人们："哦哦哦。"

常来的客人对Mark也很熟悉了，便有人调侃："Mark有点儿双标啊，只护着小染一只猫。"

谢太太"唉"了一声，一言难尽道："Mark双标的事还多着呢……"

客人们："？"

正好到了吃饭的时间，谢太太便拿了猫粮准备给猫咪们投食。她在跟客人们聊天，一时也没注意，正要往其中一个盆里放猫粮，Mark突然从旁边冲出来，一口咬住她的裤腿往另一边扯。

谢太太恍然回神，连忙跟边牧认错："知道了，知道了。"

说罢转身往猫咖阳光最好的一块地方走去。

客人们再次表示疑惑。

谢太太见大家十分迷惑，解释道："这是Mark规定的，吃饭的时候要先给小染放猫粮，然后才给其他的猫……"

不仅如此，猫咖里阳光最好、以前猫咪们都要争抢的一块地方，现在也被Mark划给了谢染，谢染还有自己的专属豪华猫窝和猫爬架，其他猫不准靠近那种。

听完谢太太的解释，有人吐槽："这样你还不打Mark一顿啊？"

"为什么要打？"谢太太一脸莫名，"小染这么可爱，当然值得最好的啊。"

客人们："……"原来双标的不止Mark一条狗哦。

大家正无语，就见Mark屁颠屁颠地跟着谢太太走到虎斑猫休息的地方面前，盯着谢太太给谢染放好猫粮，然后趴在地上，巴巴看着谢染吃粮，时不时还给谢染顺毛。

谢染没理会客人们的目光，吃完了饭便慵懒地窝在Mark毛茸茸的肚皮上，开始打盹。

阳光暖洋洋的，落在身上很舒服。

这个梦虽然有些荒诞，但这样闲适的生活，似乎也不错。